LA CÁTEDRA DE LA CALAVERA

Margarita Torres

LA CÁTEDRA DE LA CALAVERA

temas'de hoy. TH NOVELA

El papel utilizado para la impresión de este libro
es cien por cien libre de cloro
y está calificado como **papel ecológico**.

Ediciones Temas de Hoy es un sello editorial de Ediciones Planeta Madrid, S. A.
Paseo de Recoletos, 4. 28001 Madrid
www.temasdehoy.es
Primera edición: junio de 2010
ISBN: 978-84-8460-873-8
Depósito legal: M. 21.145-2010
Preimpresión: J. A. Diseño Editorial, S. L.
Impreso en Rotapapel, S. L.
Printed in Spain–Impreso en España

ÍNDICE

AGRADECIMIENTOS

Como en una carrera universitaria, este libro ha pasado por su propio bachillerato antes de alcanzar a licenciarse en sus manos, amigo lector. Durante el camino, una persona ha ejercido tutela y magisterio con quien estas líneas escribe, de forma desinteresada y generosa, igual que el buen profesor con sus alumnos. Raquel Gisbert, que me honra con su amistad, ha formado parte de esta aventura desde sus inicios. Juntas hemos edificado esta otra Universidad de Salamanca, viva a través de sus personajes, hija común de un esfuerzo mutuo que hermana y enriquece. Vaya para ella toda mi gratitud.

Una labor a la que se sumó también Maya Granero, que luchó codo con codo con Antonio Pimentel, Isabel de Vargas y Luisa de Medrano, a través de sus siempre enriquecedoras aportaciones y comentarios. Sea para ella igualmente este agradecimiento.

En este año singular para la mujer, centenario de su presencia oficial y respaldado en la Universidad española, hemos querido rescatar la memoria de una dama que, cinco siglos atrás, abrió la puerta al presente, aportando un soplo de libertad, de esperanza. Una salmantina que ya ha pasado a la historia con nombre propio: Luisa de Medrano. Para ella, este último recuerdo.

AGRADECIMIENTO

A mi madre

[illegible]

A mi madre

En el año del Señor de 1509, la legítima soberana de Castilla y León, doña Juana, se enterraba en vida tras la muerte de su esposo. Las ambiciones de su padre, don Fernando de Aragón, no conocían nuevas fronteras en la Península después de dominar Granada y expulsar a los judíos en 1492. La ciudad de Salamanca vivía por y para su universidad. La joya de la corona, el crisol de la nueva cultura que se estaba forjando en Europa, patria común para todas las codicias y deseos, laboratorio religioso que rayaba a veces la herejía, el mayor burdel de la España de aquel tiempo. Solo la vigilancia de los perros de Dios, los dómini cani, los inquisidores dominicos, velaba por mantener encendida la llama convulsa y débil de la virtud en un tiempo de cambio...

Aquel extraño ruido [illegible]
el patio de las Escuelas Mayores [illegible]
che, no aquel [illegible]
por Salamanca. Pero ahora [illegible]
magos, fray Bartolomé [illegible]

—Tonterías, pobre viejo [illegible]
alumbra— se recriminó [illegible]
que tropiezan con su temor.

Volvió a escuchar aquel [illegible]
que con aquel viento [illegible]
truenos que anunciaban [illegible]
aventurar presencias. Inclinóse [illegible]
nomía se enfrascó de nuevo en [illegible]
cado en su propio hábito [illegible]
rientos que se alzaba [illegible]
en lugar de descansar.

Hacía tanto frío que los [illegible]
parecían garras, tan difícil [illegible]
los pergaminos y papeles [illegible]
semana dedicado a ellos. [illegible]

I
IN PRINCÍPIUM ERAT

Aquel extraño ruido le alertó. Parecía que alguien rondara por el patio de las Escuelas Mayores, mas no podía ser, no a medianoche, no aquel día en el que todos los demonios andaban sueltos por Salamanca. Pero ahí continuaba presa esa sensación en el estómago... Fray Bartolomé suspiró.

—Tonterías, pobre viejo, que imaginas sombras donde nada alumbra —se recriminó a sí mismo—. Tanto mirar las estrellas que tropiezas con tus miedos.

Volvió a escuchar aquel merodeo cercano. Parecían pasos, aunque con aquel viento silbando entre las rendijas de las piedras y los truenos que anunciaban tormenta, solo la imaginación podía aventurar presencias. Incómodo, el anciano catedrático de Astronomía se enfrascó de nuevo en la tarea a medio terminar. Acurrucado en su propio hábito, observó el montón de papeles polvorientos que se alzaba frente a él, sobre la mesa en la que trabajaba en lugar de descansar.

Hacía tanto frío que los dedos arrugados de fray Bartolomé parecían garras, tan difícil le resultaba moverlos con destreza sobre los pergaminos y papeles que manejaba. Llevaba algo más de una semana dedicado a ellos. El rector Maldonado le había rogado discreción cuando ordenó que acudiera a su presencia diez días atrás.

—Fray Bartolomé —le dijo entonces—, el rey don Fernando me ruega que abramos de nuevo el arca de maese Cristóbal Colón. Desea que estudiemos los mapas que aportó ante el consejo poco antes de partir hacia las Indias Orientales, los mismos que garantizaban la certeza de sus expectativas de descubrimiento. Los asuntos de Indias le inquietan, especialmente desde la muerte de su esposa, la reina doña Isabel.

—No entiendo el porqué —gruñó el fraile—. Sabéis que Castilla y Portugal pactaron el reparto de las tierras al oeste, en el Mar Océano dos años después de que el almirante Colón arribara a La Española.

—Colón guardaba muchas más informaciones secretas en su haber. Desde 1492, el arca que los contiene permanece sellada por orden de los reyes. Estudiad en esos mapas la viabilidad de emprender nuevos viajes. Pero guardad prudente secreto, pues si los portugueses tienen noticia de que disponemos de tales ventajas...

—... podrían conducirnos a una guerra con Portugal —le interrumpió fray Bartolomé. «La verdad de maese Colón nunca saldrá a la luz, lo cual no quiere decir que no la conozcamos: era un ventajista», se dijo a sí mismo el catedrático de Astronomía.

Diez días más tarde de aquella conversación privada, secreta, fray Bartolomé refunfuñaba a la noche con las mismas palabras, como si en lugar de a la luz de las tímidas velas, hablara al rector Maldonado. Pero estaba solo, acompañado de papeles viejos, iluminado por oscilantes llamas de delgada presencia, que ahora bailaban por culpa de sus resoplidos.

Ojeó de nuevo el relato del viaje de Alfonso Sánchez de Huelva, el testimonio de Colón, sus anotaciones, aquella carta firmada con su extraño anagrama Christo Ferens, el cartulano. El escudo de Portugal le recordaba insistentemente que aquel pergamino pertenecía a los lusitanos, no a Castilla, que no debería encontrarse en sus manos, sino en Lisboa. Aunque ya era demasiado tarde para esos melindres, y él, un pobre fraile salmantino, no osaría inmiscuirse en tales asuntos de Estado, así que procedió a su estudio minucioso, hablando consigo mismo en voz alta, para hacerse compañía.

—Una inscripción en árabe, otra en latín, la rosa de los vientos impronta de Cresques. Aquí están las Canarias, cabo Bojador, las rutas portuguesas, Catay... ¿Cola de Dragón? —se extrañó.

El catedrático de Astronomía se tomó su tiempo. La vista se resentía a su edad y las condiciones de estudio, lejos de favorecerle, pesaban sobre sus hombros. Sabía que faltaban tablas para componer en su totalidad el mapamundi, que solo le habían entregado las dos que se dibujaban en el pergamino que sostenía entre sus manos.

—Tanto secreto, tanto secreto... Maldito Rodrigo Maldonado, ¿por qué no me permites que acceda a todo el contenido para que lo estudie en su conjunto? Pero no, el todopoderoso amo de la Universidad de Salamanca desconfía de un viejo profesor, le ofrece miguita a miguita abriendo cada día este ataúd de madera —protestó mientras giraba aquí y allá el mapa, hasta descifrar los escritos.

Miró de reojo el arca, a su lado, cerrada con llave. La misma que custodiaba celoso el rector y jamás le había entregado.

—Está bien, no necesito que me abras la caja de Pandora para saber que tengo entre mis manos un auténtico tesoro. Quien realizó esta maravilla conocía los trabajos de Al Juarizmi, las aportaciones de Henricus Martellus y tenía ante sus mismas narices el atlas perdido de Cresques, la copia secreta que poseía la corona de Portugal. Colón, ¿a quién le robaste esta joya?

Fray Bartolomé, de tanta soledad, se había acostumbrado a largas disquisiciones consigo mismo. Exponía, se llevaba la contraria, replicaba y terminaba aceptando que siempre, de una u otra forma, tenía la razón. Pero aquellos nombres, aquel mapa no deberían existir. Al otro extremo del Mar de las Tinieblas, a la izquierda de la representación de Portugal y Castilla, aparecía el océano, también las islas descubiertas por Colón en sus viajes. Hacia el sur de las mismas y en su extremo, un perfil de tierras desconocidas con una leyenda en portugués: «Cola de Dragón».

—Qué minuciosidad en su trazado. A quien recorriera estas costas primero se debe la gloria, no a ti, genovés. Déjame conocer tu nombre, amigo. ¿Tal vez lo dejaste escrito en las cartas y papeles que todavía siguen ahí encerrados? —Señaló el arca con un gruñido.

Una bocanada de viento abrió la puerta de la estancia. La luz de las velas se apagó y, con su muerte, llegó la oscuridad total. Solo en medio de la sacristía de la capilla de las Escuelas Mayores, el viejo se levantó de su asiento. Prudente, tanteó los bordes de la mesa hasta encontrar su final y, apoyado en ella, trató de buscar en el cercano armario algún cirio y algo con lo que prender su mecha. Inesperadamente, los cielos respondieron a sus súplicas y una vela se encendió en su camino.

—Dígamelo vuesa paternidad, fray Bartolomé, que es catedrático de Astronomía y sabio en diversas artes —le respondió una voz de hombre—. ¿Tal vez no se atreve a aceptar que maese Colón y los hombres que le precedieron conocían bien esas tierras? ¿Acaso no ha advertido que Fernando de Aragón busca hincar sus dientes allí? Creo que el rector os debe muchas respuestas.

Se le erizaron los cabellos al reconocer a su compañero de estancia. Retrocedió unos pasos, atemorizado.

—¿Quién os ha dejado pasar? —exigió saber.

—El mismo que debería protegeros a vos —habló desde las sombras, avanzando hacia él—. Con una buena bolsa de monedas y el nombre adecuado, hasta los guardianes se entregan al sueño.

—¿Qué queréis? ¿Cuánto tiempo lleváis aquí?

En silencio, el hombre iluminó la mesa y su contenido, abarcándolo todo con un gesto. Luego, dejó que la luz alumbrase torva su rostro, de duras facciones.

—El suficiente para escuchar vuestras reflexiones, fray Bartolomé, y conocer gracias a vuesa paternidad la importancia de este mapa y del arca de la que procede. Francamente, pensé que Rodrigo Maldonado os tenía en más alta consideración y que habría puesto en vuestras manos ese tesoro secreto que con tanto celo custodia. Parece que me equivoqué. Este asunto requerirá mayor inversión de tiempo para descifrarlo.

—¿A qué os referís?

—¿Acaso no lo entendéis? ¿Y os llamáis catedrático? —se rió irónico.

El intruso dejó la vela junto al pergamino y procedió a recogerlo junto con los papeles de los que se servía el anciano mientras empujaba con el pie el arca.

—¡Alto! ¡No lo permitiré! —le gritó valiente el fraile, cortándole el paso hacia la puerta.

—Con ello ya contaba, padre.

Lo último que vieron los ojos del viejo catedrático fue el brillo de la hoja de la espada que le degolló. El ladrón limpió su arma en el hábito del fraile antes de envainarla de nuevo, luego procedió a doblar cuidadosamente el mapa y el resto de su botín y sopló la vela para apagarla. El arca no pesaba demasiado, así que la tomó en brazos. Conocía de sobra el camino hacia el patio de las Escuelas Mayores, llevaba años recorriéndolo a diario. La oscuridad le hizo tropezar con el cuerpo de su víctima y hubo de buscar apoyo en él para no caer al suelo por completo, ni destrozar el preciado tesoro que portaba. Maldijo su torpeza cuando su diestra se empapó de sangre. Sacudió varias veces la mano en el aire, incómodo con su contacto. Al hacerlo, una idea macabra cruzó por su mente y sonrió divertido. Volvió a inclinarse sobre el muerto, mojó los dedos en su garganta y, sobre la pared exterior de la sacristía, guiado por el pincel del Diablo, dibujó un víctor antes de desaparecer en la tormenta.

—Has llenado pues [illegible] reflexiones [illegible] la inspiración [illegible] pero que [illegible] su alta [illegible] y que [illegible] de tiempo [illegible] desafecto.

—[illegible]

—[illegible] nada [illegible]

[illegible]

[illegible] el [illegible] en los papeles de los que [illegible] el [illegible]. Se había [illegible]

pude [illegible] que [illegible]

cuando su [illegible]

y se [illegible]

la silla [illegible] del [illegible] de [illegible] la [illegible] luego [illegible] de [illegible] para [illegible] a dos. Comencé [illegible] el camino hacia [illegible] de [illegible] hecha [illegible] su [illegible] y [illegible] el [illegible] de [illegible] la [illegible] pared [illegible] de [illegible] quedaban de vida [illegible]

2

¿CARA O CRUZ?

Se había jurado una y mil veces no volver la vista atrás, pero no pudo impedir que tan buen propósito se rompiera en pedazos cuando su caballo se detuvo en seco, junto al arroyo de Mozárbez, y se tambaleó de puro agotamiento. Al jinete le costó no caerse de la silla, bien pareciera que a ambos una sombra oscura les hubiera arrebatado por completo las fuerzas. Allí y entonces terminaba su viaje. Al menos si no descansaban. Entre maldiciones, descabalgó de un salto, tomó las riendas de su montura y caminó unos pasos para obligar a sus piernas entumecidas por el roce constante de la silla a despertarse, siquiera fuese a golpes.

—Bebe tranquilo, no te molestaré —murmuró liberando al caballo.

Mientras este sofocaba su sed y recuperaba el aliento, el jinete se desplomó a su vera. No le importó la dureza de los cantos de río que se clavaban en su espalda, ni la humedad de la tierra ya empapada por la lluvia ligera que ahora, bajo un cielo de nubarrones grises, amenazaba convertirse en diluvio. Necesitaba reposar, dormir, descansar el tiempo que hiciera falta, a cualquier precio, quizá toda una noche, tal vez el resto de los años que le quedaran de vida, incluso aunque para lograrlo tuviera que matar. ¿Qué más podría perder, si ya nada le quedaba desde que partieron?

Cerró los ojos. Manaron los recuerdos de aquellos tres malditos días cuyo único alimento había sido el desasosiego, la prisa, la angustia de que alguien le encontrara durante la noche, o mientras reposaba en una taberna de cualquiera de los lugares que había atravesado con el miedo como único compañero.

Nunca fue valiente. Menos aún en aquellas circunstancias en las que los caminos se tornaban amenazas para alguien que todavía no había cumplido los diecisiete años, que jamás había viajado sin protección. A la luz de la hoguera, se contaban mil historias de asesinos que degollaban a sus desprevenidas víctimas para robarles unas monedas, de hombres y mujeres sin corazón capaces de arrancarles las mantecas a los niños para mercadear con ellas y sacar un buen precio a los sanadores: comerciaban con la desesperación de los enfermos ricos, que negociaban unas horas más de vida a cambio de cobrarse otra. Y en soledad era una buena presa para cualquier carroñero: viajaba con prisa, cargando un fardo que anunciaba ciertas riquezas y unos arrestos tan menguados como su delgado cuerpo de carnes magras.

Cada vez llovía con más fuerza. Primero fue una caricia, luego todo el caudal de los cielos. Las pezuñas del animal golpearon sus botas con fuerza, recordándole que aún restaba trecho para llegar, poco más de dos leguas, y que entonces podría despojarse de toda la mierda que portaba a sus pobres espaldas. Abrió el zurrón que pendía de la silla. En su interior todavía bailaban algunos restos del pan y del queso que había devorado durante su huida. Hurgó en él hasta encontrar una pequeña bolsita y, dentro de ella, la moneda vieja de tiempos de los moros que su padre le había regalado cuando apenas si alzaba una vara del suelo. Jugó con ella entre los dedos y sonrió al caballo.

—¡Escoge: cara o cruz! —lanzó al aire el redondo bronce y aguantó la respiración.

Dos leguas y sería libre de nuevo. Dos leguas más. Eligió cara, mientras seguía con la vista su vuelo. La moneda cayó de canto entre las hierbas mojadas. Nada. No existía otra respuesta que un futuro por escribir, lleno de libertad y peligros. Rió al atardecer, a la lluvia, a Dios, a sus propios fantasmas y propinó una patada a la moneda, que acabó sus días hundiéndose en el arroyo. Montó de nuevo antes de picar espuelas hacia Salamanca.

—Entonces, decidiré yo: si quieres quitarme la vida, búscame, demonio —escupió a su espalda.

3
UN BUEN REFUGIO PARA UN MAL PEREGRINO

—¡Maldito! Si no cierras el pico y dejas de martirizarnos con tus quejas, mi señora ordenará que te apaleen —chilló desde la mirilla del portalón una vieja criada—. No son horas de molestar a las buenas gentes. ¡Lárgate de aquí, pordiosero!

—¡Por caridad, socorredme! —volvió a suplicarles a gritos esa voz cada vez más forzada, como si las fuerzas le faltasen.

Luisa de Medrano se tapó los oídos. Si aquel perturbado que aporreaba su puerta desde la medianoche seguía tentando la suerte, acabaría por cumplir la amenaza del ama y echaría a golpes al mendigo que se atrevía a quebrar la paz de una familia honrada. Miró oculta detrás de los cristales. El aspecto del miserable parecía sacado de uno de los sermones del padre García: delgado, larguirucho, calado hasta los huesos, botas gastadas, sombrero de ala vencida por la lluvia, espada al cinto que se movía con vida propia, y rocín aburrido de la espera a su diestra.

Sintió piedad por el animal. Aquella fría noche de mediados de enero, cargada como pocas de rayos y truenos, hasta las bestias debían encontrar amparo y alimentos. Pero, en los tiempos que corrían, nadie estaba lo suficientemente seguro como para abrirle la puerta a cualquiera: dos estudiantes muertos en la última riña por culpa de unas elecciones a cátedra, algunos criados malparados por meterse en camisas de once varas y sisar a sus amos, eso sin hablar de los truhanes y bravucones de media bofetada que acostumbraban a dormir en vino sus arrestos y acababan manchando con sus poluciones nocturnas los zaguanes abiertos y los poyetes de las calles. No. Antes de permitirle entrar debía verle el rostro. Al tipo, evidentemente, porque del caballo no sentía recelo alguno. Luisa solicitó a uno de sus servidores que le trajera algo contundente pero no mortal que poder arrojarle desde la altura al causante de su desvelo. Cuando tuvo en la diestra la piedra, abrió la ventana, apuntó hacia el escuchimizado y disparó con tal acierto que de la garganta del mendigo salió un ¡ay! que se le antojó femenino, y unas palabrotas de escaso gusto mientras alzaba el rostro para mirarla sañudo.

Un frío helado cruzó su espalda. Le resultaba familiar aquel semblante dulce. ¿Quién era? ¿Dónde lo había visto antes? Corrió hacia la escalera, arrebató de las manos de una criada la vela que portaba y ordenó que abrieran el portalón de entrada. Enmarcada por el arco de medio punto, cual un personaje de tragedia griega, aguardaba erguida aunque algo magullada una muchacha calada hasta los huesos, de rostro alargado, que se arrojó a sus brazos sin pensarlo dos veces, mojando por completo a Luisa.

—Soy tu prima, Isabel de Vargas —sollozó apretando su cuerpo tembloroso contra el de su forzada anfitriona.

Ante el desamparo de su pariente no hubo preguntas: le abrió las puertas de su casa y de su corazón. Sin recriminaciones por el aspecto desaliñado, sucio y maloliente de la muchacha, sin curiosear las razones de aquella presencia inesperada en Salamanca. Bastó una mirada de Isabel para que comprendiera que solo un motivo de mucha gravedad podía haberla arrancado del seno materno para lanzarla a una aventura como el viaje desde Altobar hasta allí, en un tiempo peligroso para una dama, a lo largo de un camino poblado de pícaros, falsos peregrinos, ladrones y algún que otro mesonero dispuesto a ganarse unos maravedíes a costa de la honra de sus huéspedes. La imaginación de Luisa cabalgó tan veloz que, sin mediar palabra entre las dos, la invitó a entrar y resguardarse de la tormenta, cual si hasta entonces no la hubiera padecido. Ya en el zaguán, la besó y después se separó un poco de aquel cuerpo que tiritaba.

—La niña Isabel, ¡pobrecita mía! —Le acarició el rostro con ternura—. Han pasado más de diez años desde la última vez que nos vimos, ¿recuerdas?

Isabel asintió. Su madre, Beatriz de Medrano, la había llevado a Salamanca de niña para que conociera a su familia. Los Medrano pertenecían a una de las estirpes más estimadas de la ciudad, no en vano habían dado a su universidad nombres de lustre académico, como el del propio padre de Luisa, o el de la dama, a quien aquel curso se había permitido impartir clases de Retórica, sustituyendo al mismísimo don Antonio de Nebrija.

El profesor había tomado como discípula a la joven Medrano, en parte por cariño hacia su progenitor, en gran medida atraído por su inmenso talento para todas las artes. Ambos compartían un sueño: desbaratar la barbarie que se había apoderado de España, a través de las ideas renovadoras que el catedrático descubrió en la Universidad de Bolonia, las mismas que gota a gota calaron en Luisa gracias a sus enseñanzas, y las de los docentes italianos que llegaron a la ciudad del Tormes atraídos por Nebrija, aquellas que comenzaban a conocerse bajo el significativo nombre de «humanismo». Nuevos modelos de pensamiento llegados de Europa para guiar las riendas de una España todavía en formación, temerosa de novedades, cobarde en avances, oscura en pensamiento, hija de ochocientos años de luchas con los moros.

El maestro había acudido ante la reina doña Isabel para explicarle las necesidades de fijar, a través de una gramática y un buen diccionario, el idioma que habría de convertirse en el «compañero del imperio» que surgió de las cenizas de Granada y la empresa del almirante Colón en Indias. La señora de Castilla aceptó sus iniciativas, apoyó decididamente al catedrático, impulsó la formación en Salamanca, el poder de Nebrija en esa universidad, la primera de sus reinos en antigüedad e importancia. La joya más preciada de su corona a los ojos sensibles de una mujer amante de la cultura, ambiciosa de conocimientos, a la que una marejada política acabó arrojando al farallón del trono de Castilla.

Isabel era más que una reina, al igual que Elio Antonio de Nebrija era mucho más que un simple profesor de Retórica, o que un amante del idioma de sus mayores. La soberana llevaba sobre sus espaldas el peso de unas tierras complejas, de hombres duros, acostumbrados a decidir sobre vidas, muertes y haciendas con un gesto o una palabra, semejante a las que hubo de escuchar del arzobispo Carrillo en su momento: «Yo saqué a doña Isabel de hilar y la volveré a la rueca».

Quizá por ese desprecio latente hacia su persona, la soberana gastó su vida en formar mujeres doctas, potenciar la Universidad de Salamanca para tornar accesible al mayor número de personas el camino que conducía hasta las gradas del poder, a través del servicio a la corona. Juristas, teólogos, maestros nacidos de familias menos pretenciosas y arrogantes que las que cuestionaban su competencia surgieron de Salamanca. Ante la reina solo tenían cabida quienes destacaban por su honradez, formación, lealtad y prudencia, valores superiores a la genealogía o degollar enemigos. Buscaba doña Isabel con su reforma que cualquier hombre o mujer de mérito llegara a ocupar el puesto más adecuado a sus cualidades, ya en la corte, ya en la universidad.

Por todo ello, cuando Nebrija se presentó ante la señora de Castilla en el cerco de Granada, entre los dos se estableció un acuerdo secreto, sin pergaminos, sellos o firmas protocolarias: el catedrático gozaría de todo su apoyo, Salamanca se convertiría en el centro de sus reformas y no dudaría en alabar el mérito de aquellas mujeres de talento a las que, como en su caso, nobles y clérigos deseaban devolver a la rueca para hilar.

Don Antonio descubrió primero a Beatriz Galindo, apodada la Latina, que se ocupó de formar a las hijas de don Fernando y doña Isabel. Luego llegó la jovencísima Luisa de Medrano, arcilla fina con la que modeló una nueva Atenea a su imagen y semejanza, y a quien eligió meses atrás para ocupar su lugar cuando el monarca de Aragón solicitó sus servicios como cronista real. Todo un honor por el que Luisa hubo de mostrar su capacidad sobre los hombres que ambicionaban aquel puesto, aunque eso no impidiera que los mediocres la cuestionaran una vez conseguido, envidiosos ante los méritos de una vulgar doncella. Mas como recuerda Esquilo: «El hombre —o la mujer— a quien nadie envidia no es feliz».

Una dicha al alcance de pocos, desde luego no al de Isabel de Vargas, vista la amargura de su rostro. Luisa le ofreció la diestra y su prima se aferró a ella con gratitud, porque aquella era la primera muestra de afecto que recibía en muchas jornadas. Isabel tomó aire y recorrió con la vista el edificio que se mostraba ante ella. Después de tantos años, el viejo palacio de los Medrano solo le resultaba vagamente conocido, con su fachada de piedra de sillería, sus ocho ventanas enrejadas y aquel blasón de medianas dimensiones que mostraba orgulloso las armas de su noble linaje. Una vez en el atrio, dos criados se ocuparon de acomodar primero al caballo y después a su señora.

Alguna de las estancias le resultó familiar, para su sorpresa. Recordaba sus amplias dimensiones, y, sin embargo, aquel caserón en el que ahora se encontraba apenas si permitía moverse con amplitud en su minúsculo patio. Al fondo del mismo se abría un segundo, donde se encontraban las cuadras, el horno, la bodega y el lugar donde habitaban los criados. A derecha e izquierda, la cocina y los aposentos nobles, en la segunda planta, las alcobas. La memoria es una vieja traicionera y mentirosa, se dijo la muchacha mientras seguía los pasos de su prima.

Luisa ordenó que dispusieran lo necesario para que Isabel pudiera adecentarse un poco: una tina con agua caliente, algunos lienzos para secarse, ropajes limpios, una estancia. Cuando hubo terminado su acomodo, la dueña de la casa solicitó que les sirvieran una jarra de vino con miel, para aderezar cuerpo y espíritu mientras se bañaba. Isabel se despojó del jubón, más tarde de la camisa, luego de las botas y las calzas, finalmente de la ropa que protegía sus vergüenzas y las telas apretadas que ocultaban su pecho. Sin preocuparse por su desnudez, se introdujo poco a poco en la tina hasta que el agua cubrió su cuello. Cerró los ojos y aceptó la bebida.

Con semejante compañía, cerca de la chimenea que caldeaba la sala principal del palacio, el calor devolvió la vida y los ánimos perdidos a Isabel, que comenzó a relatar los padecimientos vividos durante toda la semana anterior. Las ideas se mezclaron oscuras en su cabeza y ofuscadas en los labios, tan cansada estaba.

—Lamento tu desventura —la interrumpió Luisa—, pero dime: ¿qué te ha traído hasta aquí?

La muchacha inclinó la cabeza, avergonzada.

—De tu silencio deduzco que nada sabe mi tío don Pedro de esta visita, ¿no es así?

—Si me localizara, me mataría. O peor: me obligaría a casarme con un patán.

—Creo que me debes una buena explicación —murmuró Luisa, interesada en el relato que intuía.

4
LA VERDADERA HISTORIA DE ISABEL DE VARGAS

La verdadera historia de Isabel de Vargas nació bien distinta. Unos días antes de su inesperada huida a Salamanca, la muchacha aguardaba la llegada de su prometido en el castillo de Altobar, cabecera del señorío de sus antepasados. Se trataba de una fortaleza cercana a la frontera con Portugal, a escasas leguas de Fuentes de Oñoro, desde la que sus ancestros habían velado por los derechos territoriales de los reyes de León primero y de los de Castilla y León después, tan cercana al enemigo que sus manos quemaban a menudo en la fragua de la contienda.

Esa forja grabó en los sueños de don Pedro de Vargas el anhelo de regresar a la corte, una vieja ambición que rondaba su cabeza desde los ya lejanos tiempos de la guerra de Granada. Mucho arriesgó entonces, aunque la recompensa a sus esfuerzos solo naciera de los recuerdos, algún cantar de frontera que recogía su nombre y un par de palmas en el hombro después de la hazaña que protagonizó con Hernán Pérez del Pulgar, dos años antes de la rendición de Boabdil.

Una noche, quince caballeros se juramentaron para burlar las defensas de Granada y penetrar en su ciudad. Su intención era clavar en la puerta principal de la mezquita un pergamino en el que el propio Pérez del Pulgar había escrito: «Ave María. Sed testigos de la toma de posesión que realizo en nombre de los reyes y del compromiso que contraigo de venir a rescatar a la Virgen María a quien dejo prisionera entre los infieles». Sin ser descubiertos por sus enemigos, prendieron fuego a la alcaicería. Perseguidos por los granadinos, escaparon a duras penas de allí. Hernán se llevó todos los honores; Pedro, una buena cuchillada en el pecho que casi le cuesta la vida y le condenó a regresar a la tierra de sus mayores con la sola recompensa de un futuro premio y el derecho a ser enterrado, al igual que sus otros compañeros, en la iglesia catedral que se construyó sobre aquella mezquita.

Mas, después de muerto, que le premiara el cielo y no una losa grabada con su nombre y armas. Su despedida del real de Granada quedó relegada al besamanos, algunas sedas, joyas y monedas de botín, y ciertos secarrales concedidos por merced de los monarcas católicos para redondear con piedras y cabras su patrimonio, menguado por los costes de mantener su propia hueste en el cerco al último reino moro de España: gastos elevados que empeñaron sus siguientes años de vida en la frontera portuguesa, centrado en equilibrar su hacienda antes que en retornar a la corte para reclamar mayores recompensas. Cuando estas llegaron, lo hicieron de la mano de la rica herencia de su esposa, Beatriz de Medrano. Gracias a la muerte de su suegro, consiguió reflotar su triste economía.

Don Pedro siempre anheló un hijo varón. Quizá para compensarle por esa falta, tal vez porque realmente disfrutaba con ello, Isabel gustaba de cabalgar con su progenitor, cazar con él y sus parientes, practicar con su padre las artes de la espada durante las horas de la mañana. A cambio, aceptaba gustosa aprender latín y leer con su madre aquellas obritas que, a escondidas del señor, le enviaban desde Salamanca y que las malas lenguas aseguraban que arrebataban el seso a las mujeres, poco hechas a tales entendimientos, más propios de varones que de hembras.

Pero, como afirmaba el castellano de Altobar, la primera de las locas fue la mismísima reina Isabel de Castilla, tan afecta a las lenguas de los antiguos y a sus historias que bien pudiera haber discutido con los mejores maestros y más sabios catedráticos de Lógica y Teología, hasta en la Universidad de Salamanca. Aun así, cada vez que Isabel aceptaba vestir de varón y montar de un salto el semental de seis años que le había regalado por su anterior cumpleaños, don Pedro sacaba pecho, sabedor de que parte de su raza latía en el corazón valiente de aquella muchacha capaz de luchar con bravura, de cazar como el propio rey Fernando, entendida en caballos como el mejor de los caballeros y con una diestra tan firme que una sola estocada suya quebraba cualquier guardia. Ahora, gracias a un guiño del destino, en manos de su hija se encontraba la llave hacia la corte. Y no pensaba desaprovecharla.

Cogidas las manos sobre el regazo, Luisa de Medrano escuchaba la historia de su propia familia de labios de su prima. Primero balbuceante, luego cada vez más airada, hasta que el nombre del prometido escapó casi en un silbido:

—Suero Vermúdez, señor de un villorio escuálido de nombre Tilonga, cuya localización exacta dudo que conozcan los mapas. ¿Y todo por qué? Moneda de cambio de un compromiso. Una promesa, sí —respondió Isabel a la pregunta muda de su prima—, pero no mía, yo jamás la hice, y menos aún por ese... ese... pedante que no vale ni medio comín. En un mercado de esclavos nadie pagaría por semejante prenda ni el valor de una piel de conejo usada —rió.

—Pues mercadea con ella y líbrate de él —bromeó Luisa.

Isabel pasó de la risa al llanto.

—La familia de ese medio hombre jugó sus cartas hasta encelar la voluntad de mi padre, prometiéndole el hábito de comendador de Santiago. Poco más valía la felicidad de su única hija...

Se quebró la voz de la joven y Luisa se incorporó para rodear los hombros de su prima con un brazo. No preguntó nada hasta que el temblor cesó su carga.

—Pero prima, aunque aún no le conozcas como debes, quizá deberías reflexionar. Si los miembros de su linaje son tan poderosos...

—¿Poderosos? —interrumpió Isabel—. Sí, para destrozarme la vida. Más allá de eso, no tengo ninguna intención de desposar con Suero Vermúdez, ni con cualquier otro que no busque en mí más que esposa de probada nobleza y sangre libre de mácula judía, conversa y mora.

Luisa Medrano arqueó las cejas.

—¿Hablas de una familia enraizada en la Iglesia?

—Es sobrino del inquisidor fray Juan Ruiz del Monte. —Su prima sintió un escalofrío, aunque nada en su gesto dio fe de ello—. Mi padre le conocía de los años de Granada.

Y también Medrano, aunque las gestas que cimentaron su fama nacieron bien distintas a las de un caballero de espada, sofirmadas sobre tribunales del Santo Oficio durante la gran persecución contra los judeoconversos, previa a su expulsión en 1492. Entre susurros deslizados en la noche del miedo, algunos contaban que en un auto de fe en Jaén condenó aun sabiendo de su inocencia a seis mujeres y dos hombres, cuyo único delito radicaba en su previa condición de hebreos, en el caso de los segundos, y en el de las primeras en su anciana viudedad y las malas envidias de ciertas vecinas, que acusaron a las pobres mujeres de brujería. En aquel indigno lugar los quemó a todos y ordenó desenterrar los huesos de sus parientes para entregarlos al fuego purificador de los pecados de sus hijos.

Isabel recordó el momento en que su madre, doña Beatriz, apareció en la estancia del castillo en la que aguardaba la llegada de su prometido. Parecía una estampa de otro tiempo, tan regio y altanero era su porte. Sobre el pecho mostraba el grueso collar que le había regalado la difunta reina Isabel de Castilla el día de su boda:

una cadena de oro de pesados eslabones que pendía de su cuello y caía sobre el regazo de la dama, golpeando la saya de bermejo brocado que desde la corte le habían enviado pocos días atrás sus cuñadas. Adornaba sus cabellos una toca de vaporosa textura con hilos dorados que cubría su pelo, ya entrecano, ahormado en una trenza. «Qué hermosa estás», suspiró su madre al verla entonces, engalanada con una saya brocada de terciopelo y seda verde con amplio escote cuadrado, que resaltaba la belleza de sus hombros, cubierto por delicada gorguera. Las mangas, abiertas, permitían entrever los bullones de la camisa de pálido tono y bordados finos. Un collar de perlas de dos vueltas, del que pendía un joyel en forma de cruz, indicaba la delicada línea de sus senos.

—Mi pobre madre se ocupó de honrarle en todo lo que le pareció menester —prosiguió su historia la muchacha—. Los mejores tapices y reposteros colgaban de las paredes del castillo, la vajilla morisca que ganó padre en Granada fue limpiada y pulida para el banquete. Y... entonces llegó él. Picado el rostro, ojos claros pequeños, porcinos, corto de vista, labios finos, cuello de pollo, escuálidos cabellos, enclenque, engreído patán con pretensiones de señor. Rala conversación de teólogo batueco grandilocuente y fatuo.

Cada vez más interesada en el relato de su prima, Luisa colocó su rostro en la horquilla formada por sus manos, atenta a cada palabra.

—¿Qué le dijiste al verle a tu lado? —curioseó Medrano.

—Que si la mitad de las hazañas que narraba fueran ciertas, honraba nuestra mesa un miles gloriosus de prietas calzas y reciedumbre podada de bragueta magra.

Luisa ahogó la carcajada en un conveniente y repentino ataque de tos.

—¿Qué te contestó él?

—Que su padre le enseñó que a las yeguas, antes de montarlas, debían domarlas con el látigo para evitar que tomaran maneras. Y si no aprendían con la vara, entonces el correctivo debía endurecerse hasta doblegarlas... o matarlas, lo mismo que a las malas mujeres, pues servimos para lo mismo: ser montadas y parir.

Isabel se removió incómoda. Aquella remembranza cada vez le desagradaba más.

—Le respondí que para montar debería ser buen jinete, de fuertes piernas y caderas firmes, capaz de resistir el esfuerzo sin desgaste y que por su apostura, juraría que en más de una oportunidad la cabalgadura había sido él. Mientras me levantaba de la mesa, el animal de Suero me dijo que, cuando fuera su esposa, retomaríamos esa misma conversación con otra compañía —chasqueó sus manos, imitando el sonido del látigo.

Luisa se estremeció. Aquellas duras palabras correspondían a la triste realidad de muchas mujeres. Debían aceptar el esposo que eligieran los cabezas de sus linajes, sus opiniones poco importaban. Desde que nacían se convertían en moneda con la que negociar en beneficio de la estirpe, del honor de su apellido, de la red de parentesco y poder que agrupaba, que defendía la sangre que los diferenciaba del resto. Solo servían para apalabrar alianzas, aportar dotes y herencias y regalarle progenie al marido, pleno dueño de sus cuerpos, celoso requeridor de sus propias necesidades.

—Esa misma noche hui de Altobar. Mi madre me entregó todas sus joyas, dinero suficiente, ropas de hombre y un consejo: guárdate en la casa de mi sobrina, Luisa de Medrano, hasta que se solucione este desagradable asunto. Por eso estoy aquí, prima.

Después de relatarle sus males, Isabel todavía temblaba. Luisa le sirvió un poco más de vino. Comprendía bien tales argumentos, pues en esencia no diferían demasiado de los suyos propios, salvo en los peligros físicos y en el oportuno disfraz. También ella se había negado a desposar con una bolsa de dinero en forma de varón, a pesar de los esfuerzos de su progenitor, que no alcanzaba a entender la afición de su hija hacia las letras, ni su magisterio con la pluma y la palabra. Los mismos que la llevaron directa hacia el relevo temporal de Antonio de Nebrija.

—Vivimos en una sociedad en la que las mujeres solo servimos para mantener vivo un linaje o para trabajar como bestias en el campo. Tu padre y el mío nos dejaron soñar con un mundo distinto; la difunta reina Isabel quiso transformarlo, mas nada consiguió.

—Pero también ahora nos gobierna una mujer: doña Juana... —musitó débilmente Isabel.

La Medrano se sonrió con el candor de su prima.

—De poco sirve una soberana que no rige su propio corazón, y doña Juana ya lo entregó a un hombre, junto con su juicio. Quedó incapacitada para gobernar mientras su padre, el monarca don Fernando de Aragón, y el inquisidor Cisneros se disputan el zarandear a su gusto la voluntad de una mujer que no desea ocupar el trono por el que tanto luchó su madre.

Isabel asintió, sirviéndose un poco más de bebida. La vista comenzaba a nublársele y los muebles bailaban ante sus ojos, pero al menos podía olvidarse de su desamparo por unas horas.

—Y ¿qué debería hacer? —preguntó en voz tan baja que a Luisa le costó oírla.

—Depende de lo que desees, prima.

—Desaparecer.

—Un convento.

—No quiero profesar.

—Si no quieres casarte ni ser monja, ¿qué deseas?

—¿Acaso una mujer no pude elegir otras suertes distintas a esas?

—Antaño pudo. La reina Isabel trató de conseguirlo, incluso nos permitió acceder al conocimiento, asistir a las clases de algunos maestros de Salamanca, como el catedrático Nebrija.

—¿Es que nadie nos escucha? —murmuró la muchacha, al borde del llanto.

—Ya no, me temo —suspiró Luisa, cerrando los ojos.

Cuántas veces ella misma se había hecho esa misma pregunta, entre lágrimas solo escuchadas por la noche.

—¿Y qué me dices de ti? —insistió terca la Vargas, poco dispuesta a ceder ante un destino miserable.

—¿A qué te refieres? —esquivó Luisa.

—No estás casada, ni siquiera prometida, e impartes clase en la universidad.

Su prima hurtó la mirada. Desde hacía algún tiempo la cortejaba Fadrique Enríquez, un joven estudiante de Leyes sobrino y heredero del almirante de Castilla. Un partido por el que todas las damas de la corte suspiraban, un hombre amable capaz de admirarla por lo que era, no por lo que aparentaba. Alguien digno de amar, sí. Un secreto que pesaba sobre sus espaldas, que arrastraba entre las dudas de escuchar a su corazón o conseguir demostrar su valía a todos los que un día cuestionaron a Nebrija por preferirla a otros. De momento vencían las segundas, así que el pobre Fadrique había aceptado levantar su asedio a tan segura fortaleza durante algunos meses, los que Luisa le rogó que le entregara para valorar su propuesta.

—He sacrificado mucho para llegar hasta aquí. ¿Acaso crees que no anhelo encontrar a un hombre con el que compartir mi vida? ¿Que no deseo hijos a los que criar? ¿Que no sueño con amar y que por eso me escondo detrás de unos libros?

—Lo siento —murmuró Isabel, avergonzada—. Perdona mis torpes modales.

Su prima sonrió de nuevo.

—No te inquietes. Ambas, de una u otra manera, parecemos hombres: tú por las ropas que portas, yo por ejercer un oficio propio de varones. Estamos condenadas al infierno. Al menos nos haremos compañía —bromeó Luisa.

Isabel rió por primera vez en días.

—He llegado hasta Salamanca huyendo de una condena, no me importa acelerar el camino con tal de escapar del nobilísimo señor de Tilonga. O partir hacia Portugal y presentarme al servicio del rey de aquellas tierras. Mi padre afirma que mi espada es temible.

La Medrano se sumó a las carcajadas de su pariente. Tomó las manos de Isabel entre las suyas con afecto sincero. Mirándola directamente a los ojos, advirtió la fuerza que yacía en aquella mirada profunda y limpia.

—Existen otras posibilidades, pero todas ellas conllevan riesgo o menosprecio. Hoy mismo me engañó tu aspecto. Parecías un joven hidalgo recién llegado a la ciudad, dispuesto a devorar la vida o a ser engullido por ella. Ese mismo valor que has mostrado debes conservarlo, decidas lo que decidas hacer. Ábreme el corazón y dime: ¿qué anhelas de verdad?

Por un instante la mente de Isabel regresó a su casa, en Altobar. Los recuerdos cruzaron la imagen de su padre y ella compitiendo sus caballos en alocada carrera; la de su madre doña Beatriz enseñándole a leer los latines de los clásicos a la luz de una vela, cada noche antes de acostarse; la del maestro de armas de don Pedro alabando su destreza con la espada. «Quiero nacer hombre, quiso responderle», mas calló por prudencia, así que finalmente le contestó:

—Me gustaría estudiar, como tú. Mi madre llenó mi bolsa de dinero y joyas. Tengo con qué mantenerme un par de años, más con tu ayuda.

—¿Perdiste el juicio? ¿La universidad?

—Sí.

—Pero eres una mujer.

—Tú también, y no mucho más vieja que yo.

—Mi caso es diferente. Aprendí entre estas cuatro paredes y los varones que gobiernan la universidad me permiten jugar en un escenario de mentiras solo porque mi padre impartió su magisterio allí y Nebrija me escogió para sustituirle por unos meses. Cuando regrese del servicio del rey don Fernando, nadie recordará mi nombre salvo con una sonrisa de conmiseración en los labios: «Pobre Luisa de Medrano —dirán algunos—, ¿qué pretendía: un oficio de hombres?».

—Pues enséñame a convertirme en un estudiante.

—¿Con sayas? —rió su prima.

Isabel sacó pecho, orgullosa como un paladín de la frontera.

—¡Con jubón y con espada!

La Medrano se incorporó de su asiento, molesta. Caminó unos pasos, fijó la vista en las llamas y en su crepitar una alocada solución comenzó a tomar forma.

—Loca como la reina Juana —suspiró resignada—. Anda, puedes quedarte aquí un tiempo hasta que encontremos una solución a tus males. Yo te enseñaré todo lo que sé, si así lo deseas, si verdaderamente lo que quieres es aprender.

Las lindas facciones de Isabel se iluminaron.

—Aceptó.

Poco imaginaba Luisa de Medrano cuánto habría de arrepentirse de aquella oferta.

5
CADA DÍA MORIMOS, CADA DÍA CAMBIAMOS

Cuando el ama del doctor Rodrigo Maldonado entró en el despacho de su señor, este se encontraba trabajando con el maestrescuela como solía cada tarde, pues acostumbraba gobernar la universidad desde su propio palacio, al que el correoso sentido del humor de los salmantinos acabó por denominar Casa de las Conchas. El motivo de tal apodo se debía a los más de tres centenares de vieiras que adornaban la fachada principal, elemento heráldico que delataba, para quien supiera entender tal código, que su propietario pertenecía a la Orden de Santiago.

Al ver aparecer ante ellos a Edelmira de Avilés, el rector dejó sobre la mesa la pluma, cuidando no esparcir la tinta sobre el papel. La criada sabía de sobra que no le gustaba que entrasen a interrumpirle salvo causa de fuerza mayor. Y debía serlo a juzgar por la cara de Edelmira, más agria que de costumbre, lo cual se antojaba tarea difícil.

—¿Qué demonios ocurre ahora, Edelmira? —bramó.

El ama apretó los pocos dientes que le quedaban, estiró sus ropas y se irguió, molesta con el tono utilizado por don Rodrigo. Pero ¿cómo se atrevía a tratarla así ese converso afortunado? ¿Acaso se consideraba mejor que ella porque gozaba del favor de los reyes? La amistad de un monarca es voluble, fugaz aire que acariciaba el rostro o lo azotaba inmisericorde. Pero lo que no alteraba la voluntad del soberano, ni aun todas las riquezas del mundo, era la limpieza de sangre, la posibilidad de mostrar una ascendencia libre de mácula judía, conversa o mora. Algo que los diferenciaba a ambos, y de qué manera. Edelmira contaba entre sus antepasados con honorables descendientes de don Pelayo, rey de Asturias, por más que todos ellos fueran pobres como ratas. En cambio, Rodrigo Maldonado y toda su soberbia tendían a cambiar de tema cuando se abordaba la genealogía de sus ancestros o la remembranza de sus hazañas, salvo si se abordaba la de su esposa, una Pimentel de la casa de los condes de Benavente. Sin embargo, hasta con dinero e influencias un converso lograba mujer noble. Especialmente uno agraciado con porte y maneras de caballero de hidalgo viejo de casa y solar conocido, como era el caso del rector. Edelmira procedió a anunciar el motivo de su presencia ante su señor y el maestrescuela, doctor del Palacio.

—Don Rodrigo, un dominico llamado fray Álvaro de San Emiliano desea veros —informó pomposa—. Afirma traer un mensaje del cardenal Cisneros para vos muy urgente.

—¡Pues hazle pasar, necia! —gritó malhumorado el rector.

Un frailecillo se deslizó a su lado, introduciéndose en el interior con la habilidad de una rata. La criada entrecerró la puerta con simulada discreción, pegó el oído a la madera y se dispuso a averiguar qué pasaba dentro de la estancia de tanto misterio para que el todopoderoso rector de la Universidad de Salamanca y el maestrescuela la emprendieran a gritos también con aquel pobre fraile. De las voces recias de su señor solo consiguió alcanzar a oír con cierta nitidez una sucesión de insultos bravos, un par de puñetazos y el bramido de despedida con el que don Rodrigo acababa de deshacerse de su visita clerical, que se apresuró a escapar de las iras del académico topándose de bruces con la indiscreta sirvienta.

Edelmira fingió molestarse con el contacto, y, con un tono de voz tan autoritario que helaba la sangre en las venas y que solo ella conseguía alcanzar a pesar de su corta estatura, ordenó a una de las muchachas a su servicio que procediera a acompañar al fraile hasta la salida mientras ella aguardaba en la puerta cual cancerbero con sayas. Volvió al cabo de unos instantes, de nuevo a la carga.

—¿Ahora qué demonios quieres, mujer? ¿No ves que el doctor Del Palacio y yo estamos ocupados?

—Vuestra pariente, doña Luisa de Medrano, desea que la recibáis como cada semana, pero si me pedís que la despida...

Rodrigo Maldonado suspiró harto, cansado, molesto, incómodo, con ciertos deseos de estrangular a su ama. Inquietudes estas que cada vez se tornaban más frecuentes, y eso le preocupaba. Cierto que Edelmira cumplía su deber, y que su difunta esposa confiaba en ella ciegamente. Pero no le gustaba la forma en que le hablaba, ni el desprecio con que se manejaba entre el resto del servicio de la casa, cual si de la misma reina de Castilla se tratase. Algún día debería ponerla en su lugar, mas, entretanto, la visita de Luisa le ayudaría a suavizar su enfado y calmarlo.

—Adelante —gruñó levantándose para dirigirse a la puerta.

El inconfundible rostro amable de la jovencísima Luisa de Medrano apareció junto al de Edelmira. No podía existir más contraste entre aquellas dos mujeres: la una dulce, de mirada limpia e inteligente, maneras corteses, ademanes gentiles y conversación amena; la otra ajada urraca del norte, tiesa vara vieja que hacía buena la máxima de antes rota que quebrada y explicaba con su forma de ser la razón por la que tantos hombres buscaban profesar en un monasterio antes que compartir sus vidas con semejante arpía.

—Mi querida niña, ven.

—No deseo molestaros, tío —se dirigió al rector con ese apelativo familiar.

Miró al maestrescuela. Con él no tenía la misma confianza, así que se inclinó en una suave reverencia ante aquella columna catedralicia de porte distinguido, sobrio, digno. No existía en la Universidad de Salamanca varón más respetado que él, honor labrado sobre su propio esfuerzo. Hombría de bien, dos doctorados —en Derecho Civil y en Medicina— avalaban su calidad académica, amén de la religiosa, que se le suponía dada su condición de sacerdote.

Su puesto, el segundo en importancia después del rector, le permitía aprobar o denegar grados, juzgar, resolver litigios y solo responder ante el Papa de Roma. Hasta excomulgar a todo aquel involucrado de una u otra manera con la universidad, lo que, en último extremo, acababa por vincular prácticamente a toda la ciudadanía salmantina.

—Tu presencia torna en grata hasta una jornada áspera igual que esta —suspiró Maldonado.

—¿Alguna pendencia entre estudiantes? —curioseó Luisa—. Me comentaron en las Escuelas que la última votación en cátedra se saldó con más de una cuchillada.

El rector sacudió la cabeza.

—Alguien debería cambiar el sistema. Absurdo parece e irrespetuoso que tan importante decisión se confíe a los votos de los alumnos, capaces de vender su alma al diablo por un soborno jugoso.

—Barata la ofrecen.

—Un puñado de castañas, según me dijeron —comentó divertido el maestrescuela, doctor Del Palacio.

Los dos hombres más poderosos de la Universidad de Salamanca rieron.

—Ojalá se tratase solo de eso —intervino el maestrescuela de nuevo—. ¿Todavía no te has enterado de lo que ocurrió ayer?

—¿A qué os referís, don José?

—Fray Bartolomé, el catedrático de Astronomía. Hace dos días le asesinaron en las Escuelas Mayores.

La sorpresa hizo retroceder a Luisa.

—Eso es imposible —se negó a aceptarlo—. Esa jornada estuvimos juntos.

Maldonado sonrió triste.

—Conocemos la relación que os unía, el cariño que te profesaba. Lo siento mucho, pero así es.

—Si me visitó en casa —les explicó ella, incapaz de aceptar la noticia, incapaz de contener las lágrimas—. Se mostraba tan contento, tan feliz... Hablaba sin parar de un asunto que se traía entre manos y que podría cambiar el curso de la historia...

El rector y el maestrescuela cruzaron sus miradas. Un gesto que no pasó desapercibido a la joven.

—¿Quién ha sido?

—Mis alguaciles ya se ocupan de investigar su muerte. Su asesino tuvo el macabro gesto de humor de señalar con un víctor la pared. Parece que buscaba algo.

Luisa palideció intensamente. Hubo de tomar asiento.

—¿El qué?

—¿Conocer sus descubrimientos? —aventuró Maldonado.

—Fray Bartolomé apenas los compartía —murmuró ella.

—Contigo parece que sí.

—¿Qué queréis decir?

—Que tal vez te encuentres en peligro, hija —advirtió el maestrescuela—. Por tu seguridad, deberías abandonar la cátedra y marcharte de Salamanca.

La Medrano se estremeció. Si dejaba su puesto, lo perdería para siempre. No, jamás huiría por miedo.

—Piénsalo bien. Se aproximan malos tiempos para todos —insistió Del Palacio.

—No os entiendo, maestrescuela.

—Llegas en un momento complicado, Luisa —interrumpió la conversación Maldonado—. En unas semanas penderá sobre mi espalda una garrapata dominica, un inquisidor. Sin duda te has cruzado en el camino con su emisario. Un perro montañés sin domesticar, enviado para acecharme y roer mis huesos al primer movimiento en falso. Desde que Cisneros creó la Universidad de Alcalá busca mi cabeza como trofeo, tiempo ha que lo sé. Ambos compartimos un mismo interés por el conocimiento: el mío en libertad, el suyo bajo el control férreo de sus propias necesidades. Quiere Salamanca y Alcalá en sus manos, así que uno de los dos estorba. —Sonrió con cierto pesar—. ¿Adivinas su última propuesta? —Estrujó la carta entre sus fuertes dedos.

—No —respondió Luisa tímidamente.

—Te quiere a ti. La única persona que en estos momentos le interesa eres tú, o, para ser más precisos, representas el camino para cercenar el mío y estrangular la universidad hasta que se pliegue a sus reformas. Cisneros pretende obligarme a ofrecerle todo género de explicaciones por tu nombramiento, también a aceptar a uno de sus preferidos como protector de las buenas costumbres cristianas y guardián de su moralina. He aquí el nombramiento de ese personaje como visitador real o reformador. En breve sentirás su respiración sobre nuestra nuca.

—La universidad nunca ha tenido cargo semejante, que yo recuerde.

—Lo sé. Doña Isabel y su esposo siempre guardaron las libertades de la universidad. La soberana deseaba convertirnos en el puntal de sus reinos, capaz de superar en prestigio a Bolonia, bien lo sabes, corazón desde el que alimentar con sangre nueva todas las instituciones de la corte. Muchos aguardan a que cometamos un error para regresar a los viejos usos de tiempos de nuestros antepasados, cuando sobre la voz de los sabios en justicia y doctos en las ciencias de los hombres se alzaban las de los grandes del reino y las de los capelos. La desaparición de doña Isabel nos deja a manos de este entrometido de Cisneros, al menos mientras gobierne Castilla con la autoridad de la reina Juana. ¡Maldita sea! ¡Cómo añoro a don Fernando! Si el aragonés volviera a ocuparse de guiar esta hueste de necios, más de uno buscaría el destierro.

Maldonado golpeó la dura madera de su escritorio con tal fuerza que hasta los huesos crujieron. Luisa conocía bien su carácter y buscó la manera de calmarle, pero el rector no deseaba bálsamo alguno, sino una buena espada y alguna excusa que justificase una muerte o unos cuantos estudiantes voluntarios, deseosos de complacerle, dispuestos a darle una buena paliza a ese dominico inquisidor que deseaban colocar a su chepa.

—Tal vez no se trate de un mal hombre. ¿Conocéis ya su identidad?

—Juan Ruiz del Monte, señor de Candrín. ¡Por todos los dioses! Ni siquiera sé dónde se encuentra ese lugar...

El corazón de Luisa comenzó a latir nervioso. ¿Sería fruto del azar tanta coincidencia? ¿Qué hacía en Salamanca?

—En Asturias —respondió en voz baja—. Decidme, ¿sabéis más de él?

—No mucho. Un oscuro fraile de mayorazgo y apellido ralos —tomó la palabra el maestrescuela—. Un tipo que trepó por la escala de los estudios de la mezquindad hasta graduarse en el Santo Oficio. Un inquisidor curtido en limpiar la maleza de las tierras granadinas y en ofrecer al Todopoderoso suficientes almas para que ocupe su tiempo en separar a justos de pecadores, tal es su prisa en entregárselas que no distingue culpables de inocentes. Dos veces me topé con él en la corte. Jamás he visto tipo tan rastrero y vil. Tampoco más frío y calculador. Si en sus manos estuviera mi suerte, no dudes que estas canas penderían de una picota en la plaza del Azogue. Cotidie morímur, cotidie commutámur.

—Cada día morimos, cada día cambiamos —tradujo Luisa en voz baja.

Si algún inocente había de arder en la pira del odio de fray Juan Ruiz del Monte, era su prima, Isabel de Vargas. La mujer que había desafiado su poder rechazando a su único sobrino y heredero. Luisa sintió un nudo en la garganta. Al verla tan pálida, el maestrescuela se acercó a ella, tomándola de la mano.

—¿Te encuentras bien, hija?

6
LA FORTUNA SONRÍE A LOS VALIENTES... Y A LOS LOCOS

Aquellos dos primeros días en Salamanca Isabel quiso olvidar sus cuitas recorriendo las calles en compañía de Catalina, la criada de confianza de los Medrano, águila severa que guardaba las buenas costumbres y honra propias de una dama, cercenando algunas de sus locas pretensiones de curiosear aquí y allá, que más de un quebradero de cabeza trajeron consigo. De nada sirvieron las recriminaciones de Catalina, ni las advertencias de Luisa: Isabel de Vargas deseaba descubrir el mundo con sus propias manos, devorarlo, hambrienta de libertad por vez primera en su existencia.

Sin descanso caminaron por las rúas y plazas, se cruzaron en ellas con jóvenes estudiantes de edades que oscilaban entre los catorce y los veinticinco años. Muchos hidalgos, algunos ricos de generaciones de doblar el espinazo sobre la tierra, no pocos frailes y clérigos, lavanderas, sirvientas de puertas adentro, comerciantes, artesanos, vendedores de verduras y de carne, taberneros de malévolo aspecto, dignos catedráticos de bonete, dominicos, franciscanos, benedictinos, teólogos, gramáticos, juristas, médicos y astrónomos. Todos encontraban acomodo en una Salamanca tan lejana del mundo que conocía la muchacha que bien le pareciera, cada hora que pasaba allí, que un milagro la hubiera arrebatado hasta los cielos en el carro del profeta Elías.

Cuanto más conocía el mundo universitario, Isabel más admiraba el talento de su prima. No solo se trataba de un mundo de hombres, sino de una fortaleza cerrada a toda persona ajena a los usos, intrigas, manejos torticeros e intereses varios para ocupar cátedras o impartir enseñanzas. Rara vez los mejores ocupaban los puestos que merecían, al carecer de padrinazgo o fuerza de linaje.

Luisa de Medrano se levantaba pronto, ya que impartía su clase a las siete y media de la mañana en invierno y una hora antes, según le contó, en verano. A las cinco de la tarde todos los jóvenes escapaban de las aulas de las Escuelas Mayores. La vida corría a borbotones por la ciudad, su marea un día acabó de engullirla por completo en su seno, atrapada por la magia del saber.

Dos días después de su llegada, su dicha murió. Luisa acababa de regresar de su visita de cortesía al rector Maldonado. Sofocada, sin resuello, le costaba articular palabra mientras un resoplar inconstante subía y bajaba su pecho, caldeaba sus mejillas. Catalina le ofreció un poco de agua y una silla para sentarse.

—Déjanos a solas, por favor —fueron las primeras palabras de su señora apenas recuperó el aliento.

La criada obedeció sin rechistar. En cuanto la puerta selló su soledad, Luisa se aferró a las manos de su prima con miedo.

—¿Qué te pasa? Me estás asustando.

—Siéntate a mi lado —la invitó Medrano—. Sin duda Dios juega contigo.

—¿A qué te refieres?

—Ruiz del Monte vendrá a Salamanca en un par de meses, me lo acaba de anunciar el rector.

Un escalofrío recorrió la espalda de Isabel.

—Si descubre que me alojo en tu casa, me matará o peor aún: me obligará a casarme con su sobrino...

Medrano asintió en silencio. La situación no admitía palabras corteses.

—Debes huir, o nos encerrarán a ambas apenas llegue.

Isabel temblaba de puro temor y su prima la abrazó con fuerza. Ambas sabían que las paredes oyen, las calles escuchan y en cada esquina se agazapa un enemigo. Claro que la buscarían en la casa de los Medrano. Apenas llegara a conocimiento del inquisidor que en su palacio se alojaba una joven pariente.

—No tengo donde esconderme.

—Lo sé. Ojalá descubriese la forma de ayudarte, pero desconozco el camino para hacerlo. Demasiadas personas te han visto aquí. No puedo ocultarte ya —reconoció Luisa, muy a su pesar—. Márchate, prima. Nadie puede cambiar su suerte. Es la voluntad del Todopoderoso.

—Pero no puedes echarme ahora —se quejó amargamente.

—Si no lo hago, ambas lo perderemos todo: tú, la libertad; yo, aquello por lo que he sacrificado mi alma.

—Puedo fingir ser un hombre. Me matricularé en la universidad. Nadie buscará a un estudiante.

Luisa perdió la paciencia.

—¡Maldita sea! ¡Ya basta! ¡Eres una mujer! ¿Acaso no lo entiendes? Deja de luchar contra el mundo, porque ninguna de nosotras podrá cambiar lo que somos.

Isabel se mantuvo firme, sorda a cualquier razón, aferrada a la última ascua ardiendo de la hoguera de su vida.

—Si tú lo has logrado, yo también podré. Consígueme un título de bachiller y desapareceré de tu lado para siempre —le propuso en voz baja—. Eres hábil con la pluma, mejor imitando letra, y no es la primera vez, según tú misma me contaste, que realizas una falsificación.

—¿Hablas en serio?

—Vamos... Si me pillan, aceptaré el castigo sin delatarte —le rogó Vargas.

—No.

—Lo haré contigo o sin ti. Vestida de hombre, mañana mismo asistiré a mi primera clase. Luego, ya decidiré mi suerte. Quizá acuda a Sevilla para embarcarme a Indias. Allí podré desaparecer, si Dios me ayuda... porque ya que tú me abandonas, nadie más me resta.

Luisa golpeó con los dedos en la frente a su prima. Hubiera deseado arrancar de su vida esas jornadas de haber sabido el final de las mismas. Isabel se arriesgaría a participar de un derecho ajeno a las mujeres. En el fondo no eran muy distintas la una de la otra, se encontró forzada a reconocer. Por eso la ayudaría, y que Dios las protegiera a ambas si llegaba a descubrirse su engaño. Además, solo la tenía a ella.

—Falsificaré ese título de bachiller para ti. Te matricularemos en Medicina, que es la carrera con menos demanda de la universidad y no resultará complicado arrancar al rector un permiso. Yo le convenceré mañana.

Isabel se abrazó a ella, apretándola con tal fuerza que Luisa le rogó que se separara para recuperar el aliento.

—Ya tienes lo que querías —murmuró la Medrano, enfadada consigo misma por ceder ante aquella proposición absurda—. Ahora dime, ¿qué nombre utilizaste para esconder tu identidad?

—Pedro Bravo.

—Nadie sospechará de ti entonces.

—¿De verdad me ayudarás?

—¿No lo llevo haciendo desde tu llegada?

En los ojos de Luisa de Medrano brillaba una luz nueva. No negaría que el engaño la ilusionaba. Podrían hacerlo juntas, burlar a toda una sociedad anclada en el pasado. Cambiar el destino de una sola mujer bastaría para probarles que el reinado de Isabel de Castilla no fue mera ilusión, vana realidad. Bastaba con rapar mejor sus cabellos, vestir calzas y jubón algo más dignos, utilizar los ropajes de su propio padre o los de un vulgar estudiante. Ella conocía la manera de esquivar los recelos de todos esos pomposos engolados, al fin y al cabo, la universidad no tenía secretos para los Medrano. ¿Y quién negaría la entrada a un pariente de la favorita de Nebrija? Sí, la apoyaría para lograr todo lo que a ella se le vetaba. Mañana sus vidas cambiarían para siempre.

—Isabel de Vargas desaparecerá algún tiempo de nuestras vidas para dejar paso a Pedro Bravo, «mi querido pariente» —sonrió Luisa—. Pero eso no basta. Si te mantienes escondida aquí, acabaríamos por cometer un error.

—Sé que a veces los estudiantes se alojan en casas particulares.

La Medrano asintió en silencio, considerando la idea. Cierto, pero no podrían recurrir a un clérigo, ni a uno de esos píos maestros de estómago flaco y bolsa menguada, capaces de vender la sombra de su alma al diablo a cambio de un poco de carne. No. Tal vez Fadrique conociera... No, Fadrique, no. Entonces... Necesitaba un hombre opuesto a todo aquello que significaba la universidad. Un canalla que a un tiempo fuera caballero, al menos nominalmente. Un tipo que no requiriera de engaños para engordar su patrimonio. Solo un nombre acudió a su cabeza: Antonio Pimentel. Su pensamiento se convirtió en palabras, aunque ninguna de ellas impactó lo más mínimo en su prima, para quien el tal Antonio nada significaba.

—Le apodan el Bastardo, pues se desconoce el nombre de su padre. Estudia Medicina desde hace años. Si no se licencia, únicamente se debe a su condición de hijo ilegítimo —le aclaró Luisa.

Isabel sonrió. No le desagradaba. Un náufrago del destino, igual que ella.

—No pongas esa cara de felicidad, prima, porque se trata del mayor amador de putas de la ciudad. Tiene tal experiencia en catar mujeres que podría olerlas de lejos.

—Estaré perdida entonces, me descubrirá.

La Medrano compuso una mueca oscura.

—Juguemos con él.

—¿A qué te refieres, prima?

—Sencillo, Isabel: si logras engañarle, podrás desaparecer en la universidad sin que nadie sospeche de ti.

—Te probaré que puedo hacerlo. Dime dónde buscarlo.

Luisa se encogió de hombros.

—¡Quién sabe! A estas horas, supongo que en el barrio de la Mancebía, allende el puente romano que cruzaste para venir a Salamanca desde Altobar.

—¡Iremos ahora mismo!

—No.

—¿Por qué?

—Antes debo falsificar un título, conseguir un permiso, engañar a un rector, ocultar la identidad de mi prima, averiguar cómo podré dormir esta noche con el peso de tanto pecado... —bromeó la Medrano—. Además, el camino hacia la Mancebía deberás hacerlo sola. Una dama como yo no debe mezclarse con esa gente, pero un caballero como Pedro Bravo bien podría buscar allí a nuestro Antonio.

Se le erizaron los cabellos solo de pensarlo. ¿Ella entre las prostitutas de Salamanca buscando a un sinvergüenza? Luisa se rió y, con sus carcajadas, se alegró el mundo.

—¿Qué inquisidor habría de buscarte allí llegado el caso?

7
UN CABALLERO EN UN ARRABAL

—¡Agua va! —le gritaron desde lo alto, pero no a tiempo de evitar que una lluvia de orines le empapara de arriba abajo las vestiduras.

Enfurecida, Isabel de Vargas gritó tan fuerte que su caballo se alzó de manos, asustado por el genio de su jinete, que no podía imaginar humillación peor que aquella, ni en lugar más despreciable.

—Dios mío, ¡qué asco! —mascculló como pudo, evitando pensar demasiado en el líquido elemento dorado y caliente que resbalaba sobre sus manos y rostro.

A su alrededor, una nube de curiosos aguantaba con dificultad la risa instantes antes de romper el silencio con sus abiertas carcajadas. Y es que la escena, protagonizada por otro, resultaría cómica hasta para su protagonista. Allí estaba ella, vestida de hombre y rodeada de putas viejas y chulos desdentados que coreaban con sus chascarrillos la gracia del ama de burdel que acababa de arrojar sobre su cabeza un orinal repleto, justo en la calle central de la mancebía de Salamanca. Un arrabal sito en la otra orilla del Tormes, fuera de las murallas, comunicado con la decencia por un viejo puente romano, en uno de cuyos accesos un toro tallado en piedra advertía al visitante que las malas gentes no eran bien recibidas en la ciudad, y que se apiñaban justo en el lugar en el que ella se encontraba en aquel preciso instante.

Sin pensárselo demasiado, descabalgó, cruzó la calle, y de un empujón abrió por completo la puerta de madera vieja que daba acceso al prostíbulo desde el que le habían tirado las aguas sucias. A grandes zancadas subió hasta el primer piso, donde la maldita puta aferraba un segundo instrumento diabólico, tan cargado de mercancía como el primero. Isabel la agarró de los pelos y, sin compasión, introdujo su cabeza en los orines antes de soltarla. Los berridos de la mujer alertaron a toda la casa.

—¡Qué, maldita puerca! ¿Te satisface el aroma? —le espetó.

—¿Y a ti te ha gustado, muchacho? —preguntó una voz varonil a sus espaldas.

Isabel quiso volverse, pero la punta de una espada, fija entre sus riñones, se lo impidió. Mostró sus manos al desconocido mientras la vieja escapaba a gatas del lugar jurando venganza sobre toda su genealogía muerta.

—Supongo que no tanto como a vos, señor, que probablemente habéis contribuido a la ofrenda, ya que os encontráis aquí.

El hombre se rió al tiempo que el hierro dejaba de marcar la carne de su presa.

—Dices bien. ¡Y varias veces!

—¿Puedo volverme sin que me matéis?

—Puedes averiguarlo por ti mismo, chico.

Lentamente, la mujer se giró hasta encararse por completo con el entrometido. Se trataba de un tipo de edad imprecisable, pero que parecía rondar los veinte años. Alto, desgarbado, de cabellos rubios tan sucios que se tornaban irisados con el juego de la luz que se filtraba por la ventana, barba de varios días y una expresión de burlón interés que completaba el espejo de unas facciones finas. Apuntaban estas a un caballero, al igual que sus manos fuertes y bien cuidadas, la única parte de su anatomía que mostraba con cierto pudor. En la diestra portaba un anillo de oro con una piedra roja engarzada de indudable valía. Isabel le recorrió con la mirada hasta toparse con la espada, de buen acero toledano, que mostraba en su cruz las armas del linaje de los Enríquez, almirantes de Castilla.

—Por mucho que me mires, no descubrirás nada más que lo que hay. Soy lo que ves, amigo —se burló el tipo, exhibiéndose ante ella descarado.

—¿Y qué sois?

—Hasta que no intimemos más, para ti simplemente un caballero que conoce la forma de hacer felices a las mujeres.

—No me habéis contestado.

—¿Acaso debería, rapaz insolente?

—¡Por supuesto!

Por un momento el hombre se detuvo a considerar que si cualquier otro hubiera osado hablarle así, le habría matado en el acto, pero aquel muchacho le divertía. Delgado árbol joven, pálida tez e imberbe, solo aquellos ojos grandes de intensa luz parecían vivos en ese momento. Y en ellos leía con nitidez su miedo, una confusa mezcla de ira, temor y asco que aumentaban su desamparo tanto que acabaron por ablandarle el corazón.

Seguramente el chico acababa de llegar desde cualquier villorio de León o de Castilla y su padre, sin duda un hidalgo con escaso mundo a las espaldas, pretendía servirse de la Universidad de Salamanca para que a través del estudio el muchacho alcanzara mejor posición que él. Conocía la historia, repetida una y mil veces. En tiempos también fue la suya, así que Antonio envainó la espada y buscó un trapo que ofrecerle para que se limpiara.

—¿Acaso te has perdido, amigo? —le preguntó amable.

—No soy vuestro amigo —respondió Isabel, incómoda con el interrogatorio.

—Haces bien, nada ganarías con mi amistad.

El joven sonrió sin perder la compostura y ella se sonrojó avergonzada.

—Vengo de la Extremadura —refunfuñó.

—Alguien debería haberte advertido de la catadura de la gente de este arrabal. Tal vez entonces no hubieras sido tan osado.

Caminó hacia ella. Con cada paso que daba, un fuerte olor a sudor añejo impregnaba el ya de por sí fétido aire de la estancia donde se encontraban. Incómoda, se alejó de él. El cuartucho, adornado por una escuálida yacija arrinconada en una esquina, una silla, dos orinales de barro de negra pez y una jofaina con una jarra al lado para lavarse, no podía asemejar más miserable.

Isabel evitó aproximarse al hombre y al mobiliario todo lo que pudo, mientras se acercaba hasta la vasija de agua para lavarse un poco toda aquella porquería. Cierto que las ropas deberían limpiarse apenas llegaran a su destino, pero al menos podía arrancarse la sensación de suciedad de la piel. Nunca hasta entonces había agradecido tanto la frescura del agua. Cuando hubo terminado, sacudió las manos en el aire para evitar todo roce con aquella mugre que la rodeaba.

—¿Ya te sientes mejor, muchacho?

—¿Acaso os importa mucho? ¿Por qué no me dejáis en paz de una buena vez?

—Más te interesa a ti que a mí el que me quede, porque si quieres salir vivo, me necesitarás, chico. Cuando llegué acababas de herir el honor de la madre Josefa, toda una institución aquí.

—¿La madre?

—Con ese nombre se conoce en la ciudad a las viejas putas, aquellas que dominan el oficio pero asemejan monjil apresto fuera de estas paredes. Josefa es la puta con más solera de las mancebías. A una sola voz suya, y no dudes que ya la ha dado, acudirán decenas de rufianes dispuestos a rebanarte el pescuezo.

Isabel se estremeció. Convocados por el mismísimo diablo, en aquel preciso instante varios hombres golpeaban con puños y hierros la puerta de acceso a la estancia. Retrocedió unos pasos, asustada. Si vistiera de mujer, todo resultaría más sencillo, pero aparentaba ser un hombre y debía mantener su mentira hasta el final, especialmente ante aquel desagradable tipo que, de adivinar siquiera su sexo, probable se le antojara gozar de ella sobre la desvencijada cama. «Dios mío, protégeme», rezó aterrorizada cerrando los ojos. Un capón se los abrió de golpe. Aquel bruto acababa de sacudirla en el cogote.

—¡Idiota! Hay que ser hombre para ofender y para sostener el reto. Desenvaina y colócate detrás de mí. Yo te sacaré de aquí.

El caballero la empujó sin muchos miramientos, justo a tiempo de ocultarla cuando la madera de la puerta estalló ante la presión de una soberana patada. El autor de la hazaña rozaba la altura de la habitación y su sola cabeza, el perímetro de uno de los dos orinales, mudos testigos de la escena. Cruzaban su rostro de animal bien alimentado varias cicatrices de diverso trazado y grosor, que le conferían una extraña imagen de engendro demoníaco. Directamente del infierno regresó la vieja, flanqueada por cuatro brutos desdentados como ella aunque jóvenes, todos armados de cuchillos, incluso la puta, que con diabólica habilidad cambiaba el arma de mano, girándola en el aire mientras sus ojos oscuros como el alma negra del diablo se empequeñecían dispuestos a cobrarse tan tierna presa.

El miedo llevó a Isabel a buscar el amparo de su compañero, apretándose contra su espalda. Este la rechazó de un suave empujón.

—Que corra el aire entre los dos —le gruñó, molesto con el contacto.

Le gustase o no, la muchacha se encontró obligada a enfrentarse a aquellos bárbaros que ya se deleitaban con su muerte. Respiró varias veces para calmarse, y recordó las enseñanzas de su padre. Desenvainó su espada, abrió la guardia, se dispuso a defenderse. El primero de los ataques le llegó desde la derecha, tan recio que la hoja del arma tembló en su mano. «Mal —se dijo enfadada—. Corrige la postura.» Con habilidad esquivó las siguientes estocadas, ganando el espacio suficiente para combatir con uno de ellos, más tarde con dos, asediada por todos los flancos salvo por la espalda. Miró a su compañero de cuarto en busca de auxilio, pero él se recreaba en la lucha, comentando las incidencias con la vieja y a todas luces disfrutando de aquel espectáculo inesperado.

—Luchas bien, chico —le animó.

Ella bufó mientras con la diestra frenaba en seco una estocada.

—Arriba, no bajes el filo —aconsejó burlón.

Isabel notaba el brazo dolorido. Con cada nueva acometida el entumecimiento iba escalando de la muñeca al codo, del codo al hombro... Necesitaba algo más con lo que detenerlos. De reojo, buscó en la estancia cualquier objeto lo suficientemente cercano como para convertirse en arma arrojadiza pronta y eficaz. Alcanzó al fin la silla con la puntera y de un golpe brusco la levantó en el aire. La capturó con la zurda antes de lanzarla hacia el que tenía más cerca. Oyó la risa del joven caballero.

—¡Eso no ha estado mal!

Isabel volvió los ojos hacia él, implorando su ayuda, mas todo lo que consiguió fue que le devolviera una sonrisita de condescendencia.

—No me mires a mí, sino a ellos. Vamos, ¡no te despistes!

Despegó de él la mirada justo a tiempo para impedir que de un tajo le rebanaran la cabeza. Un salto atrás, espada en alto, sin resuello. Pasos que se entrecruzan, temor, cansancio, desesperación. En su cabeza se mezclaban sus propios miedos con los consejos de su padre cuando cruzaban en un juego sus aceros cada mañana: «¡Ataca, ataca, ataca!... *voy a acabar muerta*... ¡protege la izquierda!... *en una casa de putas*... ¡no bajes la guardia!... *y vestida de hombre*...». Enredada en oscuros pensamientos, su entrenamiento templó el ánimo y devolvió firmeza a su diestra. Por primera vez, los rufianes comenzaron a defenderse, no a atacar. La sonrisa de Isabel borró la que hasta en ese instante había en los labios del joven espectador: el divertimento mudó en curiosidad, quizá también en respeto.

Isabel consiguió mantener a raya a sus dos atacantes, hasta que un tercero se sumó al empeño y en apenas unos instantes, ella se encontró en el suelo. Uno de aquellos salvajes bajó su arma, dispuesto a matarla, pero se topó con un impedimento inesperado en su camino: la espada del caballero.

—Ya está bien, madre. La lección ha terminado. Dejadle marchar, es solo un crío.

La vieja avanzó hacia el hombre.

—Aparta, bastardo de los Pimentel. Esto no tiene nada que ver contigo —le advirtió.

Isabel se sorprendió: aquel tipo era el que buscaba. Ciertamente, no existían las casualidades...

—Tampoco con ellos, madre. —Señaló a los animales que la acompañaban.

—Esta rata me ha ofendido, exijo una reparación.

—Yo he sido testigo de su exceso y de tu torpe puntería. —Apuntó a la vieja con la punta de la espada, sin perder de vista a sus acompañantes—. Si sois buenos cristianos, así me consta en tu caso, amiga mía, olvidaréis este engorroso asunto a cambio de un par de monedas.

—No quiero las tuyas, Antonio Pimentel. Es el chico quien debe pagarme con su bolsa... o con su sangre. Conoces bien nuestras leyes.

—Y tú las de la justicia de Salamanca, madre. Si acabas con la vida de un caballero, y este rapaz lo es, te ahorcarán en la plaza mayor.

—No si os trinchamos a los dos antes. Los cerdos tendrán buena comida hoy si nos deshacemos de vosotros. Si no encuentran los cuerpos, nada ha ocurrido —gruñó el más alto de los animales presentes.

Antonio soltó una carcajada, palmeándose la frente.

—¡Anda, pero si habla el noble bruto! Pensé que aprendiste la lección la última vez que peleé contigo y cerrarías el pico. ¿Acaso has olvidado que casi te corto la lengua entonces? He de practicar más para afinar la puntería, porque tus rebuznos resuenan en mi cabeza con tanta intensidad que rara vez concilio el sueño después de oírlos, y hoy deseaba dormir.

El ofendido asno embistió al caballero, que esquivó con habilidad su ataque. Tropezó el gigantón con la cama, trastabilló y acabó con sus huesos en el suelo justo a tiempo de descubrir que una línea de sangre cruzaba sus nalgas de este a oeste, ofreciendo al aire las carnes generosas de sus posaderas, al romperle los calzones el acero de su oponente. Quiso incorporarse, pero la punta de la espada de Antonio señalaba su cuello con suficiente fuerza para desistir del empeño, así que dejó su venganza para mejor ocasión y se arrastró lejos.

Antonio arreó un capón a Isabel.

—Chico, despierta. ¿Tienes algunos maravedíes? —preguntó el caballero.

—Sí.

—Pues dáselos a la madre y vayámonos de aquí antes de que alguien salga herido, y no me refiero a ellos.

La muchacha rebuscó en su bolsa y extrajo de ella cuatro monedas. Suficientes para pagar el honor magullado de la prostituta y salir con vida del apuro. La garra de la vieja se las arrebató antes de decir amén.

—De acuerdo, bajad las armas. Podéis marcharos en paz, aunque conoces la pena por agredir a una dama.

—Sí, madre —rió Antonio envainando de nuevo la espada.

—¡Pues al agua con ellos!

Los truhanes tomaron en volandas a Pimentel y a la muchacha. A empellones los sacaron de allí, descendieron las escaleras y los expusieron al escarnio del pueblo que se arremolinaba delante de la casa.

—¿Qué hacen? —chilló Isabel.

—Relájate, es un buen acuerdo —le aconsejó el caballero.

Sostenidos en tan precario acomodo, los llevaron a la carrera a través de la calle principal del barrio de Allende la Puente, hasta llegar a la orilla del Tormes. Allí los tomaron por los pies y las manos, cogieron fuerza y los arrojaron sin piedad al río. Los gritos de la joven alertaron a las aves, que elevaron el vuelo entre graznidos. Como pudo, nadó hacia la orilla, donde por arte de magia ya la esperaba Antonio, empapado como ella, riendo feliz el resultado de su aventura. Apenas rozó la tierra, la madre Josefa escupió a sus pies.

—¡Y no vuelvas a asomar la cabeza por aquí! —amenazó entre grandes gestos de enfado—. No todos los días tendrás la suerte de cara y te amparará este buen amigo.

La turba se deshizo, terminado el espectáculo. Derrotada, humillada, Isabel se dejó caer al lado de su salvador hasta que un alma caritativa le acercó el caballo y la ayudó a montar de nuevo. Como pudo, protegió su intimidad envolviéndose rápida en el manto para ocultar sus formas femeninas. Desde lo alto de la silla, la mujer recuperó un poco de entereza, la suficiente para musitar un gracias que apenas se oyó por culpa del castañeteo de sus dientes.

Antonio, plantado delante de ella, acariciaba la testera del animal, que se dejaba hacer. Pasado por agua, marcado su pecho poderoso por la empapada camisa, su aspecto no era tan repugnante como le pareció cuando se conocieron.

—Muchacho, olvídate de lo ocurrido y respira tranquilo. Las

amenazas de la madre solo son palabras. Le puede la codicia, y si tu bolsa está repleta, podrás regresar por aquí siempre que quieras.

—¡Oh, dudo que lo haga!

—¿No te gustan las mujeres? ¿Acaso eres cura?

—¡No!

—Entonces te ha traído hasta aquí tu interés por la universidad.

Isabel respondió con una inclinación de cabeza.

—¿Tu nombre?

—Me llamo Pedro Bravo —murmuró tan bajito que hasta a ella le costó oírse—. Y vengo a buscaros a vos. Dicen que a veces alquiláis habitaciones a los estudiantes. Me envía doña Luisa de Medrano.

El caballero le tendió su diestra.

—¿Suena vuestra bolsa? ¿Pesa de reales y ducados?

Isabel se la mostró. Pimentel rió feliz.

—Entonces así es, compañero. Bienvenido a Salamanca.

8
LA CAPITAL DEL SABER

—Quizá te sorprenda la ciudad, sin duda más grande que el villorio del que procedes, chico —le provocó Pimentel, montando a su lado—. Salamanca es la capital del saber de estos reinos, hija mimada de monarcas, refugio de clérigos, estudiantes y truhanes.

—Y de vos, ya que pertenecéis a una de esas categorías —cortó algo molesta Isabel.

Antonio sonrió atusándose los cabellos, todavía mojados después del baño, sucios del ejercicio de la noche anterior. Emparejado a su compañero, recorrió el puente romano sobre el Tormes, la frontera que separaba la urbe del barrio de la Mancebía.

—Más bien soy cofrade de varios —bromeó conteniendo el paso de su caballo.

—Dejad que adivine.

—Mejor que no, o habría de arrepentirme pronto de aceptarte como huésped. Bueno, persígnate: acabamos de cruzar el umbral de la ciencia.

Pimentel soltó las riendas para abrazar el aire de la ciudad. Respiró hondo, cerró los ojos, y espoleó los ijares de su montura suavemente. Enfrente de ellos se alzaba la Puerta del Río, una de las que rompían la muralla de Salamanca. A lo lejos podía distinguirse la silueta de la catedral y algunos edificios singulares, de los que ofreció cumplida cuenta a su compañero.

Admirada, la Vargas seguía con la vista sus explicaciones sobre el pasado más reciente de la ciudad, favorita de los Reyes Católicos. Habían nombrado a su hijo y heredero, el difunto príncipe don Juan, señor y gobernador de ella. Fue allí precisamente, en Salamanca, donde murió en 1497, provocando con su desaparición todos los males que vivía la corona en aquellos tiempos, pues su hermana Juana, esposa del archiduque Felipe el Hermoso, pasó a convertirse en heredera del trono. Así que en aquella ciudad, de alguna manera, había cambiado el devenir de los reinos de España.

—Si te arrepientes de entrar en ella, todavía puedes volver a tus tierras a cultivar ajos, muchacho —le pinchó Antonio Pimentel una vez más.

—¡Y vos a repoblar las Alpujarras, si es que os restan fuerzas! —chilló Isabel, poco dispuesta a ceder en aquel duelo.

—Pedro Bravo, eres burro y torpe de modales. Y no retiro ni una sola de las palabras, que deberían ser más que insultos si en lugar de un aprendiz de hombre fueras un caballero hecho y derecho. Deberías aprender maneras antes de buscar pendencia con el mundo, pues bien pareciera que deseas que alguien te vapulee el trasero o cruce su acero con el tuyo —le reprendió Antonio.

Isabel agachó la cabeza. Acostumbrada a que los varones admiraran sus talentos o su belleza, ahora, disfrazada de Pedro Bravo, no sabía muy bien qué hacer. ¿Le correspondía abofetear a ese pretencioso? ¿O sencillamente dejarse aconsejar como un pobre muchacho de pueblo para no cometer un error tan estúpido como el que había provocado el incidente que acabó con sus huesos en el Tormes?

Ni ella misma tenía la respuesta correcta, así que permitió que su guía hablara y hablara sin parar para poder disfrutar de la ciudad que habría de convertirse en su nuevo hogar sin que nadie la estorbara. Porque dos hombres a caballo con sendos aceros al cinto apartaban a los malhechores, aunque en el caso de su acompañante, todo un plantel de posibilidades les abría sus puertas, visto su peculiar pelaje.

De camino hacia el interior de la ciudad, Pimentel, de verbo más que generoso, le explicó que allí, entre el Tormes y la Puerta del Río, se encontraba uno de los mesones más conocidos: el de Alfonso González Leal, a quien apodaban Ojituerto, y que alquilaba algunos aposentos a los estudiantes.

—¿Los alquila? —mostró su interés Isabel, más para provocarle que porque le interesara el tema.

—¿Sordo además de necio? —refunfuñó su compañero, a quien molestaba soberanamente que le interrumpieran.

Antonio se volvió para mirarla. Justo a su espalda se entreveían las letras de elegantes trazos que anunciaban el negocio: Mesón del Estudio, pero que, con el caballero justo en el medio, bien pudieran ser leídas como Mesón del Estúpido, en su honor. Isabel se sonrió malvada al considerarlo.

—No tiene tan mal aspecto, si me lo permitís —le fustigó de nuevo.

—¡Qué! —chilló escandalizado Pimentel—. ¿Además de torpe y pendenciero te gustan las gorrineras? Ojituerto es uno de los tipos más desagradables de la ciudad. Gusta de echar al pote todo tipo de desperdicios para conseguir más consistencia en sus guisos. Desconfía de su comida, si alguna vez osas probarla, pues no ha de sorprenderte encontrar algún hueso mondo y lirondo de cristiano. —Sus ojos brillaron—. Sabe, amigo mío, que este mesón ni siquiera le pertenece, sino que lo arrienda a la universidad, que así amplía su negocio del espiritual al terrenal mundo, pues en ambos se obtienen suculentos bienes bendecidos por Dios. —Se persignó—. Di amén, impío, y abandonemos este pernicioso lugar.

—Amén.

Sin duda Pimentel era un tipo peculiar. Casi tanto como el penco que montaba, de fuertes ancas y estampa noble, pero que cabeceaba aburrido de izquierda a derecha, como si saludara a los ciudadanos que se encontraban en su camino. «A tal amo, tal criado», pensó la joven, advirtiendo que la mayoría de los hombres con aspecto de canallas y las mujeres de buen ver y pícaro aspecto con las que se cruzaron saludaban cordialmente a su compañero. Su prima Luisa tenía razón: no existe mejor manera de desaparecer que confundirse con la multitud gracias a un buen guía.

Ya dentro de la muralla tomaron el camino que habría de llevarlos hasta los edificios de la universidad, a través de una calle en la que no faltaban negocios a ella vinculados, especialmente libreros, que anunciaban sus mercancías llegadas desde Italia, los unos con carteles, los más con la sobriedad de su propio nombre, cual si de una embajada de la gentil Venecia se tratara. Alguna mujer en la puerta, la mayoría hombres, rectitud en la estampa, firme resolución en la mirada, aquella vía era bien distinta a la que habían abandonado. En la primera se acumulaba la vida, en esta otra, el saber. La muchacha quiso detenerse allí, pero el caballero, aburrido del viaje o deseoso de alcanzar su destino después de toda una jornada sin dormir, golpeó con suavidad los molos de la montura de Isabel, que abandonó su paso calmado.

—Veo que te gustan las tiendas, rapaz. Sin duda tu experiencia mundana es corta, ya que desprecias los escotes de las damas y sus nalgas para entregarte a la sapiencia de esas cuatro paredes llenas de códices viejos y pergaminos quemados por las velas pero que aún se venden a buen precio. Mucho usurero detrás de pluma y tintero.

—Toda una rima, señor poeta.

—¡Cretino engreído! —Le arreó el segundo capón de la jornada, esta vez con cierto afecto—. Usureros, sí. Los libros que aquí se venden proceden de imprentas italianas porque hasta los propios doña Isabel de Castilla, que en paz descanse, y su esposo el aragonés consideran de mejor factura los ejemplares que allí se gestan que los que puedan coserse en estas tierras. Juan de Porras y Rodrigo Escobar, cuyas librerías acabas de ver hace unos momentos, bien que se benefician de estos tejemanejes y alzan los precios a su placer.

—¿Y por qué los estudiantes de Salamanca no adquirís los libros de vuestro estudio directamente en Italia?

—¿Me ves cara de ricohombre, muchacho?

—No, pero...

—¿Dónde me dijiste que habíais adquirido el grado de bachiller en Artes?

—En Bolonia —mintió Isabel.

—Claro.

—¿Qué queréis decir?

—Que lo que Bolonia no da Salamanca no presta.

—¿Qué?

—Nada. Que si quieres libros, yo te los conseguiré a buen precio.

—¿También mercadeáis con la cultura?

—Con todo lo que viste, calza, lee, come, duerme y ama.

—Observo que poco parecéis estudiante y más bribón, si solo valoráis la carne y no la ciencia del alma.

Antonio se rió. A esa corta distancia, sus ojos azules se tornaron más claros que el cielo limpio de nubes que los cubría. Guardó silencio un instante e Isabel se sonrojó.

—Está bien, está bien, chico —prosiguió su camino—. Creo que tanto cura a tu alrededor en Bolonia te ha aflautado el carácter. ¿Podemos apearnos el tratamiento?

—Sí, claro.

—¿Eres virgen todavía? —preguntó Pimentel, para desquiciarla un poco más.

—¡Nada te importa! —Se sonrojó, espantada.

—Mudo entonces.

—Más bien caballero.

—¿Y cuál es, según tu docta opinión, la esencia de la caballería, muchacho?

Isabel se aguantó las ganas de responderle que su antítesis, pero se reprimió.

—Lo que al caballero le hace serlo es su comedimiento en el hablar y ante los vicios, su generosidad con los demás, su honestidad en el vivir y su valor en la lucha.

Pimentel valoró unos instantes tan larga descripción. Sonrió de forma extraña, oscura.

—Sopesando tales principios, y si exceptuamos el último, verdaderamente no soy un caballero. Pero en cambio conozco lo suficiente el mundo para saber que lo que necesitas para quitarte tanta tontería de la cabeza es más bien terrenal y menos filosófico. Este domingo que viene te llevaré a la taberna de las Ocho Beatitudes, y te invitaré a bien comer y a yacer con mujeres. Allí conocerás a los auténticos *caballeros,* parlanchín mojigato. Entretanto, volviendo a lo que nos atañe, que es tu alojamiento, te explicaré mis condiciones, pues ya hemos llegado a mi casa. Chico, ¿dices que te envía doña Luisa de Medrano?

—Si he de ser tu huésped, llámame Pedro, porque con tanto «chico», «muchacho», «mojigato», «necio» y «burro» comienzo a dudar de mi propio nombre —gruñó Isabel.

—Pedro, creo que te has confundido: no has de ser mi huésped, sino mi inquilino. Una vez acordemos precio, tendrás acomodo en una estancia limpia y amueblada con lo necesario, comida tres veces al día en la cocina con los otros estudiantes, y tu ropa, si así lo deseas, puede confiarse a una lavandera a costa de tus dineros. Todo en esta ciudad tiene un precio y, si estás dispuesto a pagarlo, ninguna mejor que Salamanca. Tenlo presente antes de cruzar el umbral de esta puerta. —Señaló a la derecha antes de descabalgar.

Lamiendo la calle sobre la que se apoyaba la iglesia de San Julián y Santa Basilisa, ante sus ojos se alzaba un palacio de antigua factura cuya entrada principal lucía orgullosa las armas de la familia Pimentel, un cuartelado de fajas y veneras, adornadas de todo tipo de ornamentos exteriores al escudo como un yelmo antiguo, lambrequines rotos y alguna otra indescifrable pieza. De piedra limpia, aunque algo desgastada por el paso del tiempo y los cambios de fortuna, denotaba la calidad de su propietario, la antigüedad de su linaje. La casona era casi frontera de aquella que llamaban de los Sexmeros. Lucía una solitaria torre cuadrada, almenada y en ella otro viejo blasón: el de los Quiñones. Aficionada a los relatos de caballeros, a las genealogías y todo tipo de patrañas heráldicas desde niña, para los ojos expertos de Isabel bastaba con esos datos para entender que detrás del pellejo de buscavidas de su compañero se ocultaba algo más, aunque se empeñara en esconderlo enterrándolo bajo capas de vulgaridad soez. Aquel hombre que caminaba a su vera tenía el porte de un rey, su solar se mostraba antiguo, ¿por qué ocultaba su calidad? ¿Acaso también él escondía algún oscuro secreto?

9
UNA TABERNA DE OCHO BEATITUDES

La taberna de las Ocho Beatitudes, en la calle de San Isidro al Azogue Viejo, debía su pulcro nombre al ramillete de viejas putas que un buen día decidieron retirarse de su noble oficio para regentar negocio propio sin depender de varón. Entre las ocho sumaban capital suficiente para mantener a toda la ciudad de Salamanca durante un año sin resentirse en sus haciendas. Hábiles en la lucha cuerpo a cuerpo, tejían influencias que atrapaban en sus redes por igual a clérigos, catedráticos, nobles, alguaciles y bravucones. A diferencia de otros establecimientos, se regían por sus propias leyes, aunque no faltaron en su camino corregidores que tratasen de embridar su libertad con reglas propias de melindrosos, beatas y conversos de pijo recosido.

Reinaba sobre ellas la madre Gorgonia, cuyo porte monjil ocultaba a un oficial digno de una coronelía del Gran Capitán. Morena de pelo rapado que no ocultaba las canas, en su cara estirada cual tenso pergamino alisado por afeites de mancebía se pintaban dos ojos oscuros, pozos del infierno iluminados por el furor del propio Satanás cuando algún incauto osaba corregirle, replicarle o sencillamente mostrar una opinión distinta a la suya en cualquier tema baladí. Su lema vital, «¡así y punto!», resumía su temperamento con iguales e inferiores. Pero si a su mesa se sentaba prócer de galana bolsa sonante y perfumados guantes de corte, nadie como ella embelesaba al varón, hasta arrebatarle la sangre de sus haberes y sus arrestos, hasta trocarlo eunuco.

Con semejante ángel del Averno a su frente, nadie en Salamanca osaba tocar un pelo a nuestras ocho damas, menos aún aquella tarde que la madre se sentía algo indispuesta, mas no por femenina condición, pues ha mucho que sus carnes dejaron de gozar de la juventud, sino por resaca mal llevada, hija de un lance amoroso con un poderoso señor.

Por eso, cuando Antonio Pimentel y su gallardo compañero Pedro Bravo pusieron pie en la taberna, los cielos de madera de su techo anunciaban tormenta o tempestad. Olía a una desagradable amalgama de vino, sudor y perfumes, embriagador aroma que impregnaba el cuartucho sito a la izquierda, donde se vendía al por menor el fruto de la vid más o menos aguado, y en el que se apilaban las medidas de madera, el cuartillo, los coladores, las tinajas. Todo ello bien visible e identificado con las cédulas de los precios y las procedencias: aquí Toro, densa sangre; acullá el de Navarra, bien preciado; y, escondido tesoro, el del valle del Guadalquivir, dulce y afrutado, que alejaba las penas de las mujeres y convertía a los hombres en mancebos apetecibles antes de encaminarse a las estancias de la planta superior de la taberna.

Completaba la plaza un amplio espacio de mesas y bancas ordenadas, que permitían circular con cierta comodidad y sobre las que se disponían escudillas, vasos y pequeños cántaros, más o menos llenos, que eran acariciados por blancas manos de estudiantes y oficiales, en otras paisanos de tosca barba, buena panza y cuello corto, vencidos por toda una noche de juego y una mañana de agonía sobre las cartas hasta perder los pocos maravedíes que les restaban; los más simplemente disfrutando de un rato de compañía alegre con las mozas taberneras o de soledad justificada en el inventario aburrido de la cocina aneja, en la que se apilaban anafres de hierro, sartenes, trébedes, algún que otro caldero, amén de las tinajas de agua y las cántaras de vino, sin olvidarnos de las orzas provistas de alimentos dispuestos para sorprender al comensal. Sorprender, a fe, porque estando prohibida la caza en estos lares poco recomendables, en la taberna regentada por la madre Gorgonia se cataban manjares dignos de la mesa del marqués de Santillana o del rey don Fernando, algunos procedentes de las afortunadas cacerías de ciertos clientes poderosos, que con ello compensaban noches de difícil olvido.

Aquella mañana de domingo, según las normas comunes a estos establecimientos, la taberna no debería encontrarse abierta, pues, hasta que finalizara la misa mayor de la catedral, la costumbre aconsejaba respetar esta celebración. Mas Gorgonia llevaba muchos curas, canónigos y obispos a las espaldas, aparte de algún que otro inquisidor, para preocuparse de privar a su negocio de unas horas de generosa pitanza para sus arcas. «No lo hago por mí, hermanas, sino por vuestro bien. Sabéis que todo mi esfuerzo redunda en vuestro beneficio. ¡Qué más me gustaría a mí que no tener que centrarme en tales afanes, sino en glorias más celestiales!», solía justificarse con sus socias más pías.

Pero ese santo día, ni la corte seráfica acompañada de tamboriles y flautas podría levantar su ánimo. Incapaz de ocultar las consecuencias de una buena cogorza, la madre avanzaba hacia Isabel y su acompañante con la fuerza de un semental de buena planta: bien adelantado el pecho, fuerte, poderoso todavía, avanzada la testuz, de resople encendido y corto, dientes apretados y manos en la cintura. A tan corta distancia, Isabel consideró la posibilidad de huir de aquel lugar, mas Pimentel, acostumbrado a plazas menos galanas, apretó su diestra con la fuerza del temple bregado de quien ha recibido cornadas dolorosas en el oficio de escurrir el bulto cuanto la sangre ahoga la razón.

—Qué privilegio —mugió—. Nos honra de nuevo un viejo amigo, vástago de una noble estirpe de condes y grandes señores, el hijo de doña Beatriz y de... no recuerdo el nombre de vuestro padre, señor caballero.

—¿Acaso vos lo conocéis, mi señora? —bromeó siniestro—. Yo no. Pero a qué preocuparse por tales nimiedades, si el sol refulge en la estancia con la entrepierna más solicitada de Salamanca.

Como si ante la mismísima reina doña Juana se encontrase, Antonio se destocó, inclinando la cabeza para frenar en seco a la bestia. Logrado su propósito, besó su mano con devoción filial. Gorgonia desfrunció el ceño de cejo único.

—Deja las zalamerías, Pimentel. Todavía me debes cincuenta maravedíes de las perdices que te conseguí y la cántara de vino dulce que se llevó tu criado Martín.

Antonio fingió sorprenderse.

—Pero, madre, llevo una semana esperando por ti para compartirlas —coqueteó galante—. Sin duda has estado demasiado ocupada besando el jarro para atender el requiebro de un pobre estudiante sin fortuna. Dicen que has resucitado la dormida verga de algún que otro dominico recién llegado.

Gorgonia rió. Acababa de llamarla borracha, pero con el ingenio de los burladores. El caballero tenía un encanto especial, sabía tratar a las mujeres, podía llevarlas al cielo o a la perdición. Se parecía tanto a su madre... Recordó por un instante a doña Beatriz Pimentel en los ojos de su hijo. Dama de la corte de Isabel de Castilla, por su cama desfilaron los principales nombres de estos reinos y de Aragón. Para algunos, Antonio pudo nacer del almirante de Castilla, otro suponían que su paternidad apuntaba testas coronadas, y no faltaba quien deslizaba el veneno de algún escribano, caballerizo o sirviente de brío. Pero doña Beatriz se había llevado el secreto al monasterio en el que profesaba, allí, en la misma ciudad de Salamanca donde tomó los votos por fuerza de su padre, el conde de Benavente. Cuando supo que estaba preñada, exigió reparación al almirante, que no dudó en proponer matrimonio a la dama, a lo que ella se negó rotundamente, mancillando el honor del linaje Pimentel con la mácula de una bastardía innecesaria. Por eso la obligó a enterrarse en vida cuando su hijo sobrevivió a los peligros de la infancia, es decir: superó los seis o siete años. A cambio de dotar al pequeño Antonio con bienes suficientes para mantener a un ricohombre, el orgulloso conde de Benavente cercenó la libertad de su hija.

Y allí volvía a verla Gorgonia, en la azul mirada infinita de Antonio, limpia de mácula, como si su alma noble deseara romper en mil pedazos la coraza de cortejador que vestía. Podría ser su hijo, pues también por su lecho desfilaron semejantes clientes siendo joven, si bien a doña Beatriz la agasajaban con gentiles maneras y a ella le arrojaban unas monedas entre las sábanas. Tal vez por ello, quizá porque los nubarrones de su ira acababan de desvanecerse, le palmeó el rostro con afecto.

—¡Eres un canalla! Ni escasa tu herencia, ni cortos tus latines.

—Madre, soy tu devoto fiel. Conoces mi vida como nadie.

—¿Qué te trae por aquí a tan temprana hora, hijo?

—Desde la Extremadura leonesa acaba de llegar este joven. —Señaló a Isabel—. Desea completar sus estudios aquí, pero tantos años encerrado en Bolonia le han menguado las fuerzas y su conocimiento del mundo no traspasa las hojas de un códice antiguo. Si me lo permitís, deseo invitarle a degustar vuestra cocina y a catar a la doncella que mejor pueda satisfacer sus ardores... o despertarlos.

Gorgonia palpó la entrepierna de Isabel con todo descaro. La muchacha se sonrojó.

—Menguados parecen sus arietes, Pimentel. Ardua misión despertar esta pobre artillería.

—Sabrá defenderse si es varón. Su astil coronará cualquier almena galana... o se quebrará en el intento.

—¡Vamos, muchachas! —Aplaudió con fuerza la madre—. Disponed una mesa para don Antonio Pimentel y su flaco amigo extremeño. Y que venga María la Vitoriana a servir a este galgo de la sierra, a ver si le abrimos un poco el hambre de carnes prietas, que hoy le invito yo.

Los oídos de Isabel empezaron a zumbar, el miedo se tornó sudor mientras escuchaba las risotadas obscenas de Antonio y la madre. El juego comenzaba a escapársele de las manos, aunque apenas si había comenzado. Bebió un apresurado trago del vino que les sirvieron, y luego otro, y otro más, hasta que descendió las escaleras la tal María y su vista se deslizó por el cuerpo caliente de aquella hembra de buen empaque. María la Vitoriana se acercó a ellos colocándose los pechos para mostrarlos más sugerentes en el escote. Su talle marcado daba fe, al igual que su cuello, brazos y rostro terso, de que aquella vida no se mostraba tan mala para ella como Isabel alcanzaba a imaginarse.

Caminó hacia ella y sus manos se encontraron. Lejos, muy lejos, escuchó la voz de Pimentel desearle ánimos. Subió los escalones guiada por el vino y por María, hasta llegar a un pequeño cuarto limpio, sencillo, adornado con cierto exceso, pero no carente de comodidad. Una cama de dosel de madera, equipada con ricas telas, cabezal y sábanas de seda, un arca de sencillo aparejo sobre la que se acomodaban algunas prendas de calidad en cierto desorden y una cátedra de respaldo tallado componían el ajuar de la estancia, en la que no faltaba una jarra de buen vino, dos copas y una palangana con agua limpia.

Mientras Isabel recorría con la mirada la habitación, su mente rebuscaba, entre las viejas historias de soldados que le contaban los peones y caballeros de su padre, una salida digna al atolladero en el que le había metido el entrometido Pimentel. La puta, sabedora de su oficio y entendedora de todo tipo de varoniles melindres, le concedió su tiempo, alargando la sencilla tarea de abrir la ventana para permitir el paso del sol.

Aquel fogonazo de luz le trajo del pasado el relato de Rodrigo, un viejo escudero de su padre a quien los moros cautivaron durante una internada en los campos de la frontera granadina. Compartió destino en prisiones con algunos renegados musulmanes, que le contaron mil relatos de harén para no volverse locos en aquel lugar. De entre todos ellos, uno regresó a la memoria: algunas moras, esposas de nobles principales del sultán, acostumbraban a entretenerse en ciertos juegos sexuales que practicaban entre ellas en ausencia de sus maridos.

Cuando el calor empapaba en sudor los cuerpos, una de las huríes tapaba los ojos de su compañera con una tela. Luego, ordenaba que se desvistiera poco a poco, lentamente, sabiéndose observada de cerca, hasta que, desnuda, la ayudaba a tumbarse en el lecho. «No te muevas hasta que te lo ordene», le decía al oído, mientras cubría su cuerpo con una suave sábana de ligera seda que marcaba sus formas y evidenciaba su excitación. La respiración se tornaba nerviosa, acelerada, su compañera empapaba en agua fría sus manos y recorría sus pechos con la suavidad de una pluma. Esperaba a que sus piernas se abrieran, invitándola a continuar, para cambiar el agua por una daga. El deseo acababa empujado por el miedo a la muerte cuando la punta del arma, fría y dura, jugaba con su carne, tocaba sus facciones, zigzagueaba desde el cuello hasta el pubis, buscando su debilidad sin que ella pudiera participar en aquella locura de placer. Hasta que el arma se detenía para dibujar su ombligo. Solo entonces unos labios se abrían paso en su boca mientras sus manos, libres por fin de ataduras, completaban el trabajo comenzado por su compañera hasta arquearse de placer. Una, dos, tres veces. Tantas como quisiese, libre de complacer otro deseo que el propio, exenta de satisfacer a varón...

El pensamiento de Isabel regresó a la habitación. María la Vitoriana le sonreía, invitándola a compartir unos pensamientos que suponía bien distintos de los que bullían en verdad en su cabeza. Le devolvió la sonrisa mientras tomaba entre sus manos un pañuelo y apartaba las ropas de la cama para hacer presa en la sábana, de suave tacto.

—Ven —ordenó, atrayéndola hacia sí para vendarla.

La puta se separó sorprendida. No acostumbraban sus clientes a detenerse en juegos, así que aquello la excitaba, aunque también provocaba sus miedos, especialmente intensos cuando su mirada se encontró con la hoja del puñal que Isabel acababa de hincar en la madera de la cama. Aun así le pudo la curiosidad y se dejó tapar los ojos sin mostrar resistencia.

Privada de la vista, sintió la caricia de unas manos que desceñían su gonete de mangas estrechas con la suavidad de maneras de un buen amante. A tan corta distancia, Isabel podía notar aquella respiración entrecortada cerca de su propio rostro. El calor que se apoderaba de sus entrañas la invitaba a continuar, a tocar lo prohibido... Ofreció a la meretriz algo de vino, para igualar la contienda. Los labios entreabiertos de María dejaron escapar la sangre de la tierra. Isabel deslizó su lengua por aquel cuello, bebiendo de aquellas heridas hasta curarlas. La respiración se transformó en jadeo, en demanda cuando selló con su boca la de la prostituta. Un infierno de posibilidades infinitas abría sus puertas y no dudó en encomendarse al mismísimo Satanás para que nadie descubriera su verdadera condición de mujer. Superaría aquella prueba igual que había vencido el miedo y la soledad.

—Desnúdate lentamente para mí —le susurró al oído mientras besaba su rostro y acariciaba su nuca.

10
LO QUE BOLONIA NO DA...

Respiró hondo antes de cruzar el umbral de su nueva vida. Ante sus ojos, una puerta permitía el acceso al patio de las Escuelas, cancerbera del saber salmantino, guardia pretoria de un mundo de hombres en el que casi ninguna mujer había penetrado, menos aún para estudiar conforme a los usos universitarios. Y allí estaba ella, plantada cual árbol joven: Isabel de Vargas bajo la piel de Pedro Bravo, un bachiller de origen extremeño recién llegado de acabar sus estudios primeros en Bolonia, nada más y nada menos. La muchacha trató de calmarse, controlando el infinito de sensaciones contrapuestas que se desbocaban en su cabeza: si descubrían su engaño, acabaría en prisión o en un convento; si conseguía mantenerlo, podría evitar la suerte que su propio padre forjó para ella en la fragua de la ambición.

Merced a las enseñanzas de Catalina, aprendió a distinguir a los unos de los otros por la beca, una faja de paño que cruzaba el pecho y cuyos extremos colgaban sobre la espalda y que se vestía sobre sus negros ropajes. Si era de color pardo, el estudiante residía en el Colegio de San Bartolomé; si morado, se alojaba en el de Cuenca. Ambos aceptaban en su seno a nobles y burgueses, siempre que pudieran mostrar una probada ascendencia cristianovieja, libres de antepasados judíos, moros, herejes.

No faltaban los alumnos que escapaban a este sistema cerrado para buscar refugio seguro entre ellos, creando auténticas pandillas de camaradas que más asemejaban agrupaciones de tunantes. Conocidos como «manteístas», la inmensa mayoría ingresaba en alguna de las cofradías que englobaban a quienes mostraban una procedencia geográfica semejante, a la que llamaban «nación». Galicia, Extremadura, La Mancha, Aragón, Andalucía, Vizcaya o Campos servían de referencia para unir futuros, establecer rivalidades y buscar conflictos en alguna de las muchas banderías universitarias. Se alojaban estos en mesones y casas particulares o de pupilaje, regidas por clérigos o licenciados de edad madura y soltería probada, que ganaban buenos dineros a costa de ofrecer manutención y cama; nunca rica la prima, nunca blanda la segunda, según Catalina, que conocía el mundo estudiantil como nadie.

En un nivel inferior se encontraban los alumnos privados de fortuna, aunque deseosos de un título que les permitiese ascender los peldaños necesarios para escapar de su pobreza. Solían servir como pajes o criados de los demás. Algunos pagaban sus matrículas copiando libros para otros. No faltaban los que ofrecían clases particulares, especialmente de latín, lengua común en las enseñanzas salmantinas. Agazapados en las cloacas del sistema, una mezcolanza singular de bravucones y vagabundos, los llamados «sopistas de convento», sobrevivía gracias a su picardía y a las limosnas de los ciudadanos, y se ganaban unas monedas a cambio de servicios no siempre legales.

Para ayudar a todos ellos a superar esos años de abstinencia familiar, mesoneras de licenciosas vidas, criadas de moral relajada, meretrices de mancebía, prostitutas de esquina y zaguán fogueaban sus ardores. Aunque los menos escrupulosos gustaban tentar a las religiosas, y descarados cortejaban a jóvenes doncellas que habían decidido tomar hábito de monja, a las que semejantes libertinos requerían de amores no siempre rechazados para escándalo de la moral biempensante. Todos se sentían especiales, herederos del talento de generaciones de maestros y sabios, marcados por las obligaciones de su condición, bendecidos por los privilegios de su pertenencia a una universidad tan prestigiosa como lo fueran Bolonia, Oxford, Cambridge o la francesa Sorbona. A pesar de la competencia de Alcalá de Henares, doña Isabel de Castilla, su mayor protectora, había marcado la diferencia con respecto a las demás, pues de ella se nutría para confiar la administración de sus reinos a hombres de talento probado.

Gracias a Luisa había conocido las entrañas académicas de la universidad. Supo así las formas en las que se estructuraban las clases y los estudios: bachiller, licenciado, doctor. También la influencia de algunos catedráticos frente a otros, especialmente si su linaje había ofrecido sus servicios durante generaciones, pues no era infrecuente que los padres se las arreglaran para dejar el cargo a los hijos o los yernos, ni que un buen padrino allanara el sendero para ocupar tan destacado sillón con total desparpajo académico.

Sin duda lo que más atrapó su atención fue el protagonismo que Salamanca concedía a sus estudiantes en todos los actos. Sus representantes participaban en el claustro, aconsejaban al rector llegado el caso como consiliarios, aceptaban sobornos para jalear candidatos a graduados, profesores o catedráticos, opinaban en las elecciones y no dudaban en formar parte de los gorrones que aprovechaban licenciaturas y doctorados para invitarse a banquete, participar en alanceamiento de toros o buscar pendencia con la espada y los puños.

Mas toda esa formación no podía evitar que ahora, a punto de acariciar su sueño, el miedo se apoderara de ella. Apretó contra el pecho el cartapacio convenientemente asido por correas, que contenía todo lo necesario para tomar nota de las enseñanzas de sus futuros maestros. Suspiró con fuerza, al borde del arrepentimiento. Nunca hasta entonces había sentido tal necesidad de echar a correr para esconderse bajo las piedras. Tímidamente su miedo reculó dos pasos, mas quisieron los dioses colocar en su camino el poste de Pimentel, dura roca que le impidió continuar.

—Venga, que llegamos tarde —gruñó empujándola sin miramientos.

Así que de un empellón cruzó la frontera de dos mundos, y de un traspiés se encontró en la plaza rectangular. Emocionada, recorrió con la vista aquel universo prohibido hasta entonces: a naciente, las Escuelas Mayores; a mediodía, el Hospital del Estudio y las Escuelas Menores. Isabel dudó, ¿adónde debía dirigirse? De reojo, observó a Antonio conversar con un grupo de cinco jóvenes, todos clérigos, salvo un manteísta igual que ellos. En el caso de su compañero, portaba con total descaro su espada al cinto; en el del manteísta, una buena daga pendía de su costado izquierdo. A excepción de los eclesiásticos, en aquel bullir de estudiantes casi todos lucían armas bien a la vista, a pesar de contravenir las propias leyes universitarias y arriesgarse a más de una buena reprimenda del maestrescuela José del Palacio, máxima autoridad del Estudio después del rector.

Charlaban en aquel momento sobre las últimas nuevas a propósito del asesinato de fray Bartolomé, el catedrático de Astronomía, y las chanzas se tornaban crueles por momentos. Bromeaban sobre sus tentaciones carnales y su conocida afición al juego. Por la ciudad corrían todo tipo de rumores para explicar su muerte: para unos, fue algún asunto de alcoba; otros opinaban que había sido víctima de un robo; los más consideraban burlones que el astrónomo deseaba conocer personalmente los planetas que estudiaba y su muerte, más que fallecimiento, se tornó experiencia astral, pues la conjunción de Marte y Venus, peligrosa siempre, en su caso mostró mortal cara. Y no faltaba quien hurgaba en la herida más pecaminosa del fraile, para disfrute de sus compañeros.

—¿Qué hace mientras tanto el maestrescuela? —se preguntó en voz alta uno de los alumnos de hábito—. Todavía no ha descubierto al asesino de fray Bartolomé. ¿A qué espera? ¿A que maten a otro fraile?

Quieres le rodeaban mostraron su malestar con todo tipo de insultos e improperios dedicados al doctor Del Palacio, cual si a él se debieran todos los males del mundo. Solo Antonio intentó defenderle débilmente, aunque pronto le rodeó una jauría de descontentos. Interesada en la contienda, Isabel se acercó a ellos, jugando entre las aguas de sus hipótesis extravagantes y aun nadando en ellas con cierta soltura. Hasta que todos guardaron silencio repentinamente y solo ella continuó hablando. Sin previo aviso, una manaza se apoyó en su hombro derecho. La muchacha se giró hacia el maleducado que así la interrumpía.

—¿Cómo os atrevéis? —exigió saber, mirando de arriba abajo a ese tipo de gruesa cintura a quien todos trataban con deferencia, el mismo cuya pezuña todavía seguía apoyada en las carnes de la joven.

—¿Sois? —le preguntó aquel con voz grave.

—Pedro Bravo, bachiller en Artes y en Medicina —contestó resuelta—. ¿Y la gracia de vuesa merced es?

Sus palabras provocaron las carcajadas de los demás estudiantes.

—Huy, qué delicadeza en el trato —se burló el gordo—. Ni la mismísima reina mora demandaría tan dulce así la identidad de un caballero. Gracias, las pocas que mi madre consiguió darme antes de escaparse con uno de sus amantes. Juzgadlas, rapaz —le invitó, girándose para mostrar su más que generosa anatomía—. Si demandas mi nombre, es Laurentino Fresno.

—¡Capador! ¡Vamos, no te retrases! —le gritó una voz desde el patio de las Escuelas.

—¡Voy! —berreó aún más fuerte Fresno, despidiéndose de todos.

—¿Capador? ¿Qué clase de mote es ese? —curioseó la muchacha, acercándose a Pimentel.

—¿Te lo explico? —se burló de ella—. Anda, que se hace tarde y todos estos ociosos gustan demasiado de chascarrillos y confidencias. Quedad con Dios, amigos —les saludó con un gesto.

—¿Qué hacemos ahora? —dudó Isabel.

—¿Tal vez ir a clase, idiota? —rió Antonio, caminando delante de ella.

Pimentel no le prestaba la menor atención, así que optó por seguirle a cierta distancia hasta que su grupo de compañeros atravesó la puerta de arco de medio punto con dovelas que separaba la fachada del zaguán de entrada al claustro de las Escuelas Mayores. Intentaba no despistarse de Antonio cuando una cuadrilla de nueve obreros interrumpió su paso, afanados en traer y llevar materiales de construcción de aquí para allá.

—A ver cuándo termináis la ampliación de la capilla, demonio, que nos habéis privado de la biblioteca. Menos rezos y más libros —gruñó un manteísta de aspecto desaliñado y carnes mantecosas.

Soeces respuestas nacieron de los canteros, amén de algún que otro gesto obsceno referido a su prominente trasero, recibidas entre fuertes risotadas por los salvajes que empujaban a Isabel hacia el interior del claustro, hacia la crujía de poniente.

Aquel inesperado incordio la retrasó lo suficiente para perder de vista a Pimentel, devorado por la maraña de estudiantes que cruzaban sus idas y venidas. Algunos con pausa, otros con prisas, los más aburridos con una nueva jornada de estudio que comenzaba a las siete y media, anunciada con un sonoro toque de campana por el reloj.

—¿Acaso conoces ingenio más destacado que este? —le preguntó uno de los estudiantes al ver su cara de sorpresa.

Abobada, Isabel negó con la cabeza. El joven se colocó a su lado para señalar cada parte del reloj, orgullo de la universidad. Según le explicó, nació de la mano de fray Francisco de Salamanca y sus figuras fueron pintadas por Antón de San Miguel e Íñigo de Salcedo. Tenía una sola campana de gran tamaño y, sobre ella, un negro que daba las horas, amén de dos carneros que señalaban las medias, como en aquel momento, arremetiendo el uno contra el otro, apartándose el segundo del primero. Encima del mostrador del reloj, una hermosa imagen de la Virgen María, debajo de la cual se admiraban las figuras de los tres Reyes Magos y dos ángeles que, a las ocho de la mañana, se humillaban ante la grandeza de la Madre de Dios. Por si no faltase detalle magnífico, una luna señalaba el camino creciente o menguante en el cielo cada día, recreando su movimiento.

—A clase, que no se moverá figura alguna hasta dentro de otra media hora —bromeó su improvisado guía antes de esfumarse.

Cada vez más sola, se permitió unos instantes para memorizar todos y cada uno de los detalles de aquel escenario que habría de convertirse en su verdadero hogar a partir de entonces, aunque no antes de buscar con la mirada la testa rubia de Pimentel, que destacaba entre los apresurados estudiantes por su corpulencia y al que vio desaparecer en un aula.

Las Escuelas Mayores se estructuraban en torno a un claustro de amplias dimensiones, de planta cuadrada, al que se abrían cuatro crujías de diferentes proporciones, aunque todas ellas compartieran altura semejante, salvo la de naciente, y se comunicaran con el patio a través de arcos semicirculares. Presidía el centro de este último un pozo de factura sencilla, en el que una pareja de palomas hurgaba entre sus piedras, frotándose los picos. Caminó por la crujía de naciente, la única de una sola planta, adornada por un artesonado de madera policromado en verde, negro, blanco y rojo de gusto morisco, al igual que las yeserías del friso, en el que aparecían talladas estrellas de ocho y dieciséis puntas.

A su izquierda, un aula acababa de cerrarse. «General de Medicina», se leía junto a la puerta. Sobre ella, una inscripción que no le costó entender, gracias a las enseñanzas de latín de sus preceptores en Altobar. Decía así: «Medicinae Servatrici. Córpora ut ánimae inhabítent suavius, et vita tot perículis obnoxia cónstet, senatus consúluit Philosophia et Astronomiae».

Un hombre de maneras toscas tocó su espalda con insolencia. Decididamente, los modales universitarios dejaban bastante que desear...

—Los manteístas os aferráis a cualquier excusa para evitar asistir a las clases —riñó, escupiéndole a la cara cada palabra.

—Simplemente traducía la lápida —musitó Isabel atemorizada.

—Del cuerpo y el alma se ocupa la medicina, salva de los peligros, blablablá, y en caso de duda acudan los doctos señores a la filosofía y la astronomía —tradujo altivo aquel tipo de faz comida por los granos y ojos brillantes de ira, que identificó con el bedel.

—No exactamente —protesto débil la muchacha.

—¿Acaso te atreves a corregirme? —bramó.

—No, señor.

—¡Nombre y estudio!

—Bachiller Pedro Bravo, Medicina.

—¡Entra ya! ¡El catedrático de prima va a comenzar su explicación! —Le abrió la puerta con malos modos.

El golpe de la madera al cerrarse a su espalda convirtió a Isabel en el centro de atención del aula sin pretenderlo. La joven se ruborizó intensamente. El cartapacio volvió a servir de escudo a sus miedos, singulares temores cuando el profesor zanjó su quehacer para indicarle con frialdad que buscase asiento y no estorbara más. Pero ¿en qué lugar? La muchacha tragó saliva. El silencio podía cortarse mientras con la vista buscaba un hueco entre las filas de bancos colocados en paralelo que centraban el aula, abarrotados de estudiantes que habían desplegado sus folios, tintero y pluma, amén de abierto algunos sus libros, y que en aquellos precisos instantes la taladraban con sus miradas. En el centro de una de las paredes se alzaba una tarima, a la que se accedía por dos peldaños de madera. Una cátedra tallada, coronada por un tornavoz, convertía al profesor en un santo con peana. A su vera sí existía espacio. Caminaba hacia allí, entre las risas de sus nuevos compañeros, cuando Pimentel la agarró del brazo sentándola de golpe a su lado.

—Idiota, ¿qué pretendes? ¿Ocupar el sitio del doctor Alonso de la Parra? —riñó en voz baja, señalando al catedrático.

—Lo siento.

—¡Chitón! —ordenó Pimentel.

Isabel sintió deseos de llorar. Cabizbaja, desciñó el cartapacio, tomó un par de hojas, asentó el tintero, mojó la pluma y no se atrevió a levantar la vista durante el tiempo que duró la clase. A grandes rasgos entendió que el tipo del que se ocupaba el profesor, un persa famoso de nombre Avicena, no siempre coincidía con el parecer de un griego llamado Galeno en cuanto a diversos asuntos de carnes, huesos, enfermedades, fiebres y curas. Para acabar de enredar más la madeja que tejía sus hilos en la cabeza de Isabel, por el camino de Galeno y Avicena se abría paso a codazos otro musulmán, Averroes, por el que su profesor sentía total admiración y del que hablaba con respeto casi reverencial. Averroes, Galeno, Avicena. Tres perfectos desconocidos.

Luego llegó el debate, las aclaraciones. A la muchacha le hubiera gustado que alguien le hiciera la caridad de explicarle de nuevo todo desde el comienzo: esos nombres, obras y términos extraños que había apuntado en las hojas con letra pequeña, preciosista, radicalmente diferente a los rasgos rápidos y amplios de Pimentel, cuyos apuntes copiaba de reojo para no despertar más sospechas por su ignorancia.

Acabada la clase, tímidamente quiso participar en alguna de las conversaciones a su alrededor, pero, para su desazón, ni siquiera se sentía capacitada para distinguir una acedera de un lepidio, una lisimaquia de un malabatro. Palabras que más sonaban blasfemias que términos de la ciencia de la medicina. Cuando en la perorata que soltaba Pimentel a uno de sus compañeros se deslizó la miel y el hinojo, Isabel dedujo que trataban de asuntos de plantas medicinales. Animada con sus logros, se atrevió a intervenir en el debate cuando el manteísta de la daga con el que se encontraron al comienzo de la mañana propuso utilizar la ruda para eliminar los gases, aspecto este que atrajo la atención de uno de los clérigos allí presentes, que se volvió para solicitar más información.

—El problema de la ruda, señor —interrumpió la muchacha—, es su acidez. En mi tierra optamos por el apio de roca, que sirve mejor a tal fin y resulta más apetecible en su ingesta. Amén de permitir un mejor paso a la orina.

Pimentel la observó molesto. ¿Cómo se permitía aquel mozalbete intervenir en una conversación privada? Menos aún alguien como Pedro Bravo, cuyas anotaciones espió varias veces. Pero si ni siquiera había entendido una palabra de la explicación del catedrático, pues se había limitado a copiar una y otra vez los nombres de los grandes maestros de la medicina griega y árabe y algún que otro insignificante dato de nula importancia. Qué osadía la del rapaz... Burlón, le miró fijamente antes de preguntarle por el origen de su sabiduría.

—¿Tal vez tu experiencia arranque de la lectura de Dioscórides? ¿O acaso has padecido de flato?

Isabel se sonrojó.

—Supongo que tú tienes más maestría en tales artes, ya que cuestionas mi saber —replicó a la defensiva.

—Parece que el de Bolonia te conoce bien, Pimentel —se burló el clérigo, regresando a sus apuntes.

Los ojos claros de Antonio se cubrieron de nubarrones cuando sus mandíbulas se cerraron para sellar sus pensamientos antes que tornaran palabras. El bedel anunció a su nuevo profesor, y, poco más de una hora después, al tercero, con quien finalizarían las clases de la mañana, cuya lección versó sobre Hipócrates. Vengativo, Pimentel colocó su brazo izquierdo pegado a los folios para impedir que su impertinente compañero pudiera «inspirarse» en el contenido de sus escritos. Si quería aprender, que regresara a Bolonia.

Unas cuantas decenas de suspiros, algún que otro gemido callado, movimientos de incómoda posición y un suave codazo en las costillas de Antonio inclinaron su ánimo hacia Pedro Bravo de nuevo. Su rostro aniñado y esa forma de mirarle, cual si acabaran de sacarle del rebaño para el sacrificio, ablandaron su corazón. Pimentel gruñó, apartando el brazo antes de girar un poco sus apuntes para que Bravo pudiera copiarlos bien.

—Gracias.

—De nada —le refunfuñó Antonio.

Bien superadas las once, cesaron las clases de aquella mañana eterna para Isabel. Todos los estudiantes abandonaron el aula. Su premura por desaparecer de allí provocó un pequeño atasco en la puerta, causa de una discusión, varios empujones, y un desenvaine de espada que acabó en simple bravuconada sin otra importancia que retrasar la salida.

La claridad del patio, en contraste con la luz que filtraban las ventanas del aula, suficiente pero no excesiva, obligó a Pimentel a cerrar los ojos. Aquella noche no había descansado bien. Tampoco la previa, ni la anterior. En total, cuatro jornadas sin apenas reposo. Algo mareado, buscó acomodo en la pared, al lado de la puerta. Aquel molesto sol... Si no se hubiera dejado el bonete en casa, podría protegerse un poco con él. Uno tras otro, sus compañeros se despidieron alegres, dispuestos a llenar la barriga y descansar, pues a la una de la tarde comenzaban de nuevo las clases y ya llevaban sobre sus lomos demasiadas peroratas magistrales.

Cuando el silencio se apoderó del claustro, Antonio abrió los ojos. A su lado únicamente restaba el bachiller Pedro Bravo, que le miraba con preocupación fraternal.

—¿Estás bien?

Pimentel asintió con la cabeza. Al menos le importaba a alguien.

—No lo parece. Ven, apóyate en mí —le ofreció ella su brazo diestro.

Antonio parpadeó sorprendido. Desde la muerte de su viejo ayo, cinco años atrás, nadie salvo el maestrescuela se había interesado por él salvo para tomar parte en pendencias y francachelas; menos aún por su salud. Ofuscado, rehusó su amable ofrecimiento. Isabel acompasó sus pasos a los de Pimentel, guardando su flanco, protegiéndole, y este se encontró forzado a presentarle sus disculpas por el trato deparado en clase.

De camino a su casa, donde aguardaban por ellos para comer, Antonio aprovechó para sonsacarle ciertas informaciones. Todas ellas condujeron a una misma conclusión: aquel muchacho entendía de Medicina lo que él de cantería, nada. Sin embargo, no mostraba reparos en expresar su ignorancia, tampoco en alabar los conocimientos de su compañero, su maestría en los debates de la mañana, en los que había corregido varias veces a sus profesores, ganándoles la contienda verbal. Pareciera que Pedro Bravo le admirase, limpiamente, sin deseos de obtener provecho por ello. Las barreras con las que Pimentel se protegía se derrumbaron durante aquel paseo. Cuando arribaron a la residencia de Antonio, reclamó su atención.

—¿Permitirás que ordene que te preparen una sopa con migas y huevo? —sugirió ella, todavía preocupada.

Pimentel sonrió, en esta ocasión sincero. Abrió la puerta de su casa y cedió el paso al joven. Desde la cocina, llegaba un suave olorcito a puchero con carne.

—Vaya, parece que después de todo sí has leído a Averroes. Ese remedio procede de uno de sus escritos: el *Libro de las generalidades de la Medicina.*

Isabel se rió.

—¿Averroes? No, hombre. Tal es el mejor remedio para despertar los arrestos, lo saben hasta los porqueros, pues se prueba su eficacia primero con los cerdos.

Las carcajadas de Antonio resonaron en el zaguán de entrada. Ahora sí, apoyó la diestra en su hombro. Aquel contacto franco estableció un inmediato lazo de camaradería real, no fingida ni forzada por las circunstancias, auténtica amistad. Cada vez le simpatizaba más el bachiller Pedro Bravo. Quizá por ello, quizá porque la diferencia de edad y conocimientos le convertían en maestro y protector, se ofreció a compartir lecturas aquella misma tarde, apenas salieran de la última de las clases.

—Mi biblioteca queda a tu disposición desde hoy. Puedes entrar o salir de ella cuando gustes, no requieres permiso, muchacho. En ella podrás leer a los grandes maestros: Averroes, Avicena, Hipócrates, Dioscórides, Aristóteles y Galeno, amén de algunos otros tratados menores como el del maestre Arnaldo de Villanova o el Magateni.

Isabel frunció el ceño.

—¿El maga *qué*?

Pimentel palmeó su espalda con afecto, invitándola a pasar al interior de la cocina. Sus otros huéspedes aguardaban por ellos para empezar a comer. Sobre la mesa dos jarras de vino, pan cortado, una fuente con fruta y platos dispuestos a acoger el contenido del puchero, que en aquellos instantes portaba la esposa de Martín, su criado personal.

—Me refiero al *De metodo medendi,* de Galeno, que recogió el gran Constantino Africano —le aclaró antes de sentarse en la cabecera.

—¡Ah, sí, Constantino, claro! ¡Cómo no! —exclamó Isabel, esquivando la inquisitiva mirada de su amigo.

—Por supuesto, Constantino —repitió él, mordiendo un poco de pan recién cocido.

—Ya, ya... eso he dicho —insistió ella al tiempo que cogía la cuchara, dispuesta a hundirla en la sopa con carne.

—Vamos, que no sabes de quién se trata —bromeó Antonio mientras le servía algo de vino. Isabel se mordió los labios, conteniendo a duras penas la risa. Se sentía bien con aquel hombre, a pesar de su mordaz sentido del humor y sus toscas maneras de canalla. Apoyó su rostro en la horquilla de las manos, ante el plato humeante que acababan de servirle.

—Supongo que algún santo padre de la Iglesia romana —aventuró atrevida—. No pretenderás que conozca a todos los tipos que se llaman así.

—Bastaría con que reconocieras a uno de los mejores médicos de la Escuela Salernitana. De Salerno, en Italia. Bolonia cae por allí, ¿no?

Isabel mordió con ganas un pedazo de carne.

—Sabelotodo —rumió en voz baja, aunque no tanto para que escapase al fino oído de su contrincante.

—Zoquete —replicó Antonio.

Los otros comensales observaban divertidos el duelo, y aprovechaban la ocasión para servirse algo más de condumio. La muchacha descargó su frustración bebiendo media jarra de aquel vino de cuerpo fuerte y hasta mojó pan en él, como acostumbraban los soldados al servicio de su padre en Altobar. Envalentonada, continuó refunfuñando hasta terminar el último bocado. Para entonces, Pimentel había despedido a sus compañeros, una vez terminada la comida.

Repantigado cómodamente en su silla, observó a Pedro Bravo con interés. Su vaivén delataba bien a las claras que entre sus costumbres no se encontraba la ingesta de vino. Sonrió comprensivo antes de incorporarse para ayudarle a ponerse en pie, tarea de compleja realización, visto el amor creciente de Baco hacia su huésped. Aun así, soportó su peso tambaleante hasta llegar al umbral de la estancia que le alquilara días atrás. Apoyada en la puerta, Isabel no desaprovechó la ocasión para retomar la contienda. Suavemente, Antonio le golpeó la nariz con el índice, como si de un niño se tratase.

—Duerme la borrachera, chico. Descansa ahora, porque cuando te despierte esta tarde comenzaremos a trabajar sobre ese tal Constantino y su amigo Galeno. No quiero que los demás estudiantes piensen que concedo mi amistad a un borrico de tu talla. Uno tiene su fama, ¿sabes? —se despidió con una sonrisa.

II
EL REGENTE DE CASTILLA

Dos meses después de que el rector Maldonado recibiera la noticia de su llegada, el inquisidor fray Juan Ruiz del Monte regresaba a una Salamanca que conocía bien de sus tiempos de estudiante de Teología. Por aquel entonces corría el año 1474 y la ciudad se hallaba inmersa en las luchas entre los bandos de Santo Tomé y de San Benito. Una querella que nació fruto de una venganza de sangre, cuando los jóvenes Pedro y Luis Enríquez de Sevilla y Monroy, hijos de los señores de Villalba de los Llanos, fueron asesinados mientras jugaban a la pelota por Gómez y Alfonso Manzano, que huyeron a Portugal. La madre de los fallecidos, doña María Monroy, con la excusa de un retiro para proteger su vida y acompañada de sus hombres de armas, buscó personalmente a los hermanos Manzano, a los que mató en Viseo. De vuelta a Salamanca, arrojó las cabezas de los asesinos sobre las tumbas de sus propios hijos, en la iglesia de Santo Tomé. Durante décadas, los Manzano y sus parientes, parroquianos de San Benito, se enfrentaron a los de Santo Tomé en una lucha sin cuartel que desgarró la ciudad en mil rotos fragmentos de muerte imposibles de coser. Hasta la llegada de fray Juan de Sahagún, cuyos milagros, ejemplo y palabras suavizaron las tensiones entre los dos partidos nobiliarios.

Ruiz del Monte llegó a conocerle en persona cuando estudiaba Teología en las Escuelas Mayores. Como muchos buenos cristianos, sintió su muerte en 1479 y rezó por su alma, pues había sido envenenado. La desaparición de este auténtico santo trajo la paz definitiva a Salamanca, que se volcó en su universidad de la mano de los Reyes Católicos.

A fray Juan, aquel viaje al pasado le traía demasiada añoranza. Joven pleno de energía entonces, viejo curtido en el negocio de los hombres ahora. La imaginación altera la realidad dulcificando la memoria y para Ruiz del Monte nada, ni siquiera sus remembranzas, le apartarían del objetivo de su misión: Cisneros.

Cuando su montura atravesó el arrabal de Allende la Puente, situado en la margen izquierda del Tormes, una nueva Salamanca se alzó ante su vista. Una urbe plena de vida, protegida por murallas firmes, diferente a la que recordaba. En la peña Celestina ya no restaban muros que delataran que allí, hasta tiempos cercanos, se erigía el poderoso alcázar que ordenó derribar Enrique IV, hermano de la reina doña Isabel. Un infame a quien los cielos castigaron con una muerte terrible que carcomió su alma podrida, condenándola para siempre al infierno de los pecadores.

Cruzado el puente, giró a la derecha para adentrarse en la urbe a través de la Puerta de San Pablo, cuya calle empedrada le facilitaría el camino hasta encontrarse con el convento de San Esteban, sede de los dominicos de la ciudad, donde habría de alojarse. Allí presentó sus respetos al prior, fray Domingo Pizarro, excusándose a continuación por su premura, que le impedía asistir a las oraciones de oficio, pues, según le informaron, el cardenal Cisneros, avisado de su llegada, aguardaba por él en el palacio episcopal.

No deseaba provocar sus ánimos, ni gastar el tiempo precioso del timón de Castilla, así que montó de nuevo su mula para dirigirse hasta allí en un paseo que le permitió descubrir las nuevas obras de la catedral que comenzaba a erigirse junto a la antigua. La curiosidad le atrapó lo suficiente para desviarse unas calles y reconocer el patio de las Escuelas, corazón de la universidad, donde se afanaban en sus idas y venidas los estudiantes. No pudo evitar una sonrisa al reconocer que pesaban más los buenos momentos que los malos en su memoria de aquellos años jóvenes, gastados en los trabajos que ahora ocupaban a aquellos muchachos.

Mas a un hombre como él no le estaba permitido el descanso. De un tirón recio forzó al animal a que regresara hacia la plaza del Azogue Viejo para llegar a su destino. Apenas cruzado el zaguán de entrada, uno de los criados del obispo de Salamanca se apresuró a ofrecerle sus servicios, mientras otro se encargaba de guiar sus pasos.

Las pisadas de fray Juan Ruiz del Monte resonaron con fuerza en el suelo de madera del palacio episcopal de Salamanca. No podía permitirse un retraso más, un solo error. Cisneros, cardenal regente de Castilla, el hombre más poderoso del reino después de la muerte del flamenco príncipe Felipe, a quien apodaban el Hermoso, esperaba para una reunión secreta. Dos meses antes le había avisado de sus deseos de nombrarle visitador real de la universidad, ahora llegaba el momento de sancionar sus intenciones.

Antes de un amén, Ruiz del Monte arribó a las puertas de la estancia privada donde se alojaba de incógnito el regente. Tomó aire hasta casi reventar los pulmones, sacó pecho y sus nudillos golpearon dos veces en la madera. Pasos apresurados se acercaron hacia él desde el otro lado. Una llave desciñó el reducto de la prudencia y el secreto para que asomara la cabeza cana de un hombre de mediana edad. Se trataba de uno de los secretarios del cardenal.

—Fray Francisco os aguarda —le recriminó apenas verle—. Llegáis tarde, muy tarde. Catad que hoy ha sido un día complicado para todos, así que no le perturbéis en demasía —murmuró mientras le abría paso a saltitos.

Sobria, digna, la sala que servía como aposento a Cisneros presentaba un cierto desorden apresurado, obra de quien maneja un reino desde una estancia. Repleta de papeles, una sencilla mesa de buena madera acomodaba un par de gruesos libros de doctrina que ocultaban el rostro del cardenal. A su vera, un buen montón de documentos dispuestos para la firma que un joven sacerdote le colocaba delante de los ojos, arrancándole el anterior de cada vez.

—Tranquilízate, joven, o la tinta emborronará mi firma y los nobles tendrán un nuevo motivo para odiarme —bromeó Cisneros.

—¿Odiaros? ¿Quién osaría? —preguntó Ruiz del Monte, delatando su presencia.

El regente sonrió.

—Retírate, hermano, continuaremos más tarde. Dejadnos solos —ordenó también a su pariente—. Acércate, amigo mío —invitó al asturiano—. Ven conmigo hasta la ventana. Las paredes tienen finos oídos y acostumbran escuchar, máxime detrás de las puertas, porque aquellos que buscan la perdición de estos reinos aguardan un error mío para caer sobre estos pobres viejos huesos como perros de caza.

Cisneros le ofreció su diestra para que la besara, fray Juan la tomó con devoción filial y ambos caminaron juntos hasta llegar a la altura del parladoiro. Allí ofreció asiento en el poyete de piedra a su compañero y abrió la doble ventana para que el aire fresco se llevara su conversación. Luego se acomodó enfrente de Ruiz del Monte, como si quisiera escudriñar en su alma buscando la forma más comedida de proponerle la empresa que necesitaba. Conocía bien sus limitaciones morales, pues habían compartido muchas horas en soledad, y sabía que tiznaban su alma los pecados de la envidia y la soberbia. Pero también pesaba en la balanza su lealtad perruna hacia su persona y, en aquellos complicados momentos, necesitaba de hombres fieles.

—No me habéis respondido, padre y señor, ¿quién osaría molestar vuestro ánimo? —interrumpió sus pensamientos el asturiano.

—Fray Juan, no desconoces los asuntos que incomodan a este pobre servidor de Dios, humilde franciscano que gusta de la soledad y a quien se exige que gobierne con mano firme la nave de estos reinos, hoy a la deriva.

—Pero el rey Fernando de Aragón os apoya en todo. Fuisteis vos quien consiguió que firmase la Concordia de Salamanca con el difunto don Felipe, esposo de la reina Juana, en 1505.

—Un error, visto los resultados. Caí en la trampa de los grandes del reino por culpa del marqués de Villena y el conde de Benavente.

—Poderosos señores sin duda —reconoció fray Juan.

—Carroñeros ambiciosos, capaces de ofrecer sus servicios al mejor postor. Recuerda que obligaron a don Fernando a aceptar como reyes de Castilla a su hija y yerno y que el monarca, incapaz de garantizar el sueño de unión de las coronas que diseñó con doña Isabel, hubo de buscar nueva esposa en Francia.

Ruiz del Monte sonrió. La difunta reina de Castilla era mujer de rostro hermoso, transmitía paz. En cambio, la sobrina de Luis de Francia, Germana de Foix, no dudaba en coquetear con total descaro con los nobles vasallos de su ahora esposo. Entre murmullos malintencionados, los caballeros se burlaban del monarca, ya casi un anciano, que necesitaba recurrir a bebedizos y ungüentos para cumplir en el lecho. En aquellos momentos, Germana esperaba un hijo. Si nacía un heredero, aragoneses y castellanos partirían hacia rumbos distintos. Si no lograba descendencia masculina, caminarían juntos. Dios decidiría...

—Sea como fuere, al fallecer su esposo, la reina doña Juana de Castilla os aceptó como regente con las bendiciones de su padre... Ambos conseguiréis sanar las heridas de nuestra tierra, cercenar la desmedida codicia de los nobles.

Cisneros le interrumpió.

—Ojalá tus palabras sean proféticas, porque doña Juana ha perdido la razón, mas, mientras viva, a ella pertenece el trono. Es una pobre loca, igual que su abuela. Su voluntad no existe, ni para bien, ni para mal. Se pasa las horas recordando a su marido entre suspiros. Olvida la mala vida que este le dio, compartiendo el lecho con sus damas de confianza, derramando la semilla real en todo arcón dispuesto a recibirla. Dios sabrá la cantidad de bastardos que habrán nacido de estas relaciones. Su ardor bien pudo repoblar las Alpujarras con buenos cristianos.

Por un instante fray Juan quiso encontrarse lejos, muy lejos. Tales confidencias no convenían a quien soñaba con un capelo y altos destinos al frente de la Iglesia. Por eso se aseguró de hablar entre susurros cuando interrumpió al cardenal.

—Debo rogaros vuestro perdón. Llevado de mi afecto por vos, os hago perder un tiempo precioso para el reino con mi torpe conversación de aldeano. No quiero abusar de vuestra paciencia conmigo, padre mío. Demandad de mí lo que gustéis.

Cisneros torció el gesto. Envidia y soberbia acababan de recibir a una nueva amiga en el carácter débil de su tutelado: la cobardía. Corrían tiempos complejos, sí. También en la Iglesia de estos reinos.

—De acuerdo, fray Juan, vayamos al asunto por el que te reclamé. Hace dos meses que el rector Maldonado está advertido de tu llegada y de tu nombramiento como visitador real. Nunca ha sido mi voluntad interferir en sus labores, sino supervisarlas, especialmente en un momento tan delicado. Creo que ha dispuesto de tiempo más que suficiente para poner en orden sus propios asuntos y remediar los problemas de Salamanca, mas mis espías me informan que de nada ha servido mi buena voluntad.

—¿Por qué, padre mío?

—Como ya sabes, Nebrija nombró sucesora suya en la cátedra a una mujer. Se llama Luisa de Medrano. El propio Maldonado apoyó hace tiempo su candidatura sin valorar su condición femenina y, por tanto, débil.

—¡Todavía mantiene a esa mujer! ¡Intolerable! —se enfureció el asturiano, rojas sus orejas y su calva de sangre.

—No, un principio peligroso —aseveró Cisneros—. Las mujeres deberían conformarse con el papel que se les asignó desde la Creación: rezar, cuidar del esposo y procrear.

—¿Qué pensáis hacer con Maldonado? —bramó Ruiz del Monte—. Debéis acabar con sus desafíos.

—De eso te ocuparás tú. Recuerda que la universidad es un reducto complejo, con leyes propias y cerrado a todo poder que no emane de su misma esencia. Cercenar su cabeza nos supondría un problema con el trono y hasta con el Papa, de quien depende en último extremo.

—Entonces debemos buscar otro camino para acabar con él. Dicen que su linaje no corre tan puro como pregona... Tal vez...

Cisneros le cortó con un gesto. Una cosa era servirse de una excusa tan fútil como ancestros judíos o moros para eliminar algún forúnculo político, y otra bien distinta, privar al doctor Maldonado de Talavera, consejero de reyes y príncipes, rector de Salamanca, cabeza de su universidad, del lugar que ocupaba por méritos propios.

—No.

—Mujeres, judíos... La peste recorre las piedras de todo centro de saber en Castilla y en León. Ojalá que el santo Domingo de Guzmán pudiera ayudarme a amputar esta podredumbre. Entonces habría servido a la Iglesia como deseo —espetó a los cielos fray Juan, con la mirada turbia.

El silencio oscureció aún más el rostro cetrino de Ruiz del Monte, reconcentrado en escarbar mentalmente entre la genealogía de Maldonado. Aborrecía a los hebreos casi tanto como repudiaba a todo aquel que oliera a nobleza vieja o que interpretara la ortodoxia cristiana de manera diferente a la suya, como si de la mano diestra del Altísimo se tratara. Salamanca, nido de heterodoxos, disconformes, sectarios, foco de vientos llegados de Europa, hogar de conversos de torcidas costumbres, era una de las pústulas que debían sanarse en el enfermo cuerpo del reino.

El cardenal regente se puso en pie. La ocasión bien requería mejores formas que una conversación acariciada por el aire de la ciudad.

—Mi querido hijo, debo saber si puedo confiar en ti la empresa que deseo encomendarte.

Agitado, el corazón del dominico golpeaba con la fuerza de una maza su pecho. Como solía ocurrir en tales ocasiones, los nervios se convirtieron en una tos que casi le ahogó.

—Mi voluntad os pertenece, padre.

—Bien. He de partir para África. Deseo expandir la fe al otro lado del Estrecho. Con la ayuda de Dios, pronto conquistaremos Orán, que es plaza fuerte, y las puertas de aquellas tierras se abrirán para la Iglesia. Pero debo acaudillar el ejército en persona, aunque me ayude en la conquista el maese de campo Pedro Navarro, que aprendió el oficio de las armas junto al Gran Capitán, en Italia.

—¿Nos dejaréis desamparados sin vuestra guía? ¿Os ausentaréis del reino, entonces?

—En efecto. Mucho confío en vuesa paternidad —abandonó por primera y única vez el tuteo—, encarnas a la perfección el modelo que busco para emprender una nueva batalla contra el Maligno. Por eso he venido a Salamanca, para ratificarte en persona lo que ya conoces.

Hincado de rodillas a los pies de Cisneros, Ruiz del Monte agachó la cabeza humilde, mientras besaba la mano del regente.

—Mi vida os pertenece. Ordenad.

El cardenal tomó de la mesa una carta, lacrada con su sello personal, y se la ofreció a fray Juan.

—Acude ante el rector con esta misiva. En ella reside tanto mi autoridad como la legitimidad del poder de la reina Juana de Castilla. No es necesario que la abras. Tu rango de visitador real te confiere plenos poderes. Ejércelos a partir de hoy y recuerda que tu nueva posición te coloca sobre sus togadas cabezas. Sé un martillo de fe que no dude en golpearlas. Investiga a Luisa de Medrano, pero actúa con prudencia. Y que ese engolado tarugo de Maldonado acepte más pronto que tarde que desde hoy mismo tu voluntad será la mía; tus decisiones, las del regente de Castilla; y la fuerza del brazo ejecutor de la Iglesia, la Inquisición, te apoyará. Busca entre los profesores aquellos que muestren mayor tibieza de alma, arranca la maleza, quémala sin que tiemble tu mano, el Santo Oficio te apoya. Esa es la autoridad que te confiero; esta, la misión que te reservo. Espero que sepas mostrarte a la altura. Quiero que, a mi regreso, no reste en Salamanca hombre o mujer que no se muestre ejemplar y temeroso de Dios. Que tus manos se conviertan en las espadas de la fe.

—Amén —pronunció entre lágrimas fray Juan.

12

CUANDO EL DIABLO TEJE EL MIEDO EN LAS ALMAS

Para Isabel fue una terrible decepción despertar aquel amanecer. Hacía unas pocas horas que se había acostado, después de toda una noche de estudio, y ahora, con el canto del gallo, le recordaban sus deberes de estudiante. Si algo le molestaba de su nueva vida, precisamente era madrugar. Había valorado en varias ocasiones cortarle el pescuezo al gallo, incluso calibró el filo de uno de sus cuchillos, pero un asesinato tan vil dejaría sus huellas, delatando al criminal. Poco o nada tardaría Antonio Pimentel en descubrir a ese despiadado malandrín en su huésped más reciente, y por nada del mundo deseaba decepcionarle. Menos aún después de las últimas semanas, en las que, vencidos los primeros recelos hacia su persona, la había adoptado como si de una mascota torpe se tratara.

Antonio la adiestraba en las artes de la Medicina, en el conocimiento de los clásicos, en la lectura comentada de los grandes maestros. Cada tarde que pasaban juntos se justificaba con la torpe excusa del repaso necesario, pero Pimentel tenía toda la ciencia en la cabeza desde hacía tiempo. Sus manos de dedos largos y fuertes delataban al buen cirujano. Sus actividades en el Hospital del Estudio, a escondidas de todos menos de Pedro Bravo, hablaban mejor que ningún escrito de su talento innegable, pues solo a él se le permitía asistir al médico del mismo, incluso suplirle en ocasiones calladas, con todas las bendiciones del maestrescuela.

Convertida durante aquellas semanas en su sombra, en su aprendiz, Isabel consiguió superar con cierto ingenio las clases. Descubrió entonces que su talento para esas artes podía averiguar una dolencia mejor que un tratado de Galeno. No se le escapó esa habilidad a su improvisado maestro, ufano con cada uno de sus pequeños logros.

—Bachiller Bravo, me equivoqué contigo: eres hábil y perspicaz. Tu ingenio e intuición superan ya el entendimiento de muchos más experimentados —reconoció Antonio un día.

Isabel guardaba en su corazón todas aquellas alabanzas sinceras, a las que siempre respondía de la misma manera: agachando la cabeza para que Pimentel no descubriera el placer que desvelaba su sonrisa. Por primera vez en sus años de vida se sentía útil, servía para algo más que ofrecer una buena dote a un mal esposo. Algunas noches, después del estudio, mientras compartía con su compañero una jarra de vino, entre las brumas de la bebida regresaba el mal recuerdo de Suero Vermúdez y el miedo que le producía la llegada de su tío, Ruiz del Monte, con quien afortunadamente todavía no había cruzado sus pasos. Cuando esto ocurría, Isabel dejaba de un seco golpe el vaso sobre la mesa, lo que molestaba en extremo a Antonio, que consideraba aquel gesto una deserción, o una mala respuesta a cualquiera de sus comentarios. Hasta que un buen día sujetó su diestra con firmeza, evitando el golpe. La miró a los ojos, intensamente, hurgando en su alma, desnuda ante él, antes de ofrecerle una última lección.

—Pedro, naciste para sanar los cuerpos, aunque intuyo por tus cada vez más frecuentes silencios que urge que alguien cauterice las heridas de tu alma. Si me necesitas, aquí estaré para ti.

Aquella tarde Isabel hubiera querido besarle, abrir su corazón para él. Pero en lugar de eso optó por contener el llanto ante su halago, fingir cierto desdén de camarada. Cuando Antonio desapareció para acostarse, apenas restaban dos horas para el amanecer, pero a la muchacha, a partir de ese momento, todo dejó de importarle salvo Pimentel. Incluso el maldito gallo. Así que suspiró con fuerza, volvió a cerrar los ojos y se arrebujó entre las sábanas con su recuerdo. Aquella mañana Luisa, la Medicina, el mundo entero, bien podían esperar...

Fray Juan Ruiz del Monte llevaba varias semanas en Salamanca y toda la ciudad se había revolucionado con él. Desde su venida, Isabel acostumbraba a buscar a Luisa a la salida de las clases, como si la mutua compañía pudiera apartarlas de la amenaza, especialmente intensa para ambas. Aquel día tocaban a su final las clases matutinas cuando los cielos despiadados clavaron en la puerta de las Escuelas Mayores al visitador real. Después de una larga y desagradable media hora, el dominico no dejaba de escudriñar a la joven Luisa de Medrano, sin desfallecer, al acecho de su presa.

Aguardaba a que esta despachase al último de los estudiantes que la retenían con sus preguntas para abordarla. Esta demora, sumada a la compañía de su inseparable fray Álvaro de San Emiliano, agotaba su cada vez más menguada paciencia. La primera por interminable, la segunda por recordarle cada instante que un hombre de su categoría no necesitaba solicitar turno para demandar la presencia de un profesor, menos aún de una simple dama, precisamente de *esa* mujer.

De reojo, la Medrano observaba al inquisidor, esperando que su prima apareciese, temerosa del encuentro inevitable mientras alargaba hasta el absurdo cada una de las respuestas a las curiosidades de los estudiantes. Hasta que el último de ellos desapareció del patio de las Escuelas. A Luisa le costaba discutir en vano. Consideraba un total desatino gastar su tiempo en luchas absurdas, justificaciones ridículas o en explicar por enésima vez las razones de su presencia en la universidad, pues Nebrija, el Claustro y el rector las habían dejado claras en más de una ocasión cuando fueron demandadas por Ruiz del Monte.

Para el dominico, cazar a la Medrano representaba un aliciente en su oscura vida de servicio a un camino de salvación que solo él consideraba correcto y apropiado, alejado incluso del pensamiento de sus hermanos de religión, ya que si por algo se caracterizaban en aquellos años los dominicos salmantinos, era por la apertura de su pensamiento, más cercano a los valores originales del cristianismo que a la persecución de todo aquel pecador que osaba entrometerse en su camino. Llegaban hasta el extremo de demandar explicaciones a los conquistadores de Indias por su trato a los indígenas de aquellas tierras recién descubiertas, abanderados de la igualdad de derecho de estos últimos frente a aquellos.

Cada día que pasaba en el convento de San Esteban, más se le atragantaban a Ruiz del Monte tales consideraciones, que estimaba propias de herejes. ¿Desde cuándo judíos, moros o indios debían considerarse iguales a los cristianos viejos? Cisneros tenía razón: la semilla de la podredumbre que recorría la universidad también trepaba por el árbol dominico de Salamanca.

Bien. Llegaba la hora de comenzar por el principio. Luisa se había convertido en una verdadera obsesión, semejante a la vieja herida causada por el desplante de la altanera Isabel de Vargas a su sobrino. Fray Juan no estaba dispuesto a olvidarlo. De hecho, desde que Suero le habló de la fuga de Vargas, de su humillación, mantenía abiertos los ojos de todos los informadores de la Inquisición a la espera de captar alguna noticia.

Sabía que la familia materna de aquella infame procedía de Salamanca, que estaba emparentada con esa maldita joven que corrompía la moral en las aulas y a la que detestaba tanto como la amistad del Maligno. También había llegado a su conocimiento que por la casa de Luisa de Medrano, tiempo atrás había arribado una muchacha pariente suya, que pronto desapareció de su residencia, esfumándose en el aire. Ruiz del Monte hubiera apostado su propia cabeza a que esta chiquilla no era otra sino la hija de los señores de Altobar. Cuando pudiera liberarse de la carga impuesta por el cardenal Cisneros, centraría todos sus esfuerzos en su captura y vuelta al redil, no sin antes arrojarla a la cárcel del Santo Oficio, para que aprendiera buenas formas esa inmoral.

De vez en cuando le llegaban misivas de su pobre sobrino, al que tal infamia había hundido en una tristeza amarga. Esa angustia y la sombra de los frailes del monasterio asturiano de Cornellana cercano a su señorío habían tentado su ánimo hacia la entrada en religión. En su última carta, Suero Vermúdez anunciaba a su tío que abandonaba el mundo para dedicarse por entero a Dios. Ruiz del Monte podía llegar a aceptar que su único heredero cercenara el linaje para entregarse al Todopoderoso, pero que lo hiciera por despecho, no. ¡Ay, de Isabel de Vargas! Algún día sobre su cabeza haría caer el peso de la Inquisición. Ya encontraría la manera de encausarla.

Mas de momento debía centrarse en su objetivo principal: Luisa de Medrano, que en aquellos instantes trataba de escabullirse pegada a la pared, fingiendo no verlos, acompañada por su criada de confianza, auténtica cancerbera de su señora, a la que no importaría hincar sus dientes en las carnes del visitador real si osaba incordiar en exceso a la joven. Por si no bastase con tal protección, en aquel preciso instante apareció un molesto incordio más en la figura del bachiller Fadrique Enríquez, heredero del almirante de Castilla.

Luisa sonrió al verle acercarse, inconfundible entre los demás estudiantes. Alto, espigado, de rubios cabellos y rostro apacible, bondadoso... que recordaba sombrío tras la última vez que hablaron. Catalina miró a su señora y, con el pretexto de un olvido absurdo, le regaló una excusa para detenerse con él siquiera fuesen unos instantes, un tiempo robado a un futuro que por el momento no era de ellos.

—Señora, los cielos me bendicen con vuestra presencia, tan difícil de encontrar sois para los que os aman y admiran que solo en los sueños os aparecéis

—Mi galante don Fadrique. ¿Y qué hacemos en ellos?

—Daría mi vida por que sucediera en vigilia, mi amada Luisa —suspiró el bachiller Enríquez.

—Experiencia no ha de faltaros, cuentan que rondáis por casas de dudosas costumbres.

Fadrique se ruborizó.

—Desde que acepté tu rechazo mi vida se ha perdido en malas compañías —reconoció, apeándola el tratamiento—. He derrochado el tiempo buscando esperanza en la desazón, en un valle de tinieblas, de oscuridad. Pero he aprendido a aguardar el día en que se me abran los cielos con una respuesta tuya. Hasta entonces, sabré esperar, te lo prometo. Y si me rechazas de nuevo, asumiré que gastaré mi vida en amarte, aunque sea en la distancia. —Besó su mano.

Emocionada, Medrano retuvo sus dedos y Fadrique los acarició con ternura.

—Siempre me tendrás a tu lado, mi señora.

—Lo sé. Tú también a mí. Cuando Nebrija regrese de la corte, nada impedirá mi respuesta.

—Si lograra que te sintieras orgullosa de mí...

Luisa lo interrumpió.

—Siempre lo he estado, mi dulce caballero, mas conoces las circunstancias que motivaron mi rechazo a tu propuesta de matrimonio hace unos meses.

—Y he aprendido a aceptarlas, al igual que he asumido partes de mi propia alma que desconocía y ahora me aterran.

Luisa le preguntó sin decir nada, atraída por el misterio que envolvían aquellas palabras.

—He hecho algunas cosas que...

No tuvo tiempo Fadrique de completar su frase, que murió colgada en el aire, incompleta por culpa de la llegada del inquisidor Ruiz del Monte. Fray Juan les saludó con una sonrisa que más tenía de mueca. Por toda respuesta recibió un murmullo de la dama y una mirada fría del joven caballero en cuyos ojos claros asomaba una advertencia: nadie haría daño a Luisa mientras viviera y pudiera defenderla de las leyes de los hombres y aun de las de Dios, si necesario fuera.

Fray Juan no buscaba un enfrentamiento con alguien de su posición, pero tampoco permitiría que aquel mozalbete se interpusiera en su camino e interfiriera en la misión encomendada por Cisneros. Por eso endureció el gesto y obligó a la Medrano a enfrentarse a él.

Aquel obstáculo hubiera supuesto un duro golpe para cualquier persona débil de espíritu, pero Luisa no lo era, menos aún necesitaba demostrar su bagaje intelectual a la puerta del patio de las Escuelas. La dama despidió con un afectuoso gesto a Fadrique, que aceptó partir, aunque no sin antes fulminar una vez más con la mirada al dominico y agradecer con un ademán de cabeza el favor de Catalina, que se acercaba ya hacia su señora con las manos, claro está, vacías. También Ruiz del Monte la saludó cortés antes de ofrecerle la diestra para que la besase. No necesitaba verdadera tonsura, ya que los mondos pelos que sobrevivían en su morena cabeza amenazaban con la pronta muerte. A Luisa, fray Juan le provocaba una inquietud en las entrañas semejante al temor que los caballeros reconocían padecer poco antes de sufrir una emboscada a manos del enemigo. Asemejaba una rata y se comportaba como tal, pues bien pareciera, en cada gesto comedido y suave, que guardaba para su interlocutor una puñalada, una advertencia sibilina escondida en dulce recomendación. Jamás miraba de frente, ni a los ojos y, cuando lo hacía, algo en su oscuridad atravesaba el alma, desarbolando toda posible defensa.

Su maestría en el arte de la caza no admitía competidor. Oteo, acecho, persecución, captura y muerte se habían convertido, de tan rutinario ejercicio, en simples etapas antes de lograr vencer a su presa, arrebatarle hasta lo más profundo de su dignidad a través del miedo, la confusión y el desamparo. Mas sus trofeos no pendían de las paredes, sino de las horcas, se hincaban en las picotas, no se cazaban en los montes, ya que la única presa que interesaba al inquisidor habitaba en los reinos de la corona de Castilla, en sus pueblos, villas y ciudades: el hombre... o la mujer.

—Veo que con cada jornada se acrecienta vuestro orgullo, señora —la saludó Ruiz del Monte.

—Lamento que así lo entendáis y que llevéis tanto tiempo esperando por mí. Lo siento, pero no puedo quedarme a conversar con vuesa paternidad —respondió la mujer, incómoda.

Ruiz del Monte compuso un gesto de evidente desagrado. Escoltado por fray Álvaro, se colocó a la vera de Luisa, forzando un encuentro casi físico entre ellos. La joven, a quien repugnaba aquella presencia tanto como la intimidaba su autoridad, asumió aquella cercanía violenta y arrancó a caminar hacia su casa con semejante escolta.

—Hoy no aguarda por vuesa merced ese familiar suyo, ese bachiller Pedro Bravo que suele escoltaros fiel, así que os acompañaré para protegeros. Sin duda nuestros pasos hoy están llamados a encontrarse —ironizó el inquisidor—. Supongo que vuestra soledad os molesta, señora, ya que prolongáis la compañía de los estudiantes, gustad también de la mía.

La mujer aceptó con santa resignación su presencia.

—Ya que optáis por el silencio, hablaré yo por vos. No os prodigáis demasiado, salvo en la universidad.

—Mi vida es austera, solo a ella me debo —respondió Luisa con desgana.

—Y a vuestra familia.

—Por supuesto.

—Vuestros padres todavía se encuentran en la corte.

—Desde hace más de un año.

—Decidme entonces quién era la mujer que vieron en enero en vuestra casa —le espetó el inquisidor por sorpresa.

La Medrano le miró fijamente.

—¿Debo responderos?

—Considero que sí. ¿O tenéis algo que ocultar? ¿Tal vez la presencia de vuestra prima, Isabel de Vargas?

Luisa le sostuvo la mirada. Intuía que aquel desagradable fraile disparaba su pólvora en todas las direcciones posibles. ¿O no? Aceleró el paso, tratando de alejarse con presteza de la universidad, temerosa de que su pariente apareciera.

—Vuestra premura asemeja huida, señora —se burló él.

—Y vuestra curiosidad, enfermo interés. En una de sus últimas cartas mi tía, Beatriz de Medrano, señora de Altobar, me indicaba que vuesa paternidad había apalabrado el matrimonio de mi prima con vuestro propio sobrino, así que vos sabréis dónde se encuentran ambos. Por mi parte, no he visto a Isabel de Vargas desde que era niña, años atrás. Y en cuanto a la mujer por la que preguntáis con tanto interés, se trataba de una pobre viuda a la que mantuve hasta su muerte, triste fallecimiento que ocurrió por las fechas que interesan a vuesa paternidad. Lo siento, si deseáis averiguar más, tendréis que rezar por su alma para que Dios os ilumine.

Ruiz del Monte retorció sus nudillos hasta hacerlos sonar, aunque hubiera preferido golpear con ellos a esa atrevida mujer.

—No seáis necia, ni osada —la amenazó con un mal gesto.

—Nunca es necedad rezar por los santos difuntos, padre —le sonrió Luisa, desafiante.

Gracias a aquella certera estocada llevaban ya un buen trecho en silencio cuando, al llegar a la altura de la Puerta del Sol, el dominico tocó su brazo discretamente, creando una intimidad que incomodó aún más a la mujer. Casi al oído, cual si de un amante se tratara, deslizó su veneno de nuevo:

—Decidme, hija, ¿qué tal vuestras lecciones? Impartís Retórica, ¿no es cierto?

Luisa reflexionó antes de contestar con una evasiva mientras pensaba hasta qué extremo era curioso lo que ocurría con ciertas formas de caminar: algunos pasos resuenan alegres, otros provocan miedo y no faltan los que, como aquellos de los dos dominicos, golpean siniestros el empedrado de las calles. Tambores del diablo que acompasaban las malvadas intenciones de Ruiz del Monte, sus inquisitoriales preguntas acerca de su vida privada, sus relaciones, familia, formas de impartir clase. Incluso osó sugerir una relación amorosa entre ella y el maestro Nebrija, por otra parte célebre por sus conquistas, para justificar su presencia en las aulas.

La Medrano hubo de morderse los labios para no dejarse tentar por la ira. Nunca se le había hecho más larga que entonces la rúa de San Martín, en el medio de cuyo recorrido se alzaba su casa. Dispuesta a cercenar aquella desagradable Medusa dominica, también ella interrogó al fraile sobre algunos de los procesos en los que, era fama, había intervenido con mano excesivamente firme, sin temblarle la pluma al rubricar las sentencias de muerte de algunas personas cuyo único delito era la sinceridad, o encontrarse en el lugar más inoportuno. Irritado, Ruiz del Monte aceleró el paso sin advertirlo, lo que provocó una creciente sensación de triunfo en Luisa. Apenas si le restaban unas pocas varas para encontrarse con el refugio de su hogar, cuando el fraile retomó la palabra y exigió las respuestas que esa desvergonzada se negaba a brindarle.

—Y a vuesa merced yo solo exijo respeto —replicó ella. Su voz sonaba calma, pero su tono era de hielo. No estaba dispuesta a permitirle una intromisión más en su docencia, o a que se atreviera a interrogar a sus alumnos buscando una nueva causa para enjuiciarla, o privarla del puesto que tanto le costó lograr.

Fray Juan contuvo la tos. Aquel incómodo ataque delataba su nerviosismo sin que pudiera evitarlo, pero aquella hija de perdición lo desconocía. Tal vez había llegado la hora de emplear otros senderos para atacar la fortaleza salmantina. Quizá Medrano no fuera, después de todo, la brecha en la muralla universitaria por la que introducirse. Confiado en la justicia de su intención, se despidió con premura, aunque no sin antes arrojarle al corazón una última lanza:

—Cuentan que el heredero del almirante de Castilla os ronda. Yo mismo he sido testigo de vuestros tratos hoy. Permitidme un consejo, señora: aceptad sus propuestas de matrimonio y desapareced, porque, aunque deba buscar bajo las piedras de la propia catedral, hallaré el modo de arrojaros del puesto que ocupáis, Salomé impúdica.

Luisa se detuvo, enfrentándose por primera vez a tan despreciable sujeto.

—Para que yo fuera Salomé, fray Juan, vuesa paternidad habría de llamarse Herodes y ambos buscar la cabeza de San Juan Bautista. Intuyo que la que requerís es la mía, lo cual os deja en muy mala posición. Por lo que he visto, acostumbráis dejar a vuestro paso pisadas de sangre. Cuidad que el demonio no encuentre vuestro rastro, o a quien daréis cuentas no será a mí, sino al Todopoderoso.

—Amén —ratificó su criada.

Catalina se apresuró a abrir la puerta de la casa de los Medrano, invitando con premura a su señora a buscar refugio en aquel sagrado. Sin despedirse, Luisa volvió la espalda a los dos frailes.

—Tened cuidado. Quedáis advertida —alzó la voz fray Juan, antes de que Luisa desapareciera de su vista.

Ya dentro de su hogar, la joven hubo de buscar apoyo en su criada, que sostuvo a su señora hasta la cocina. Segura entre aquellas paredes, Luisa comenzó a llorar amargamente su soledad y desamparo.

13
LÁQUESIS HILA EN SU RUEDA

Isabel de Vargas hubiera querido que se la tragase la tierra cuando tropezó de bruces con el visitador real. Literalmente lo embistió con todas sus fuerzas, tal era la prisa que llevaba, y Ruiz del Monte cayó al suelo por su culpa, sin que pudiera evitarlo. Aquel encuentro nacía de sus peores pesadillas. Por un juego del destino, se encontraba frente a frente con el hombre que más temía. Apartó los ojos, como si tal gesto impidiera que aquellas dos águilas de presa fueran a olvidarse de su víctima. Hasta ese momento, sus caminos se habían cruzado varias veces, pero el inquisidor ni siquiera le había dedicado una mirada, tan insignificante le parecía. Hasta hoy. De un empellón, fray Álvaro de San Emiliano la arrojó contra el muro.

—¡Estúpido! ¿Cómo te atreves? ¡Discúlpate ahora mismo!

—Lo siento, vuesa paternidad, lo siento.

Ruiz del Monte se incorporó del suelo. Dolorido, se palpó riñones y posaderas antes de acercarse a su hermano y a la muchacha, dispuesto a colgar a su agresor de la picota más alta de la ciudad por tal ofensa.

—¿Cuál es tu nombre, estudiante? —exigió saber San Emiliano.

—Pedro Bravo, bachiller en Medicina, vuesa paternidad. Lamento mucho lo ocurrido. Llegaba tarde a clase y... —trató de explicarse, sin alzar la mirada del suelo.

¿Pedro Bravo? ¿El primo de Luisa? Los ojos oscuros del inquisidor se clavaron en su inesperado atacante. Sonrió perverso. Aquel regalo caía del cielo.

—No tiene importancia. Ha sido un vulgar accidente, hijo. Tranquilízate. —Deslizó su diestra sobre los hombros de la joven, que se tensó del solo contacto. Su aliento se mezcló con la respiración de la muchacha, tan cerca se encontraban—. ¿Tú eres el pariente de la sustituta de Nebrija?

—Sí —respondió ella, con un hilo de voz.

—¿De los Bravo de Acuña? —curioseó fray Juan.

—De los Bravo de Laguna, vuesa paternidad. Mi abuelo, Juan Bravo de Laguna, fue aquel caballero a quien cortaron pies y manos los moros en Antequera cuando combatía a las órdenes del infante don Fernando. Sabéis que luego de muerto lo despellejaron y uno de los adalides del rey de Granada ordenó confeccionar un cinturón con su piel —improvisó sobre la marcha Isabel.

—Noble linaje el tuyo, hijo mío.

—Libre de mácula judía, mora o conversa hasta los tiempos de don Rodrigo el Godo —ironizó la muchacha.

Ruiz del Monte arrugó la nariz. En aquellos instantes acababa de trinchar en hueso. Si el muchacho portaba sangre de mártires, el asunto se tornaba complicado. Prosiguió implacable al desaliento. Necesitaba una gatera para introducirse en el alma de Luisa de Medrano, y nadie mejor que su primo.

—¿Estudiaste en Bolonia?

—Sí, fray Juan. De hecho, fue mi tío, el inquisidor Bravo, que reside en Roma al servicio del Santo Padre, el que insistió en que regresase a estos reinos después de superar mis estudios en Arte y Medicina.

—Sabia decisión, sin duda. Qué mejor lugar que Salamanca, junto a tu prima doña Luisa de Medrano. ¿Te alojas en su casa?

Isabel se estremeció. Ruiz del Monte intentaba cargar de acusaciones su cesto contra Luisa. Si convivía con un hombre, pariente lejano, podría encontrar la primera.

—Jamás turbaría su castidad con mi presencia. Sí he de confesaros que en ocasiones compartimos mesa durante las festividades del santoral —contestó sin perturbarse—. Pero a ellas asisten más comensales. Consideraos invitados tanto vuesa paternidad como su compañero cuando gustéis.

—Esa propuesta debería partir de doña Luisa —le mostró los dientes Ruiz del Monte—. Dime, joven, ¿conoces a un familiar suyo llamado Isabel de Vargas, hija del señor de Altobar?

La muchacha sintió un nudo en el estómago. Directo a las entrañas, el miedo se apoderó de su ánimo sin que pudiera evitarlo.

—¿Isabel? No, lo siento, mi parentesco con los Medrano procede por otra línea genealógica. Desconozco de quién se trata.

—¿Desde tu llegada no te has cruzado con ninguna mujer joven en la casa de doña Luisa?

Las campanadas del reloj de las Escuelas anunciaron el final de las clases matutinas. Desde los cielos, alguien le prestaba ayuda. Isabel suspiró fuerte, aliviada.

—No, lo siento. Con vuestro permiso, he de ausentarme. Si me disculpa vuesa paternidad...

Ruiz del Monte aceptó su derrota. De aquel muchacho nada habría de sacar por el momento. Le observó mientras marchaba a la carrera, directo hacia uno de los catedráticos de Medicina. No le gustaba. Algo en su interior le advertía que no era trigo limpio. Sonrió. Sin duda aquel encuentro había sido providencial. Ya disponía de la gatera...

—Volveré solo al convento, hermano —ordenó a su compañero—. Ocúpate de investigar al bachiller Pedro Bravo.

Fray Álvaro de San Emiliano captó al vuelo la intención. Antes de la medianoche, averiguaría hasta el color de las calzas que vestía el muchacho. Besó su mano, y una vez fray Juan desapareció de su vista, tanteó la daga que portaba bajo el hábito. Continuaba en su lugar, al alcance en caso de peligro gracias a la abertura disimulada entre los pliegues. Corrían tiempos difíciles desde la muerte del viejo catedrático de Astronomía.

De camino hacia el patio de las Escuelas, sus pasos se cruzaron con los de José del Palacio y sus alguaciles. Ambos se saludaron con una leve inclinación de cabeza. Ninguno de los dos sentía el más mínimo aprecio por el otro, a qué fingirlo innecesariamente, así que evitaron todo contacto. Ya llegaría el momento de cruzar sus espadas. «Quizá no solo espirituales», se dijo el fraile siguiendo con la mirada al maestrescuela, que se esfumó escaleras arriba.

Arrollado por multitud de estudiantes, sin que pudiera evitarlo se encontró en la calle. Entretanto, el maestrescuela se dirigía hacia el aula general de Medicina. No quería que se le escapase su presa, así que se apresuró. Allí estaba el bueno de Antonio.

—Qué, Pimentel, ¿otra vez escabulléndote de tus responsabilidades mientras tu amigo Bravo guarda el poste por los dos? —reclamó su atención.

Antonio dio un respingo.

—¡Me habéis dado un buen susto, doctor Del Palacio! Allí tenéis a Pedro, asaeteando a preguntas al profesor, vamos, «guardando el poste», como bien decís. ¿Venís a comprobar que yo también cumplo con mi deber?

—Así es, hijo, así es —rió el maestrescuela, saludándole con afecto.

Pimentel le admiraba y temía a partes iguales. Más de una buena reprimenda y alguna que otra noche en la cárcel fueron los premios recibidos del doctor Del Palacio, ya que sus juergas eran casi tan famosas como su talento para la Medicina. Ambos se respetaban, incluso se apreciaban con franqueza, pues cuando la noche enmascaraba los rasgos y las calidades, en más de una oportunidad coincidían en el Hospital del Estudio atendiendo a los más pobres y miserables, a todos aquellos abandonados a su suerte que acudían desesperados en busca de ayuda y consuelo. Un delito que los hermanaba, ya que el hospital únicamente cubría las necesidades de los estudiantes, no de los salmantinos, menos aún de los desharrapados. Una camaradería de armas que constituía el secreto sobre el que se cimentaba su mutuo afecto.

—¡Qué inesperado placer! ¿Cómo vos por aquí? —inquirió Antonio ceremonioso, dejando el fardo de sus libros y apuntes en el suelo, a los pies de ambos. Caminó unos pasos alejándose del barullo estudiantil.

—Tranquilo. En esta oportunidad no me hallarás más que para demandarte información.

Seguidos por uno de los alguaciles que servían a las órdenes del maestrescuela, caminaron hacia el piso superior del claustro de las Escuelas Mayores. Subieron la escalera, cuya factura ya muy desgastada reclamaba a gritos una reforma, evitaron el loco correr de algunos estudiantes, comidos por las prisas, y peldaño a peldaño se alejaron de ellos, buscando en la planta un poco de silencio y descanso. Sin rumbo, pasearon por aquellos corredores para que sus palabras, susurradas casi al oído en confesión, evitaran la curiosidad o una inoportuna murmuración malintencionada. Ni el maestrescuela ni Pimentel eran novatos en tales ardides, así que de su conversación únicamente darían cuenta los ángeles custodios.

—Antonio, el joven Pedro Bravo es tu huésped desde hace varios meses. Sin duda lo conoces bien. Tal vez puedas ayudarme a resolver un asunto que me ronda desde que el rector autorizó su ingreso recién llegado de Italia.

—Decid, pues.

—Parece muy joven para haber superado los estudios de bachiller en Artes y en Medicina. ¿Sabes si acaso profesó algunas órdenes, mayores o menores, en Bolonia?

—¿Y de la abstinencia de carne su juvenil aspecto?

El maestrescuela se encogió de hombros. Escuchado su pensamiento en labios de otro sonaba extraño, incluso ridículo.

—Digamos que ello lo explicaría.

—¿Cura o fraile? ¡Por Dios, no! —rió Pimentel—. Preguntad a las putas de las Ocho Beatitudes. Sobre todo a María la Vitoriana, que podrá ofreceros prueba de su condición si solicitáis sus servicios o pagáis con buenos dineros su locuacidad.

—¡Cuida tu lengua, descarado! ¡No olvides con quién hablas!

Antonio asintió con la cabeza.

—No lo olvido: con el hombre que en privado alaba mis cualidades como médico y en público me niega la posibilidad de alcanzar la licenciatura.

—Recuerda tu condición... —gruñó el maestrescuela, incómodo.

—¿La de cristiano de pro? ¿La de pagano de cierta fortuna? ¿La de vuestro ayudante en el Hospital del Estudio, cuando nadie nos ve? ¿Qué condición, señor?

—Tu bastardía —murmuró el doctor Del Palacio agachando la cabeza.

—Bastardo fue el rey don Enrique de Castilla, algún que otro arzobispo y hasta las mismas raíces de muchos linajes que ahora copan la corte. No creo que a nadie importunara su nacimiento. ¿O es que tal vez la diferencia procede de la simiente?

—¡Ya basta! Sabes que si en mis manos estuviera, nada impediría que tu nombre quedara registrado en los libros.

—Sois la máxima autoridad después del rector. Vos conferís o negáis los grados. En vuestras manos está —hizo suyas las palabras del maestrescuela.

—No me ha traído hasta aquí tu demanda —murmuró violento.

—Disculpadme entonces. Hablemos del buen bachiller Pedro Bravo. Decidme: ¿todo lo que anheláis conocer se reduce a si mi amigo fue o no tonsurado en tierras latinas?

—Sus conocimientos me parecen muy desiguales para los títulos que muestra.

—¿Queréis que también le mire sus atributos para saber si falta o no pellejo en el prepucio y así juzgamos su pertenencia a la tribu de Adán?

Del Palacio no pudo evitar una carcajada. Aquel desparpajo sinvergüenza le recordaba su propia juventud, cuando el número de noches durmiendo a la intemperie o en las tabernas, entre las sábanas de alguna meretriz, superaban al casto descanso del canónigo.

—No, no seas animal. Poco o nada me importa si es hijo de Abraham o del marqués de Villena. Sus papeles se encuentran en regla, la limpieza de sangre aparece ratificada por un inquisidor y el rector autorizó su inscripción en el Estudio. Por mí, plácet. Pero me han llegado noticias de algunos de sus profesores. Afirman que su maestría en el conocimiento de Averroes o Galeno se reduce a ciertas interpretaciones sorprendentes que más parecen nacidas de tu mente confusa que de la mano de estos sabios —bromeó.

Antonio retuvo el silencio para ganar tiempo. Pedro Bravo le gustaba. Sus ojos recordaban la pieza poco antes de ser cazada, y esa sensación de desamparo le enternecía. A él, un tipo cuya espada temían los maleantes de Salamanca como a la mismísima peste. Y llegó de la mano de Luisa de Medrano. ¿Cómo podría fallarle ahora? Una loca idea comenzó a tomar forma en su cabeza, ya de por sí desordenada.

—Si dudáis de su capacidad, por otra parte sin razón alguna, os lo aseguro, pues jamás he visto un talento como el suyo, permitid entonces que nos acompañe al Hospital de Estudio.

—Sabes que está terminantemente prohibido a los estudiantes ejercer la medicina allí.

—Ya —sonrió Pimentel desafiante—. Por eso allí solemos encontrarnos vuesa merced y yo...

—¿Quieres que mate a un enfermo para destripar sus entrañas después?

—¿Acaso no acostumbra a cobrar por tales enseñanzas algún que otro catedrático de prima de Medicina que conocemos?

Antonio se refería a la costumbre no escrita de comprar cadáveres y realizar autopsias en los domicilios de ciertos profesores, para conocer mejor la anatomía humana, y el rastro dejado por la enfermedad que los llevó a militar en las huestes de la Santa Compaña. Por tales clases particulares los docentes cobraban buenos cuartos. Sin ellas, superar las materias que impartían se tornaba tarea compleja. Un peaje, en fin, por el que todo estudiante que se preciara debía pasar para conseguir el codiciado grado, ya de bachiller, ya de licenciado. El de doctor se adquiría en función del padrinazgo, fortuna o parentesco cercano con algún miembro del claustro, a ser posible de la misma especialidad. Condiciones a las que, muy de tanto en cuanto, se sumaba la capacidad académica, mas no siempre.

—Considerad que es un protegido del rector, vos mismo lo habéis dicho —azuzó Pimentel—. Además, si os interesa conocerle, frecuentadle. Tal vez os agrade, después de todo, y su juventud deje de pareceros un lastre.

—Está bien, está bien. Ocúpate tú de su aprendizaje. Que mire y no toque. Al menos de momento.

Inesperadamente, no fue la llegada de Pedro Bravo la que cortó su conversación, sino los gritos de un puñado de estudiantes. Pronto el alboroto se transformó en miedo, carreras, empujones y sangre. Mucha sangre sobre las negras ropas de los universitarios. El maestrescuela detuvo a uno de los chicos. Por su rostro corría la roja evidencia de una pelea violenta.

—¿Qué ha ocurrido! ¡Habla! —le zarandeó con escasos miramientos.

—Han atacado a Fadrique Enríquez. Lo acaban de acuchillar. ¡Mirad! —señaló horrorizado a su diestra.

El alguacil abrió paso al doctor Del Palacio y a Pimentel, que echaron a correr por el pasillo hasta alcanzar la escalera. Se encontraba lo suficientemente lejos como para que el joven adelantara al maestro y fuera el primero en llegar a los empapados escalones, anuncio de una auténtica matanza. Antonio descendió un par de ellos, separando a varios estudiantes curiosos. Recostado en la pared, el cuerpo todavía caliente del sobrino del almirante de Castilla mostraba la huella de varias estocadas, la última de ellas en el corazón. Pimentel se arrodilló a su lado. Con delicadeza presionó su cuello, luego ambas muñecas. Nada. Al moverlo, el cadáver se desplomó sobre su pecho, empapando sus ropas y manos. Soportó aquel peso como pudo, aguantó la presión con la frialdad de quien ha visto la muerte tan de cerca que se había tornado vieja compañera.

El maestrescuela se colocó a su lado para ayudarle a acomodar el cuerpo en posición más digna. Algo erizó sus cabellos: en el mismo lugar de la pared en el que antes reposaba la cabeza apareció un víctor pintado en sangre. Ambos cruzaron una mirada de sorpresa, porque esa señal evidenciaba que quien hubiera cometido el crimen, o bien pertenecía a la Universidad de Salamanca, o bien...

14
LA IMPORTANCIA DE UN VÍCTOR

—... O bien se trata de un auténtico loco —resumió a los presentes el rector Maldonado.

El asesinato de Fadrique Enríquez había removido las entrañas de la misma corte apenas la noticia superó las murallas de Salamanca. Había sido acuchillado en las Escuelas Mayores, lo que convertía su muerte en un desafío a la autoridad universitaria, que prohibía las armas a los estudiantes, y por si fuera poco, se trataba del sobrino del almirante de Castilla, primo del rey don Fernando de Aragón, lo que convertía aquel desafortunado incidente casi en un asunto de Estado. Y en un inesperado incordio sobre el que cernió sus garras de presa el inquisidor Ruiz del Monte, que invocó su nombramiento de visitador real para exigir responsabilidades al rector. Entre las sugerencias que el doctor Maldonado hubo de soportar se encontraban desde su dimisión inmediata hasta permitir que todo el proceso de la investigación quedara en manos de su desagradable interlocutor. Si cedía a tal intromisión, creaba con ello un peligroso precedente: la Inquisición podría acabar con la libertad de Salamanca al controlar hasta el mismo tuétano de la universidad. Si se negaba, Ruiz del Monte utilizaría su posición para destrozarle.

Por todo ello, el rector había convocado un claustro pleno con carácter de urgencia, lo que solía hacerse únicamente para abordar las grandes cuestiones. Aunque de ordinario y por costumbre se reunían los sábados, para revisar y debatir sobre los asuntos cotidianos, lo cierto es que en casos singulares se exigía la presencia total de los principales representantes del poder universitario. Debido a las obras emprendidas en la remozada capilla y la biblioteca, habían decidido celebrar este en el piso superior del claustro de las Escuelas Mayores.

Siguiendo la costumbre, el rector Maldonado había ordenado al bedel que repartiera una cédula con los asuntos que se iban a tratar en la reunión, para que con ella convocase a la misma y los asistentes conocieran de antemano el porqué de la convocatoria, que se celebró esa misma tarde. Dominaban la escena académica y de poder los catedráticos de propiedad, especialmente los de Teología, verdaderas manos que manejaban las restantes marionetas docentes y estudiantiles. Sin embargo, quienes colocaban bien los bocados en las quijadas de estos eran el rector y el maestrescuela: con las riendas en la diestra y la autoridad papal y real en la espalda, no dudaban en tirar firme si alguno de ellos se alzaba de ánimos en demasía. Tal suma de mentes privilegiadas causaba no pocos conflictos...

Cuando una decisión se sometía a voto, acostumbraban muchos a fingir ignorancia en las leyes y normas, razón por la cual desestimaban participar. Por ello, solía colocar en el lugar de celebración de los claustros un arca en la que se custodiaban las constituciones y estatutos en número suficiente para que los asistentes a la reunión pudieran husmear entre sus hojas e ilustrarse. Para sortear diabólicas tentaciones, antes de salir debían devolver a su custodia de madera los ejemplares.

Y dentro de las suspicacias, frecuentes en toda reunión de poderosos, con el fin de evitar males mayores, dimes o diretes, el escribano sacaba del arca un libro en el que tomaba nota de todos los asuntos tratados en el claustro y las determinaciones finales. Para que nadie sospechara de ardid o manipulación, disponía el notario de una llave con la que abrir y cerrar el arca, quedando en sus manos y pluma la veracidad comprobable de los temas abordados allí. También del resultado de las votaciones, si fuera menester someter a tal método alguna de las propuestas.

Tantas precauciones nunca fueron pocas, por más que a muchos representantes estudiantes les asemejase inquisitorial método recoger cada punto tratado con minuciosidad preciosista, pues cuando las bocas galopan, a veces las cabezas renquean. Verba vólant, scripta mánent. Tal vez por ello no faltaban excusas a la hora de rehusar la invitación formal a claustro, pues la cobardía se esconde bajo el disfraz de la timidez.

En esta oportunidad, probablemente deseosos de revolver en la carroña de los últimos sucesos —el asesinato del sobrino del almirante de Castilla—, veinte maestros, doctores y algún consiliario acudieron al llamamiento de Maldonado. Presidían el claustro el rector, su álter ego el maestrescuela y el propio Ruiz del Monte, que se disgustó al comprobar que nadie había dispuesto una cátedra para él en la cabecera de la sala, un error que fue subsanado por el bedel, cuya lentitud demoró la tarea tanto que el claustro comenzó antes de que el asturiano encontrara acomodo para sus desgastadas nalgas; aquello enfureció aún más su ánimo y creció el espíritu del rector, que bebía de cada uno de los exabruptos que luchaban por escapar de la boca de Ruiz del Monte y quedaban presos en sus labios finos, mordidos por la rabia que le causaba la continencia verbal. Pero estaba en minoría, rodeado de aquellos adustos tipos, revestidos de toda la autoridad de la tradición, a los que no podría controlar con sus malas artes, sino con el verbo, lides estas en las que no conocía otras reglas que la marrullería.

El rector carraspeó. Todas las conversaciones se interrumpieron bruscamente. La noticia del fallecimiento de Fadrique Enríquez había golpeado el corazón de la universidad con fuerza. A un personaje de la talla del heredero del almirante de Castilla, el noble más poderoso de aquel tiempo, no se le permitía desaparecer cual al común de los mortales. Ni siquiera cuando la mala fortuna en forma de espada se cruzaba en su camino. Bastaba comparar el pequeño terremoto causado por esta pérdida desdichada con la respuesta casi despectiva que había recibido el reciente asesinato a cuchilladas del viejo catedrático de Astronomía, un fraile de cuestionables apetitos. El del profesor se enterró con tanta prisa como su cadáver; el del joven esperaba venganza antes de encomendarse a la tierra. De momento, y hasta que su tío decidiera un destino adecuado, yacía en la capilla del Hospital del Estudio, custodiado por un par de alguaciles.

Cuando Maldonado cesó de exponer los hechos que habían motivado aquella reunión, el maestrescuela tomó la palabra justo en el mismo lugar que había dejado descansar la suya el rector.

—¿Loco? No lo creo. Un perturbado nunca habría tomado su tiempo en ocultar su rostro para esconder su identidad, o en componer un víctor con la sangre de su víctima en las Escuelas a la hora de la salida de las clases de mañana. No.

—Doctor Del Palacio —tomó la palabra uno de los catedráticos presentes—, entre tantos estudiantes, ¿nadie pudo reconocer al asesino?

—No. Y no los culpo. En medio de la multitud resulta complicado discernir quién porta espada hasta que brilla la hoja.

Ruiz del Monte golpeó la madera de su asiento.

—Afirmáis que los alumnos portan armas. ¡Las Constituciones Apostólicas de 1422 y otras normas prohíben su uso! ¡Es contrario a la labor del Estudio! —chilló indignado.

El doctor Del Palacio recogió al vuelo el guante de su desafío. Aquel patán acababa de cuestionar su función como garante de la seguridad de las Escuelas.

—Pues decidme vos, fray Juan, cómo discernir si debajo de las lobas y manteos que visten para acudir a las clases, los muchachos esconden armas. Sus vestiduras son largas y negras, lo sabéis, asemejan más sotana de clérigo que ropa de corte, aunque alguno rompa la norma. ¿Acaso deseáis ordenar a nuestros bedeles que obliguen a desnudar sus cuerpos hasta quedar en camisa y calzas antes de acudir a las clases?

Risas ahogadas por la seriedad de la ocasión nacieron de muchas gargantas. La inteligencia del maestrescuela le convertía en un poderoso contrincante. Ruiz del Monte enrojeció de ira, su respiración se tornó entrecortada, como el buey al que fuerzan a más ejercicio del que toleran sus carnes viejas. Con su calva brillante apuntando hacia Del Palacio y sus ojos profundamente negros clavados en él, pareciera a punto de embestir cuando se alzó de su cátedra y comenzó a pasear por la sala dejando a todos los presentes claro quién ejecutaba las órdenes del regente de Castilla, que la suya era la voz de Cisneros.

—¿Por qué no? ¿Tienen algo que ocultar? ¿Tal vez escrituras prohibidas, ropajes judaizantes o moriscos que delaten su origen converso? Creo, maestrescuela, que vuestra tolerancia en nada ayuda a gobernar esta universidad. Dimitid ahora y yo os enseñaré a impartir justicia con mano firme.

Voces iracundas secundaron la propuesta. Muchos de los presentes alzaron sus manos para solicitar la palabra, otros increparon a quien así desafiaba los usos antiguos de Salamanca. ¿Cómo se atrevía aquel fraile a imponer su voluntad sobre ellos?

—¡Basta! —ordenó el rector, incorporándose.

De pie, su porte y dignidad acallaron toda conversación. Incluso Ruiz del Monte cerró la boca y se sentó, agachando la cabeza, aunque pronto recuperó sus arrestos.

—He tolerado la presencia de vuesa paternidad, señor —señaló al inquisidor—, incluso que expongáis vuestra opinión en el claustro sin respetar orden alguno, como el asno que rompe a patadas la puerta del establo y con sus rebuznos trata de justificar el destrozo culpando al purasangre.

—¿Cómo os atrevéis, Maldonado? El regente de Castilla conocerá vuestros insultos —amenazó el inquisidor al escuchar las risas que acompañaron el final del discurso.

—Se encuentra en África, ¿no? Pues tardará en llegarle el mensaje —se burló cruel el rector—. ¿Qué haréis mientras, aparte de estorbar el buen hacer de la universidad?

—No podréis evitar que tome cartas en la investigación. Solo quien pertenezca a la universidad conoce el significado del víctor para un estudiante o profesor.

—O cualquier salmantino —le interrumpió el maestrescuela—. Desde hace generaciones es el símbolo que identifica al graduado. En casi todas las calles de la ciudad encontraréis uno. Su aparición solo indica que vive aquí.

—Razón de más para que dejéis este asunto en mis manos —aprovechó la oportunidad fray Juan.

—¡Primero discerniremos si se trata de un estudiante! —exigió uno de los miembros del claustro, de edad semejante a las piedras de las Escuelas.

—Respeto vuestras canas, pero no os entrometáis —amenazó Ruiz del Monte.

—¡Pues respetad más el lugar santo en el que os halláis, demonios! A la universidad competen los asuntos universitarios. Dedicaos a los herejes, fraile —le chilló el anciano, provocando las risas mal disimuladas de los presentes.

—Os lo advierto de nuevo, Maldonado. Utilizaré todos los medios a mi alcance para conocer el nombre del asesino del sobrino del almirante. Mi rango me permite disponer de todo lo que considere menester, así que no os opongáis a la mano de Dios. Vos emprenderéis vuestro camino, yo el mío con la ayuda de fray Álvaro de San Emiliano y el mismísimo corregidor si fuere necesario. Veremos quién llega más lejos.

Tenía razón. Su nombramiento como visitador real le autorizaba para entrometerse en todo lo que gustara, salvo en atropellar los privilegios y estatutos de Salamanca.

—Haced como gustéis, fray Juan, pero callaos de una buena vez, porque me levantáis dolor de cabeza. Sentaos tranquilo aquí, a mi vera —señaló a su izquierda—, y dejad hablar al maestrescuela. Adelante, doctor Del Palacio, en nombre del claustro os presento nuestras disculpas por esta desagradable interrupción. Decidnos, ¿qué medidas habéis tomado?

—Os agradezco que me concedáis el uso de la palabra de nuevo. No podemos obviar que se trata de asunto delicado y, aunque compete a la justicia de la universidad conforme a nuestros usos antiguos, no es menos cierto que, de puertas afuera, si alguien que no sea miembro de ella, estudiante o profesor, está implicado en este asesinato, hemos de colaborar con el corregidor de Salamanca y sus alguaciles en todo momento.

—Ya he hablado con él —interrumpió el rector—. No pondrá obstáculo alguno a vuestros propios oficiales. Desea que todo se resuelva con la máxima discreción.

—Cuánto me alegro, pues idéntica respuesta suya he recibido yo mismo esta mañana —intervino fray Juan.

—Habrá de partirse o encomendarse a todos los santos, para congraciarse con vuesa paternidad y con nosotros —replicó socarrón el rector.

Maldonado echó una ojeada a Ruiz del Monte, cuyos nudillos se tornaban blancos de tanto apretar con las manos los brazos del asiento. Desde su sitial podía escuchar el chirriar de sus dientes. Aquella comprobación le satisfizo cual bálsamo curativo. A un gesto suyo, el maestrescuela recuperó la palabra.

—El cadáver del joven don Fadrique descansa en el Hospital

del Estudio, después de celebrar las primeras honras sobre sus restos. Mañana rezaremos por él en la catedral. Es deseo de su tío que sea trasladado en ataúd plomado hasta el lugar donde reposan sus mayores, y hasta mañana no dispondremos de él.

—Queda bajo vuestra responsabilidad —ordenó Maldonado—. Continuad, por favor.

—He dado órdenes a nuestros alguaciles para que investiguen entre los estudiantes la situación del sobrino del almirante de Castilla. Amoríos, peleas, problemas... Todo lo que sea menester, por pequeño que parezca el detalle. Pero necesitaría solicitar al claustro más ayuda.

—¿Acaso la requeristeis, maestrescuela, cuando acuchillaron a nuestro compañero, el catedrático de Astronomía? —exigió saber un dominico de avanzada edad, amigo del difunto.

Todas las miradas se clavaron en Del Palacio. La pregunta había hecho diana en sus propios prejuicios. Era hora de arrancar la flecha.

—Miembros del claustro, conocéis las razones por las que la prudencia venció a nuestros deseos de saber: la vida de fray Bartolomé no pasará a engrosar las filas de los santos o beatos de la Orden.

—Parca razón os defiende de vuestra apatía, maestrescuela —insistió el dominico.

—Cierto que falleció a estocadas, también que su cadáver apareció junto a un víctor pintado en sangre —reconoció Del Palacio.

El viejo profesor se encogió de hombros y le mostró las palmas de las manos en un gesto que no dejaba lugar a dudas de lo que pensaba: ¿y bien?, ¿qué más necesitáis para intervenir?

Maldonado cortó la conversación.

—Os aseguro que nos ocuparemos de encontrar al asesino de fray Bartolomé, pero entended, os lo suplico, que ahora hemos de ocuparnos preferentemente de la muerte de don Fadrique —le aclaró con voz cortante, dispuesto a zanjar el tema del catedrático por ahora.

—Ya, entiendo demasiado bien —refunfuñó el anciano dominico, renunciando a abrir la boca.

El maestrescuela volvió a tomar la palabra.

—La causa requiere cierta rapidez y un manejo templado. Miembros del claustro, os ruego que me concedáis licencia para servirme de algunos bachilleres como colaboradores, y que a estos se les reconozcan los servicios y no consten sus ausencias a las clases hasta que resolvamos todo. Entended mi necesidad, porque si he de ocupar a mis alguaciles en mantener la paz y el orden en la universidad, de mala manera habrán estos de ayudarme a investigar la muerte del bachiller Fadrique Enríquez.

Los representantes estudiantiles presentes allí aplaudieron con fuerza la decisión, ofreciéndose algunos como voluntarios, alabando las dotes propias otros, alzándose en apoyo del doctor Del Palacio y su sabiduría. Al fin y al cabo, una vela a Dios y otra al diablo, pues si bien la desaparición de Enríquez les importaba un rábano, ganarse el favor del hombre a quien competía otorgar o denegar grados, ratificar pases de cursos, encerrar en prisión o imponer multas siempre interesaba. Si el maestrescuela solicitaba ayudantes, los tendría. Pronto el claustro fue una sola voz en apoyo a su demanda.

—Sea, pues —sentenció el rector—. Consideraremos méritos sus aportaciones a la investigación y sus profesores valorarán tales a la hora de estimar sus avances. Pero se ocuparán solo de realizar las pesquisas que les encomendemos, sin intervenir en nada más, o revocaremos nuestra decisión y habrán de responder por sus excesos. Buscad entre aquellos en quienes confiéis —le aconsejó—. Decid sus nombres y quedarán reflejados en el acuerdo que tomemos hoy en acta. Tomad nota, escribano.

Del Palacio sonrió antes de responderle.

—Quiero contar con los bachilleres Antonio Pimentel y Pedro Bravo.

15
UN SECRETO A VOCES

Acabado el claustro aquella misma tarde, de pie junto a la portada de la iglesia de San Benito, el rector aguardaba al maestrescuela. Dos ancianas damas, parientes del clavero, abandonaron el templo con sus criadas. Maldonado las saludó con una inclinación de cabeza mientras el doctor Del Palacio, que acababa de llegar en aquel preciso instante, guardaba un silencio cargado de desprecio hacia esas viejas cotillas de piel apergaminada y nariz prominente que cuchicheaban entre sí con el mayor de los descaros.

Cansados de una jornada áspera de trato, pasearon juntos por las calles salmantinas sin rumbo fijo, disfrutando de la mutua compañía. Se conocían desde antes de la conquista de Granada, cuando eran jóvenes profesores. El uno inclinado hacia las leyes de los hombres, el otro acostumbrado a las del cielo. Luego, en 1492, sus caminos se separaron por fuerza. Maldonado, como miembro del Consejo Real de los Católicos Isabel y Fernando, abandonó la universidad durante cierto tiempo. Por su parte, Del Palacio cambió los reinos de Castilla y León por el cercano Portugal, para ocupar en la corte del rey don João un lugar tan preeminente como el del propio Rodrigo... Hasta que un día, cinco años atrás, había regresado con otro nombre muy distinto a aquel con el que partiera, convertido en espía del rey don Fernando de Aragón con el disfraz de sacerdote, según le confesó en privado. Una coartada útil para sus fines, aunque al aceptarla se le revolvieron las entrañas. Una túnica de mentira que en poco tiempo recibió auténtica sanción eclesiástica, pues verdaderamente acabó por consagrarse al Altísimo, lo que no dejó de sorprender al rector, habida cuenta de los orígenes del actual maestrescuela, meridianamente alejados de su final.

De las tierras lusas se trajo fama, cierta riqueza y más de un secreto. Ambos se respetaban, se apreciaban de corazón, y, al fin y al cabo, también Rodrigo Maldonado protegía sus flancos guardando sus propios arcanos. De hecho, algunos de ellos acabaron en un arca que cierto desaprensivo se había permitido el lujo de robarle, al igual que el mapa que dejara a fray Bartolomé. Una documentación preciosa que podía costar un reino si caía en manos inadecuadas, especialmente desde 1494, cuando las coronas de Castilla y Portugal se repartieron la conquista de las Indias en la confianza mutua del común desconocimiento de las tierras allende el Gran Mar Océano.

Cuando maese Colón llegó de Portugal cargado de proyectos, mapas e ideas novedosas acerca de la manera de alcanzar las Indias Orientales, y aunque le presentó en la corte fray Hernando de Talavera, la reina Isabel juzgó conveniente que su causa fuera estudiada por un consejo de doctos sabios de la Universidad de Salamanca, grupo selecto del que formaron parte Maldonado y Del Palacio, amén de fray Diego de Deza, hoy arzobispo de Sevilla, antiguo inquisidor, apoyo esencial del marino. Juzgaron entonces en aquel claustro que el viaje que proyectaba Colón erraba en su medida de las distancias, por lo que resultaba inabordable. Desencantado, el marino aceptó aquella decisión y regresó a Portugal, donde, según pudo averiguar años después Del Palacio, accedió a nuevos cartularios que le permitieron aquilatar sus datos y llegar a coronar la empresa de las Indias pocos meses después de la conquista de Granada en 1492. De su experiencia en Lisboa nada conocía el rector, y el maestrescuela no mostraba excesivo interés en participarle todas sus informaciones.

Por decisión de los reyes Isabel y Fernando, aquellos peligrosos documentos fueron custodiados en Salamanca, en un arca de doble cerrojo que siempre habría de guardar Rodrigo Maldonado, entonces catedrático de Derecho y miembro destacado del Consejo Real. Tan solo se había vuelto a abrir el mueble cuando falleció doña Isabel de Castilla y los nuevos soberanos, Juana y Felipe de Borgoña, quisieron acceder por curiosidad a aquella información. Y esa oportunidad la presenció asimismo el almirante de Castilla, don Fadrique Enríquez, a quien se le había atragantado desde el principio la hazaña de Colón, personaje al que aborrecía.

Maldonado, sabedor de su contenido, únicamente le mostró algunos papeles sin otra importancia que cálculos y notas del marino. Pero a los avezados ojos de Enríquez no escaparon otras informaciones y el rector no pudo evitar que husmease entre las hojas allí conservadas. En todas y cada una en su conjunto se almacenaba una información trascendental para la corona, pues avalaba que desde tiempos ya lejanos se conocían rutas para llegar a las Indias Orientales y a otras tierras ignotas que guardaban tesoros de metal, piedras y hombres. Una fuente de riqueza codiciable para cualquier monarquía europea, como lo fue para la portuguesa en tiempos, aunque no supieran apreciar el valor de la oferta de Colón, que desestimaron.

Ahora Portugal y Castilla se repartían un mundo por explorar, mientras que Aragón, privado de escenario, buscaba su propio hueco en Indias tras la muerte de Isabel la Católica. Ambos sabían que aquello traería demasiadas muertes consigo. Por eso debían recuperar los mapas del demonio y condenarlos al infierno del olvido o sus consecuencias podrían socavar los cimientos de la paz del reino, por no decir atentar contra la propia universidad, depositaria de su custodia, traidora a la misión confiada por los monarcas a su rector. Un motivo excelente para que fray Juan Ruiz del Monte campara a sus anchas llegado el momento.

Preso de cierto temor, Maldonado apoyó su diestra en el hombro de su amigo y detuvo un poco su paso, acelerado como siempre.

—¿Has logrado recuperar el mapa de fray Bartolomé? —le preguntó.

Del Palacio tomó del brazo a su amigo y le condujo hasta un lugar más discreto antes de responder a su pregunta con una negativa. Maldonado palideció. Ambos sabían lo que aquello significaba, máxime en un tiempo tan peligroso para la universidad y sus propias cabezas como la incómoda visita del inquisidor Ruiz del Monte.

—Mis pesquisas nada han conseguido hasta el momento.

—¿Crees que la muerte de Fadrique puede relacionarse con ello?

—¿A qué te refieres, Rodrigo?

—Algún día hubiera heredado el almirantazgo de Castilla. Su tío conoce bien la importancia de lo que aquí se custodiaba por orden real. Desaparecidos Colón y la reina, con el apoyo de don Fernando de Aragón, bien podría anhelar las informaciones secretas del arca.

—¿Adelantarse en la empresa de Indias? No lo creo.

Por un instante, el rector observó con recelo al maestrescuela. Del Palacio había regresado de Lisboa hacía un puñado de años sin ofrecer demasiadas referencias o abrir sus recuerdos, parco en palabras para desbrozar aquel momento de su pasado que, por propia decisión, se tornó oscuro a sabiendas. Maldonado suspiró, alejando la suspicacia de su mente. Se trataba de su amigo, de un protegido del rey Fernando de Aragón, ¿qué podría demandarle, si a los dos los unía un mismo propósito: conservar intacto y en secreto ese tesoro?

—Tú viste los portulanos, maestrescuela.

—También el atlas perdido de Cresques, que sin duda sirvió de base para situar en él los viajes de los navegantes portugueses a espaldas de Castilla. Bien sabes que fueron ellos los que descubrieron Canarias, nosotros quienes nos apropiamos de ellas. La Escuela de Sagres recogió todo el saber cartográfico... una información demasiado peligrosa.

—Al amparo de desaprensivos.

—No tanto —sonrió Del Palacio—. Maese Colón robó algunas de sus joyas más preciadas.

—No lo olvido —gruñó el rector—. Tampoco que cuando expuso sus pruebas de la existencia de tierra allende el Mar Océano, el rey don Fernando a quien tanto aprecias, amigo mío, le recordó que la base de sus buenas ideas procedía de cartógrafos mallorquines, en último extremo hijos de su propio reino, Aragón.

—Un pastel para repartir entre tres comensales: Castilla, Portugal y... ahora Aragón, ya que entonces no lo consiguió.

—Y un almirante de Castilla que simpatiza con un monarca aragonés en un momento especialmente delicado para todos. Quien ordenase el robo del arca conoce su importancia.

El maestrescuela suspiró.

—Demasiados candidatos, Rodrigo, demasiados. Nobles, monarcas...

Maldonado le miró de soslayo.

—O eclesiásticos como tú —le espetó.

Del Palacio se detuvo, sorprendido.

—¿Yo? ¿Qué interés puede mostrar un pobre sacerdote en tales lides?

—¿Pobre sacerdote? ¿Hablas en serio? No se puede servir a Dios y al diablo, a Portugal y a Aragón, a la política y a la universidad. Por una vez, José, debes situarte en un lado o en otro de la línea roja.

El aludido agachó la cabeza, evitando implicarse.

—Resolvamos primero las muertes de Fadrique Enríquez y fray Bartolomé. A través de ellas encontraremos a quien robó el arca. Tú recuperarás la confianza real y yo podré continuar buscando lo que me trajo a estas tierras desde Portugal —murmuró, zanjando el tema.

—Que así sea —aceptó el rector, retomando el paseo—. Cuídate de tus nuevos ayudantes, José. Que tu mano derecha no conozca lo que hace la izquierda.

Del Palacio sonrió.

—Un viejo refrán nuestro afirma que con una mentira suele irse muy lejos, pero sin esperanzas de volver.

El rector hubo de reconocerse que jamás había escuchado tal sentencia. Se encogió de hombros. Poco importaba. Por su parte, el maestrescuela disimuló su malestar cambiando el rumbo de su camino hacia la iglesia de San Martín. De algunas de las casas de la plaza del Corrillo, construida alrededor del templo, salía olor a hornazo recién cocido. Por un instante la conversación pasó a un segundo plano mientras ambos camaradas se dejaban acunar por el aroma de aquella empanada de embutido y huevos duros que, a semejante hora del día, habría de calmar las panzas a más de un comerciante, hidalgo o universitario.

—¿Te apetece comer, amigo mío? —sugirió el rector, adivinando el pensamiento del maestrescuela.

Por unas horas el arca del diablo pasaría a entretener a Satanás y su corte, pues ambos buscarían purgar su torpeza devorando algo de buena comida, capaz de resucitar a un muerto. Hasta al mismo sobrino del todopoderoso señor.

UN CADÁVER EN LA [illegible]

—¡Desde [illegible] —[illegible] zante uno de los alumnos de [illegible]

—Por lo que veo, parece [illegible] po —replicó la Madame [illegible] basan en amenaza [illegible]

—A mí no me [illegible] re en admirar la grandeza de [illegible] tionar sus métodos [illegible] Quintiliano?

—Una persona que [illegible] de su muerte. ¿Acaso consideráis [illegible] ocupa que las palabras [illegible]?

—¡Sí!

—Entonces [illegible] fuerte.

Los demás alumnos [illegible] hundir en ciénaga [illegible] chacho no se dejó amilanar [illegible]

—Demostradlo.

—Si en vuestra opinión [illegible] pensamiento y verbo de los [illegible]

16

UN CADÁVER EN EL HOSPITAL… O DOS

—¡Desdecíos, doña Luisa! —exigió con su índice amenazante uno de los alumnos de Retórica que asistían a sus clases.

—Por lo que veo, bachiller, nada habéis aprendido en este tiempo —replicó la Medrano, calmada—. Si vuestros argumentos se basan en amenaza, convertís lo ético en emocional.

—A mí no me liéis con vuestras palabras. Lo razonable consiste en admitir la grandeza de quienes nos precedieron, no en cuestionar sus métodos o estilo. ¿Quién sois vos para matizar al gran Quintiliano?

—Una persona que vive casi quince siglos después de su muerte. ¿Acaso consideráis que nada hemos avanzado en ese tiempo, que las palabras deben permanecer fijas, las ideas inamovibles?

—¡Sí!

—Entonces vuesa merced rechaza el cristianismo. Sois un hereje.

Los demás alumnos se rieron a carcajadas. Luisa acababa de hundir en ciénaga profunda a su adversario. Rojo de ira, el muchacho no se dejó amilanar.

—Demostradlo.

—Si en vuestra opinión hemos de aferrarnos a las formas de pensamiento y verbo de los grandes inmortales paganos, prescindís de nuestra religión, cuestionáis a san Agustín y su *Doctrina Christiana*. ¿Acaso os consideráis superior a él? Decidme, ¿dónde puedo acceder a vuestros escritos, mi sabio muchacho?

—¿Y yo a los vuestros? —bufó el osado, dispuesto a presentar batalla hasta el final.

La Medrano abrió los brazos.

—Quien tenga oídos, que oiga. Recibís mis enseñanzas cada jornada en esta misma aula.

Los alumnos comenzaron a golpear el suelo con los pies. Aquello significaba que daban por zanjada la disputa a favor de su maestra. Enfurruñado, su vencido contrincante se dejó caer sobre el asiento mientras un fuerte dolor de cabeza se apoderaba de Luisa, como si una mano invisible golpeara su frente. Sintió que algo ocurría, aunque no alcanzaba a comprenderlo. Nunca fue supersticiosa, pero aquella mañana se había despertado con pesadillas, angustiada por Fadrique. Por la tarde enviaría a buscarle. Ahora llegaba la hora de regresar a casa.

Para su sorpresa, en la puerta de su hogar aguardaba Catalina, contrito el gesto. Cuando la mujer rodeó su hombro, sus peores sospechas tomaron cuerpo.

—Fadrique Enríquez ha sido asesinado —murmuró, sosteniéndola entre sus brazos. Luisa se derrumbó en ellos, arrebatadas sus fuerzas por obra y gracia del demonio.

Durante lo que restó de día se negó a tomar alimento, encerrada en su estancia sin dejar de llorar, enterrada en sus recuerdos y en los sueños rotos.

La muerte de Fadrique le había arrancado el alma. La desaparición del único hombre al que había amado, a quien entregó su corazón para luego arrebatárselo, le condenaba a una vida de soledad. La misma que eligió cuando rechazó su propuesta de matrimonio a causa de su ambición académica. Pero Enríquez siempre estaba allí, cerca de ella, rondándola con una sonrisa, un comentario divertido, sin esperar nada a cambio, salvo un gesto cómplice, suficiente para que ambos supieran que el lazo que existía entre ellos nunca sería quebrado. Hasta que lo cortó despiadado el destino sin ofrecerles una nueva oportunidad. Luisa le había pedido un tiempo, el que Nebrija necesitara en la corte antes de regresar a Salamanca. Fadrique había aceptado entre regañadientes. Y ahora...

Ahogó sus lágrimas mordiéndose los labios hasta herirlos. Quería gritar, exigirle a los cielos una, mil explicaciones, pero solo podía guardar silencio, cómplice de la Parca, o todos comprenderían que una mujer como ella también un día supo amar, que era débil, no muy diferente al resto, a aquellas que despreciaban los soberbios maestros y catedráticos que soportaban su presencia impuesta por Nebrija.

Si al menos pudiera llorar por él... Sin ganas, optó por acostarse. Mientras se desnudaba, atravesó la puerta de su cuarto el huracán de su prima, o lo que es lo mismo, el joven bachiller Pedro Bravo: debajo de aquellas ropas negras, largas hasta casi los tobillos, cortos los cabellos, escondidos en el bonete, parecía un joven estudiante como tantos otros cientos, incluso comenzaba a oler como ellos a sudor y poca limpieza. Nada en ella llamaba la atención, salvo para quien se tomara la molestia de fijarse en sus ojos llenos de vida y curiosidad, actores de una mirada limpia. Luisa la invitó a tomar asiento a los pies de su cama mientras se introducía en ella.

—Dime que no vienes para que te ayude a estudiar, por favor. Ahora mismo sería capaz de ahogarte con mis propias manos —murmuró sin perder la sonrisa.

—¿Estás al tanto de lo ocurrido en el claustro pleno? ¿Conocías a Enríquez bien?

—Lo suficiente —respondió después de pensarlo.

—¿Nos acompañarías al Hospital del Estudio hoy? Por favor, te lo ruego. El maestrescuela quiere que le asista y probablemente surgirán preguntas incómodas.

Luisa frunció el ceño con cierto desagrado ante la mirada de corderito de Isabel. ¿Regresar a la universidad o a cualquiera de sus edificios? No. ¿Visitar estudiantes enfermos? No. ¿Enfrentarse a sus miedos? No. ¿Acompañar a su prima con lo cansada que estaba? Rotundamente no... Por eso le respondió con un débil «sí». Ya nada más tenía que perder. Si podía ayudar a esclarecer la muerte de Fadrique, lo haría. Más que nada en este mundo quería ver la cabeza de su asesino clavada en una lanza.

Isabel de Vargas saltó del lecho y revolvió entre las vestiduras que la Medrano acababa de quitarse, luego en el arca, más tarde solicitó a gritos ayuda a una de las criadas de la casa, que acudió presta a servirle cuanto le solicitó hasta que en el torbellino de manos que la envolvía y zarandeaba de aquí para allá, Luisa recompuso su aspecto, peinaron sus cabellos y la arrancaron de la estancia muy a su pesar.

—¡Vamos! ¡Date prisa! Nos esperan —la animó Isabel mientras tomaba sus manos escaleras abajo, como si las persiguieran los demonios.

Aun así les llevó un rato llegar hasta el patio de las Escuelas, en cuyo flanco meridional se alzaba el Hospital del Estudio, un buque de alargada fachada y estrecho acceso bajo arco apuntado, enmarcado en alfiz rectangular, todo ello policromado con minuciosidad preciosista para recordar a quien se hubiera de acoger bajo aquella caridad que la obra albergaba a pobres y enfermos.

El doctor Del Palacio y Antonio Pimentel esperaban la llegada de Pedro Bravo midiendo la largura del edificio con sus pasos impacientes. Por eso ambos se sorprendieron al comprobar que el joven llegaba con una compañía que ninguno había solicitado: una mujer, y para más inri, Luisa de Medrano, a quien muchos apodaban la Dama.

Al llegar a su altura, Luisa tomó la diestra del maestrescuela para besar su anillo. El doctor Del Palacio se sonrió mientras lo permitía. Conocía bien a la joven: apreciaba su valor, su talento, y sobre todo su discreción. Y era fama en Salamanca que el difunto sobrino del almirante la requería de amores, por mucho que tratara de esconderlo. Tal vez aquel botarate de Pedro Bravo no se había equivocado al traerla. Quizá...

—Luego hablaré con vos. —Le señaló con el dedo.

El maestrescuela solicitó al bedel que le abriera las puertas del interior del hospital y llamara al catedrático de prima de Medicina, que tenía obligación de acudir allí antes de realizar otras visitas de índole más... privada. Pero solo apareció el médico cuyo salario pagaba el claustro: un viejo conocido, de origen converso, a quien se privó de su puesto entre el profesorado cuando corrieron vientos de intolerancia en las aulas y por las tierras de los reinos. Un buen hombre, ya de cierta edad, que los condujo hasta la pequeña sala en la que reposaba el cuerpo de Fadrique Enríquez.

Adornaban la estancia dos tapices de pequeño tamaño: un repostero con las armas de los almirantes de Castilla y otro con el escudo de la propia universidad. Cortesías debidas a la condición del fallecido, igual que el crucifijo de marfil que presidía la sala y los dos cancerberos que guardaban la entrada, protegiendo a su señor. El doctor Del Palacio les solicitó que los dejaran solos, pero ambos criados prefirieron mantenerse allí, a la puerta de la improvisada capilla.

—Debéis disculparme. Llevamos una semana particularmente movidita —se excusó el médico del hospital, a quien reclamaban dos enfermeros y el capellán para que atendiera a la docena de universitarios que aguardaban su visita.

—¿En qué sentido? —curioseó el maestrescuela.

—El mismo día que ingresó el cadáver del pobre don Fadrique nos llegaron dos nuevos casos de esa maldita enfermedad.

Se refería al mal portugués —que en Portugal curiosamente llamaban «mal español»—, cuyo contagio se favorecía cuando dos cuerpos compartían la intimidad sexual y uno de ellos ya estaba enfermo. Algunos afirmaban que también podía transmitirse de madre a hijo durante el parto. En cualquier caso, muchos caían heridos por lo que, para los clérigos, representaba el mismo castigo del pecado carnal, pues la necesaria abstinencia de los varones hasta desposarse o entrar en religión acababa siendo enterrada bajo capas de deseo y lujuria. Para ellos, putas y mancebas representaban la tentación del diablo. Su marca, la huella de ese daño que con el tiempo dejaba úlceras dolorosísimas en diversas partes pudendas del organismo.

—¿Quiénes? —curioseó Pimentel, a quien nadie había invitado a participar en la conversación.

—El estacionario, ya sabéis: el bedel de la biblioteca —aclaró el cirujano.

—Buen amigo del sobrino del almirante, por cierto —puntualizó Antonio—. Últimamente compartían muchas aficiones, algunas poco *beatas*.

Si las miradas fulminasen, Pimentel habría caído muerto ante la que le dedicó Luisa de Medrano.

—¿Y el segundo? —intervino el maestrescuela.

—Un dominico.

—¡Vaya! ¡Qué sorpresa! —se alegró malvadamente el doctor Del Palacio—. ¿Pertenece a la universidad, entonces?

El médico del hospital dudó.

—Pues... ni sí, ni no. Se trata de un fraile de quien no debo daros el nombre.

El maestrescuela enseñó los dientes, feliz de la presa que intuía.

—¿Necesitáis más? —preguntó el cirujano, ya casi en el umbral.

—No, si cumplisteis mi encargo de esta mañana. —Se refería al instrumental médico que le solicitara.

—Entonces, adiós —se despidió.

Pimentel cuchicheaba al oído de Pedro Bravo alguna ordinariez, a juzgar por los colores de las mejillas del muchacho y la sonrisa pícara de Antonio. Por su parte, Luisa ya había entrado en la estancia y oraba a los pies del joven Fadrique. «Es una buena chica», se dijo Del Palacio. Luego, como el pastor a las ovejas, empujó al resto de su rebaño al interior del cuarto y cerró la puerta por dentro. A solas con el cadáver, las luces de las velas contribuían a crear un cierto ambiente sombrío, cual si la muerte aguardara a sus próximos clientes agazapada en una esquina.

—Luisa, me desagrada que hayas decidido acompañarnos. Esta no será una visión grata. Debemos analizar el cuerpo de Enríquez. Si lo deseas, sal. Podrás rezar por su alma en la capilla. Márchate, hija —le aconsejó el maestrescuela mientras desplegaba el instrumental sobre la pequeña mesa del cuarto.

La Medrano apartó los recuerdos de Fadrique con sus lágrimas. Si alguien en la universidad deseaba conocer el nombre de su asesino, era ella. Se quedaría, por duro que resultase, por eso negó con la cabeza aunque procedió a apartarse para dejar el campo libre a sus compañeros.

—Bien, como quieras. Pedro, desnúdale por completo.

Isabel dudó unos instantes antes de comenzar a actuar. Nunca hasta entonces había desvestido a un varón, aunque sí los había visto desnudos bañándose en los ríos cercanos a su casa. Los conocimientos adquiridos en los últimos meses de estudio la habían dotado de ciertos conocimientos anatómicos. Suficientes para poder entender los comentarios que su labor despertaba en sus compañeros conforme desprendía al difunto de su atuendo hasta dejar sus carnes blancas al descubierto. Le sorprendió el frío de su piel, así como la facilidad para doblar sus miembros mientras Antonio o el maestrescuela le examinaban, pues, según había leído en alguno de los libros de Medicina que guardaba Pimentel en su biblioteca, los cadáveres se tornaban rígidos cual estatuas.

—¿Por qué resulta tan sencillo manejar sus brazos y piernas si está muerto desde hace horas? —curioseó.

El maestrescuela miró torvo a su ayudante. Pimentel se encogió de hombros, adivinando lo que callaba. Sí, ciertamente el chico no mostraba grandes conocimientos de anatomía. Cualquier estudiante salmantino conocía de sobra que, pasado un día, el cuerpo se tornaba flácido y manejable. Algunos sostenían que la razón no era otra sino el tiempo que necesitaba el alma para reconocer el peso de sus pecados antes de recibir su premio o castigo; otros, más pragmáticos, afirmaban que las carnes del hombre al comenzar su putrefacción se ablandan igual que las de las perdices. En fin, si el chico ignoraba causas tan conocidas, o bien su formación restaba distancia de perfecta, o bien se encontraban ante un completo zoquete, aunque con talento.

Mientras el doctor Del Palacio se recriminaba haber solicitado la ayuda de Pedro Bravo, vista su torpeza, Antonio completaba su primera inspección del cuerpo.

—¿Y bien? —inquirió el maestrescuela.

—Si juzgamos por las heridas, le atacaron con saña. Posiblemente dos personas, quizá uno de mayor corpulencia que otro, o más diestro en el oficio de agujerear pellejos —respondió Pimentel.

—¿Ah, sí? —husmeó Isabel—. ¿Y por qué?

—¿Es tu pregunta favorita, hijo? —se quejó el doctor Del Palacio.

Isabel se sonrojó.

—No, maestro, solo quiero aprender —murmuró avergonzada.

—Mira —refunfuñó el maestrescuela—. Pimentel sabe que fueron dos los hombres por la huella de sus hojas en la carne de don Fadrique. Observa bien. —Señaló las heridas—: Unas tienen mayor anchura que las otras, aunque se asemejan en profundidad. —Introdujo una delgada espátula dentro de cada una para comprobarlo—. Si te fijas, bachiller Bravo, tres de ellas muestran mismo tamaño y otras dos entre sí, variando la profundidad de las primeras respecto a las segundas. ¿Qué deduces de ello, joven?

—Que uno de los asesinos era más hábil y fuerte, pues consiguió asestarle tres estocadas mientras su compañero le alcanzaba dos veces. Además, a mayor profundidad, mayor fuerza de la mano que empuña la espada —respondió Isabel atropellándose en la respuesta.

El maestrescuela sonrió satisfecho. Cruzó una segunda mirada con Pimentel y leyó en sus ojos la respuesta a la primera. Sí, el chico apuntaba cualidades, a pesar de las lagunas de su conocimiento.

—¿Qué más, Antonio? —continuó su pequeño examen el doctor Del Palacio.

—Que a este tipo le gustaban más los burdeles que las iglesias, según parece.

Molesta, Luisa de Medrano, hasta entonces pudorosamente apartada, se acercó al trío.

—¿Cómo te atreves a hablar así de un muerto? —espetó a Pimentel.

—Lo siento, mi señora, si he herido vuestro recato, pero la carne habla lo que la moral calla: don Fadrique había contraído el mal portugués no hace muchas semanas.

—¿El mal portugués? ¿Cómo lo sabéis? —interrumpió de nuevo Isabel, cada vez más interesada.

—Por una vez agradezco tu ignorancia, bachiller Bravo. Demuestra que tu vida pasada ha estado más consagrada al estudio que la de Antonio, ya que desconoces de qué habla tu compañero —respondió el maestrescuela—. El mal portugués se contagia en los burdeles, cuando los hombres y las mujeres pecan contra la moral, se dejan atrapar en las garras del pecado de la lujuria. Nuestro Señor castiga su podrida naturaleza dejando la huella de su delito en la boca o en las manos, y úlceras en... —Señaló pene y testículos, miró a Luisa de Medrano y dejó la frase en suspenso.

—En la verga —completó descarado Pimentel.

—Seguro que existen mejores palabras para distinguir las partes pudendas de los hombres —ironizó Luisa, molesta con la vulgaridad.

—¡Oh, sí! Se me ocurren varias. Dejad que las valore...

—¡Cállate, animal! —le cortó el maestrescuela.

—... y también aparecen en otros orificios menos nobles —puntualizó socarrón el bachiller de ojos claros.

El maestrescuela le propinó un sonoro capón.

—No la toques, Pedro, solo mira esta llaga circular de bordes duros que aparece abierta en... —dudó buscando un término que no agrediera a Luisa— *sus partes.*

Isabel husmeó la extraña herida.

—¿Se puede concluir por su tamaño cuándo se contagió del mal?

El doctor Del Palacio apreció lo acertado de la pregunta. Aprendía rápido el bachiller.

—Sí. Hace unas cuatro o cinco semanas.

Luisa sintió arcadas. El sabor de la bilis se abrió paso hasta su boca. No soportaba el pensar que su rechazo a Fadrique le hubiera arrojado a los brazos de una manceba, o que aquella realidad oculta que ahora confirmaba muy a su pesar representase al verdadero caballero que durante meses fue su cortejador, el hombre a quien amaba.

—Si me disculpáis, señores, preferiría orar en la capilla del hospital —murmuró pálida, despidiéndose.

El maestrescuela apoyó sus manos en los hombros de Luisa con afecto. Sin duda fue una mala idea permitir que la dama asistiera a tan desagradable espectáculo. La acompañó hasta la puerta.

—Doctor Del Palacio —reclamó entonces su atención Pimentel.

Por el tono de voz, seco y fuerte, dedujo que su descubrimiento parecía importante. Se volvió hacia él. Antonio sostenía la diestra del sobrino del almirante de Castilla y mostraba su palma al maestrescuela. Tres puntos negros, a manera de triángulo, herían la piel.

—¿Es un tatuaje? —preguntó grave.

Pimentel escupió sobre la marca y la restregó con fuerza. Uno de los pequeños círculos desapareció.

—No.

—Entonces, ¿a qué puede deberse su presencia?

—Tal vez sea la firma de su asesino —sugirió Isabel.

—Quizá una broma pesada entre estudiantes —gruñó Antonio.

La luz de las velas titiló cual si el alma de Fadrique suspirara libre al conocerse sus secretos. El silencio dominó la estancia sin que ninguno de los presentes se atreviera a quebrarlo. Durante unos instantes que asemejaron siglos, cada uno de los tres se concentró en valorar todo tipo de posibilidades hasta que Pimentel, más práctico, comenzó a vestir de nuevo el cadáver.

Terminaba de abrochar sus ropas cuando sonaron varios golpes en la puerta de la estancia. Antes de un amén, el inquisidor Ruiz del Monte y su secretario personal, fray Álvaro de San Emiliano, acompañados por tres alguaciles del corregidor de Salamanca, rompieron la intimidad de la sala. Bastó su sola presencia para que todos sintieran frío y desazón en las entrañas. La dura mirada del visitador real les recordó el puesto que cada uno de ellos ocupaba. Una dura sonrisa marcó su rostro mientras caminaba hacia ellos.

—Vaya, llegamos en buena hora —deslizó su veneno—. El doctor Del Palacio y dos estudiantes profanando los restos de don Fadrique. ¡Exijo una explicación!

El maestrescuela mantuvo la calma. Puestos uno al lado del otro, le superaba en casi una cuarta de altura.

—¿Vos creéis? —preguntó el doctor Del Palacio—. Os recuerdo que el deber de un cristiano es ofrecer sus oraciones por los fieles difuntos. Por si lo olvidasteis, fray Juan, soy sacerdote igual que vuesa paternidad.

—¿Y ellos? —Señaló a sus compañeros.

—Aceptaron acompañarme en el rezo.

Isabel temblaba de miedo. De nuevo se hallaba frente a aquel hombre temible que quiso enterrarla en la prisión de un matrimonio de interés con las bendiciones de su padre. Desde su llegada a Salamanca, la sombra de su fama oscurecía las aulas y causaba pavor entre estudiantes y profesores que, en las ocasiones en las que cruzaban sus pasos con el dominico, no osaban siquiera acercarse a él por temor. No en vano se trataba del favorito de Cisneros, del hombre en cuyas manos se encontraba un poder mayor al del propio Maldonado, de un fraile de negra presencia y alma tenebrosa cuyas manos sentenciaron a demasiados inocentes.

Trató de controlar sus nervios. Agachó la cabeza, volvió la mirada hacia el suelo y, con discreción, buscó el amparo de Pimentel. Guarda que no le duró demasiado, pues Antonio caminó hasta fray Álvaro olvidándose por completo de ella.

—¿Erais amigo de don Fadrique, padre?

San Emiliano sonrió con frialdad.

—Nunca, hasta este momento, había compartido con él.

Pimentel observó sus manos. Ronchas rosáceas salpicaban ambas palmas. Aquel hombre también padecía el mal portugués. Incluso, a juzgar por las huellas de la enfermedad, lo había contraído al menos medio año antes que el sobrino del almirante, pues tales marcas no aparecían sino unos seis meses después de borradas las primeras.

—¿Os duele la cabeza o la garganta, fray Álvaro?

San Emiliano se mesó los cabellos. Algunos se deslizaron entre sus dedos.

—No hace falta que me respondáis —sonrió Antonio—. Vuestro pelo habla por vos. Estáis enfermo del mal portugués.

Nervioso, fray Álvaro se observó las manos. Al girarlas, Pimentel advirtió en su palma derecha tres pequeños puntos negros a manera de triángulo.

17
SIC TRÁNSIT GLORIA MUNDI

Aquella mañana de domingo llovía toda el agua de los cielos. Sin compasión, sin medida, inundando las calles y calando hasta los huesos a curas, frailes, catedráticos y carniceros, hermanados todos los salmantinos en la pena impuesta por la ira de Dios. Y es que tantas muertes en tan escaso margen de tiempo no podían menos que desatar algún tipo de venganza celestial, habida cuenta de que no solo Fadrique Enríquez encontró camino rápido hasta las puertas del Paraíso, sino aquel dominico respondón de vida más que disoluta que impartía docencia de Astronomía en la universidad y al que encontraron muerto a navajazos debajo de uno de los víctores que adornaban en sangre ciertos edificios. De los restantes córpora in supúltibus nada que objetar ni demandar, habida cuenta de que el cadáver de una puta no importaba más que a quien enterraba sus huesos de caridad, generalmente alguna cofradía, que se encontraba comprometida a repetir el requiéscat a quien nunca en esta vida gozó in pácem.

El segundo diluvio pilló a Pimentel y a sus compañeros de camino a la catedral, donde el claustro había acordado celebrar una misa por el descanso eterno del joven sobrino del almirante de Castilla. Antonio e Isabel corrieron a refugiarse bajo uno de los soportales de la calle que bajaba desde la Puerta del Sol al Azogue Viejo. Empapadas las capas, calados los sombreros, solo las botas de buen cuero engrasado aguantaban firmes la embestida de la tormenta. No ocurría lo mismo con Luisa de Medrano y su ama, cuyos vestidos arrastraban tanta agua como suciedad. Ninguna de las dos podía acelerar el paso con la presteza de sus compañeros, pues no se consideraba propio de damas alborotados espectáculos obscenos como aquel, así que aguantaron estoicamente el castigo como santas mujeres. La primera consideraba que bien merecía la pena, pues había rechazado los amores de Fadrique y ese desdén le empujó hasta la muerte a manos de un acero; la segunda, que había criado a la Medrano desde niña, porque no tenía otro remedio que acompañarla aunque salieran nadando del empeño.

Amainaba un poco la tormenta cuando las campanas de Santa María tocaron a difunto. En aquel preciso instante algunos compañeros de estudios de Enríquez traían a hombros, sobre andas, su ataúd cubierto de un paño negro adornado con el escudo de la universidad. Flanqueado por sendas filas de jóvenes, todos ellos portando hachas de cera, algunas todavía prendidas, protegidas por las palmas de sus manos, la mayoría apagadas por el aguacero, el cadáver se introducía en la catedral cuando Antonio, Luisa e Isabel trataban de hacerse un hueco entre la muchedumbre que se agolpaba en su interior. Habilidosa, Medrano se acomodó sobre la tumba dotada de uno de sus antepasados. Allí, en el centro de la lápida, su ama colocó el reclinatorio que le serviría para sus rezos.

Pimentel y su compañera se abrieron paso a discretos empujones hasta llegar a la nave del Evangelio lo suficientemente cerca de la pompa universitaria desplegada en el templo como para que, entre la negra muchedumbre de estudiantes, destacaran sus prendas de color. Al verlos, el maestrescuela, en pie a la derecha del rector, los saludó con una leve inclinación de cabeza.

—Ea, que ya nos han visto. Vámonos —ordenó Pimentel a su compañera justo cuando el obispo de Salamanca saludaba el altar para comenzar la misa.

Isabel dio un respingo al verle tomar el sombrero entre las manos como paso previo a abandonar la catedral. ¿Aquel blasfemo pretendía que ofendiera a Dios de tan gratuita forma?

—Aquí te quedas, amigo —le espetó sujetándole el brazo diestro antes de arrancarle de las manos el sombrero.

Antonio se sorprendió tanto ante aquella muestra de carácter que se detuvo en seco y cual corderito vuelto al redil celestial, agachó la cabeza antes de apoyarse en uno de los poyetes de las columnas que sostenían el templo, haciendo sitio a su beato compañero.

—Pero a ti qué rayos te importa Enríquez, si apenas le conocías —cuchicheó al oído de Isabel.

La Vargas clavó su osadía con una mirada dura, cual cincel de cantero.

—No seas cretino, Antonio. Nunca se ha tratado de nosotros y ellos, sino de nosotros y Dios, para empezar, y a Nuestro Padre Celestial algo de respeto le debemos —explicó en voz tan baja que a Pimentel le costó seguirla—. Además, gran necio, probablemente su asesino acuda hoy a este mismo lugar a recrearse en el éxito de su hazaña.

Antonio sonrió. Con irritante parsimonia se entretuvo en quitarse los guantes de gamuza roja antes de señalar a su alrededor. En el interior del templo no cabía una hoja de canto. Apretadas filas de cuervos, algún que otro prohombre de la ciudad, muchas damas penantes y un par de decenas de miembros del claustro universitario, amén de todos los canónigos del cabildo y la tribu de parientes lejanos de Enríquez, se apretujaban en la catedral. Entre tanto bestiario, qué difícil separar justos de pecadores.

—Ya. Por sus obras le conoceréis, sin duda. Ahora sacará su

espada y se liará a propinar mandobles y estocadas a diestro y siniestro —bromeó.

Varios de sus vecinos de rezos chitaron al mismo tiempo. Colorada, Isabel se separó un poco de su irreverente compañero.

—Eso si no es que no nos muestra su arrepentimiento por el crimen arrojándose a los pies del obispo entre gritos penitentes —prosiguió Pimentel, sin amedrentarse por las llamadas de atención de los cada vez más fieles que le rogaban silencio, los unos con buenas formas, la mayoría con críticas cercanas al exabrupto.

Isabel, cansada de pedir perdón por su amigo, le tomó de la mano y, en una de las pausas para la oración, mientras al cielo llegaban las notas del kirie, le condujo hasta los pies del templo, justo al lado de la puerta principal. Con discreción buscó un lugar lo más próximo posible a una eventual salida, habida cuenta de las malas pulgas de los poderosos a los que habían estorbado en sus rezos. Allí, en la parte más humilde de la catedral, oraban algunos ciudadanos del común. Un par de libreros, algún que otro abad de cofradía gremial, ciertos hombres buenos, pudientes como sus barrigas cebadas. Casi en el quicio de las puertas de roble, la madre Gorgonia, María la Vitoriana y alguna otra dama de vida cuestionable lloraban quizá las únicas lágrimas sentidas de toda aquella farsa social.

Isabel ofreció su brazo a la Vitoriana, que se desahogó contra su pecho. Fue entonces cuando uno de los capellanes se arremangó la sotana y arremetió contra aquel desparpajo a empellones, expulsándolos de allí con el látigo de sus improperios. Las putas, muy dignas, se persignaron de rodillas antes de salir escoltando a su compañera y a tan buen caballero como Pedro Bravo. Hasta Pimentel se sintió orgulloso de la gesta.

—Dime, oh, Lanzarote del Lago, ¿tan enamorado te hallas de tu Ginebra de mancebía para ofrecer ante la sociedad salmantina esta muestra de devoción? —se burló cruel Antonio.

La madre Gorgonia le amenazó fiera:

—Si quieres volver a frecuentar mi casa, bastardo, ya te estás disculpando con María y con don Pedro.

Pimentel jugó con las alas del sombrero antes de elevar los ojos de cordero degollado y suplicar perdón con una sonrisa en los labios. La gobernadora de las Ocho Beatitudes inclinó la cabeza.

—Venid. Busquemos refugio. —Señaló la calle que, del Azogue Viejo, conducía a San Isidro.

Rúas y callejas se encontraban vacías, cual si la peste hubiera arrancado con su guadaña las mieses salmantinas, tal era la expectación que el funeral de Fadrique Enríquez despertaba. Aun así, algún que otro comerciante, un par de aguadores y tres o cuatro sirvientes se cruzaron en su camino a la taberna. De su bolsa extrajo la madre Gorgonia una llave pesada con la que procedió a abrir las fauces del lupanar.

Ya dentro, mientras las meretrices encendían las velas de las lámparas y abrían las ventanas para iluminar el interior, Gorgonia y María sacaron un buen vino de la bodega y algo de comer en un par de escudillas. Ahora sí, Antonio y Pedro se destocaron ante sus damas.

—Este vino se tiene de pie —paladeó Pimentel, satisfecho de la consistencia del brebaje—. A ver si baja a la panza bien acompañado, madre, que estas gachas parecen mendigas de algo de longaniza que acompañe, que no estamos en Pascua.

Pero el mejor de los platos, un cordero con miel e higos, era tesoro para caballeros, no mercenarios, de ahí que se encontrara humeante ante el bueno de Pedro Bravo, al que la boca se le hizo agua. No tanta como la que empapaba su piel, pero suficiente para suavizar la tersa carne del animalito entre bocado y trago de buen vino. A dos carrillos, preguntó a la madre Gorgonia la razón de su presencia en la catedral en tan desafortunada ocasión. Sabía por Antonio que las putas eran por costumbre y convencimiento mujeres pías y sinceras en sus rezos, al menos más que aquellas otras de cabezas tocadas de seda guarnecidas de hilos de oro, y así se lo expuso con desparpajo de estómago satisfecho.

—Sabes, querido amigo —Gorgonia le acarició los cabellos—, que en las cortes de Valladolid de 1506 los procuradores de estos reinos quisieron obligarnos a mantener las diferencias en el vestir, más aún si cabe en el Templo de Dios.

—¿Ah, sí? —habló el cordero desde la boca de su devoradora.

—Pero tú ¿de dónde sales, muchacho? —replicó Antonio, dolido con las menguadas gachas con tocino que esperaban ansiosas un poco más de pitanza ante sus ojos—. ¿Desconoces las categorías en el vestir?

Ella asintió con la cabeza sin dejar de comer.

—Pueblerino... Grandes, títulos, caballeros señores de vasallos, regidores y doctores han de distinguirse en la nobleza de sus prendas, y el arte de su confección, de los mercaderes ricos, de los escuderos con caballo propio, de los maestres de naos y los contramaestres. Aun estos mejorarán en su apariencia de los menestrales y estos últimos de los labradores. Así de simple.

Isabel le miró.

—Ya, ¿y no será, señor mío, que la diferencia en el vestir y en el yantar más dependa de la bolsa de maravedíes que del nacimiento? Desde que estoy en Salamanca he visto mercaderes cuyas esposas lucen sedas y brocados, y también hidalgos de sangre de calzas remendadas, jubones raídos por un tiempo que jamás fue mejor que este, y que sobreviven de la caridad de la Iglesia cuando nadie los ve. Recuerda, buen amigo, que no faltan miserables de rostros afilados por el hambre que demandan a la Puerta de San Julián, enfrente de tu propia casa. ¿He de añadir que a más de uno y de dos acostumbras ofrecerles las sobras de tu mesa?

La madre Gorgonia sonrió altiva, sacó pecho y ordenó a María que sirviera a aquel paladín de la justicia un poco más de carne.

Mientras, la escudilla de Antonio lucía cada vez más rala y su copa aire, que no vino rojo.

—Diferencias... sí, las hay —rumió la señora de las Ocho Beatitudes—. En el lecho no todos los varones muestran semejante talento. Ese pobre muchacho, el sobrino del almirante de Castilla, por ejemplo, era tan tímido que fue un fraile quien le introdujo en las artes amatorias —se rió a carcajadas.

Isabel y Antonio se miraron y, por un momento, la primera dejó de comer.

—¿Afirmas, madre, que Fadrique no cató hembra, sino varón? —preguntó correcto Pimentel.

—Pues no —contestó rotunda Gorgonia mientras recogía las escudillas de sus invitados y regresaba con otra en la que lucían dos buenas manzanas—. Lo único que digo es que antes de cerrar una puerta y despojarse de sus ropas, hubo de esperar a que un fraile tonsurado calzase las suyas propias y le dejase ocupar idénticas sábanas. Un dominico farfón que acostumbraba a dejar buenos dineros en esta casa y aun en otras, cuyos vicios bien hubieran merecido expulsión de la Orden que profanaba de no ser por los cuentos de maravedíes de su dote. ¿Ves, Bastardo? Al final toda diferencia depende del sonido de las monedas, como nos explicaba don Pedro.

Antonio comenzaba a cansarse de las diferencias en el trato. Para la madre, él era simplemente «el Bastardo» o «Pimentel», pese a ser viejo cliente, entretanto, aquel pajarillo patán era demandado bajo el «don» y con respeto de duque.

—De acuerdo, madre: después de tu docto magisterio, esos dos compartían puta. Como la mayoría de nosotros. Y no debía ser muy limpia de virtud, pues contagió el mal portugués a Fadrique.

María la Vitoriana, célebre por la facilidad con que cambiaba de cliente en una sola jornada, rió, mostrando sus dientes aún perfectos, pues únicamente faltaban tres piezas, y no precisamente detrás de los belfos.

—Antonio, todavía existen diferencias. No todas aceptamos yacer con quien muestra pijo capuz o comidas carnes de pecador. Solo las más viejas, como la pobre Raquel.

Gorgonia y las demás presentes se persignaron con respeto ante la mención del nombre de una vieja compañera de fatigas.

—Que Dios la tenga en su seno, que bien ganado lo hubo —murmuró una de ellas, enjugando las lágrimas.

—Sí. A su entierro no fue ninguno de esos canallas que antes demandaban sus servicios. Como el fraile del demonio del que hablamos. Catedrático de Astronomía, decía ser...

—Era —corrigió Antonio, interrumpiendo a la madre.

—... lo que fuera —remarcó ella, poco acostumbrada a que nadie la enmendase—. Tenía buenas amistades, el maldito. Preguntad a la beata Luisa de Medrano, que nos mira por encima del hombro cada vez que nos cruzamos con ella en la calle. Bien pudiera explicaros qué hacía el dominico en su casa tan a menudo. ¿Rezar?

Las carcajadas de Gorgonia contagiaron a las presentes. Solo Antonio e Isabel guardaron silencio, molestos con la burla.

—¿Frecuentaba el difunto a Luisa? —curioseó Pimentel—. Sin duda entre los dos ha de haber algún tipo de parentesco que lo justifique.

—Sí, el de nuestro padre Adán —clavó la chanza María la Vitoriana—. A lo mejor fue ella la que contagió del mal portugués al fraile y al sobrino del almirante. ¿No bebía los vientos por ella? Pues quizá desplegó velas en ese puerto antes de partir...

Enfadada, Isabel golpeó con sus puños la mesa. Puesta en pie, exigió a María que se retractase.

—Está bien, está bien. Santa, pura, virgen, beata o mártir. Allá vosotros y ella —gruñó la Vitoriana, regresando a la cocina—.

Pero si alguno quiere saber qué se esconde detrás de sus muertes, tal vez debería demandar explicaciones a la Medrano, no solo a la pobre Raquel, que en gloria esté.

—Y es que putas, lo que se dice putas, las hay entre todos los estamentos —templó los ánimos Gorgonia—. Porten sedas en las tocas, mantos aforrados de buena piel o luzcan saya francesa. Mi querido Pedro Bravo, muchacho, todavía te resta mucho por aprender. La apariencia engaña, los ojos abren el camino del alma. Obsérvalos. Ellos te dirán la verdad que los labios sellan. Y ahora hincad el diente a estas manzanas, vamos.

18
EL JUICIO DE LOS IMPÍOS

Cuando el gallo anunció el amanecer, fray Álvaro de San Emiliano todavía seguía purgando sus muchos pecados a golpe de flagelo. Pero no de un flagelo cualquiera, de sencillo curtido, sino de los rematados en pequeñas piedras afiladas, que abrían las carnes del pecador hasta lograr su total arrepentimiento sobre la mucha sangre derramada en sacrificio expiatorio. Después de tres días de ayuno y rezo, con sus tres respectivas noches de cruel oblación, el dominico creyó purgada su culpa lo suficiente para acudir a la llamada del hermano Ruiz del Monte, quien había demandado su presencia varias veces desde el desafortunado episodio de la capilla del hospital.

Fray Álvaro recorrió las pandas del claustro del monasterio con cierta premura. La debilidad hacía presa en sus carnes, no precisamente magras, a causa del olorcito a pan caliente que llegaba desde las cocinas del convento y ensalivaba su boca en demasía, cual cruel tentación. Cierto que a escondidas de la comunidad alguna visita a las bodegas le había proporcionado algo de sustento. Lo justo para mantenerse, lo estricto para no caer en la gula. Sabía que aquel engaño no duraría para siempre, pues la segunda jornada el prior de San Esteban le miró torcido al cruzarse en la oración de laudes. Caminó más rápido.

Sus nudillos golpearon firmes la puerta de la celda de Ruiz del Monte. Fray Juan berreó un «entra». A contraluz, la calva del inquisidor brillaba con fuerza propia. Le ofreció su diestra para que la besase y después le señaló un asiento a su lado. San Emiliano se mesó los cabellos. Sus vidas se cruzaron por primera vez hacía más de veinte años, cuando Álvaro era un joven novicio y Ruiz del Monte, su instructor. Fray Juan conocía de sobra su poder sobre aquel compañero de fatigas y no dudaba en utilizarlo en cualquier marrullería que fuera menester y en la que su nombre no debiera publicarse, pues siempre gustó de sacrificar peones en su ajedrez personal con la vida más que de enfrentarse a cualquier adversario de cara. No había, pues, vasallaje más perfecto que aquel.

—Perdonadme vuesa paternidad, porque muchos han sido mis pecados —pidió fray Álvaro.

El inquisidor sonrió.

—Hermano mío querido, recuerda el salmo: «¡Dichoso el hombre que no sigue el consejo de los impíos, ni en la senda de los pecadores se detiene, ni en el banco de los burlones se sienta, mas se complace en la ley!». Tú te has refocilado en el pecado de la carne y ahora este te señala a los ojos de Dios y de los hombres. —Se refería al mal portugués—. Por tu bien espero que no hayas yacido con la misma meretriz que el sobrino del almirante y, si así ha sido, que nadie más que ella testimonie tu desliz.

Se impuso un silencio violento. San Emiliano agachó la cabeza hasta tocar con su barbilla en el pecho antes de responderle en un susurro de voz:

—Si tal afirmase, volvería a tentarme el diablo, pues os mentiría.

Los dedos de Ruiz del Monte tamborilearon sobre sus rodillas. Se sentía furioso, pero debía controlarse. Mucho estaba en juego. Demasiado.

—Dime el nombre de la pecadora —exigió el asturiano a su pupilo.

—Hubo dos.

—Quiero los de ambas.

—Raquel Peñín.

El inquisidor asintió con la cabeza. Aquella puta había muerto unas jornadas antes del asesinato de Fadrique Enríquez. No hablaría. Se sonrió.

—Descanse en paz, amén. ¿La otra?

Silencio. Las sandalias del inquisidor comenzaron a golpear el suelo de tabla rítmicamente.

—Su nombre —exigió.

Como si de alguno de los títulos del mismísimo Satanás se tratara, fray Álvaro cuchicheó este en el oído de Ruiz del Monte.

—Está bien, está bien. He oído hablar de ella. ¡Quién no, en Salamanca! No seré yo quien te juzgue, sino el Todopoderoso —cerró el asunto el inquisidor—. Dejemos este penoso tema, que Dios nos requiere para causas más elevadas. Dime, ¿qué averiguaste sobre el asesinato de Fadrique Enríquez?

—Por la ciudad corre el rumor de que detrás de su muerte se esconde un robo. Al parecer, ha desaparecido el arca de maese Colón que custodiaba Maldonado, aunque se trata de habladurías. Otros apuntan a un asunto de mujeres y la mayoría a que se trató de una simple reyerta entre estudiantes —remató sus teorías fray Álvaro.

El asturiano hubo de reconocer que también él conocía los datos que se deslizaban entre cuchicheos y que hablaban de sus requerimientos de amor a esa infame Luisa de Medrano que profanaba con su presencia pecadora las aulas santas. ¿Cómo diablos librarse de ella, de esa pústula en las carnes piadosas de los hombres que ofrendaban a Dios su estudio? «Esa serpiente», se dijo desdeñoso.

—Tendrás que investigar qué se esconde detrás de la Medrano y su entorno. Pero sin que el rector sospeche de ti. Recuerda que es su pariente, amén de una protegida. También averigua lo que puedas sobre el arca de Colón. Si fueran ciertas tus informaciones, tendríamos la cabeza de Maldonado. Debes caminar con cautela —le advirtió Ruiz del Monte antes de ordenarle que partiera.

Fray Álvaro besó con filial devoción la mano de su maestro y abandonó la estancia. A solas, el inquisidor reflexionó sobre esta desafortunada muerte, inoportuna donde las hubiera, pues le forzaba a desentrañar el misterio que se escondía detrás de ella y malgastar su valioso tiempo en tal desagradable asunto. Un pensamiento cruzó por su mente. Tal vez los cielos le enviaban aquella señal, quizá el asesinato de don Fadrique sirviera para abrir las puertas a la tan necesaria purga que limpiara de maleza femenina, conversa y hereje el profesorado de Salamanca; después de todo, aquella llave bien podría abrir otras puertas.

Precisamente en aquel momento el rector de la Universidad de Salamanca consolaba a Luisa de Medrano, que le había confesado su sentimiento de culpa por no haber aceptado la propuesta de matrimonio del sobrino del almirante. La muchacha lloraba sin consuelo mientras bebía un tazón de leche caliente con miel que Edelmira de Avilés acababa de servir a su señor y que este, caballero como era, había cedido a la dama para enfado de la criada, que abandonó el despacho de su señor mascullando sapos y culebras.

—¡Cuida que tu propio veneno no te mate, Edelmira! —se burló de ella Maldonado.

Un portazo seco por toda respuesta selló la mala contestación que a juicio de la criada merecía el amo. Por primera vez, Luisa sonrió. Un par de sorbos a la leche consiguieron devolverle algo de ánimo. Suficiente para explicarle lo que sabía al rector. Lo ocurrido entre ellos, su rechazo, la promiscuidad de Fadrique, su enfermedad...

—¿El mal portugués? —preguntó Maldonado—. Parece que esa peste hace estragos en esta universidad. ¡Bendito sea Dios! ¿A qué se dedican mis estudiantes?

—Y también entre sus servidores —murmuró colorada Luisa, a quien aquellos temas incomodaban demasiado—. En el hospital, el médico cirujano nos habló de dos enfermos más: el estacionario y, según supe luego, ese compañero tan desagradable del inquisidor Ruiz del Monte.

—Álvaro de San Emiliano. Mezquino canalla... Él y fray Juan son peras del mismo árbol —masculló el rector—. Desde que ese perro de Cisneros llegó a esta ciudad, todo se ha trastocado. Husmean en las aulas, incomodan a mis estudiantes, interrogan a los docentes, revisan los libros, requisan apuntes, desdeñan todo aquello que significa la universidad. La peste de la Inquisición roerá todos los huesos libres de estos reinos, ya lo verás —presagió Maldonado—. Y Castilla sin cabeza cuando más la necesita.

—¿Y doña Juana?

—¡Pobre loca! Dudo que sepa ni en qué día vive, ¿cómo recurrir a ella?

—Acudid entonces al rey Fernando de Aragón —sugirió Luisa.

—¿Quién crees que nos devolvió al maestrescuela? El doctor Del Palacio hubo de refugiarse en Portugal durante algunos años. Sospechaban de él estos que huelen sangre impura por doquier. Como sabes, la Inquisición se sirve de crueles métodos. Una denuncia anónima puede mover una causa, un interrogatorio en el que la tortura queda permitida. En confianza, mi querida niña, el maestrescuela tiene mucho que ocultar. Debe proteger sus propias espaldas, actuar con extraordinaria cautela, o quien termine con sus huesos en prisiones puede ser él —le confesó inesperadamente el rector.

La Medrano se estremeció. No existía mejor catedrático que el doctor Del Palacio, ni más sabio y divertido en sus enseñanzas.

Hombre de mundo, conocía lo suficiente el alma humana para comprenderla y perdonarla de corazón.

—¿Qué me decís del estacionario, tío? —curioseó Luisa.

—¡Ah, sí! Ese dichoso bedel, entrometida rata de libro. Tal vez deba exigirle explicaciones por su abandono de la labor encomendada. ¿Desde cuándo nuestra biblioteca custodia, en lugar de códices y sabiduría, prostitutas?

La muchacha se rió, divertida con la imagen de varias meretrices estudiando en aquel sanctasanctórum del conocimiento. El estacionario era un tipo parco en palabras, pero rápido y pródigo en obras, a juzgar por sus actos, al menos los carnales. «¿Cómo alguien así podía compartir nada con el pobre Fadrique?», se preguntó.

—Según me cuenta el maestrescuela, Pimentel y ese Pedro Bravo le sirven bien en sus investigaciones. Tienen talento, pero no alcanza el tuyo. ¿Les ayudarás, hija? —pidió inesperadamente el rector.

—Si lo consideráis apropiado, tío...

Maldonado besó sus manos blancas, suaves, con el cariño de un padre.

19
LOS QUE DAN CONSEJOS CIERTOS

La iglesia de los santos Julián y Basilisa se encontraba tan próxima a la casa de Pimentel que casi bastaban una docena de pasos para entrar en ella. Todavía no había abierto sus puertas, por eso Pedro Bravo hubo de aguardar a los pies del templo a que apareciera el sacristán, hombre de panza alimentada con mimo, al calor de los fogones de su señor, al provecho de las limosnas robadas a todos los santos a quienes la beatería parroquiana dejaba encomendada causa. Llegaba borracho, acompañado de una cuadrilla de jóvenes estudiantes que portaban antorchas, a pesar de haber salido ya el sol, y a los que guiaba Baco con arrobo, a juzgar por el nauseabundo aroma a vino, vómitos y orín. Uno de ellos, de mejor ropaje que el resto, se adelantó para ofrecerle requiebro de amores entre las burlas de sus compañeros. Mas el sacristán, desarmado, por toda defensa desenvainó una llave de su faltriquera y comenzó a blandirla. Con ella por espada, desafió al mozo a consumar su propuesta allí mismo, so pena de reventarle el culo con aquellos hierros. Entre risas, los devotos de la universidad salmantina saludaron la amenaza con pedorretas y salivazos de tan penosa puntería que un par de gargajos acabaron sobre la pechera del jubón de Pedro Bravo. Aquello era lo que necesitaba: una excusa para dejar libre el paso a la hoja de su espada. Resuelto a saldar aquella falta, a voces invitó a los borrachos a lavar con sangre tal tropelía, después de limpiar sus botas con las lenguas y adornar las calles con sus mondongos hechos morcilla por obra y gracia del filo de su acero.

Un par de fintas bastaron para convencerles de que aquel adversario no anunciaba bravata, sino amenaza certera, que, en tan penosas condiciones, hasta al perro se le perdona que abandone el hueso con el rabo entre las patas. Así que allí mismo, apoyado en la puerta de roble de la iglesia, dejaron al pobre sacristán, compuesto y acunado por la tinta de Toro, a manos de ese valentón de carnes magras. Mecido por la remembranza de la taberna, el sacristán alzó sus ropas para mear apoyado en los muros de San Julián. Con toda desvergüenza rebuscó entre las telas a la caza de aquella anguila escurridiza que ayer mismo no se escondía a sus manos ni parecía tan delgada. Anunciaba su aparición cuando los berridos de Pedro Bravo la asustaron tanto que desapareció en su propia madriguera y el sacristán, desesperado, acabó por tropezar y sus lorzas quedaron maceradas por el empedrado de la calle. Furioso, Pedro arrebató las llaves al borracho y le dejó durmiendo a la intemperie mientras abría las puertas para rezar a solas en el templo.

Su interior, de sobria antigüedad, aparecía dividido en tres naves, la central de mayores proporciones que las laterales. Remataban sus columnas capiteles historiados y vegetales, la luz de la mañana hería los estrechos ventanales desde occidente. Tímida, guiaba los pasos del creyente hasta el altar en el que se veneraban los santos titulares de la iglesia, ante los que se arrodilló.

Descarnados temores se abrieron paso entonces. Pedro Bravo temblaba, aunque ni de frío ni de enfermedad, ni de remordimientos ni de contrición, solo de miedo. De ese miedo intenso que nace silencioso en la mente, hijo de una idea que germina sin que nadie se lo pida, de una semilla plantada por otros en tierra fértil, regada con debilidad. Y es que desde que sus vidas volvieron a cruzarse, no había dejado de pensar en el inquisidor Ruiz del Monte. De día y de noche la atormentaba con su presencia, la perseguía en sueños, desbarataba sus esperanzas con una mirada, se lo encontraba por doquiera de Salamanca. Hasta en la boca del infierno, si ambos entregaban a un tiempo las almas. Estaba segura.

Cuando el demonio hostiga a un buen cristiano, ha de buscar este amparo protector en la iglesia. Templo de la fe, castillo del creyente, hogar del que nada más que la vida posee. Ya no estaba segura ni siquiera de conocerse. ¿Isabel o Pedro? ¿Vargas la doncella o Bravo, el estudiante de Medicina? La primera desaparecía bajo capas de dolor nacido de la añoranza de sus seres queridos, su reflejo se desdibujaba cada mañana que vestía camisa, apretado su pecho con bandas para disimularlo, se vestía de la piel de Pedro, un tipo que la protegía en un mundo de hombres, pero que asfixiaba a la mujer tanto que ni siquiera había podido compartir algunos de sus secretos con su propia prima, Luisa de Medrano, demasiado ocupada en llorar a quien nunca fue suyo, o, al menos, no del todo: Fadrique Enríquez.

Cómo podía abrirle su corazón ahora, confesarle que desde que conociera a Antonio Pimentel, algo en ella había cambiado para siempre. Qué palabras permitir que escaparan de sus labios, componiendo un sentimiento hasta entonces ignorado. Porque cada vez que cruzaban sus miradas, algo dentro de su alma se conmovía, cada roce de sus dedos se transformaba en caricia para ella, cada abrazo de camarada la arrastraba más hacia el brocal del pozo de lo desconocido. ¿Aquello era cariño o simple soledad? ¿Deseo o nostalgia de los suyos? ¿Tanto dependía de la seguridad que le proporcionaba que confundía amistad y amor? Recordó aquella vocecita al despertar. «Reza», le había aconsejado. Por eso, apenas el gallo anunció el alba, se había levantado del lecho, vestido apresurada y, sin tomar bocado, obedecido la orden de los cielos. Allí estaba, delante del altar, demandando una respuesta que únicamente ella conocía. Sí, le gustaba Antonio, con su desparpajo, su simpatía, su escaso respeto al orden establecido. Ese tipo de nulos principios la atrajo lo suficiente para que acabara descubriendo al hombre que, cada mañana, rezaba ante las mismas gradas del altar en las que se encontraba, que cada jornada, sin esperar recompensa, atendía a los desarraigados de la fortuna en el Hospital del Estudio, que ordenaba a sus criados que recogieran las sobras de cada día y las repartieran entre los menesterosos que se escondían a la sombra de la iglesia para que nadie fuera testigo de su caridad.

Absorta en desvelar los sentimientos de su inquieto corazón, no escuchó el golpear de las botas de buen cuero sobre el pavimento de la iglesia. Un caminar que acabó por identificar con Pimentel, incómodo testigo de sus reflexiones, a quien no había oído llegar hasta que se encontró a su vera, también de rodillas.

—Nunca hasta hoy te he visto orar —gruñó por todo saludo mientras se persignaba.

—¿Me creías judío o hereje acaso? ¿Es que debo darte cuenta de mis actos además de pagarte hospedaje? —rezongó ella, alzándose del suelo.

Antonio se encogió de hombros. Un padrenuestro y un par de avemarías más tarde, separó sus rodillas de las losas. Solía rezar allí cada mañana, desde que regresaron a Salamanca un día, inesperadamente, cuando tenía apenas siete u ocho años. Su madre, Beatriz Pimentel, decidió abandonar la corte, presionada por la reina Isabel de Castilla, que aborrecía su presencia. En unos pocos arcones, la servidumbre recogió sus vestidos y pertenencias más preciadas. Entre ellas al propio Antonio, a quien uno de los criados tomó en brazos para auparlo hasta el caballo enjaezado para él. De aquel niño nada quedaba en su interior, o quizá sí, tal vez demasiado. El miedo a la soledad le acompañaba desde su primer recuerdo. También el abandono de los suyos, porque apenas llegaron a Salamanca les visitó su abuelo, el poderoso y temible conde de Benavente: don Rodrigo Pimentel Quiñones. Su barba negra poblada, la cicatriz que desfiguraba su rostro, su elevada estatura y aquel porte altivo, de quien está acostumbrado al mando desde el mismo nacimiento, le conferían un aspecto siniestro a los ojos del niño Antonio, a quien saludó el anciano con un gesto a caballo entre el desprecio y la indiferencia. Le acompañaba su primogénito, Alonso Pimentel, que habría de sucederle en los estados y mayorazgos de su estirpe. Su tío ni siquiera le consideró digno de una mirada.

Desde siempre, su linaje se había caracterizado por formar entre las filas del bando vencedor, cualquiera que fuera la causa que se defendiera en cada momento. Incluso la misma y su contraria, llegado el caso del interés. Una política que les había deparado pingües beneficios y señoríos, riquezas tales que su apellido, aunque de origen portugués, resonaba en el Consejo Real con fuerza semejante al de antiguos linajes de León o de Castilla, de probada nobleza. Tantos logros manchados por el baldón de su nacimiento ilegítimo y la negativa de su madre a desposarse con el almirante de Castilla cuando se lo propuso. Una mujer arrojada a los pies de los caballos de la cruel moral de aquel tiempo oscuro.

Antonio comprobó entonces que para su familia materna ni siquiera existía, a juzgar por el trato recibido aquella fría mañana de Salamanca en la que su madre doña Beatriz recibió la visita de su progenitor y de su hermano Alonso. De lo que hablaron, nada recordaba. Salvo que el conde de Benavente se agachó para verle bien, palpó sus hombros como quien aprecia las ancas de un buen potro, y le bendijo antes de ordenar que abrieran el arca que portaban sus criados. De su interior extrajo un pergamino sellado con el lacre del rey don Fernando de Aragón, una espada de rica vaina damasquinada que lucía en la cruz las armas de los Enríquez, almirantes de Castilla.

El conde de Benavente les regalaba la casa en la que habrían de residir desde entonces y una cuantiosa renta anual a cambio de que la dama profesara en clausura y de que de la educación de su hijo se ocupara un preceptor nombrado por el propio don Rodrigo Pimentel. El pergamino correspondía abrirlo al pequeño cuando alcanzara cierta edad, suficiente para comprender el favor que el monarca les deparaba alejándolos de la corte y de las iras de Isabel de Castilla. En cuanto a la espada, el propio conde de Benavente se la entregó al niño.

—Toma —le dijo—. Pertenece a tu padre, el almirante de Castilla. Al menos eso cree él y le aseguró tu madre cuando naciste, aunque muchos cuestionemos tal parentesco. Pero ten, que es tuya. Si con los años poca herencia te parece, no trates de rebuscar en tus orígenes demasiado. Recuerda siempre que más vale pájaro en mano que buitres volando.

—No, señor. Más vale volando —le contestó con un hilo de voz.

Rodrigo Pimentel, conde duque de Benavente, sonrió. Aquella era la divisa de su linaje: «Más vale volando». Fue entonces cuando se inclinó para besarle por primera y única vez en su vida. Al oído, le cuchicheó: «Vuela todo lo lejos que tus alas lo permitan, hijo». Obedeció a su abuelo hasta la muerte de aquel, pocos años más tarde de su visita. Sabio consejo que le había acompañado hasta entonces.

Antonio condenó de nuevo los recuerdos al arca de la memoria y cerró con doble llave. De reojo, observó a Pedro Bravo. A veces tenía la sensación de que aquel chico extraño podía leer su mente, adelantarse a su pensamiento. Eso le causaba una intensa desazón, próxima a los sentimientos que en su alma despertaban algunas damas, lo que contribuía a ofuscarle, pues, hasta entonces, ningún varón le había confundido así y aquello no le gustaba. En absoluto.

Juntos abandonaron el templo. Ya fuera, Pedro advirtió que alguien había colocado una inscripción en la pared exterior de la iglesia. Decía así: «Los que dan consejos ciertos a los vivos son los muertos». Miró a Pimentel y abrió la boca para bromear sobre tan peculiar sentencia.

—Ni se te ocurra, muchacho —le amenazó torvo.

—¿Acaso la has pagado tú?

—¡Sí! —gritó a voces Antonio.

Pedro se ahorró preguntar la razón cuando comprendió que a su compañero le molestaba cualquier muestra de curiosidad sobre su vida o su pasado, más allá de la simple chanza de buscavidas y bravucón. Sin atreverse ni a abrir los labios, le siguió en su camino rápido.

—¿Adónde vamos con tanta prisa? —preguntó con la voz entrecortada por el esfuerzo.

—¡A la biblioteca, estúpido! A interrogar al estacionario —refunfuñó Pimentel sin volver la cabeza para mirarle, harto de aclarar obviedades al chico.

—¿Por qué?

—Porque a diferencia de ti, el difunto Fadrique Enríquez sabía leer...

20
DE CORNEJAS, GRAJOS Y URRACAS

La biblioteca de la Universidad de Salamanca era una institución en sí misma. Desde su creación había recibido dineros del claustro y abundantes donaciones de códices y, desde el nacimiento de la imprenta, de libros. De su prestigio daba cumplida prueba el elevado número de tesoros que albergaba en su interior. Sumaba unos doscientos cuarenta ejemplares, a los que debían añadirse ciertos diplomas antiguos, mapas y originales de consulta tan restringida que solo el rector podía autorizarla.

Residía el estacionario en una vivienda perteneciente a la universidad, próxima a la biblioteca, que, hasta fechas recientes, se encontraba situada en la zona alta de la capilla. Fechas recientes, sí, porque la peregrina idea del maestro Juan de Flandes de instalar un retablo de considerables dimensiones en la capilla supuso el derribo del techo que separaba ambas y desde hacía un par de años los libros habían vuelto a la residencia de su custodio.

Este personaje, de nombre Alarico de Dios, hacía gala a su onomástica, pues era un verdadero bárbaro. Cojeaba del apellido, ya que más que a Dios pertenecía su alma al diablo. Por un buen puñado de maravedíes vendía hasta las cadenas que ataban los libros, de ahí que el maestrescuela le sometiera a marcaje tan férreo que acabó viviendo en dos salas rodeado de códices y documentos, en unas condiciones penosas de no acompañarle la bebida y tunantes que abandonaban las aulas para comer gratis a costa del sueldo del estacionario, que, por otra parte, continuaba pagando la universidad a pesar de sus excesos. Aducía este que el coste de las obras de la nueva biblioteca le había privado hasta del aire, razón por la que no dudaba en copiar a módico precio los ejemplares que los estudiantes le demandaban y que ofrecía a valoración inferior a las de los libreros salmantinos, que le aborrecían hasta el extremo.

Precisamente se reponía de una paliza financiada por ellos cuando Pimentel y su compañero llegaron a su vivienda. La puerta, entreabierta, permitía adivinar en la penumbra del interior obstáculos semejantes a torres y almenas de libros amontonados que convertían el paso en asedio peligroso, pues en cualquier momento un mal gesto, un roce, supondría morir enterrados bajo el peso de la cultura de siglos y, francamente, ni a Antonio ni a Pedro Bravo se les antojaba la mejor de las formas posibles de entregar su alma al Todopoderoso presentarse ante Él descalabrados por la *Summa Teologica* de Tomás de Aquino.

Alarico penaba sus males, oculto el rostro entre las manos negras de tinta, por su falta de pericia, pues acababa de derramar el líquido del tintero sobre una de las páginas del tratado de Averroes que copiaba, toda una joya bibliográfica escrita en vitela.

—¿Qué deseáis? —hipó la plañidera—. Todavía no es hora de consulta.

Antonio se encogió de hombros. El estacionario debía permitir el acceso de los estudiantes y profesores dos horas por la mañana y dos por la tarde sin romper el ritmo de las clases. Bien. El toque de campanas anunciaba el mediodía.

—¿Volvemos con una bota de vino, señor Alarico? —comentó socarrón Pimentel.

—Está bien, está bien —farfulló, atusando sus grasientos cabellos.

Isabel de Vargas se aproximó a él.

—¿Os ocurre algo?

El estacionario arqueó los labios en tímida sonrisa. No estaba acostumbrado a que ninguno de esos salvajes mostrara interés en su persona, más allá de devorar su despensa o sobornarle para adquirir algún manual. Asintió con la cabeza.

—Decid, Pimentel, en qué puedo serviros —acuchilló las palabras.

—Por orden del maestrescuela investigamos la muerte de don Fadrique Enríquez.

Alarico se persignó. «Qué magnífico cliente, Señor, me arrebataste —se dijo compungido—. Buenas bolsas sonaban en su compañía, siempre dispuesta.»

—Qué lamentable pérdida. Dios le acoja en su seno.

—Los rezos para más tarde, si no os importa —interrumpió sus oraciones Antonio—. Cuentan que frecuentaba vuestra casa, también otras a las que acudíais con cierta asiduidad. Afirman que entre ambos existían, ¿cómo denominarlo?, lazos de mutuo interés: él os llenaba la bolsa y vos le buscabais las putas. Hasta aquí nada puedo reprocharos, pues siempre os mostrasteis inteligente, mas me inquieta saber qué razón impulsaba al sobrino del almirante de Castilla a departir con un hombre como vos fuera de la mancebía.

El estacionario volvió a dejarse acunar por los recuerdos. Qué putas, Dios mío, siempre dispuestas a ofrecerse si pagaba don Fadrique, generoso con la fogosidad ajena tanto como laso en la moralidad propia. Gustaba decir que voluntad del rey era poblar sus reinos, y a tan grata tarea dedicaba su tiempo desde que Luisa de Medrano le rechazara. Alarico se sonrió imaginando la cara del poderoso noble si su heredero regresaba al redil acompañado de una recua de bastardos... La sonrisa iluminó la cara del estacionario, que dejó escapar un suspiro, hijo de la añoranza. Pimentel gruñó, reclamando su atención. Mientras, Isabel husmeaba el códice sobre el que se encontraba trabajando cuando ellos llegaron.

—¿Y bien? —exigió saber Antonio—. Aguardo vuestra contestación y yo no he de pagaros por información que os demanda el maestrescuela. Si no respondéis, los alguaciles os apresarán. Tal vez vuestra lengua se suelte en la cárcel.

Alarico se estremeció.

—Su excelencia, hombre digno y cabal, se interesaba por la lectura, de ahí el tiempo que regaló a este pobre servidor de la universidad. Puedo facilitaros los libros que leyó durante estos últimos meses. La Teología y el Derecho guiaron su talento hacia el Altísimo.

—Seguro que por el camino supo encontrarse con la tentación terrenal, a juzgar por las huellas que dejó en su piel. Dicen que os contaminó idéntica pecadora.

—La lujuria hirió nuestras carnes débiles, pero no fue por culpa del noble Fadrique, sino a causa de las inquietas aficiones de algunos de esos manteístas de Campos con los que se trataba. Gracias a ellos conoció todas las mancebías de la ciudad. Y yo, pobre pecador, ¡cómo resistirme a acompañarle en algunas de sus visitas!

Isabel prestó atención. ¿Manteístas de Campos? Durante aquellos meses había comenzado a tratarse con algunos compañeros no dedicados al servicio de Dios. Sabía que la cofradía de los manteístas de Campos, sin duda, era la más numerosa de las naciones en las que se agrupaban, en función de su origen, los estudiantes. De hecho, ella misma podría denominarse manteísta y extremeña.

Cada una de las cofradías elegía a un consiliario. Juntos, en número de ocho, formaban un consejo consultivo que contaba con su propio representante como enlace ante el rector. Esos ocho aprendices, auténtico poder a la sombra de las aulas, conocían las entrañas universitarias mejor que los propios docentes y casi tan bien como los truhanes que ofrecían servicios como criados a los novatos. Aquellas bandas de cornejas malencaradas le disgustaban y atemorizaban a partes iguales, aunque hubiera aceptado acomodarse a algunas de sus reglas con el único objeto de pasar todo lo desapercibida que pudiera y no despertar recelos que pusieran en peligro su auténtica identidad. Pero si Antonio necesitaba recurrir a ellos, lo haría sin su ayuda. Igual que ahora, pues decidió esconderse entre los folios de un códice mientras su compañero acosaba a semejante grajo.

Pimentel, cada vez más incómodo, insistió en su interrogatorio.

—El consiliario de los manteístas de Campos es Laurentino Fresno, ¿no es cierto?

—Lo sabéis igual que yo, se elige cada año —sonrió torcidamente el estacionario.

—¿Todavía reside en el Mesón del Estudio?

—¿Creéis que me ocupo de criar a mis pechos a semejantes pencos? Sobre don Fadrique, nada más me resta por aclararos. Que Dios le acoja en su gloria, amén. Y ahora, si me lo permitís... —carraspeó Alarico, mirando de reojo el códice en el que trabajaba.

Antonio supo que nada más habría de sacarle, salvo con la punta de la espada, pero aquel no era, ciertamente, ni el lugar ni el momento, así que con un gesto de cabeza invitó a su compañero a marcharse. Isabel de Vargas se había dedicado durante aquel tiempo a cubrir con polvos de talco el desaguisado de Alarico. Ahora, pasados unos instantes, raspaba la mancha con mimo preciosista tal que del borrón apenas quedaba más huella en el pergamino original que una ligera claridad en el contraste con el resto de la piel.

—Ya está —exclamó ufana, como si nada de lo ocurrido le afectase.

—¿El qué? —preguntó airado el estacionario, volviéndose hacia ella.

Isabel le mostró el ejemplar, limpio de todo pecado, y el rostro de Alarico se iluminó beatíficamente antes de besar en ambas mejillas a su salvador.

—Que Dios os bendiga por asistir a este pobre viejo —babeó sus manos—. Ahora que he terminado con este —señaló a Pimentel—, decidme en qué puedo ayudaros, noble caballero...

—Mi nombre es Pedro Bravo. Estudio Medicina.

—¿Gustáis de algún libro, tal vez, que os apoye en vuestro aprendizaje?

—Observaba el que tan gentilmente protegíais cuando llegamos —aclaró con una sonrisa—. Mi primo y señor, don Fadrique Enríquez, me encargó que, si algo le sucediera, fuera mi bolsa quien abasteciera vuestras necesidades.

Isabel extrajo un puñado de monedas de su faltriquera.

—Decís bien: *necesidades.* Observad mi precaria situación —se quejó compungido—. Hasta que el maestro Juan de Flandes termine el retablo que ha destinado a la capilla y se disponga una estancia digna para la biblioteca, he de compartir hasta el lecho con estos libros. Cualquier ayuda que sirva para sobrellevar tanta cuita será bien recibida.

—¿Quedaron cuentas pendientes entre ambos?

El tanteo de la muchacha hizo diana inesperada. Alarico sonrió.

—Apenas si unos míseros maravedíes por la copia que me encargó.

La muchacha se despojó de un eslabón de la cadena de oro que pendía de su pecho y se lo ofreció.

—Tomad en prenda, pues.

—Agradezco vuestra generosidad. Esperad aquí, que os mostraré lo que vuestro pariente me encomendó. Ya está terminado —explicó contento.

Mientras desaparecía entre las pilas de libros, Antonio enarcó las cejas, sorprendido por la respuesta del estacionario.

—¿Cómo lo has hecho, chico?

—¿Con amabilidad tal vez, señor? —se burló Isabel, ofreciéndole la espalda, altiva.

Pronto regresó Alarico con un pergamino de grandes dimensiones entre las manos. Se trataba de un mapa de difícil lectura, y mostraba el perfil de unas tierras que ninguno de los dos pudo reconocer. Aun así, Isabel disimuló su ignorancia con una inclinación de cabeza. El estacionario, entonces, procedió a cubrirlo con telas para ocultar su contenido.

—Veo que habéis cumplido con su demanda —aceptó la joven, sin inmutarse.

—El original pertenecía a un estudiante, según me informó don Fadrique al traerlo.

—¿Cuándo?

—Tiempo antes de su muerte. Le rogué que me permitiera mayor plazo para trabajar con él, pero me urgió tanto en la copia que, cuando le devolví el original, le pedí que me concediese un tiempo para rematar algunos detalles. Lástima que no alcanzara a ver la minuciosidad de esta joya. Supuse que el propio Enríquez vendría por ella y me la pagaría, pero jamás regresó. Así que os agradezco que cumpláis su palabra, pues estos dineros han de compensar el dolor de pérdida tan terrible.

—Muchos compartimos el vacío de su ausencia, más sus parientes —respondió la muchacha con total desparpajo.

El estacionario parpadeó nervioso. Tomó en un aparte a la muchacha y le cuchicheó al oído:

—Un último ruego: guardad prudente secreto de su procedencia. Si el rector o el maestrescuela conocieran este trabajo, podría costarme el puesto.

Algo se removió en las entrañas de Isabel mientras guardaba el pergamino, doblado en cuatro, bajo su propio jubón. ¿Maldonado y el doctor Del Palacio les ocultaban algo? Sin perder la compostura, preguntó en voz baja qué era aquello que con tanto mimo le había ofrecido.

—El mapa que el difunto fray Bartolomé estudiaba cuando fue asesinado, al menos eso cuentan las paredes de la universidad.

21
EL MESÓN DEL ESTUDIO

El asunto del estacionario les había arrebatado la tarde y ya caían las primeras horas de la noche cuando abandonaron la biblioteca. Isabel, aferrada a su delgado tesoro como si en ello le fuese la existencia, caminaba dos pasos por detrás de Antonio Pimentel, que gruñía a diestro y siniestro. Incluso a la pareja de alguaciles con la que se cruzaron de camino a la Puerta del Río. Cumplían estos con su diaria labor de pasear las calles para garantizar la tranquilidad de los vecinos, a menudo perturbados por las cuadrillas de estudiantes pendencieros, de mano rápida y espada suelta, que amenazaban la paz de Salamanca. Al verlos llegar, alzaron los candiles con que se alumbraban para identificarlos.

—Extraño resulta ver por las calles a vuesa merced, bachiller Pimentel —bromeó uno de ellos—. ¿Acaso hoy nos privaréis del placer de sacaros de alguna de las tabernas que frecuentáis?

Sin rechistar, Antonio apretó los dientes y apresuró el paso seguido por su sombra, Isabel de Vargas, que temerosa de la autoridad hurtó su rostro a la luz.

—Y vos, joven estudiante, alejaos de este bellaco o acabará por vender vuestra alma —le advirtió el segundo alguacil.

Las calles de la ciudad se mostraban desiertas, las tiendas cerradas, los portales de las casas sellados. Solo el sonido de sus pasos irritaba aquella tranquilidad. Hasta que cruzaron el umbral de la muralla. Entonces, una mezcla de gritos, bravuconerías y bromas delató que acababan de adentrarse en el territorio de Laurentino Fresno, consiliario de Campos.

Por las risas que salían del interior del Mesón del Estudio, Pimentel dedujo que celebraban los veteranos la recaudación inesperada de alguna de las patentes obtenidas de los novatos, que se empleaban por aquellos en merendolas o festejos a la salud de estos. No se equivocaba, a juzgar por la escena que se abrió apenas cruzaron el marco de la puerta.

Sobre una de las mesas de mugrienta madera bailaba el tal Laurentino al son de las jarras de vino con que sus compañeros celebraban su última hazaña: acababa de robarle la espada a uno de los alguaciles del corregidor. Haciendo gala de una maestría inmejorable, se entrenaba en trinchar panes de centeno y robar carne de las escudillas ajenas de los buenos cristianos que en mala hora acudieron a semejante guarida de bullidores. A escasa distancia a su izquierda, dentro de una hornacina alumbrada por una escuálida vela, una calavera desdentada los miraba fijamente. Sobre ella, la piel de una rana.

—¿Qué es eso? —señaló Isabel con cierta aprensión.

—La venerada cátedra de la calavera, amigo mío —le explicó Antonio—. Pertenece al primer manteísta de Campos que cayó acuchillado en la universidad. Sus huesos se reverencian cual si de un mártir se tratara, como puedes ver.

La muchacha enarcó las cejas. Menuda hermandad la de Campos...

—¿Y la rana?

—Simboliza las mejores cualidades de la cofradía: lujuria, soberbia e inmoralidad. ¡Y ahora deja de curiosear, anda! No perdamos el tiempo en tales tonterías.

Completaba el peculiar escenario un mastín de considerables dimensiones: ladraba a coro con algunos de los borrachos que tentaban a las dos mozas que servían de comer y beber a tan poco recomendable clientela, donde se entremezclaban hijos de títulos del reino con descendientes de la estirpe de Satanás que acallaban sus tripas con el condumio ajeno.

Pimentel se sumó a la cuadrilla de tunantes tras que le invitara el mismísimo Capador, sobrenombre por el que era conocido Laurentino Fresno, pues a tal oficio vil se dedicaba para engordar la bolsa cada vez más magra de monedas que le enviaban sus progenitores.

—¡Una jarra para el Bastardo... y otra para su acompañante el melindroso bachiller Pedro Bravo! —ordenó a voces, para que fuera oída su encomienda sobre la algarabía reinante—. Ven, siéntate a mi lado. —Arrojó la espada que antes mostraba como trofeo—. Y tú, muchacho, donde puedas, que apenas te conozco.

Isabel de Vargas se acomodó en el único hueco libre que restaba en el banco. Temerosa del destino del pergamino que portaba, optó por esconderlo debajo de sus nalgas, único lugar seguro en el mesón, pues antes de permitir que alguien colocara su zarpa sobre ese tesoro, cruzaría la espada con el osado que se atreviese. Completamente borracho, Capador le ofreció un trago de la misma jarra de boca rota en la que hundía sus fauces. Asqueada, la muchacha rechazó un honor que, sin embargo, aceptó de inmediato Pimentel: vació de un buen trago el resto del contenido y remató la hazaña limpiándose los belfos con la manga del jubón de su vecino más próximo, que recibió un puñetazo apenas abrió la boca para protestar.

—¡Saludad a Pimentel, desvirgador de ovejas, mamporrero del maestrescuela y el mejor médico que ha pasado por las aulas del Estudio salmantino! —celebró la barbaridad Fresno.

Una ola de juramentos propios de bestias salvajes coreó tal panegírico. Hasta el mastín acudió a lamer sus manos con adoración perruna antes de interesarse en las posaderas de Isabel. Temerosa, apartó al chucho con cierta precaución que no pasó inadvertida a su peculiar anfitrión.

—¡Vamos! No te preocupes —sonrió Laurentino—. No te atacará. Mi amigo Luis de Linares lo ha entrenado bien y solo enseña los colmillos ante los dominicos. ¿Quieres verlo?

Isabel quiso decir que no, pero a nadie le importaba su opinión, menos aún cuando el tal Linares apareció con un hábito entre las manos con el que no dudó en vestir a uno de los borrachos. *Mendrugo,* que así se llamaba el animal, comenzó a gruñir. Con la cabeza avanzada en actitud amenazante, se acercó al incauto en medio del silencio casi religioso de los presentes. Bastaron dos ladridos para que su víctima despertase del letargo de Baco y, al sentir la respiración del perro sobre su cara, brincara de salto tan digno de caballería que poco faltó para que acabara con sus huesos en la misma puerta de la taberna. *Mendrugo* se abalanzó sobre él e hizo presa en sus ropas, que desgarró con el ánimo del infiel que cae en manos de la Santa Inquisición y consigue escurrirse entre sus dedos.

—¡Ánimo, *Mendrugo*! ¡Sigue así y hoy cenarás longaniza! —azuzaba Luis de Linares.

Cuando la presa suplicó piedad, Capador alzó la diestra. El perro detuvo en seco su ataque para regresar junto a su dueño. Las felicitaciones del estudiante llegaron en forma de la escudilla escuálida de carne, pero apretada de pan y verdura, que antes devoraba a dos carrillos uno de los novatos. Cuando el animal hubo terminado de lamer su contenido, el amo la devolvió a su anterior propietario.

—Come, hombre, come, que no ha de matarte —sugirió Laurentino, palmeándole los hombros—. En peores campos habrás pastado...

Mendrugo colocó su cabeza sobre las rodillas de Pimentel, que le acarició complacido con la gesta que acababa de presenciar.

—Si algún día quieres deshacerte del perro, te lo compro. Su talento podría resultarme útil con cierto dominico —bromeó.

Capador tomó la cara de su amigo entre las manos y besó su frente con afecto. El olor a vino llegó hasta la sensible nariz de Isabel, pero no pareció molestar demasiado a Antonio.

—Hermano, debo rogarte un favor —comenzó Pimentel, sin dejar de acariciar al animal.

—Tu voluntad es la mía.

—Este muchacho —se giró para mirar a Isabel— es pariente del difunto Fadrique Enríquez...

—¡Gran fornicador! —le interrumpió su compañero.

Los presentes corearon sus palabras mientras el rostro de la muchacha se sonrojaba sin que pudiera evitar considerar cuánto bien haría el corregidor de Salamanca en encerrar en sus prisiones a todos aquellos arcabuceros del saber.

—... como te decía, su parentesco le causa ahora desazón, pues piensa, y creo que no anda desencaminado, que cuando el almirante de Castilla ordene recoger las pertenencias de su pobre sobrino, ha de encontrarse con desagradables sorpresas de las que es preciso deshacerse —aventuró Pimentel, a quien la excusa de su compañero con el estacionario le había torcido el ánimo hacia el engaño.

Capador royó uno de los huesos que yacían en su escudilla a la espera de entierro. Sin alzar los ojos de la mesa, le contestó.

—Sabes que Fadrique disponía de su propia residencia.

—Sí, como todos los herederos de títulos del reino.

—¿Por qué entonces acudía a vos? —intervino Isabel, sorprendida de que alguien normal pudiera buscar acomodo entre aquellos asilvestrados patanes.

Fresno golpeó el costado de Antonio con el codo. Aquel gesto de complicidad delataba su opinión sobre la pregunta. También la sonrisa fiera que mostró su dentadura... o lo que restaba de ella. Laurentino se inclinó hacia la muchacha, tan cerca de su cara que el hediondo olor de la carne mal digerida con vino barato obligó a Isabel a toser, apartando el rostro.

—Mi delicado y joven bachiller, te lo explicaré para que lo entiendas: un altanero de ese jaez vive en las soledades de su roca, como las águilas. Y a Fadrique Enríquez le gustaban las colmenas bien surtidas de provisiones, viandas, mujeres y camaradas de pendencias —le aclaró Capador, tocando el culo de una moza tabernera—. No es que le placiera follar en compañía, sino que apreciaba esta hueste singular. —Señaló a los presentes con un gesto amplio que a todos abarcaba—. Quien no forma parte de una cofradía como la nuestra no es nadie en Salamanca. Nadie te protege, ni da la cara por ti, quedas a merced de las demás hermandades de estudiantes y sus... ¿aventuras? —dudó mirando a Pimentel, que en aquel instante rellenaba su jarra de vino.

—Barbaridades —corrigió Antonio entre trago y trago.

—Pues de poco le sirvió a Fadrique vuestra protección —apuntó Isabel.

Capador se aclaró la boca con un poco de bebida antes de probar su puntería sobre las posaderas de un compañero.

—Algunas ovejas caminan a su aire sin pastor. Por mucho blasón de almirantes que porten grabado a fuego en el culo, se ahogan en un escupitajo —rió—. Otros, en cambio, nadan bastante bien si se les ayuda, aunque no siempre alcancen a tocar la orilla. Así le ocurrió a Enríquez.

Isabel parecía comprender la importancia de estas peculiares alianzas de poder. La única forma de defenderse pasaba por diluirse en el rebaño y balar al son de la pandereta del consiliario de la cofradía, en este caso de Laurentino Fresno. Puesto que la procedencia geográfica marcaba la aceptación en una u otra hermandad, a Enríquez no le restó otra que aislarse del mundo en su noble torreón o solicitar que le permitieran formar parte de esa tribu de beréberes.

—¡O eres de los nuestros...! —gritó Capador, alzándose de su silla.

—¡... o carne de patíbulo! ¡Viva Campos! —corearon hasta reventar las paredes los demás estudiantes.

La joven se estremeció.

—Antonio no forma parte de vuestra cofradía y le aceptáis —afirmó en voz tan baja como la de un pecador en el confesionario.

Laurentino abrazó a su amigo con fuerza tal que el banco se bamboleó.

—El Bastardo es un maestro, no necesita que nadie le guarde la espalda. Además, en cuanto lo pida, está más que aceptado. A él no le exigiremos una prueba para ingresar.

—¿A Fadrique sí? —se interesó Isabel.

—¡Anda este! ¡Pues claro! —exclamó sorprendido Fresno.

—¿Y fue?

Los ojos de Capador brillaron diabólicos.

—Que robara el arca de maese Colón. Ni más, ni menos.

Avispado, Pimentel captó al vuelo aquel buen rastro.

—Por eso nos tienes aquí —se arriesgó Antonio.

—Ah, demonio... —Se palmeó la frente Capador—. Así que era eso lo que buscabas, la causa que te trajo.

Frío, Pimentel asintió con la cabeza, gesto que inmediatamente imitó Isabel.

—En efecto. ¿Qué otra razón si no? —mintió descarado—. Hemos venido a recuperar el arca antes de que toda la ciudad sepa que se encuentra en tus manos.

—Nunca creí que lo conseguiría. Aquella fue una verdadera hazaña —suspiró Laurentino—. «Tampoco fue para tanto», le dije cuando vino a mostrarnos su trofeo para que le admitiésemos en nuestra cofradía. Pero no era cierto, no, señor, porque si su pomposo tío conociera estos hechos, seguro quedo que buscaría un sacerdote que le resucitase... para tomarse personalmente el placer de rematarle luego cortándole a pedacitos.

—¿Acaso decís que es obra de Fadrique la muerte del fraile? —preguntó directa Isabel.

—¿Por quién me tomas, muchacho? ¿En mi propia casa afirmas que hay asesinos en la Cofradía de Campos? —replicó Fresno con total seriedad en la voz, mientras a su alrededor estallaban las carcajadas.

Pimentel decidió tomar de nuevo las riendas, antes de verse obligado a defender a su compañero Bravo en un duelo que ya imaginaba sucio.

—No sé para qué demonios quería Fadrique algo tan peligroso. Hubiera bastado con enterrarte en monedas para que le ofrecieras hasta el último de tus agujeros, cabrón mentiroso, más aún formar parte de la Cofradía de Campos. Con su fortuna, todos comeríais caliente varias vidas de reyes.

—Tal vez lo que quería era demostrarle a su tío que gastaba bien sus dineros en su gentil educación —bromeó Capador—. Qué mejor regalo para un almirante que el arca de otro almirante.

—Caro le resultó —intervino lúgubre Isabel.

—Previsible. Gustaba de introducir el palito en demasiados hormigueros y acabó por picarle un alacrán —le aclaró su anfitrión.

—Pues ya sabes lo que te resta, Capador, porque como llegue a oídos de Maldonado que posees este hierro candente, acabarás en la cárcel del maestrescuela... o bajo una vara de tierra con tus antepasados —le recordó Antonio.

—Tenéis razón: debemos deshacernos de ella y no tardando —reconoció Laurentino levantándose.

Ebrio, trastabilló unos pasos y sus manazas cayeron a peso sobre los hombros de Isabel, que se dobló sobre la mesa. Asqueada, apartó al muy animal con malos modos y, al hacerlo, distinguió en la palma de la diestra de Capador tres puntos negros que formaban un triángulo. También Antonio se fijó en la marca. Ambos cruzaron una mirada antes de que Pimentel se incorporase para ayudar a Fresno a sentarse de nuevo.

Uno de los estudiantes se acercó a él para pedirle consejo. Mientras Capador ejercía de maestro con el novato, Antonio e Isabel cuchichearon entre ellos trazando con rapidez un plan: debían apoderarse del arca, pero para conseguirlo era preciso alejar de allí a Fresno. Tendrían que repartirse el trabajo: Pimentel se ocuparía de entretener a Laurentino, ella, de robarla y volver a su lado.

Capador regresó a la conversación abandonada, aunque no sin antes aliviar su vejiga en una de las jarras de vino huérfanas de contenido. Sin limpiarse la diestra, sus dedazos se hincaron en una rebanada de pan. Isabel contuvo una arcada. Ella misma había mordisqueado otra del mismo plato. Quién sabe si condimentada con semejantes especias antes de su llegada. ¡Dios! ¡Cómo deseaba salir huyendo de aquel antro! La Vargas reclamó la atención de Fresno.

—Hablabas del arca. ¿La has visto?

Laurentino se rió a carcajadas, exhalando un aliento todavía más fétido, mientras la abrazaba con fraternal camaradería de borracho.

—Cada noche cuando me acuesto, cada mañana cuando me levanto, querido.

—¡Qué poético! —intervino Antonio—. Vamos, que la guardas en tu propia estancia.

—¿Acaso conoces lugar más seguro, Pimentel? —replicó Fresno—. Cualquiera que osase subir estas escaleras e irrumpir allí sin mi permiso acabaría de comida para los gusanos. Un cartel en la puerta lo advierte claro: «Aquí yace la Parca».

Por la cabeza de la joven cruzó una idea descabellada. El Mesón del Estudio, igual que todos los de Salamanca, disponía de cuadras, y a ellas se accedía por un portalón diferente al de entrada. ¿Y si...?

—Atiende, amigo —se dirigió a Capador—. Necesito desaguar. Dime, ¿dónde se encuentra el paso a las cuadras?

Fresno sonrió displicente. Alargó la mano para ofrecerle la jarra ya plena de orín, que Isabel rechazó ruborizada.

—Qué tímido el chico —se burló Capador, intentando palparle la entrepierna—. Tranquilo, que no pensaba envainar mi espada en tan estrecho habitáculo. ¿Ves la cocina, cerca de la escalera? Junto a ella hay una puerta. Desde allí se accede al corral y, si te avergüenzas de que te miren las bestias, puedes continuar camino y salir a la calle. Márchate, anda, y mea pronto, que a los hombres aún nos resta tarea.

—Tarda lo que necesites, Pedro. Aquí estaremos esperándote hasta el amanecer si es necesario —le tranquilizó Antonio, intuyendo que su compañero pergeñaba algún plan.

Laurentino le volvió la espalda. Aquello era justo lo que necesitaba la mujer.

—¡Más vino! —gritaron algunas de esas bestias montaraces.

Las taberneras corrieron a servirles y la muchacha, valiente, aprovechó la oportunidad única que se le brindaba y voló por los peldaños hasta la planta superior. Milagrosamente, nadie la había visto, tan borrachos se encontraban todos, así que sigilosa, se deslizó apoyada en la pared hasta toparse con la puerta en la que se anunciaba la bravata. El corazón golpeaba tan fuerte en su pecho que se sintió morir. Tomó aire varias veces y empujó la madera. El estúpido de Fresno ni siquiera había cerrado con llave, tan pagado de sí mismo como torpe. Isabel se introdujo en la estancia. Sucia, oscura, desarreglada y maloliente, igual que su inquilino. Y allí, junto a la ventana, una pequeña arca de roble en cuya tapa lucían los emblemas personales de los Reyes Católicos: el yugo y las flechas. Sin pensárselo dos veces, la envolvió en su propio manto, hasta ocultarlo a la vista. Luego, con la misma cautela con la que entró, abandonó la guarida camino de vuelta a las escaleras.

Desde lo alto del rellano estudió el ambiente del mesón. Apenas encontró oportunidad, cual alma que lleva el diablo desapareció rumbo al patio de las cuadras. La oscuridad total le permitió esconder allí el arca, a buen recaudo, y abrir desde dentro el portalón que comunicaba este con la calle. Más tranquila, volvió a colocarse el manto sobre los hombros y regresó junto a sus compañeros, justo cuando Laurentino daba por concluida la cena. A una orden suya, los pocos estudiantes que aún se sostenían en pie se incorporaron de sus asientos.

—¡Vaya! El pequeñín ha vuelto al hogar —saludó Capador al verla—. ¿Pudiste encontrártela solito o te ayudaron, hijo?

—Algunos no necesitamos hurgar demasiado entre las ropas —respondió Isabel mirando fijamente a Antonio—. Lo que fui a buscar lo encontré, desagüé y heme aquí de nuevo, cumplido el deber, para serviros.

—Corta me parece tu arma, muchacho. No te molestes, pero prefiero compañía de hombres recios.

Fresno ciñó su espada, sin prestarle más atención. Pimentel, en cambio, comprendió que su empresa se hallaba en buen camino. Ahora le tocaba a él.

—¿Buscaréis pendencia hoy? —curioseó, siempre dispuesto a tales intercambios sociales.

—Saldremos con buenas espadas a desbaratar el víctor que quieren pintar en honor del licenciado Ochate, ya sabes: el vizcaíno. Le acompañará toda su cofradía a celebrar su graduación y pintar unas cuantas paredes con la sangre de toro. Nosotros convertiremos al semental en buey, que para eso me llaman Capador y a fe que es fama bien ganada.

Por un instante el rostro de Antonio se oscureció. Ochate había sido compañero suyo de estudios. Torpe, desdentado, corto de vista y breve de entendimiento, solo su hidalguía probada sobre privilegios antiguos por los cuatro costados, su origen legítimo y medio millón de maravedíes en sobornos habían conseguido el milagro. En cambio, él, pendiente de la voluntad cambiante del maestrescuela, pugnaba por que le reconocieran lo que a pulso se había ganado con su propio esfuerzo: la licenciatura en Medicina, paso previo para lograr su verdadero sueño: ser doctor. Pero la bastardía pesaba cual losa a sus espaldas. Maldijo al rector, a Del Palacio, a la Universidad de Salamanca y al propio Fadrique Enríquez, su familiar, si era cierto que su propio nacimiento se debía a la simiente del almirante. Pimentel escupió al suelo con desprecio, resumen de su pensamiento.

Los rollizos dedos de Fresno tamborilearon sobre la madera de la mesa. Deseaba partir cuanto antes, aquella conversación se asemejaba demasiado a un interrogatorio y las nubes de valor de la borrachera pronto se disiparían. Laurentino se estiró el jubón, eliminando algunos restos de comida amorosamente unidos a la tela.

—Fresno, con el olor que desprendes huirán hasta las alimañas —le espetó Antonio, apartando el rostro, azotado por tan rancio perfume.

—¿Te animas a sumarte a nosotros, bastardo? Así podrás zurrar los lomos de Ochate. Ese cretino no llega ni a la suela de tus botas —provocó a Pimentel.

—No necesito que me lo recuerdes —gruñó Antonio—. Te acompañaré a romper el festejo, si dejas que mi compañero Pedro regrese a casa sin obligarle a acompañarnos.

—¿Para qué le necesitamos? Ea, márchate, bachiller Bravo.

—Dejadme partir antes que vosotros —le rogó—. No quisiera que me relacionen con vuestra cofradía. No os ofendáis, pero no hace mucho que estudio en Salamanca y no deseo provocar las iras del maestrescuela tan pronto.

—Huye, cobarde, pero sal como las ratas: por las cuadras. ¡Vamos, que no quiero verte más! —Fresno le propinó una patada en el trasero, que le desequilibró lo suficiente como para derramar sobre sus ropas una jarra de vino.

Isabel se marchó con prisa, aunque no tanta como para no advertir que la hazaña de Capador provocaba una sonrisa malvada en el rostro de Antonio, de quien decidió no despedirse. Las malas pulgas del consiliario de Campos podían alcanzarlos a todos.

—Afirman los sabios que el vino derramado es señal de éxito —le recordó Pimentel apenas su compañero desapareció de la vista.

—Con tan buena espada en la cuadrilla —palmeó el costado de Antonio—, esta noche pasará a los anales de la bellaquería.

Brindaron por ello una última vez antes de que Capador subiera a su estancia para cambiarse el jubón manchado.

Luisa reconoció [illegible]
en dos los peluc[illegible]
Pertenecían a su [illegible]
ra, aguardando [illegible]
ellos. Con delicadeza [illegible]
con el esbozo de su [illegible]
la oscuridad debajo [illegible]
devolvió la pluma [illegible]
bellos y aderezó su [illegible]
buen tazón de leche con [illegible]
de la noche, ya ocurrió [illegible]
dama mostrara interés en [illegible]
todo, para mejor aturdir [illegible]
hombros aquella jornada.

Isabel abrió la puerta [illegible]

—Adelante [illegible]
aunque para entonces [illegible]
lecho.

Por su aspecto parecía [illegible]
mento. Como ya era habitual [illegible]

22
EL CORAZÓN DE LA OSCURIDAD

Luisa reconoció aquellos pasos apresurados que subían de dos en dos los peldaños de la escalera que comunicaba con su cámara. Pertenecían a su prima Isabel de Vargas y, a juzgar por la premura, aguardaba una desagradable sorpresa detrás de cada uno de ellos. Con delicadeza secó la tinta del papel y enjugó sus lágrimas con el esbozo de sus recuerdos antes de entregarlos al corazón de la oscuridad debajo de uno de los libros de su escritorio. Luego, devolvió la pluma al tintero, encendió otro candil, atusó sus cabellos y aderezó su aspecto. Una de sus criadas le había llevado un buen tazón de leche con miel y algo de canela que, a estas alturas de la noche, ya debía de haberse aburrido de esperar a que la dama mostrara interés en su contenido. Aun así lo bebió, frío y todo, para mejor asimilar lo que su pariente llevara sobre los hombros aquella jornada.

Isabel abrió la puerta sin aguardar permiso. Luisa sonrió.

—Adelante —bromeó, invitándola a pasar con un gesto, aunque para entonces, su prima ya se había acomodado sobre el lecho.

Por su aspecto pareciera que acababa de escapar de algún tormento. Como ya era habitual, la acompañaba el olor a taberna y suciedad propio de los estudiantes. Nada en ella restaba de la joven que arribara a su casa meses atrás, pues los cabellos enredados, mugrientos, cayeron sobre su rostro a manera de surcos negros cuando la Vargas se quitó el sombrero. Aferrada a un arca de medianas dimensiones, la miraba fijamente. Luisa se incorporó de su asiento para acercarse a ella. Con afecto sincero la besó en ambas mejillas y tomó sus manos heladas entre las suyas, apartando el peso que sostenía y que depositó sobre las tablas del suelo para impedir que tal artefacto ensuciara la manta de buena lana de Béjar que cubría su cama.

—¿De dónde vienes tan asustada, mi niña? —acarició sus facciones con ternura.

Isabel parpadeó, saliendo de un sueño sombrío. Después de dejar a Antonio, apenas tuvo el arca entre sus manos, corrió por las calles cual alma a lomos del caballo del diablo. Algunos recovecos, peligrosos, escondían mendigos dispuestos a comer caliente a costa de bolsa ajena y estudiantes sopistas que aguardaban amparo a las puertas de los conventos. Por eso el miedo se había apoderado de sus carnes hasta convertirse en obsesión. Tal vez por ello, quizá porque ya no conocía otro hogar que la residencia de los Medrano, se encaminó hacia allí. Una presencia que se encontró obligada a explicar a su prima, al igual que las razones de aquella intempestiva visita nocturna. Se desabrochó el jubón para mostrarle el mapa que ocultaba.

—¿Crees que Fadrique murió por el arca y... por esto? —le preguntó Luisa, temerosa de rozar siquiera el objeto que le privó del hombre al que amaba.

—No lo sé. Solo te digo que el estacionario lo había copiado para él.

La Medrano acercó el pergamino a la luz. Reconoció ciertos perfiles de tierra: Castilla, Aragón, el Mediterráneo, Italia, Francia, las tierras turcas... las islas de las Especias... la India... Catay...

En el extremo izquierdo del mismo, al otro lado del Mar de las Tinieblas donde el almirante Colón descubriera tierras en sus viajes, el perfil descendía hasta el sur. En portugués, aparecía una leyenda: «Cola de Dragón». Casi en una esquina, disimulado bajo una de las cabezas humanas soplando a través de caracolas y que simbolizaban los vientos, aparecía una frase en árabe que no acertó a entender, quizá un nombre. Una rosa... el símbolo de los cartógrafos judíos Cresques.

Los restantes topónimos debían descifrarse, pues su copista no se había tomado tiempo suficiente para desarrollarlos por completo y había abreviado su forma. Aun así, resultaban de no muy complicada interpretación, si se aplicaba a ello con más tiempo que la premura a la que la sometía Isabel, para la que Luisa representaba todo el saber humano compilado en una joven de pocos años más que ella. Bien, lo estudiaría. En cuanto al árabe, el maestrescuela dominaba esta lengua, tal vez él pudiera traducirla. Lástima que hubiera muerto fray Bartolomé.

El anciano dominico era muy afecto a la compañía de su padre. Por eso, cuando sus progenitores partieron a la corte, él continuó visitando la residencia de los Medrano y Luisa disfrutando de su magisterio. Si bien jamás se mostró alumna destacada en estas materias, sí aprendió lo bastante para comprender que el mapa que ahora tenía entre sus manos representaba algo demasiado importante que excedía sus conocimientos.

Isabel se revolvió inquieta, jugando con el arca, que cogió del suelo donde yacía para colocarla sobre sus piernas. Reclamó la atención de su prima con un ligero carraspeo.

—¿Qué debemos hacer con esto?

Luisa acarició su tapa mientras valoraba las distintas posibilidades. Sin llave, no podrían abrirla y si la forzaban...

—Devolvérsela al doctor Maldonado —contestó al fin.

—¿Sin echarle un vistazo al interior?

Medrano se rió. Dios mío, hasta qué punto la influencia de Antonio Pimentel había calado en ella. Cada día perdía un poco más de vergüenza.

—Tiene doble cerradura —explicó Luisa.

Los ojos de Isabel se iluminaron.

—Seguro que entre ambas conseguimos abrirla.

—O romperla, en cuyo caso el rector nos matará —advirtió Medrano.

—¿Qué sugieres? —le preguntó Isabel.

—No lo sé.

—¿Y si esperamos a consultarlo mañana con Pimentel? Conoce a tantos malhechores que seguramente alguno de ellos pueda desvelar el contenido del arca sin destrozarla. Al menos sabríamos qué contiene antes de devolverla a su lugar o informar al maestrescuela.

Algo golpeó violentamente en la puerta. A esas horas ninguna familia de bien acostumbraba a recibir visitas, máxime una mujer que vivía sola con sus criados. Temerosas, las dos primas guardaron silencio hasta que, vencidas por la curiosidad, se acercaron a la ventana de la cámara de Luisa y la abrieron, para descubrir lo que pasaba. Junto a la entrada, un cuerpo yacía en extraña postura, enredado en su propio manto. Isabel se aferró a la Medrano.

—Dios mío... ¡Es Antonio! —le gritó antes de desaparecer de su lado.

Voló de camino a la puerta, adelantándose incluso a los criados, a quienes aquella segunda visita de la noche había arrebatado de los brazos dulces del descanso y procedían a iluminar el portalón de entrada. Sin encomendarse a Dios ni al diablo, Isabel descorrió la tranca pesada que guardaba el hogar y arrancó de las manos del sirviente la llave de hierro que sellaba la casa de los Medrano. La puerta despertó de su letargo y, al hacerlo, las manos de Antonio resbalaron por la madera hasta el suelo empedrado. No se movía.

A lo lejos, ruido de espadas y gritos de rufianes alertaban de la cercanía de una pelea e Isabel se temió lo peor: venían en su busca. La muchacha se arrojó sobre él para tratar de meterlo en la casa, pero sus menguadas fuerzas tan solo consiguieron zarandear un poco el cuerpo.

—Pesa demasiado para mí. ¡Ayudadme! —ordenó a los dos criados que la acompañaban.

Entre los tres consiguieron llevarlo hasta la cocina. Todavía no habían apagado el fuego del hogar. Gracias a las llamas, alcanzaron a ver la mesa, las sillas, el banco corrido. Isabel ordenó que uno de ellos limpiara la mesa mientras el otro y ella misma sostenían a duras penas a Antonio. Cuando hubo terminado, acomodaron allí al caballero. El alboroto era tal en la casa que hasta Catalina, el ama de Luisa, se había despertado. Protegidos sus hombros por una manta, apareció en la estancia.

—¡Ay, Jesús! Han matado a don Antonio —se persignó temerosa.

Isabel la miró.

—Llama a tu señora, vamos. Y vosotros, iluminad esta sala con candiles y velas o nada podremos hacer para salvar su vida.

No fue necesario que Catalina corriera a avisar a su señora, pues esta apareció en aquel mismo instante.

—Dios mío... ¿quién le ha herido? —murmuró la Medrano, acercándose a la vera de Isabel.

—Ya se lo preguntaremos después, ¿no te parece?

—Dime qué quieres que hagamos.

—Catalina, calienta agua y trae unos lienzos limpios, aguja e hilo. Tú —señaló a uno de los dos criados—, busca vinagre y miel mientras. En cuanto a ti —se dirigió al tercero—, ayúdame a desvestirlo.

—¿Qué quieres que haga yo? —le preguntó Luisa.

—Trae algo más de luz. No puedo ver bien.

Mientras cumplían sus órdenes, Isabel advirtió que la sangre empapaba por completo el jubón del caballero y corría libre por sus manos. Si no actuaba con prontitud, moriría entre sus brazos. Asistida por el criado, desnudó hasta la cintura a Pimentel. Con un gesto, rogó a su prima que acercara el candelabro al costado derecho del caballero.

—Dadme el agua, ¡ya! —exigió.

Catalina se apresuró a mojar las manos de Isabel mientras esta las frotaba con tanta fuerza que bien parecía que deseara arrancarse la piel y, con ella, toda la suciedad que portara.

—Está muy pálido —le señaló Luisa.

Lavadas las manos, Isabel procedió a empapar en el agua uno de los lienzos para limpiar el cuerpo de Antonio. Dos estocadas certeras le habían atravesado de parte a parte, una en el hombro derecho, la otra en el costado. Isabel cerró los ojos para tranquilizarse, tomar aire y recordar las enseñanzas recibidas. «Dios mío, ayúdame», rezó al cielo.

—Prima, quiero que cojas el jubón y la camisa de Antonio y compruebes que no falta tela en ellos. Junta los bordes rotos por la espada —le pidió.

La Medrano recogió del suelo ambas prendas.

—¿Para qué lo necesitas?

—Necesito saber si las heridas son limpias o en ellas resta algún pedazo de tejido, en cuyo caso debo hurgar en su interior. ¡Apresúrate, pues! —le explicó Isabel atropellando las palabras.

Al tiempo que Luisa se ocupaba de recomponer las ropas de Antonio, a su derecha, la joven trató de convertirse por un instante en el auténtico Pedro Bravo, bachiller en Medicina, que afirmaba ser. Sus manos temblaban de miedo. Aquella era la primera oportunidad en que habría de enfrentarse a una situación real a vida o muerte. Se mordió los labios, intentando recordar las enseñanzas del hombre que ahora se desangraba ante ella, de aquel a quien había aprendido a amar en silencio. Repentinamente todo se recolocó en su cabeza y sus dedos adquirieron vida propia.

Con un cuidado exquisito limpió con vinagre la piel de Antonio varias veces, permitiendo que fluyera la sangre, para lavarla. Fue entonces cuando, inesperadamente, Pimentel recuperó la conciencia.

—¡Sujetadle entre los dos! —ordenó la estudiante a los criados—. Catalina, enhebra aguja e hilo y empápalos también en vinagre.

El caballero la miró desde la profundidad de sus ojos intensamente azules sin decir nada. Conocía la falta de pericia de su compañero, pero en aquel momento debía confiar en sus pequeñas manos, en su intuición. La joven parpadeó, molesta al sentirse examinada, aunque optó por mantener el silencio.

—Luisa, vamos, dime algo —recordó a su prima.

—Lo siento. Ambos están completos. No falta ni un solo trozo —respondió la dueña de la casa, colocándose a su izquierda, para no estorbarla demasiado en su labor.

No pasó desapercibido este detalle a Pimentel, por cuyo rostro, cada vez más pálido, resbalaba el sudor. Luisa de Medrano le ofreció vino. Con aquello no conseguirían calmar el dolor, pero sí al menos aliviarlo un poco.

—Todavía no he terminado —murmuró Isabel, tomando la aguja de manos de Catalina.

Antonio sabía perfectamente lo que aquello significaba. Sus dedos se aferraron a la diestra de su compañero. Tenía miedo, absurdo ocultarlo, por eso le rogó que, si no perdía de nuevo la conciencia, los criados le sujetaran bien sobre la mesa, para que no se moviera.

—Luisa, dale la mano —ordenó Isabel—. Los hombres aguantamos mejor el dolor si es una mujer quien nos atiende.

Comprobó de nuevo las heridas, mientras Catalina las limpiaba con vinagre por enésima vez. La del hombro revestía gravedad, aunque Dios había evitado que atravesara el pulmón. En cuanto a la del costado, ni siquiera había afectado a simple vista a ningún órgano interno, pues su trayectoria coincidía con lo que sus maestros llamaban «el vacío». Miró a Antonio.

—¿Preparado?

El herido asintió con la cabeza.

—Recuerda coser como si se tratara del pellejo de un animal y tú, de un buen pellitero —murmuró Pimentel—. Sutura por ambos lados la herida, pero deja los extremos abiertos.

—Cállate ya —le reprochó Isabel, acariciando su frente perlada de sudor frío—. No me olvido de las enseñanzas del maestro Rogerio de Salerno. En Salerno, Italia, ¿recuerdas? Bolonia cae por allí.

Antonio sonrió con dulzura. En aquel instante Isabel hubiera querido besarle, pero se limitó a coser los bordes de la herida del hombro, primero en el frente, después la espalda. Apoyado en el costado izquierdo, los criados mantenían su cuerpo firme, facilitando la labor a Isabel. También Luisa, que apretaba la mano de Pimentel como si en ello le fuera la vida, y Catalina, convertida en improvisada asistente de la joven.

Al cabo de un rato, Isabel se limpió el rostro con la manga de su propio jubón antes de enjugar sus manos en el agua de la jofaina que sostenía Catalina y secarlas en los paños. Llegaba el momento de ocuparse de la herida del costado. El cuerpo de Antonio se tensó con el solo contacto de sus dedos. Había alcanzado sobradamente la medida completa de su control. Por su rostro surcaban las lágrimas mientras se mordía los labios para no gritar.

Con prudencia, Isabel palpó la carne, que rompió a sangrar de nuevo empapando el banco. Pimentel apretó los dientes. Sabía que su compañero Bravo estaba nervioso, no deseaba inquietarle más, pero el dolor se volvía insoportable por momentos por culpa de su falta de pericia.

Cuando el hilo se introdujo por vez primera en la carne de Antonio, uniendo la herida del costado por la espalda, Isabel descubrió que a su alrededor comenzaba a formarse un moratón, como si hubiera golpeado en ella la cruz de una espada.

—Le acuchillaron traicioneramente —murmuró.

Luisa la miró extrañada.

—¿Cómo puedes saber algo así?

Su prima le mostró la evidencia de su razonamiento: la huella de dos puntos equidistantes, a sendos lados diestro y siniestro, acompañados de otros dos más pequeños arriba y abajo. El arma que habían utilizado para intentar matarle debía de ser única, a juzgar por la forma de su guarda, mas no le resultaba del todo ajena... ¿Dónde la había visto antes? Ensimismada en sus reflexiones, no advirtió que Antonio, más débil por momentos, reclamaba su atención desde hacía un rato.

—Tranquilo, queda muy poco ya —murmuró Isabel, lavándose las manos de nuevo.

Con la ayuda de Catalina vertió cierta cantidad de miel sobre uno de los lienzos que habrían de servir de improvisado vendaje, cubrió las dos heridas con ella también, y procedió a ceñir su hombro y costado izquierdos con pericia y fuerza.

—Pedro Bravo..., tienes talento —musitó el caballero, por completo exhausto.

El rostro de Isabel se iluminó con el cumplido. Pimentel no era precisamente pródigo en halagos, menos aún con ella.

—Silencio, no hables —le ordenó con suavidad, al tiempo que le ofrecía un poco de vino con miel para que repusiera fuerzas.

Isabel mojó sus dedos y los colocó sobre los párpados y la frente de su compañero para comprobar su temperatura. Ardía.

—¿Qué hacemos ahora? —le preguntó Luisa, soltando la mano de Pimentel mientras miraba fijamente a su prima.

—Llevadme a casa y avisad cuanto antes al maestrescuela. Él

sabrá qué hacer —murmuró Pimentel, cerrando los ojos, vencido—. A esos asesinos no les resultará difícil seguir el rastro hasta aquí. Intentaron matarme, no se detendrán ante nada. Debo marchar o estaréis en peligro por mi culpa.

—No te preocupes ahora por eso. Descansa —ordenó Isabel.

Bastó una mirada de la Medrano para que sus criados adivinaran su intención: debían limpiar todas las huellas de la presencia del caballero allí, y con prontitud. Mientras desaparecían de la cocina, Antonio rogó que le devolvieran sus ropas. Isabel negó con la cabeza, mostrándole el jubón desgarrado por las prisas, roto por la espada.

—Te debo la vida, aunque te cobraré el jubón —murmuró en voz baja.

La muchacha acarició su rostro en un gesto de cariño que hasta a ella la sorprendió. Especialmente cuando su compañero entrelazó sus dedos con afecto. Se estremeció, cada vez más incómoda.

—Prima, busca una camisa y uno de los jubones de tu padre —rogó a Luisa, que abandonó la cocina para regresar al poco tiempo con el encargo.

Con la ayuda de Catalina vistieron al caballero. Apoyado en Isabel, sobreponiéndose al dolor, Antonio trataba de ponerse en pie cuando el perro de la casa comenzó a ladrar furioso, cual si en ello le fuera la vida.

—Señora, hay alguien en la puerta —le gritaron los dos criados que se ocupaban de cumplir sus órdenes, regresando a la cocina a la carrera para advertir a su ama.

En la calle se había formado un pequeño tumulto, justo delante de su casa. Alguien golpeó con violencia las puertas. Machaconamente, una y otra vez. Una voz ronca, fuerte, segura de su poder, rompía la noche con un grito siniestro:

—¡Abrid paso al Santo Oficio!

23
LOS PERROS DE DIOS

—¡Escondeos en el establo! ¡Vamos! ¡De prisa, abandonad la cocina! —ordenó Luisa, empujando a su prima.

Catalina e Isabel sacaron fuerzas de flaqueza para ayudar a su amigo, mientras la dueña de la casa y sus otros dos criados aderezaban el lugar, como si nunca hubiera acontecido otra circunstancia esa noche que una cena tardía.

Antonio era demasiado corpulento para ellas. Aun así, consiguieron sostenerle mientras cruzaban el patio de la casa, directos hacia las cuadras, que se encontraban al otro extremo del mismo, aunque cercanas. Catalina abrió la puerta como pudo. Con cuidado los guió hasta uno de los montones de paja limpia que se almacenaban allí.

—Vete —le rogó Isabel, abrazando la cintura de Antonio.

Catalina dejó la puerta entreabierta. Así podrían escuchar sin ser vistos. Se despidió con un gesto, desapareciendo en la noche. La muchacha y su compañero se derrumbaron sobre la paja, aunque la peor parte correspondió a la joven, pues sobre su cuerpo se desplomó Pimentel. Mullido colchón para el herido, incómoda realidad para Isabel, quien nunca hasta entonces había sentido el peso de un varón sobre ella, menos el de alguien por quien sentía más que amistad. Como pudo, se deshizo de aquella carga por tantas razones molesta y se incorporó del suelo.

Antonio iba a protestar por el trato cuando oyeron cómo se corría la tranca para abrir la puerta. En el patio empedrado de la casa varias picas golpearon el suelo. Ambos conocían el sonido: precedía a la autoridad del corregidor, el maestrescuela... o el Santo Oficio. Pimentel intentó llevar su mano a la vaina de la espada. Tarea vana, pues había perdido el arma en el duelo, pero que le arrancó un gemido de dolor, por fortuna oculto por el oportuno relincho del caballo.

—¡Idiota! ¿Quieres que nos descubran? —riñó la mujer.

—Me buscan a mí, no a vosotros. Déjame salir, Pedro, te lo ruego —explicó Pimentel, tratando de incorporarse.

Isabel le miró de arriba abajo, asombrada. Para entonces Antonio ya había conseguido acomodar su espalda en una de las paredes de la cuadra, con el apoyo de su brazo izquierdo. De pronto, el caballero clavó su mano zurda en el hombro de la muchacha, para conseguir ponerse en pie y ella, sin poder evitarlo, dobló las rodillas por el peso: de nuevo los dos cayeron sobre la paja, aunque en esta oportunidad correspondió a Pimentel la peor parte. El tormento le arrancó un ronco grito, coreado por el relincho del caballo que trataba de dormir en la cuadra.

Isabel no podía permitir que una torpeza más los delatara. Mucho estaba en juego, especialmente para ella si la descubrían allí y en esas condiciones: fingiendo ser un joven estudiante de Medicina. Un delito agravado por su propia identidad. Si el inquisidor Ruiz del Monte descubría quién se ocultaba bajo el nombre de Pedro Bravo, su destino sería el convento, o aún peor.

Antonio seguía retorciéndose, sin dejar de renegar contra cielos e infiernos en voz no demasiado baja.

—¡Cállate, te lo ruego! —insistió ella, desesperada.

—Dame tu jubón, no puedo salir así vestido, se descubriría todo. Vamos, desnúdate, pronto.

Pimentel trató de alcanzar sus ropas. Isabel se retiró alarmada.

—¡Ni te atrevas a tocarme!

—Venga, no eres el primer hombre que veo desnudo.

Antonio se incorporó lo suficiente para que sus manos se cruzaran en el aire: la del caballero intentando apoyarse en el pecho de ella, la suya rechazando el contacto. Hasta que no se le ocurrió otra forma de apartarlo que propinar a Pimentel un puñetazo que le derrumbó sobre la paja. Por fin dejó de moverse. Alarmada, Isabel se abalanzó sobre él, acarició su rostro. Nada, ni siquiera un gesto. Las heridas del hombro y el costado volvieron a sangrar.

—Dios mío, no... Antonio, despierta, por favor, te lo ruego. Lo siento, lo siento mucho...

Desesperada, se abrazó a él y le cubrió de besos. Los ojos de Pimentel se dilataron con horror al sentir el contacto.

—Pero ¿cómo te atreves? —masculló con dificultad.

Como pudo, Antonio empujó a su compañero. Al colocar su única mano útil sobre el pecho de Pedro Bravo, notó sus formas suaves, ocultas siempre por las ropas.

—¡Por todos los santos del Cielo, eres una mujer! —exclamó en voz baja, alejando sus dedos, cual si quemaran.

La muchacha sonrió, liberada de tan gran carga, y asintió con la cabeza. Sin pensarlo dos veces, Pimentel le devolvió el puñetazo con la izquierda, resumen de todo el cúmulo de extrañas sensaciones que se abrían paso en él: miedo, ira, perplejidad. Isabel se palpó la mejilla al tiempo que su amigo blasfemaba por el dolor.

—¡Animal! Debería haberte dejado en la calle, tirado como un perro...

—¡Ah! ¿Que no te basta con haberme tratado como a tal?

—¡Acabo de salvarte la vida, bruto desagradecido!

—¡Pues haberme dejado morir, puta mentirosa! —masculló Antonio, dispuesto a golpearla de nuevo si fuera necesario.

—Si vuelves a tocarme, gritaré —le amenazó.

A la cabeza de Isabel acudieron cientos de adjetivos despreciables con los que calificar a esa terca bestia. Pimentel cerró los ojos, tratando de calmarse, porque en aquel instante la estrangularía con sumo placer. Durante meses le había vuelto loco, hasta el punto de dudar de su propia hombría, atraído sin poder remediarlo por quien consideraba un joven bachiller llegado de Italia. ¿Cómo infiernos había conseguido engañarle? Se preciaba de conocer a las hembras, tanto a las encopetadas como a las que mostraban picos pardos bajo las vestiduras, pero aquella chica...

Desde el momento en que apareció en su vida algo le había extrañado en ella, como si ocultara más de lo que mostraba, aunque ¿a quién no le ocurría lo mismo en aquella bendita ciudad? Más tranquilo, Antonio acercó el rostro de su compañera al suyo. Escudriñó sus ojos, buscando allí una respuesta, mas solo encontró una mirada limpia. Todos sus recelos desaparecieron. Volvió el dolor intenso, real, latiendo en su hombro y costado, recordándole que cada instante que robaba al tiempo, más cerca podría encontrarse de la muerte. Decidió no malgastarlo. Ahora que había descubierto su verdadera identidad, no tenía por qué avergonzarse de sus sentimientos.

—Ni siquiera conozco tu verdadero nombre.

La muchacha apartó la cabeza. Por primera vez, la tensión afloró en sus lágrimas, sin que pudiera evitarlo, sobrepasada por todo lo ocurrido. Se derrumbó. En una sola jornada había robado, tentado a la muerte, salvado al hombre que amaba y ahora estaba allí, junto a él, sin saber siquiera si antes de que acabara el día continuarían vivos o no.

—Me llamo Isabel de Vargas, soy prima de Luisa de Medrano —contestó llorando, en voz muy baja.

—¿Por qué apartas la mirada?

—Me avergüenzo del engaño. No lo mereces, Antonio.

—Tal vez sí.

—¿A qué te refieres?

—Un buen día te metiste en mi vida sin pedir permiso y ahora no sé cómo sacarte de ella... o si lo deseo. He pegado a una mujer. Soy un cobarde —reconoció él, acariciando sus facciones.

El puñetazo había magullado la piel de la joven, que comenzaba a hincharse por momentos. Con suavidad, Isabel apartó la mano de Antonio.

—Quiero que conozcas la razón. Vine aquí huyendo de...

Pimentel colocó sus dedos sobre los labios de la muchacha.

—No tienes que darme explicaciones.

—Pero quiero hacerlo.

—No.

—Entenderías por qué...

—Calla —ordenó Antonio, besándola con tal dulzura que Isabel se dejó llevar, olvidando el peligro que los rodeaba.

En el otro extremo del patio, Luisa de Medrano se enfrentaba por ellos a la realidad. Flanqueada por sus criados, recibió cortés a su inesperada visita. La luz de los candiles que portaban iluminó los rostros de los tres alguaciles y de los dominicos Ruiz del Monte y San Emiliano, cuyas facciones, quizá por el contraste de las sombras, tal vez porque la noche descubría la verdad que se ocultaba en las almas, parecían propias de las estatuas que decoraban los tímpanos de la vieja catedral de Salamanca, en las que el artista había reflejado el juicio de Dios a las almas. Aquellas caras que ahora la observaban amenazantes semejaban las de los diablos que, con sus fauces abiertas, aguardaban hincar sus garras sobre la piel del inocente.

—Díganme vuesas paternidades: ¿a qué debo el honor de esta inesperada visita? —demandó Luisa, cortés aunque seca.

Ruiz del Monte la señaló con el índice.

—Pecadora, ¡bien lo sabes! —le espetó.

La Medrano se rió. Aquellas palabras estúpidas no le causaban daño alguno. Desde que el maestro Nebrija la eligiera para ocupar su cátedra durante su ausencia, solían repetirlas, más o menos alteradas, casi todos los energúmenos que poblaban el aula en la que impartía docencia, aunque, en esos casos, el resto de los estudiantes los obligaban a callar a gritos, para disfrutar de sus enseñanzas. Luisa dudó que cualquier cosa que saliera de sus labios pudiera alterar la imagen de Eva que ambos dominicos, especialmente el calvo, se habían formado desde que la conocieron.

—Os he abierto las puertas en respeto a vuestra calidad religiosa, aunque a lo que parece habéis errado el camino, señor visitador real, ilustre compañía. La taberna de las Ocho Beatitudes se aleja de mi morada, al igual que las restantes mancebías. Si buscáis mujeres perdidas, allí encontraréis suficientes —ironizó—. Pero esta es una casa cristiana y a nadie, ni siquiera a vos, le consiento que mancille mi honor dirigiéndose a mi persona con tales calificativos. Y ahora, si no exponéis vuestra causa, ¡abandonad en el acto mi hogar!

Ruiz del Monte se tragó la ira apretando sus puños contra los costados. Aquella mujer tenía toda la razón: se había excedido.

—*Doña Luisa* —pronunció su nombre sin evitar el odio—, disculpad nuestra presencia si os ofende, mas es necesaria. Ha habido un altercado entre estudiantes hace poco más de una hora. Como supongo que sabéis, ayer, en la capilla de Santa Bárbara de la catedral, el bachiller Ochate alcanzó por fin a licenciarse. Hoy celebraba su graduación conforme a las viejas costumbres. Pintaban sus compañeros el tradicional víctor con sangre de toro cuando, cerca de nuestro convento de San Esteban, se vieron sorprendidos por un grupo de truhanes que buscaban pendencia.

—Lejos de vuestra residencia os halláis ahora —se burló la Medrano.

Fray Álvaro de San Emiliano asintió en silencio. Ruiz del Monte prosiguió sin inmutarse su descripción de los hechos.

—Ochate fue acuchillado por alguno de esos miserables. Los suyos tiraron de espada y pronto se trabó una pelea tal que hubieron de intervenir los alguaciles de la ciudad que patrullaban las calles. Ante los gritos, bajamos con algunos hermanos legos para separar a esos bárbaros y atender a los heridos. Allí nos encontramos con el pobre licenciado, que agonizaba.

—¡Qué horror! —se estremeció Luisa.

—Los alguaciles aquí presentes persiguieron a sus asesinos un buen trecho, hasta llegar a la calle Palombino. Allí los perdieron un instante, hasta que el ruido de las espadas volvió a delatar su presencia. Pudieron ver cómo cinco embozados rodeaban a un caballero. Resistió valiente, pero al fin cayó atravesado por varias estocadas. Solo nuestra llegada y la intervención de estos oficiales acabó con la pendencia, mas, cuando estábamos próximos al herido para atenderle, este se alzó del suelo y la noche se lo tragó. Seguimos su rastro hasta la Puerta del Sol, de ahí hasta la rúa de San Martín, donde nos encontramos ahora. Algunos vecinos nos advirtieron que vieron entrar a un hombre en vuestra casa no ha mucho tiempo. Luisa, si protegéis a ese caballero, decidle que la justicia aguarda para presentarlo ante el corregidor o responded vos por él, ya que parece que a este lugar acuden con demasiada frecuencia varones que acaban con sus huesos en el cementerio, como el pobre fray Bartolomé o el sobrino del almirante de Castilla. Negros negocios os traéis, mujer. Algún día lograré demostrarlo. Ahora, ¡os exijo que nos lo entreguéis o comenzaremos a registrar esta casa!

El tono de la conversación había subido hasta el extremo de convertir en claras las palabras que unos y otra se cruzaban, audibles desde el establo. Antonio rogó a Isabel que le dejara salir para presentarse ante ellos. Los dos eran conscientes de que debían acudir en ayuda de Luisa, arrinconada por la autoridad de aquellos miserables amparados en el nombre del rey y el Santo Oficio.

—Isabel, quédate aquí o te matarán —advirtió el caballero al ver a su compañera alzarse del suelo y limpiar sus ropas de paja.

—Dudas de Isabel de Vargas, ¿dudarías también del bachiller Bravo?

La muchacha le sonrió mientras ensillaba el caballo y le colocaba el bocado. Antes de salir, besó dulcemente a Antonio.

—Tranquilo. Para todos soy simplemente Pedro Bravo, bachiller Pimentel. No lo olvides.

—No lo olvido —musitó Antonio.

La joven abrió por completo la puerta, avanzó unos pasos, guiando al animal, y delató su presencia alto y claro.

—¿Cómo os atrevéis? —les gritó.

Los alguaciles se giraron hacia el lugar del que procedía: los establos. Sin inmutarse, Isabel caminó hacia ellos. De su diestra pendían las riendas del caballo, la izquierda se apoyaba en la cruz de su espada, desafiante. Ruiz del Monte se acercó a quien le arrebataba la pieza antes de concluir la caza. La muchacha no pudo evitar que su corazón se desbocara de miedo. Aun así, resistió su proximidad hasta la náusea.

—Tratad también conmigo vuestros asuntos, porque mi pariente, doña Luisa de Medrano, jamás se encontrará desamparada mientras yo esté aquí y pueda defenderla —les advirtió suavemente.

—Cuidado, joven, podéis arrepentiros de vuestro atrevimiento —amenazó el dominico.

—También vuesa paternidad, fray Juan. Os recuerdo que mi

tío sirve a Dios en Roma, tan cerca del Santo Padre como ahora vos y yo nos encontramos —respondió sin alzar la voz, sirviéndose de la mentira que Luisa se inventara para matricularla en la universidad—. Mientras ensillaba mi caballo para regresar a casa, he creído escuchar desde la cuadra que alguno de vuestros informadores os ha advertido de mi presencia aquí. Pero creo que se han equivocado en lo demás, pues no he participado en mayor pendencia esta noche que en consultar con mi prima algunos latines del *Liber Simplicis Medicinae,* de santa Hildegarda de Bingen. No creo que tal obra, de tan beata mano nacida, sea objeto de vigilancia por el Santo Oficio.

—¿Podéis probarlo? —inquirió Ruiz del Monte.

—¿Necesito hacerlo?

Fray Juan frunció el ceño. Le costó contestar con un «no».

—Está bien —aceptó derrotado—. Doña Luisa, os presento mis excusas. Joven bachiller, no escondáis vuestra espada esta noche si regresáis a la casa de Pimentel. Los demonios aguardan en las callejas. Vigilad vuestra espalda y que os acompañen nuestras oraciones. Recibid nuestra bendición.

Los dominicos abandonaron la residencia de Luisa escoltados por los tres alguaciles. Dejaron la puerta entreabierta, cual si aguardaran a capturar al estudiante apenas abandonara su guarida, y se marcharon en dirección a la iglesia de San Benito, siguiendo el rastro de algunos cánticos de borrachos. Luisa se abrazó a su prima mientras Catalina se aseguraba de cerrar bien la puerta y uno de los dos criados restantes, de correr la tranca y comprobarla. Incluso el perro se acomodó a los pies de la dueña de la casa, para tranquilizarla con su presencia. Ningún mal volvería a adentrarse allí esa noche.

—Ya se marcharon y no volverán —la tranquilizó Isabel, pasando su brazo diestro sobre los hombros de su pariente y besando sus cabellos con sincero afecto.

—Rezo a Dios para que así sea.

Isabel y Luisa se miraron en silencio, hasta que la Vargas tomó las riendas también de ese incómodo asunto.

—Luisa, sube a tu estancia y asegúrate de guardar bien el arca y el mapa que dejamos junto a tu lecho. Comprueba desde la ventana que la calle esté despejada de amenaza. Uno de vosotros dos —señaló a los criados—, que corra a avisar al maestrescuela en cuanto nos hayamos ido de aquí. Que cuando amanezca acuda con presteza a casa de Pimentel. Prima, no le digas a Del Palacio nada de lo que hemos encontrado en la biblioteca y en el mesón. Mañana, que uno de tus servidores lleve ambos apenas amanezca al palacio de Antonio. Si el maestrescuela insistiera en saber más antes de hablar con nosotros, te ruego, Luisa, que guardes en secreto la existencia del arca.

—Mi señora, ¿qué hacemos con don Antonio? —quiso saber uno de sus criados.

—Id a buscarle a los establos.

—No será necesario —comentó una voz a sus espaldas.

Pimentel caminaba hacia ellos desde la cuadra. Por algún milagro inexplicable todavía se mantenía en pie, aunque, apenas avanzó unos pocos pasos más, cayó de rodillas. Isabel y Luisa corrieron a su lado antes de que se desplomara por completo. Sostenido por los criados, se acercó al caballo.

—No sé si lo conseguiré —musitó, acariciando la piel del animal.

Isabel le ofreció su hombro para que se ayudara a subir. Pimentel lo rechazó. Tras varios intentos consiguió acomodarse en la silla. De un salto ágil, la muchacha montó a su espalda y tomó las riendas. Antonio dejó que acomodara los pies en los estribos para gobernar al animal y cargó su peso sobre el arzón delantero.

—Vamos, apóyate en mí —le susurró esta al oído, golpeando con suavidad los costados del caballo.

—¿En Pedro Bravo? —bromeó él cuando cruzaron el portalón de entrada.

El frescor de la noche los devolvió a la realidad. Ni él era un pendenciero, ni ella un estudiante de Bolonia. Por primera vez Antonio sintió que recuperaba la esencia de lo que siempre había sido, un caballero, y ella, la seguridad perdida hacía meses: su condición de mujer.

—No —respondió la muchacha—. Hazlo en quien no te dejará caer: Isabel de Vargas.

24
DE DICENDI ELEGANTIA

Luisa de Medrano subió los escalones que separaban el suelo de la tarima. Como cada mañana recorrió con la mirada el aula de diestra a siniestra. Hora prima, comenzaba una nueva lección desde una cátedra, la de Retórica, que no le pertenecía, y a unos pillastres que, salvo honrosas excepciones, buscaban medrar y no saber. Vestiduras largas, oscuras, muchos bonetes, alguna capa y sombrero, demasiados hábitos de candidato a predicador... ninguna mujer.

Seis filas dobles de bancos, prietos de casi un centenar de estudiantes madrugadores, que habían copado los mejores lugares para tomar apuntes de sus lecciones, constituían el núcleo central del aula. El resto de los oyentes, hasta el número de quince más, se acomodaban en los poyetes de las paredes o en el suelo, ya en cuclillas, ya colocadas las posaderas sobre los cartapacios o los libros que portaban amarrados a cintas, para simular interés donde solo se escondía aburrimiento. Todos ellos buscaban los mismos objetivos: superar la asignatura y descubrir en el camino el aguante de una mujer.

Solían estos últimos proceder de nobles estirpes, algunas advenedizas, otras perdidas en el ramaje genealógico del lejano parentesco, los más segundones, de títulos del reino. Como el pobre Fadrique, que acostumbraba a asistir a sus clases siempre con una sonrisa en los labios. Recordó un viejo poema árabe con el que siempre la requebraba de amores:

Ahora estamos lejos,
el uno del otro.
Mi corazón se ha secado,
pero las lágrimas siguen fluyendo.

Echándote de menos,
mis días se han vuelto oscuros.
Cuando estaba contigo,
incluso mis noches eran blancas.

Aunque nunca hemos pasado
esa noche juntos,
con ninguna otra presencia tercera
nos salvaría de ser dos hechos uno.

Una noche nuestra estrella afortunada
creó lazos espirituales,
delató al que nos espiaba,
y le obligó a volver los ojos.

Fuimos dos secretos,
sostenidos por el corazón de la oscuridad,
hasta que la lengua del amanecer
amenazó con delatarnos.

«Dos secretos», repitió en voz baja comiéndose las lágrimas mientras algunos de los presentes protestaban, cansados de la espera. Luisa estaba acostumbrada a las pataletas con las que los estudiantes manifestaban su descontento, también a los piropos a su calidad docente. En una ocasión propusieron sacarla en volandas y mostrarla por las calles, orgullosos de su sabiduría. En otras, el duelo con alguno de los clérigos presentes se endurecía hasta el punto de obligarla a cerrar los puños de ira y contener su pensamiento. Especialmente cuando le recordaban el lugar que en el mundo real ocupaban las mujeres decentes...

Tomó aire, se encomendó a san Gabriel, y alzó la mano derecha para anunciarles el comienzo de la clase. La mayoría guardó silencio respetuoso, pero no faltaron los cuchicheos y las risas, especialmente entre las dos últimas filas. Abrió el libro de Fernando de Manzanares, *Flores rhetorici*, eligió una página, la leyó despacio para que fuera comprensible a todos, y cuando hubo terminado, estructuró en su mente su explicación antes de arrancarla en un latín digno del mismo Cicerón, aunque su foro, lejos del romano, pareciera propio de convento asediado por tunantes.

—Desde los tiempos del profesor Bartolomeo Sanzio da Fermo, que ocupó esta misma cátedra hace más de veinte años, todos los que nos hemos dirigido a vuesas mercedes hemos recorrido el saber de los maestros griegos y latinos, Aristóteles, Cicerón, Quintiliano, Demóstenes, pilares de la ciencia que os permitirá alcanzar el corazón de los hombres y, desde esa diana, el centro de sus almas. Gracias a su magisterio conocéis las técnicas del razonamiento, la argumentación y la oratoria. Cinco son las partes que componen la retórica: invención, disposición, elocución, memoria y acción; seis las del discurso: exordio, en el que se capta la benevolencia del auditorio, exposición de los hechos, postura que se va a tomar, argumentaciones a favor y en contra y, por último, después de resumir lo anterior, la llamada a las emociones del auditorio. Mas yo os digo que la verdadera eficacia del mensaje parte del convencimiento primero, pues solo aquello que dura sólido durante siglos, firme en su verdad, procede de Dios y no requiere otro argumento que su divino origen, restando al hombre la lealtad a sus propios credos éticos.

»San León Magno, Papa de Roma, nos enseñó con su verbo que la palabra frena la ira, corrige el error y encauza hasta los ánimos más volubles, como aconteció con Atila, rey de los hunos, que levantó el asedio de la ciudad del Tíber convencido de la razón del mensaje de este Santo Padre. Las artes de la retórica, según Aristóteles, deben prescindir del sentimiento, pues no sirve en el camino hacia el argumento, en el que debe pesar el razonamiento lógico. Lo irracional conduce a la cólera, la exaltación y el embrutecimiento, encallece el corazón antes de convertirlo en roca que solo se rompe con la fuerza de las armas o los elementos. Yo afirmo, en cambio, que la compasión, el sentimiento —repitió—, anima al hombre a comprender al hombre, a entender sus razones, a definirlas como paso previo a la corrección. Si deseáis serviros de la oratoria desde un púlpito, o en un juicio, entended que solo quien asume como propios los pensamientos ajenos y los respeta consigue cambiar suave el curso de las aguas del mundo con su mensaje.

Algunos abucheos entre los pupitres de los clérigos y de los alumnos de Colegio Mayor vinculados a la Iglesia cortaron su docencia. Formaba parte el reproche del paso previo al inicio del debate entre los estudiantes y su maestro, disputa académica que anunciaba el último tramo de la clase antes de la conciliación de las opiniones contrapuestas con que se cerraban las enseñanzas. A la salida, aquellos más discretos que desearan consultar sus dudas con ella bien podrían hacerlo bajo la estrecha vigilancia de alguno de los bedeles, que no solo cumplían con su deber de vigilar la exactitud en la guarda de los horarios o las faltas de asistencia de los docentes, sino, en su caso concreto, el respeto debido a esas santas aulas donde ahora, por obra y gracia de Nebrija, impartía clase una mujer, circunstancia que incomodaba a la mayoría a pesar de que su aula era una de las más pobladas de la Universidad de Salamanca y su nombre se pronunciara con respeto entre los estudiantes.

Luisa no deseaba en aquella ocasión responder a las cuestiones que requerían mayor explicación que la expuesta, cansada de argumentar con razones lo que la sola lógica explicaba. No era su propósito desbrozar mentes obtusas, sino intentar convencerlas de que en el respeto a la diferencia radicaba el verdadero amor de Dios. Descendía de la tarima con el libro de Manzanares apretado contra su pecho cuando el maestrescuela le cortó el paso. Aplaudía con cierta sorna.

—Bravo, hija. Sorprendentemente, una vez más, no he tenido que arrancarte de las garras de estos desalmados de pensamiento de buey.

—Doctor Del Palacio, no os vi llegar —se sorprendió la Medrano.

Su interlocutor se echó a reír, alzando los brazos.

—No creo que mi presencia pase desapercibida entre tanto cencerro de bonete y dudosa limpieza. Ni siquiera estas negras ropas disimulan una figura que en nada se asemeja a las apolíneas formas que ocultan esos hábitos de aprendices de frailes —se burló con sorna, señalando las panzas bien alimentadas y los escasos dientes de muchos estudiantes de Colegio Mayor.

Luisa se ruborizó. Jamás había considerado a sus alumnos como hombres, aunque tal apreciación pudiera sorprenderla incluso a ella. Caminaron juntos hacia la puerta del aula. Con un gesto, el maestrescuela espantó a los moscones que esperaban junto a las columnas, guardando el poste para preguntarle algunas dudas. Desde el patio del claustro del Estudio salieron a la calle, donde aguardaba la criada de la mujer para escoltarla hasta su casa, guardiana de las buenas costumbres. Del Palacio ordenó a las dos que le siguieran hasta la residencia de Antonio Pimentel. Durante el recorrido, Luisa prefirió ponerle al corriente de los sucesos de la noche anterior con el caballero, antes que centrarse en lo descubierto por su prima y por él, aunque no le habló del arca, pues para eso ya habría tiempo. Conforme avanzaba en la explicación, el rostro del maestrescuela enrojecía de ira.

—Ese maldito estúpido —masculló—. Cuántas veces le he advertido que sus pendencias podían costarle la vida. Dime, Luisa, ¿sus heridas son graves?

La Medrano asintió con la cabeza. A lo lejos, el campanario de la iglesia de San Julián anunciaba la proximidad de su destino.

—¿Quién se ocupó de atenderle?

—Mi... —Luisa se detuvo cuando la palabra *prima* asomaba entre sus labios— pariente, el bachiller Pedro Bravo.

Del Palacio sonrió burlón.

—¿Y todavía vive?

La Medrano se encogió de hombros mientras golpeaba con la aldaba la puerta de un palacio.

—Ahora mismo lo descubriremos. Hemos llegado.

Cual si de la mismísima Cueva del Diablo se tratara, la puerta se abrió con tal sigilo que apenas intuyeron el gesto de la sombra que les cedía el paso al interior. Oculto por una de las jambas de roble, uno de los criados de Pimentel esperaba para acompañarlos.

A pesar de sus años de amistad, aquella era la primera ocasión en la que el maestrescuela pisaba el hogar de Antonio. No dejó de sorprenderle la amplitud del patio de columnas de mármol blanco, rematadas en capiteles figurados, que marcaban el perímetro del linaje de su propietario, pues en cada uno de ellos constaba un escudo con las armas de alguno de los antepasados de Pimentel. Las pandas del claustro, empedradas con un dibujo zigzagueado, conducían hasta las estancias inferiores, de servicio, sobre cuyas paredes encaladas apoyaban diversos enseres cotidianos amén de colgar algún que otro jamón y longaniza ahumada. Completaban el cuadro las escaleras principales y el portalón que daba acceso al vergel, con pozo en el centro, en uno de cuyos extremos se guardaban los animales en unas cuadras de cierta amplitud.

Precedidos del criado, ascendieron los escalones de buena piedra apoyados en el pasamanos de madera noble, semejante a la de los alfarjes en los que pintaban la heráldica de los Pimentel y Quiñones del viejo conde de Benavente, abuelo de Antonio. Por el camino se cruzaron con dos de los estudiantes que compartían refugio con su anfitrión, y que corrieron a recluirse en sus cuartos apenas vieron aparecer el rostro del maestrescuela.

—Aquí es —señaló el sirviente—. Esperaré fuera. Mi señor así lo ha ordenado.

Del Palacio abrió la puerta con decisión. La estancia olía a leña, prendida en la chimenea que calentaba el cuarto, no demasiado lejos de una mesa de regular tamaño sobre la que apoyaban un candil de aceite apagado y algunos objetos de escritorio, así como varios libros de colocación descuidada. Un arca de considerables dimensiones, sobre la que reposaba una jofaina y una palangana, y un armario completaban el mobiliario junto con una cama con dosel de madera trabajado con finura de artista, en la que descansaba acostado Antonio, con los ojos cerrados, sostenida su diestra por Isabel, que no se había movido de aquel sitio desde la madrugada. Al oírlos llegar, se alzó del borde del lecho. Pimentel no se despertó.

—Maestrescuela, pasad —invitó la muchacha.

Del Palacio ocupó su lugar no sin antes ordenarle que le trajera el instrumental del propio Antonio y que abriera la ventana del cuarto para airearlo un poco. La luz se abrió paso con mayor fuerza.

—No es bueno tanto calor para un enfermo —explicó a la joven cuando volvió con su recado.

El maestrescuela apartó las sábanas para ocuparse de Antonio. Desnudo el torso, tan solo las vendas que ceñían su hombro y costado protegían su cuerpo, ambas manchadas de sangre seca. Del Palacio solicitó que le acercara unas tijeras y la jofaina con agua, así como la palangana. Con delicadeza, procedió a cortar los lienzos. Libres de la presión, las heridas se mostraron algo amoratadas, de bordes cosidos con cierta maestría, pero no con toda la deseable para tan complejo menester. Aun así servirían.

—Te felicito, hijo. Has hecho un buen trabajo. Ahora hemos de cubrirlas con un poco de miel antes de volver a vendarlas. Cuando despierte, Antonio deberá comer lo que pueda. No le forcéis. Tendremos que esperar un par de días para comprobar si mejora o debemos reabrir.

Como si la advertencia le arrancara del mundo de los muertos, Pimentel se despertó.

—¿Cómo te encuentras, insensato? —demandó Del Palacio con una sonrisa.

—No en el Paraíso, si vos estáis aquí —ironizó.

—De momento —advirtió el maestrescuela propinándole un suave cachete en la mejilla—. ¿Qué te pasó? Quiero saberlo todo desde el principio.

Antonio intentó recordar con precisión los sucesos de unas horas atrás. En su cabeza se mezclaban confusos los hechos por culpa de la fiebre, tal vez por ello las explicaciones se formaron difusas y de difícil comprensión para sus amigos.

—Pedro y yo visitamos la biblioteca y más tarde acudimos al Mesón del Estudio.

—¿Por qué?

—Fadrique frecuentaba aquel lugar con cierta asiduidad. Así nos lo confirmó el propio Capador.

—Laurentino Fresno —corrigió el doctor Del Palacio.

—Como gustéis referiros a él. Después de entregarnos ciertas pertenencias del sobrino del almirante, nos invitó a sumarnos a su partida de rufianes porque se celebraba la licenciatura del maldito Ochate, a quien vuesa merced confirió un grado que sabe que me pertenece con más mérito del que él exhibía.

Antonio le miró con cierto resentimiento. El maestrescuela agachó la cabeza. Ambos conocían de sobra las razones, para qué repetirlas una vez más.

—Ochate fue acuchillado por un grupo de estudiantes enemigos suyos. ¿Te contabas entre ellos?

—Desconocía tal noticia —se sorprendió Pimentel.

—Mientes. Estabas allí, ¿no es cierto?

Enfadado, molesto con la tácita acusación, Pimentel se irguió en el lecho. Al hacerlo, volvió a sangrar.

—¿Dudáis de mí?

—¿Acaso no debo?

Del Palacio quiso levantarse, pero la mano de Antonio le agarró con fuerza, más de la que esperaba en un hombre malherido.

—Juro que dejé a Fresno poco después de que mi compañero abandonara el mesón. Si me quedé allí más tiempo del necesario, únicamente fue para sonsacarle más datos, no para formar parte de su cuadrilla de matones —le recriminó—. Volvía a mi casa cuando cinco desconocidos me rodearon.

—¿Desconocidos?

Por el pecho del caballero comenzaron a resbalar algunas gotas de sangre. Sudaba por el esfuerzo, tanto que Isabel se asustó, pues conocía lo suficiente a su compañero para saber que la ira empezaba a dominarle y, en esas condiciones, no valoraría la autoridad que representaba su huésped, ni su propia situación, lo que generalmente le reportaba más de un problema. Quiso mediar entre ellos, pero él la cortó con un gesto que no admitía discusión: aquel duelo solo tenía dos protagonistas, no admitiría un tercero, menos aún ella.

—Embozaban sus rostros, así que no pude distinguirlos. Sacaron las espadas, me defendí como pude. Cuando perdí mi arma, uno de ellos me atacó a traición, dejándome por muerto.

—Lo siento, no te creo —se reafirmó el maestrescuela.

Pimentel cerró los ojos. Que Del Palacio le cuestionara le dolía demasiado. Amaba a ese hombre como al padre que nunca conoció. Contaba quince años cuando falleció su viejo ayo y quedó solo. Entonces apareció en su vida el maestrescuela, un hombre capaz de sacar lo mejor de un muchacho con demasiado rencor hacia la vida y escasas ganas de prolongar su estancia en ella. Supo domar su carácter, extraer su innata capacidad para el estudio, ilusionarle con un mundo nuevo en el que todas las puertas se abrirían para él, si sabía aprovechar las oportunidades que la universidad le ofrecía.

En un tiempo sorprendentemente breve Antonio alcanzó el grado de bachiller en leyes, luego en Medicina. Quiso licenciarse y se dedicó a ello en cuerpo y alma. Cuando llegó la ocasión de hacerlo también arribaron las excusas, las evasivas, y el talento de aquel joven extraordinario se desdibujó una vez más bajo la mancha de un nacimiento ilegítimo que le arrastraba al infierno del que había intentado escapar.

Y se dejó atrapar de nuevo por las sombras, coqueteó con la muerte, se rió de la fortuna, golpe a golpe se dejó vencer por la oscuridad... Hasta que llegó Isabel, capaz en unos meses de restañar el alma de un hombre abandonado a su suerte por todos aquellos que hubieron de amarle: su madre, su abuelo, Del Palacio... «También tú te irás de mi lado algún día», se hirió a sí mismo Antonio, mirando a su compañera. Nunca su soledad le había causado tanto dolor como entonces.

—Espero una contestación —le devolvió a la realidad el maestrescuela.

—Doctor Del Palacio, ¿después de tantos años me consideráis capaz de asesinar a un pobre desgraciado solo por envidia?

Más que nunca Pimentel necesitaba una respuesta. El maestrescuela esquivó su mirada antes de contestarle con un escueto «no». Antonio supo que le mentía y no pudo evitar que sus ojos se humedecieran, por más que trató de evitarlo apretando los puños.

—Creí que me conocíais mejor.

Aunque tarde, Del Palacio advirtió su torpeza y trató de enmendar su error. Verdaderamente apreciaba al caballero.

—Y te conozco, bachiller Pimentel —sonrió a manera de excusa.

—No me llame así vuesa merced —murmuró dejándose caer sobre el lecho.

Al hacerlo, parte de la sutura del hombro se soltó por la presión, reabriendo la carne. Vencido por el dolor, Pimentel dejó de luchar.

—Para vos, para todos, solo soy Antonio el Bastardo.

—¡Cállense los dos! —les gritó Isabel de Vargas, golpeando con violencia el dosel de la cama—. Maestrescuela, os exijo una disculpa. Si hay aquí algún bastardo, ese sois vos, porque don Antonio Pimentel no merece el trato que le habéis dado, señor.

Del Palacio se sorprendió ante aquel ataque inesperado. Los ojos del supuesto Pedro Bravo despedían verdadero odio mientras hablaba. Aquel chico no estaba dispuesto a que nadie, ni siquiera él, cuestionara a su amigo. Con la diestra apoyada en el cinturón de la espada y la izquierda jugando con la guarda del arma, intuyó que el joven no dudaría en desenvainar. En su interior se alegró por Antonio. Verdaderamente había conseguido un auténtico amigo en aquel chico de aspecto débil, si este se arriesgaba a amenazar al segundo hombre más poderoso de la Universidad de Salamanca.

—Deja las amenazas, bachiller. Podrían costarte caras. No he cuestionado la veracidad de las respuestas de Pimentel, mas comprende que nos enfrentamos a unos hechos demasiado delicados para obviarlos. Si te he ofendido, Antonio, te presento mis excusas —contestó sincero—. Entiende, entended —corrigió sobre la marcha— que es mi deber la pesquisa. Hemos de hallar una explicación a estas muertes, especialmente a la de Fadrique Enríquez. En cuanto a ti, Pedro Bravo, olvidaré tus palabras, será lo mejor.

—Creo que hemos de tranquilizarnos todos —aconsejó Luisa, calmando las aguas revueltas.

—Como siempre, representas la cordura, mi querida niña. —Besó sus manos el maestrescuela—. Dejemos este desagradable asunto. Decidme, ¿qué más encontrasteis en la biblioteca? ¿Acaso un mapa?

Isabel se anticipó con una celeridad que no pasó inadvertida para el avezado Del Palacio.

—Vuestros espías os han informado bien —inquirió con una mueca de desagrado.

—Abandonad vuestras sospechas ahora, muchacho. No sabéis nada del asunto que os traéis entre manos —le reprendió.

Pimentel frunció el ceño. ¿A qué demonios se refería? Observó de soslayo a Del Palacio. Estaba nervioso, no podía disimularlo.

—Decídnoslo vos entonces —sonrió Isabel, ofreciéndole aquel pequeño tesoro dibujado en piel que guardaban escondido en la misma estancia donde se encontraban en aquel momento.

El maestrescuela desdobló el mapa, estudiándolo con detenimiento. Pálido, se volvió hacia ellos mostrándoselo. Señaló una parte con el índice de la mano diestra.

—Mirad esta inscripción en árabe y esta otra en latín: no es una copia, sino el verdadero original. Quien lo realizó conocía el viejo mapa del geógrafo musulmán Al Juarizmi, el que corrigió Henricus Martellus, y también partía de los conocimientos del atlas perdido de Cresques que se custodiaba en Sagres y más tarde en Lisboa —les explicó excitado.

Antonio e Isabel cruzaron sus miradas. Desconocían la importancia de aquella cartografía antigua. Antes de que abrieran la boca para intervenir, Luisa de Medrano se arrojó sobre el pergamino, repentinamente interesada en el hallazgo.

—Bartolomé me habló de él en numerosas ocasiones —comentó—. Decía que mostraba los perfiles de nuevas tierras al otro extremo del Mar de las Tinieblas, que algunos marinos afirmaban que el almirante Colón se sirvió de ciertos mapas antiguos para sus viajes, que conocía dónde encontrar tierra. ¿Era en este pergamino en el que estaba trabajando cuando...?

Ante el silencio del maestrescuela, fue Isabel quien asintió apenas con un gesto de cabeza. Casi podía ver cómo el hilo del razonamiento iba avanzando paso tras paso en la mente de Luisa de Medrano.

—Pero si este era el pergamino de fray Bartolomé y me dijiste que fue Fadrique quien lo mandó copiar al estacionario, entonces... ¿Fue él quien...? —Luisa negaba con la cabeza, incapaz de terminar su discurso, de completar las palabras y dar forma a la peor de las sospechas—. No puede ser. Imposible. Fadrique nunca...

Isabel avanzó dos pasos y tomó sus manos.

—El estacionario Alarico nos aseguró que, según Fadrique, el pergamino era propiedad de otro estudiante. Jamás dijo que él... —Callaba lo que dijera Capador: callaba que según el de Campos, fue el sobrino del almirante de Castilla quien robó el arcón y desapareció en la noche. No juzgaría... aún. ¿Debía acaso creer más en las palabras de Laurentino Fresno que en la intuición de Luisa de Medrano?—. No sabemos de dónde procedía este pergamino, primo. Quizá sea...

El maestrescuela suspiró y levantó sus ojos del papel para fijarlos en la ventana del cuartucho.

—El que ahora tenéis en vuestras manos desapareció de Portugal poco después de su llegada a la corte de Lisboa —murmuró, ajeno en sus reflexiones a sus compañeros.

Isabel se arriesgó a intervenir.

—¿Cómo podéis saber eso, maestrescuela?

Por primera vez las facciones de Del Palacio se le antojaron distintas, más severas de lo habitual cuando le contestó:

—Porque muchos hombres buenos murieron por él cuando el rey de Portugal se enteró de su robo. Yo mismo me encontraba allí.

25
EL NÉCTAR DE TORO

Las huestes infernales galopaban libres por su cabeza, espoleadas por la resaca de una buena borrachera en pésima compañía, a juzgar por el revuelo de la estancia. Alarico de Dios yacía en el suelo, desmadejado, incapaz de levantar un brazo sin el permiso del otro, y este sin autorización divina, tanto le costaba coordinar los pensamientos. Deshilachados, cual si de una madeja suelta se tratase.

Con un auténtico esfuerzo de voluntad se dio la vuelta en el suelo. Boca arriba, abrió los ojos para comprobar que la simple luz que se filtraba por las ventanas hería con tanta maña como la espada del mejor punteador de Salamanca. Apartó la mirada hacia la izquierda. Cerca, a menos de media vara, una jarra volcada, pero aún madre de contenido suficiente para enmendar sus males, le invitaba a aferrarse a ella para salir de la penosa situación que arrastraba. Extendió la zurda, rozó con los dedos el asa, el barro se columpió en la madera del suelo hasta que la jarra accedió a caer presa en sus manos. Cerró los ojos, suspirando feliz. Pronto las últimas gotas del néctar de los campos de Toro se abrieron paso entre sus labios. Consistentes, peleonas pero firmes, camino del estómago y de la fragua de su organismo.

Apenas el calorcito del vino alcanzó diana, el reloj de su cabeza comenzó a funcionar, solventados todos sus males por obra y gracia del generoso Baco. Se incorporó con cautela, apoyado sobre ambas palmas primero, en el borde del lecho más tarde, sobre la pared que conducía hasta la puerta finalmente. Allí sus fuerzas se agotaron y resbaló hasta el suelo, viejo conocido, mientras la estancia daba vueltas y más vueltas hasta engullirle en sus giros despiadados.

El estacionario se juró no caer más en la tentación, prescindir de tal vicio. Una vieja cantinela conocida desde hacía años, gastada y manoseada cual si de su propia camisa vieja se tratase. Mientras se confesaba sus pecados y él mismo los absolvía, desde el otro lado de la puerta llegaron hasta sus oídos ruidos que delataban compañía inesperada... o, al menos, olvidada, visto el penoso estado en el que se encontraba, después de las últimas correrías nocturnas.

Dios se apiadó de él lo suficiente para que sus pies sostuvieran el peso de su gastado cuerpo. Primero un paso prudente, luego otro, el tercero decidido, le condujeron hasta la estancia en la que se amontonaban en columnas los libros. O al menos se amontonaban, pues varias de ellas aparecían derribadas y sus códices abiertos y hasta reventadas sus guardas.

Un tipo revolvía en aquel preciso instante entre los folios de un tratado que Alarico de Dios identificó rápido con la *Política* de Aristóteles. Cierto que no le agradaba especialmente el griego, pero aquella obra constituía la cima del pensamiento, el todo de una época, y ese canalla que le daba la espalda revolvía entre sus hojas con la osadía de quien arranca las plumas a una gallina muerta. Tarea supervisada por un compañero suyo, de grueso talle, no excesiva estatura y pose de rufián que comentaba sus actividades, alentándole a proseguir.

Lo que sus ojos contemplaban no correspondía a las actividades comunes de unos camaradas de armas de taberna, sino a algo bien distinto. El estacionario sacó pecho, dispuesto a descargar sobre tales tunantes la furia de los cielos, si necesario pareciera. Arremangó el jubón hasta donde pudo, que no fue demasiado dada su estrechez, comprobó que el puñal seguía envainado, lo extrajo decidido y, así envalentonado, les llamó la atención a gritos.

—¡Dejad las manos donde pueda verlas, ladrones! —exigió blandiendo la hoja mientras se dirigía a ellos.

Los dos hombres se volvieron. Uno ocultó el rostro en el manto, el otro, el más flaco, libre de prisiones anónimas. No lo reconoció.

—Si venís a robar, nada hay en mi humilde casa que os interese, así que marchad antes de que me arrepienta y reclame a voces ayuda.

El embozado avanzó hacia él. Sus pisadas sonaron recias sobre las tablas de madera. De un puntapié apartó uno de los libros que aguardaban eterno descanso en el suelo. Los ojos de Alarico se dilataron de miedo cuando el hombre se rió. Su voz le sonó demasiado familiar para obviar que si alguien así se encontraba ante él y actuaba con semejante libertad, manos poderosas le protegían o se había vuelto completamente loco.

—¡Atrás! —exigió el estacionario.

El ladrón ordenó a su compañero que abandonase su tarea para ayudarlo. Pronto Alarico se vio cercado y nada, ni siquiera el puñal con el que se defendía valiente hasta que le desarmaron, consiguió evitar que cayera preso de tales desalmados. El embozado recogió el arma del estacionario mientras su amigo le sujetaba firmemente contra la pared, apoyado el brazo diestro en su cuello, la zurda encadenando a su presa, sin dejarle mover, vencido por la fuerza de su oponente.

—¿Qué queréis? Llevaos lo que gustéis, nobles señores —lloriqueó el estacionario.

El embozado jugó con el puñal.

—Que respondas a unas sencillas preguntas: ¿a qué vinieron Pimentel y su amigo hace unas jornadas? ¿Qué buscaban aquí? —preguntó volteando el arma con soltura.

Por el rostro del estacionario corrió el sudor.

—Investigaban la muerte del bachiller Enríquez. Les expliqué que apenas le conocía, que solo venía a consultar los libros, como el resto de los estudiantes —respondió rápido.

—¿Únicamente?

—¿A qué os referís?

—Asegúrate de decirme la verdad. Tú —se dirigió firme a su compañero—, coloca su mano sobre esta columna de códices. ¡Hazlo!

Alarico chilló asustado. Ni siquiera la fuerza de Hércules vencería a aquel salvaje, así que terminó con la diestra apoyada en *La ciudad de Dios*, de san Agustín. Compañía demasiado beata para una ocasión tan peligrosa como la que apuntaba. Sin comedimiento, aquel energúmeno ordenó que separara sus dedos. Luego, clavó la punta del puñal sobre la cubierta del libro justo a la altura de su meñique.

—¡Os digo la verdad! —gritó el estacionario.

—Mientes —respondió con dureza el embozado, antes de amputarle el dedo de un golpe seco.

Alarico aulló a los infiernos mismos mientras observaba con estupor su mano cercenada.

—Está bien, está bien —lloriqueó—. Les dije que a veces le copiaba manuales a cambio de buenos dineros. Eso es todo, ¡lo juro!

—Pues lo haces en falso. Mientes de nuevo.

De un solo tajo, seccionó el anular de su víctima. El estacionario se dobló de dolor y consiguió zafarse. Sangraba tanto que la piel y la madera de la cubierta del libro de san Agustín se tornaron bermejas. Aquel animal le golpeó en el rostro con el revés de su puño. Alarico se estrelló contra la pared antes de caer al suelo.

—¿Qué vinieron a buscar? ¡Vamos! ¡Agotas mi paciencia!

Le pateó la cara hasta romperle la nariz. El estacionario se acurrucó para protegerse. Alzó la mano herida.

—Un mapa. Don Fadrique me rogó que le copiara un mapa. Ahora ya lo sabéis todo. Dejadme vivir, os lo suplico, no diré nada —sollozó abrazándose a sus propias piernas.

—¿Qué mapa? —prosiguió el interrogatorio el embozado.

—Uno antiguo, no sé.

—Tercera mentira.

A una señal suya, su compañero clavó su espada en el pecho de la víctima, sabedor de que no se trataba de una estocada mortal. Alarico se arrastró hacia el dormitorio. Divertidos, los dos ladrones le siguieron al acecho. El estacionario consiguió apoyarse en el lecho, pero pronto se derrumbó sobre él. Por un instante quiso aferrarse a la posibilidad de encontrarse en una pesadilla, fruto de la mala borrachera, así que cerró los ojos con fuerza, mas cuando los abrió de nuevo hubo de enfrentarse a los rostros de sus asaltantes: el embozado acababa de descubrir sus facciones. Al reconocerlas, Alarico se dio por muerto y comenzó a rezar.

—Dios mío, protégeme —balbuceó débil.

—Que lo haga, poco me importa, pero no antes de escuchar una última respuesta. ¿A quién pertenecía el original? Tu vida depende de la contestación.

—Al viejo catedrático de Astronomía —confesó, alejándose un poco, buscando la protección de la pared.

—¿A fray Bartolomé? —inquirió su torturador.

—Sí, y os digo la verdad —gimió el herido.

—Lo sé —aceptó aquella bestia antes de desenvainar su propia espada.

Alarico fijó sus ojos en la empuñadura de aquella hoya de calidad. Un escudo llamó su atención. Eran las armas de los Enríquez, almirantes de Castilla. Horrorizado, no pudo evitar el golpe certero que acabó con su vida, ni el que la saña dispuso que atravesara su cuerpo más tarde. La mirada fija del estacionario les alertó de su muerte, así que ambos se despidieron de él, cada uno a su manera. El joven, limpiándose la sangre sobre las ropas de la cama, el otro, pintando un víctor en la pared, justo encima de la cabeza del difunto.

—Requiéscat in pácem —se rió lúgubre antes de desaparecer.

26
UNA ESPADA PERDIDA Y UNA MUERTE LÓGICA

Por recomendación expresa del maestrescuela, Antonio se encontró atado al lecho durante casi una semana. Seis días completos aguantó Pimentel obediente los cuidados de Isabel, la obligada pausa en sus comunes investigaciones. Seis mañanas de lectura de los pocos libros de caballería que se acomodaban en su biblioteca, seis tardes dedicado a repasar con su compañera los conocimientos de Medicina necesarios para poder superar las pruebas que se avecinaban, si quería algún día licenciarse; seis noches en las que su mente voló libre en alas de una historia incompleta, de una sospecha que le reconcomía las entrañas.

Si Colón disponía de otros datos diferentes a los que todos conocían, se había servido de engaños para obtener el apoyo real en el Descubrimiento. Mas ¿de dónde procedían estos? Del Palacio les había asegurado que de Portugal, lo que no acababa de encajar en la metódica mente de Antonio, pues si los lusos hubieran dispuesto de semejante información, habrían hecho uso de ella antes que los españoles. Alguien mentía o escondía parte de la realidad, salvo que toda la historia se cayera a pedazos de tan frágil como se mostraba a sus ojos.

En cuanto al papel del pobre Fadrique en estos asuntos, Pimentel sopesaba a un tiempo su notoria estulticia —no en vano se había enamorado de una mujer rendida a su trabajo— y su excentricidad. ¿Ingresar en la Cofradía de Campos? ¿Sentirse miembro de una hermandad de estudiantes dispuestos a vender sus almas por un pedazo de carne o una buena moza? Por Dios, ¡pertenecía a la familia del almirante de Castilla! ¡Era su heredero! Un papel que, hubo de reconocerse a sí mismo, le hubiera gustado desempeñar a él, pues si su verdadero padre era tan afamado varón, antes que el sobrino bien merecía título y mayorazgo un hijo, aunque fuera bastardo. En fin, solo el Todopoderoso conoce los hilos que mueven el mundo, a qué preocuparse en vano.

Sin embargo, por mucho que lo intentara apartar, un pensamiento regresaba de visita a su mente para anidar allí: ¿y si Fadrique robó el arca para satisfacer a su poderoso tío? Si se pudiera demostrar que maese Colón se sirvió de una mentira o una añagaza para financiar su empresa, muerto él, tal vez convendría recolocar las piezas en el tablero. En el de la corona de Castilla y León solo cabía un almirante y una estirpe: los Enríquez. Una buena manera de eliminar incómodas pulgas genovesas del lecho.

Se habían centrado en Fadrique Enríquez, pero tal vez el asesinato del catedrático de Astronomía estuviera relacionado con el mismo bárbaro sin escrúpulos. De hecho, no demasiado tiempo alejaba las dos muertes y, según le informó la propia Luisa, Fadrique había frecuentado la compañía del viejo fraile. Qué mejor profesor para discernir lo singular de lo cotidiano que uno entendido en materias del cielo y la tierra. Tal vez el animal que había seccionado la vida de Enríquez hubiera decidido primero eliminar sus estorbos menores. Quizá...

De tales cuitas hablaba a veces con Isabel, más preocupada por su recuperación que por encontrar respuestas a tantas preguntas. Desilusionado, Pimentel se propuso indagar por sí mismo. La séptima mañana se escabulló de su habitación a hurtadillas, aprovechando la ausencia de la mujer, entonces en clase. Con cierto temor, cual si se sintiera observado por aquellos ojos que amaba, se vistió ayudado por Martín.

Bien pareciera que una turba de elefantes hubiera caminado a placer sobre sus pobres huesos. Le dolían las heridas recientes, en especial la del hombro, que le impedía mover el brazo con soltura, por eso rogó a su servidor que anudara un cabestrillo para acomodarlo en él. Con cierta torpeza pero apañada mano, consiguieron centrar en aquel columpio de tela la diestra. Tarea complicada se tornó asentar el manto sin que le pesara. Cuando por fin lo consiguieron, Antonio advirtió que el robo de su espada le dejaba indefenso.

—Búscame un arma, Martín.

—Mi señor, ¿para qué la queréis? No podéis apenas mover la diestra —protestó el criado.

—No rezongues y ve a por ella.

—Don Antonio, que vos no sois zurdo.

—Cierto —reconoció con una sonrisa extraña—. Dime, ¿crees que mis enemigos lo saben?

—¡Es inútil discutir con vuesa merced!

Martín refunfuñó escaleras abajo, de camino a la pequeña sala de armas en la que se conservaban varias panoplias completas, amén de un par de escudos de los tiempos antiguos, de forma almendrada, y alguna que otra adarga. Apoyadas en el armero, cuatro hojas bien cuidadas esperaban su elección. Dudó entre la que mostraba un escudete con la heráldica de los Pimentel en el centro del arriaz, de hoja acanalada, y aquella otra con empuñadura forrada en plata, parcialmente cincelada, que su amo había ganado a un italiano en una partida de naipes. Ninguna de ellas mostraba la calidad de la que perdiera o le robaron, mas servirían para ahuyentar amenazas, pues a nadie en Salamanca se le escapaban las habilidades de Antonio Pimentel como duelista. Finalmente se decidió por la primera de ellas, tomó la vaina, el cinturón y regresó junto a él para ajustarla a la cintura. El caballero sopesó la calidad del arma, jugó con la hoja, la contempló con arrobo casi místico.

—Cuentan que hace siglos las espadas guardaban la memoria de las hazañas y también del deshonor de sus propietarios, a quienes llegaban a traicionar en combate. Quién sabe si su último dueño murió por ella o salvó la vida, qué secretos no guardará...

—Vuesa merced aún tiene fiebre —le interrumpió Martín, a quien aquella idea no le gustaba nada—. Perteneció a vuestro abuelo don Rodrigo, que pasó a mejor vida en el lecho, no en el campo de batalla. Pocos secretos se descubren dentro de una vaina, hombre.

Antonio suspiró. Qué demonios entendería aquel torpe de gestas...

—Dios lo tenga en su gloria.

—Amén.

—Eso, amén. Cuídate de no permitir el paso a mi estancia a nadie, al menos hasta mi regreso —le ordenó tajante.

Ya en la calle, Pimentel hubo de reconocerse a sí mismo que las fuerzas le fallaban demasiado, mucho más de lo que suponía o esperaba. A izquierda y derecha las charlas de los transeúntes se le antojaban gritos de pelea, le molestaba el sol, le costaba caminar. No se encontraba bien, aun así lo intentaría. Alguien había tratado de matarle, descubriría de quién se trataba y qué urdía.

Decidió rehacer la última jornada antes de caer herido, en un esfuerzo por rememorarlo todo. Sus pasos le llevaron de nuevo a la biblioteca. Junto a la puerta de la vivienda del estacionario se había formado un grupo de cucarachas parlanchinas. Aquel puñado de estudiantes ociosos bloqueaba el acceso hasta el extremo que le resultó imposible entrar. Antonio desistió de todo intento cuando dos hombres se abrieron paso entre las filas de desocupados cotillas para entrar en la casa. Portaban una camilla y los seguía un sacerdote. Poco después regresaron con el cadáver del estacionario sobre ella. Su torso, empapado en sangre, delataba su muerte a cuchilladas; su rostro, desfigurado a golpes, y varios dedos de la mano diestra cortados hablaban de una realidad más dura: alguien le había obligado a confesar, pero ¿qué secreto podía guardar ese pobre borracho?

—Esperad, os lo ruego. Deseo rezar por su alma —improvisó sobre la marcha, para detener a la macabra comitiva.

Se persignó con devoción antes de inclinarse sobre él y mostrar su dolor tocando aquí y allá el cuerpo del difunto. La piel fría corroboraba su primera impresión: aquel desgraciado había muerto horas ha. Varias heridas de espada no muy recientes, a juzgar por la sangre seca, atravesaban su cuerpo. En una de ellas, la huella de un arma peculiar, con dos puntos equidistantes flanqueando la hoja y otros dos señalando los extremos del arriaz. Una espada única: la que el almirante de Castilla entregó en prenda a Beatriz Pimentel, la que le robaron aquella noche aciaga en la que le dejaron por muerto en una calle sombría de Salamanca. Antonio se estremeció.

—¿Terminó vuesa merced? —inquirió el sacerdote, algo molesto con el retraso.

El caballero asintió con la cabeza. Cual si de un puñado de ratas se tratara, la pandilla de tunantes se deshizo en pos de nueva carroña, cualquier excusa antes que regresar a las aulas. Solo al fin, Pimentel entró en la peculiar residencia del estacionario. Mucho había cambiado en una sola semana. Donde antaño se apilaban más o menos en orden los libros, ahora yacían abiertos en el suelo, pisoteados, algunas de sus hojas arrancadas, como si alguien buscara Dios sabría el qué en su interior.

Evitando más destrozos innecesarios, se introdujo en el dormitorio del difunto. Un reguero de sangre delataba los últimos momentos de la vida de aquel pobre miserable. Probablemente le demandaron razón de algo, se negó, le golpearon, trató de escapar hacia otra estancia, encerrarse en ella para ganar tiempo mientras abría la ventana. Su asesino o asesinos reventaron la puerta y fue tarde para él. Bajó la mirada. Un charco de sangre a los pies de la cama evidenciaba que aquel era el punto exacto en el que perdió la vida. La manta, arrancada del lecho de un tirón, conservaba las huellas de los dedos, en un último intento de evitar a la Parca. Sobre la pared, un víctor pintado en sangre similar en su trazado al que apareciera junto al cadáver de Fadrique y a los restos de fray Bartolomé. Ahora sí se persignó de verdad y rezó por él. Con cuidado, alzó algunos de los papeles. Nada. Simples copias manuscritas de manuales de diversas disciplinas. Aquella muerte no obedecía a un cliente descontento.

Pimentel recordó la figura de Laurentino Fresno mostrando el triunfo de su última hazaña cuando Isabel y él se presentaron en el Mesón del Estudio: la espada de un alguacil. La ira comenzó a apoderarse de él sin que pudiera o quisiera evitarlo. El consiliario de Campos trapicheaba con manuales y libros, que revendía a buen precio para repartirse la ganancia con Alarico, el estacionario. Ahora este había muerto y aquel gustaba de mostrar sus trofeos en público. Una espada...

Si aquel cabrón le había robado la suya, le mataría. La herida del hombro comenzó a palpitar con fuerza, recordándole la dura realidad: en aquellas condiciones no podría combatir con nadie, menos con un espadachín avezado cual ese maldito. Apretó los puños con rabia y descargó su cólera golpeando la pared. El dolor en los nudillos reavivó sus deseos de venganza. Ya habrá mejor ocasión, le advirtió la cordura cuando las campanadas de la catedral anunciaron mediodía.

Pimentel sintió cada uno de los badajazos como un látigo en su espalda. Debía regresar a su casa rápidamente, o su cancerbera advertiría su escapada. Aguantar a un compañero de estudios es tarea soportable; a una mujer que se finge un hombre, condena a galeras. Sus pasos se apresuraron conforme se entrecruzaba por las rúas con los estudiantes que abandonaban las aulas para llenar la barriga antes de retornar a las clases. Luisa ya habría salido, Isabel también. Con la imagen de ambas reprochándole a gritos su aventura, llegó a la puerta de entrada de su residencia. Estaba entreabierta, como de costumbre. Entró. Sudoroso, llamó a Martín, que acudió presto a su lado.

—Dime que Pedro Bravo no se encuentra aquí, por favor.

—No, amo.

Más tranquilo, Antonio se apoyó en la pared, cansado por el esfuerzo.

—Alabado sea el Altísimo —suspiró—. Llévame a mi cuarto.

Con la ayuda del criado subió las escaleras, se adentró en su estancia y comenzó a desvestirse. Desnudo de cintura para arriba, le rogó que le acercara la vieja camisa y las gastadas calzas con las que acostumbraba a dormir, las mismas que utilizaba aquellos tristes días de prisión obligada. Sin lavar, como una protesta airada por su suerte que se convertía en condena para su olfato y el de quienes le visitaban.

—Tráeme un poco de agua limpia, unos paños y el emplasto de miel que dejara el maestrescuela —pidió a Martín mientras se acomodaba en la silla, junto a la ventana geminada que iluminaba su cuarto.

El criado regresó al punto con lo solicitado; para entonces, Pimentel se había descubierto el hombro. Le dolía la cabeza, tenía fiebre y la herida supuraba un poco. La tocó con recelo. Sus bordes hinchados se mostraban duros al tacto y eso le inquietó, puesto que suponía que no cerraba bien. Algo fallaba. Quizá la sutura, tal vez su imprudente acción de hoy. Con precaución lavó y curó la carne. Luego, Martín le ayudó a vendarse, anudando el lienzo sobre su pecho. Finalmente volvió a colocarse la camisa y vistió las célebres calzas que Luisa denominaba «de la reina Católica», por la absurda leyenda que circulaba entre el pueblo que afirmaba que Isabel de Castilla no se había cambiado de ropa interior mientras duró el asedio de Granada.

—Tráeme algo de comer y luego permíteme el descanso —le rogó.

Las horas pasaron con celeridad hasta que la noche se abrió camino en el cielo. Cuando Antonio despertó de su sueño. A su vera, un plato de buen embutido y algo de pan, amén de una jarra de vino aromatizado con hierbas, esperaban su atención. Comió y bebió con cierto desinterés, inquieto por el retraso de Isabel. Supuso que Luisa de Medrano habría regresado a su hogar, que a la mañana le traería nuevas. Pero Isabel... Ahora que conocía su verdadera identidad, le preocupaban hasta la obsesión los peligros que pudieran acecharla. Si alguien había provocado pendencia para matarle, qué le ocurriría a ella si se encontraba inmersa en un duelo.

Aquellos pensamientos le zaherían tanto que decidió abandonar la estancia, camino del gabinete, para buscar algo de lectura con que distraerse. Desde niño, su favorito era el *Amadís de Gaula*. Nunca supo cómo o por qué apareció aquel códice antiguo en su casa. Se trataba de una joya escrita en portugués y cuyo autor, el caballero João Lobeira, había servido a las órdenes de uno de sus antepasados. En él se narraban las aventuras y desvelos de un hombre arrastrado por los avatares de su tiempo.

Antonio recorrió con su mano útil las páginas de buena piel, se entretuvo en leer en voz alta algunos pasajes especialmente queridos, sonrió con algunas de las hojas miniadas que representaban al caballero y sus aventuras. Interiormente reconfortado con sus recuerdos, con él bajo su brazo regresó a la estancia. Recordaba haber cerrado la puerta antes de salir, aunque ahora se encontrara abierta por obra y gracia Dios sabría de qué. Casi de puntillas entró en su propio cuarto, dejó el volumen sobre la cama, encendió un candil y se acomodó para leerlo a gusto.

—¿Y bien? ¿Alguien te concedió permiso para levantarte? ¿Acaso olvidas las órdenes del maestrescuela? ¿Dónde te habías metido? —inquirió una voz de mujer.

Asaeteado por la lluvia de preguntas, Pimentel respingó como un niño pillado en falta, tomando de nuevo el *Amadís*, en esta ocasión a manera de escudo.

—¡Cielos, Isabel, pareces mi esposa!

—Si fuera tu mujer..., te arrepentirías de tus aventuras de hoy.

Vargas se acercó al lecho con los brazos en jarras. Las luces de las velas jugaban a contraluz con sus formas. Llevaba una holgada camisa de caballero que le cubría hasta las rodillas, sí, pero ninguna otra prenda protegía su cuerpo o ceñía sus pechos, que más que adivinarse bajo la tela se evidenciaban. Antonio sonrió con maldad mientras la recorría de arriba abajo con la mirada. Se conocía demasiado bien para no advertirlo: la deseaba con tanta fuerza que, de no tomarla, se arrepentiría todos los días que le restaran de vida. Pero ella era diferente a las demás y, aunque en la lucha se destrozara por dentro, la respetaría.

—Si no te alejas de mí pronto, te arrancaré la poca ropa que vistes, bachiller Pedro Bravo —le advirtió—. Solo tú serás culpable de que toda Salamanca sepa que he perdido la cabeza por un estudiante de Medicina. Uno tiene su reputación, así que retrocede un par de pasos o no quedará rincón de tu cuerpo que la luz no me delate.

Colorada, Isabel cruzó los brazos protegiéndose y se apartó un poco.

—Había olvidado que eras un cerdo —refunfuñó tratando de alargar la protección de la prenda, lo que aumentó el escote.

—Oh, sí que lo soy —reconoció él, devolviendo el libro a su

lugar en el extremo de la cama—. Si adivinaras mis pensamientos, echarías a correr... o te arrojarías a mis brazos.

—¿A tus brazos? ¡Jamás!

—¿Ah, no? Entonces dime qué haces en mi estancia a estas horas y casi desnuda.

La muchacha enrojeció. Le habían despertado los ruidos de la puerta del cuarto de Antonio al abrirse y cerrarse. Preocupada, saltó del lecho para comprobar que se encontraba bien, pero antes de confesarle su inquietud, para que él la malinterpretara, mantendría el tipo a través del silencio.

—No es un reproche, bachiller. Ahora mismo doy las gracias a Dios por el regalo de tu presencia. Ni en mis mejores sueños podría imaginarte así a los pies de mi cama, vestida de forma tan parca.

Isabel le apuntó con el índice.

—Eres, eres... un engreído y un... —dudó.

—Cerdo, soy un cerdo —apuntó divertido—. Te repites, mi querida amiga, aunque no me ofende tal consideración. Peores motes he llevado durante mis años de vida y fíjate, joven bachiller, por yacer contigo esta noche aceptaría por antepasados todas las ramas del frondoso árbol genealógico de las mejores pocilgas del reino. En cuanto a ti, cobarde, no has respondido a mi pregunta, así que estimo que no ando desencaminado si te propongo que me acompañes en el lecho.

Antonio palpó el colchón de buena lana y le hizo sitio a su izquierda.

—Por ejemplo aquí —sonrió.

Como un corderito, Isabel se acostó a su lado. Pimentel deslizó su brazo útil sobre los hombros de la mujer. Acomodada en su pecho, se acurrucó. La camisa se deslizó por sus muslos sin que ella hiciera nada por evitarlo. Buen conocedor de las damas, Pimentel sonrió mientras besaba sus cabellos, fingiendo desinterés.

La piel de Isabel olía a limpio. Sus dedos jugaron a dibujar las líneas de su rostro con suavidad. Primero los ojos, después la nariz, luego los labios, finalmente el cuello, el nacimiento del pecho y... allí se detuvo. En mal momento había decidido retomar su condición de caballero, especialmente duro cuando ella le besó antes de abrazarle con delicadeza, invitándole a continuar.

—Nunca he soportado a los caballeros —suspiró acariciando sus facciones, obligándose de nuevo a parar.

Isabel jugueteó con su mano, conduciéndola hasta sus caderas.

—Ni yo —bromeo—. Anda, ven.

Le atrajo hacia sí. Había tanto amor en aquellos ojos azules, tanta bondad, que le costó adivinar en ellos al viejo Pimentel que conoció al llegar a Salamanca. «Siempre estuviste aquí, aguardando una oportunidad», se dijo ella volviendo a besarle. Quería, necesitaba sentirlo. Las caricias dejaron paso a la pasión mientras se desnudaba para él.

—Nunca he estado con un hombre.

—Tampoco yo con una mujer a la que amara, mi bella princesa Oriana —le confesó Antonio entregándose a ella por completo, en cuerpo y alma.

El viejo *Amadís* se deslizó hasta el suelo, mas ni siquiera lo advirtieron. Desde su tumba, João Lobeira sonreía: por una vez el caballero protagonista alcanzaba el amor de su dama sin necesidad de grandes hazañas, solo abriéndole su corazón.

27
DE LLAVES Y GANZÚAS

Y si el sobrino yacía entre gusanos tan hambrientos como una cuadrilla de manteístas pobres, quien pasaba en Salamanca por hijo bastardo del almirante, Antonio Pimentel, lejos de apetecer comida, enredaba en aquel instante con la dichosa caja de Pandora, contenedora de todos los misterios del reino en un espacio tan reducido como algo más de una vara de ancho por vara y media de alto.

Todos y cada uno de los días transcurridos desde su captura había tratado de abrirla, pero su debilidad se lo había impedido, por no decir la prudencia de Isabel y la cobardía de Luisa, a quien la sola idea estremecía sin que pudiera evitarlo. Por fin llegó el momento. La paciencia de Antonio se colmó. Reclamó la visita de ambas mujeres a su cuarto y, en su presencia, trató de forzar la cerradura que durante diez jornadas se había negado a mostrar su interior.

Con la mano zurda no alcanzaba gran fuerza, por eso sus compañeras Luisa e Isabel comenzaban a impacientarse. La primera con sus consejas de sabia, aunque inexperta en tales lides canallescas, la segunda midiendo a grandes zancadas la estancia de Pimentel mientras rumiaba maneras de reventar las cerraduras mucho más prácticas que la ganzúa de la que se servía su amigo.

Después de casi una hora de intentos vanos, Antonio abandonó la causa, no sin antes propinar una soberana patada a la noble madera. Su frente, empapada como la camisa, delataba los esfuerzos realizados, los juramentos recios, la opinión que merecía el maestro carpintero a quien debían su factura impecable. Pimentel se mesó los cabellos, buscando una solución sin encontrarla. Miró a Luisa como quien se confía en un santo protector cuando no existe esperanza para su causa, pero la Medrano dejó pasar el cáliz, que acabó en Isabel de Vargas.

—Sigo pensando que la mejor solución es la pólvora —insistió en la idea que defendía desde el principio.

—También podemos arrojarla desde alguna ventana —sugirió Luisa.

—A ser posible, ¿sobre la cabeza de quién? —inquirió con ironía Antonio.

—Se me ocurren varios nombres de frailes dominicos —recogió el guante la Medrano, pensando en Ruiz del Monte y San Emiliano.

—Calaveras duras no han de faltarles para romper hasta una columna si encuernan bien —intervino Isabel.

Pimentel sonrió. Admiraba hasta el correoso sentido del humor de aquella mujer. Y entonces, inesperadamente, llegó la solución de sus males: la madre Gorgonia. Ducha en todas las artes de su tiempo, otrora por dos veces huésped de las cárceles salmantinas, sin duda conocería mejores caminos para acceder a aquel contenido que destrozar la madera de una u otra forma temeraria, habida cuenta, sobre todo, de que en último extremo deberían devolverla al rector Maldonado, capaz de arrancarles la piel a tiras sin el menor miramiento.

Compartió su idea con ellas, aun a sabiendas de la respuesta, ya gritada, ya gruñida. Antonio se preparó para encajar sus golpes, pero, para su sorpresa, ambas jóvenes aceptaron la sugerencia. Incluso Isabel se prestó para traer hasta allí a la madre, tarea que se le mostró gustosa, pues le permitiría visitar a una vieja conocida: María la Vitoriana.

Pimentel torció el gesto al escuchar aquel nombre. Por su mente se cruzaron cientos de pensamientos enfermizos, todos ellos protagonizados por una prostituta avezada y una mujer que gustaba de exhibirse como hombre. Lo mirara por donde lo mirase, aquella relación anunciaba tormenta. Esa misma noche visitaría el lecho de Isabel para indagar cómo demonios la muchacha había conseguido satisfacer a la meretriz.

A solas con Luisa, dejó de rumiar sus cuitas. Ligeramente avergonzado por el sonido de aquellos tortuosos pensamientos, le ofreció algo para beber. Para su sorpresa, la Medrano eligió el vino. Sin duda, aquellas dos mujeres formaban un universo para explorar, tan semejantes, tan distintas. Perversas imágenes llamaron a la puerta de su mente, mas Antonio consiguió alejarlas a latigazos, seguro de su regreso. Bastantes quebraderos de cabeza le causaba una mujer como para enredarse con dos...

Al hilo de conversaciones intrascendentes tejieron la tarde, hasta que Isabel regresó a la casa acompañada por la madre Gorgonia, cargada con una bolsa de pesado contenido, a juzgar por los esfuerzos de la muchacha al portarla. «Si finges ser un estudiante, compórtate como todo un hombre», consideró para sus adentros Pimentel, encantado con aquel pequeño castigo a sus actividades pecaminosas con María la Vitoriana, sobre las que su compañera guardaba sepulcral silencio.

La madre Gorgonia tomó asiento sin que nadie se lo ofreciera. De arriba abajo, de izquierda a derecha, valoró la estancia y su contenido. A veces se olvidaba de la calidad de algunos clientes, especialmente de aquellos que casi se habían convertido en miembros de su familia, de tanto frecuentar su mancebía.

—Vaya, Antonio, qué triste aspecto el tuyo: flaco y pálido cual galgo hambriento —saludó con su habitual falta de modales, señalándole ambas mejillas con un par de besos húmedos.

—Te agradezco tu buena voluntad para con un viejo conocido —respondió Pimentel.

—Déjate de tonterías, Bastardo, que no te regalo mis servicios. Si he venido hasta aquí, es para hacerle un favor a nuestro querido Pedro, ¿verdad, Pedrito? —Acarició la barbilla de Isabel como quien acaricia a un gato.

Desde las entrañas de Antonio crecía la cólera. *¿Pedrito?* ¡Por Satanás, Lucifer, Belial, Belcebú y Abaddón! ¿A qué tipo de perversiones se dedicaba su dama dentro de las cuatro paredes de la taberna, para que la madre la tratase con semejante confianza y mimo? ¿Acaso le gustaba catar la buena carne pero no le disgustaba el pescado? ¿Guardaba ayuno solo en Cuaresma? Irritado, señaló el arca.

—Pues ea, ¡a tu trabajo! No perdamos más tiempo —gruñó a todas aquellas mujeres que parloteaban entre sí.

Trató de cruzarse de brazos, pero el cabestrillo y un puntazo en el hombro derecho le recordaron su situación. A Gorgonia no se le escapó el gesto, que interpretó como la reacción propia del gallo expulsado del gallinero por una conspiración de gallinas para colocar en su trono a un pollo. Inmisericorde, incidió en su herida mientras mostraba su propio instrumental y pasaba a comprobar, una a una, las distintas palancas y lengüetas con la ayuda de su improvisado aprendiz, el siempre amable y bien dispuesto bachiller Pedro Bravo, tan solícito como templado en modales y explicaciones.

—Pareces una mula apaleada, Antonio. ¿Tan menguadas dejaron tus fuerzas aquella noche? Hace días que no frecuentas nuestra casa, que es la tuya, y me preocupa tal desinterés. ¿Acaso ya no gustas de catar hembras? Mira que no son las primeras cicatrices de tu cuerpo, truhán, y las anteriores no te impidieron gozar de nuestra compañía. ¿Acaso los rufianes que te atacaron cercenaron tu hombría? —curioseó mientras hurgaba en la primera de las cerraduras.

Isabel ahogó una risita. Pimentel la fulminó con la mirada.

—¿Tan pobres son vuestras bolsas que necesitáis a vuestro único cliente para manteneros, madre? Quizá debas cambiar a tus beatas hijas. Sus carnes se hallan tan maceradas por el uso que se ablandan demasiado. Los varones gustamos de muslos prietos y pechos proporcionados y firmes. En esos valles correteo últimamente, por eso no necesito vuestros pencos, señora —bufó Antonio.

Ahora le tocó el turno a la joven Vargas de enrojecer de vergüenza. Pimentel le sonrió mostrando los dientes. Luisa, centrada en la labor, advirtió que el primero de los escollos acababa de ser derrotado por la habilidad de Gorgonia. La felicitó por ello mientras sus compañeros seguían enredando con sus pullas malintencionadas, querellas amorosas propias de taberna, mas no de quienes se preciaban de noble origen. A pesar de sus intentos, sus dos compañeros continuaron fintando estocadas aquí, acullá, en el corazón y la entrepierna.

La Medrano colaboró con la madre en un último esfuerzo. El metálico sonido de la segunda cerradura anunciaba la victoria. Gorgonia introdujo su mano huesuda entre la tapa y la cista del mueble, mas Luisa cerró ambas apoyando su peso sobre la primera. Pillada en aquella improvisada trampa, la prostituta aceptó molesta que aquel contenido quedaba vedado para ella.

—Antes de pagarme lo prometido, Pedrito, dime al menos a quién pertenece el arca que acabamos de reventar. Sabré guardar el secreto, creedme —aseguró solícita.

—A un bribón que pretendía timarme en la venta de unos libros, madre —contestó con desparpajo Isabel, entregándole las monedas prometidas.

Gorgonia atusó sus cabellos, estiró las ropas, colocó en la bolsa todos los utensilios de los que se había servido, saludó con una leve reverencia a Luisa de Medrano, besó de nuevo a Pimentel y abrazó al bachiller Pedro Bravo antes de abandonar la estancia. De pronto se detuvo en el quicio de la puerta, como si hubiera recordado algo de pronto.

—Vaya, creía que se trataba de una herencia del difunto sobrino del almirante de Castilla —sonrió desde lo más profundo de la oscuridad de su alma—. He visto que en la tabla superior aparecen grabados un yugo y unas flechas, semejantes a los que utilizaban doña Isabel, que santa gloria haya, y su esposo, el rey don Fernando. No quisiera encontrarme en vuestro pellejo. Adiós, hijos míos, catad que vuestro secreto muera aquí... por vuestro bien.

28
OFICIO DE TINIEBLAS

Que las madrugadas nunca sentaron bien a Laurentino Fresno lo sabía toda Salamanca, desde los escarpines del rector Maldonado hasta las sandalias del inquisidor Ruiz del Monte, si bien las doce, mediodía, no correspondiera a la medida tradicional del toque de alerta del amanecer de los ciudadanos de la urbe del Tormes. Mas para él, que se preciaba de leyes propias para quebrantarlas a gusto y sin castigo, juez y parte en sus propias causas, levantarse antes de que acabaran las clases de la jornada sonaba a traición a su credo. Y Capador solo traicionaba a otros, muy ocasionalmente a él, pero aquella etapa de miedos, recelos y remordimientos vanos había recibido tierra con el último cadáver que bebió de su derrota moral.

Desde entonces, con la vida rota para siempre, convertido en punteador de su particular gremio, cobraba por practicar su talento con la espada, la daga, el puñal y todo objeto punzante capaz de reventar a un gorrino, de dos o cuatro patas. «Tanto monta», se dijo Capador, recordando el lema de la difunta reina Isabel con una mueca de desprecio al cruzarse en el camino con dos estudiantes culiprietos de cabeza tocada, maneras de caballeros hijos de destripaterrones, colegiales de San Bartolomé, devotos del medrar, deudos de la mentira a fuer de ejercitarse en ella para leguleyos. Laurentino los saludó con un gesto a medio camino entre la burla cruel y la reverencia cortesana, que provocó una mueca de asco en el más pulcro de los dos y un sonrojo en su compañero.

—Hiede como los cerdos que castra. Alejémonos de este patán campesino —cuchicheó el primero al segundo, asegurándose de que Capador escuchara.

Laurentino Fresno surcó con los dedos sus cabellos, hincando las uñas, ya de por sí negras, en aquella fértil tierra de su cabeza. Al hacerlo, notó cierto alboroto entre los inquilinos de su azotea y culpó al protoleguleyo de tal inquietud entre las huestes que habitaban en su cuerpo con dignidad. Se atusó las guías del bigote, rascó la entrepierna con todo desparpajo, al paso de otra pareja de cuervos de estudio, que se apartaron de su camino cual si del mismo Satanás se tratase. Capador sonrió aún más, mostrando sus dientes a juego con las sotanas de los muchachos, y les bufó mientras desenvainaba la única parte limpia de su ajuar: la espada del almirante de Castilla. Con la habilidad que le era innata, fintó una estocada hacia los bajos del más gordo, que enredó en su bolsa. El miedo desgarró la tela mientras su propietario escapaba como alma que lleva el diablo. Seis monedas golpearon con sus cantos el empedrado de la calle, acercándose a él como el hijo pródigo al padre. Fresno dobló el espinazo por primera vez en la jornada para acariciar su metálica piel con mimo semejante al que gastaba con las rameras nuevas de la madre Gorgonia. «Mira por dónde, hoy pagará los servicios de alguna el dinero de un futuro corregidor», se dijo a sí mismo, arrojando una al aire, para capturarla al vuelo.

Laurentino había dejado atrás sus orígenes humildes en la tierra que le vio nacer veinte años atrás. Quedaron con su padre, molinero de buenos posibles ganados sobre el hambre de muchos, hidalguía que supo enharinar bien para que su único vástago acomodara sus indudables talentos en la Universidad de Salamanca en su calidad de cristiano viejo. Allí embarrancó Capador, dispuesto a comerse el mundo a bocados, hasta que el orbe le engulló y digirió.

Falto de ilusiones, incapaz de rematar más allá del bachillerato en Leyes, comenzó a dejarse tentar por la Secreta Hermandad de la Garduña, cofradía antigua de miserables, alianza de bandidos, asesinos a sueldo, estafadores, mendigos y putas que extendía la telaraña de su poder por media corona de Castilla desde el tiempo de los reyes antiguos. En ella profesó un día como aprendiz, en calidad de chivato. Bullidor, pendenciero, buscaproblemas por natura, revolvedor de letrinas humanas, tres muertes le garantizaron el paso a compañero en una ceremonia de sangre que le bautizó para siempre con la marca de otros tantos puntos negros en la palma de la diestra.

Quiso ser guapo, como buen espadachín y duelista, mas le falló cuerpo e inteligencia, amén de nacimiento ruin, así que optó entre los dos oficios restantes: floreador o punteador. Comenzó esta otra licenciatura como asesino a sueldo para, superado el grado de floreador, recibir el abrazo de los expertos, los llamados punteadores. Los mismos que sellaban con su hierro en la piel la marca de la Sagrada Hermandad. Aspiraba a convertirse en capataz algún día, o, ¿por qué no?, en su Hermano Mayor. Fuera este quien fuese, pues tal grado quedaba envuelto en el necesario anonimato de la cofradía de malhechores.

Entretanto, Fresno obedecía órdenes, las daba, disfrutaba con sus dones naturales arrebatando las ilusiones de cada caballero o felón que pudiera convertirse en objeto de su envidia, de su ira. Vengaba así los desprecios de clase, lavaba en rencor su ruindad, garrapata de un mundo que nunca fue suyo, pero del que chupaba hasta los tuétanos bien cocidos.

Sopesó de nuevo las monedas ganadas al miedo cuando su camino a la deriva hacia la casa de las Ocho Beatitudes le llevó ante la puerta de Pedro Álvarez, iluminador de códices, sabio entre los sabios. Un anciano que conoció cuatro vidas de monarcas, si se incluía el fugaz reinado del infante Alfonso, hermano varón de la Católica y difunta reina de Castilla, doña Isabel. Su esposa, Inés Ruiz, limpiaba el portalón de entrada con una escoba de urces. Al ver llegar a semejante canalla tomó el palo en ristre, dispuesta a macerar los lomos de aquel sabedor de gorrinos, mondonguero de miserias. Capador apartó de un manotazo la improvisada arma y se abrió paso hasta el interior de la casa. A voces, coreadas por los insultos de la buena mujer, llamó al propietario del negocio, que bajó presuroso los escalones para toparse de bruces con la magna humanidad de Laurentino Fresno, cuya panza le anunciaba una vara antes que su corazón o cabeza. Aunque le conocía de trapicheos previos, sustanciosos para ambos, el viejo iluminador no pudo menos que buscar la protección de su esposa, gallarda paladina del fuego del hogar, que continuaba valorando la fuerza necesaria para quebrar la mollera a semejante malandrín hediondo.

—¿Qué deseas, Capador? —inquirió el anciano.

—Para vuesa merced, bachiller Fresno —respondió sacando pecho, tarea vana en su generosa figura.

—Ay, Pedro, mira al caballerete, si ahora se nos presenta de bachiller. Bachiller... ¡en desvergüenza! —gritó la vieja sacudiendo la escoba peligrosamente cerca de las caras de los tres.

Laurentino capturó al vuelo las urces. Sus ojos negros callaron los reproches con una sola de sus miradas. Obediente, Inés Ruiz agachó los hombros y se dedicó de lleno a su labor. Si quería sacar mierda de su casa, habría de conformarse con la que se acumulaba en el suelo. Pedro invitó a su inesperado visitante a la cocina. Abrió las dos ventanas que comunicaban el cuarto con el exterior y la luz de mediodía bañó la mesa en la que se acomodaron ambos.

—Dime, ¿en qué puedo ayudarte? —preguntó calmado el iluminador.

Fresno se desabrochó el jubón de cuero. Del interior, extrajo un mapa no más grande que la longitud de su brazo extendido y un cuadernillo, amén de algunos folios sueltos. Se los ofreció a Pedro.

—Decidme, qué son y a quién pertenecen —ordenó.

El viejo estudió cada hoja, leyó en voz baja algunos párrafos, no sin cierta dificultad en ocasiones. Giró, colocó, señaló aquí y allá el mapa. Y, por fin, cuando la escasa paciencia del bachiller se agotaba, alzó la mirada y sonrió pícaro.

—¿Cuánto estás dispuesto a pagar por saberlo?

Laurentino frunció el ceño. ¿Pagar? Podía acabar con aquel ambicioso en ese preciso instante. No le desagradaría comenzar el día con un muerto más en su haber. Pero debía conocer el contenido de esos pequeños tesoros antes de mostrar lo que le conviniera a la madre Gorgonia, que se había ofrecido a comprarlos a buen dinero. Fresno arrojó las monedas que hubieran servido para alegrarle la jornada en las Ocho Beatitudes sobre la mesa.

Pedro Álvarez mordió cada una de ellas. Eran buenas, aunque no tantas como esperaba. Cerró su diestra sobre ellas.

—No es suficiente para este tesoro.

El pie derecho de Capador golpeaba rítmicamente el suelo de tabla, señal inequívoca de que sus nervios comenzaban a desbocarse. Echó mano a la espada. La hoja se deslizó suave por la vaina arrastrando a su paso el miedo del anciano, que, incluso así, supo aguantar el tipo hasta que el arma se colocó entre ellos. Observó la heráldica del almirante de Castilla en la cruz. Solo tres hombres poseían una de ellas: el propio almirante, su difunto sobrino y heredero, y el bastardo de los Pimentel. Tres posibilidades inquietantes... máxime habida cuenta del contenido de aquellas hojas y pergamino.

—Si me cortas el pescuezo, nada sabrás —murmuró temeroso.

Laurentino arrugó la nariz, mostrando su desprecio.

—Es vuestra a cambio de lo que contienen estos. —Señaló el mapa.

Pedro acomodó la espada sobre sus rodillas, bajo la mesa, antes de aceptar el trato. Acunó el arma, para asegurarse su propiedad. Con ella al alcance, ya no temía a ese pendenciero de Capador.

—El cuadernillo que me dejas recoge el relato de un piloto, un tal Alonso Sánchez...

Fresno golpeó con su puño la mesa, cortando de raíz la explicación.

—¡Memorias de viejos!

Escupió a su diestra, con total desparpajo.

—¿Y este símbolo? —Colocó sus dedazos sobre la X.

Pedro Álvarez guardó silencio, molesto por la interrupción. La verdad moriría allí y entonces, si no le dejaba exponerle que el relato, escrito del puño y letra de Cristóbal Colón, explicaba que existía tierra más allá del Mar Océano, que Alonso Sánchez y algunos otros habían oteado sus costas, incluso encallado naves allí, que el descubridor contaba con información extraordinaria... antes de la empresa de Indias.

—Déjame proseguir.

—¡El símbolo! —exigió saber Capador.

El iluminador suspiró.

—El de Cristo, hijo, el de Jesús, nuestro Señor Todopoderoso. Lo que ves alude a un hombre pío que se decía «el portador del nombre de Cristo»: Christo Ferens, en los latines que deberías conocer.

Laurentino apartó las hojas de un manotazo. Cayeron al suelo. Pedro Álvarez mantuvo la calma. De sus años de relación con el estudiante conocía su ánimo pendenciero, de buscavidas, y también sus arrebatos de furia. Encogió los hombros con desagrado.

—¿Y el dichoso pergamino? ¿Qué es?

—Un mapa —respondió el viejo, sonriendo—, un cartulano.

Fresno le dedicó una mirada cargada de amenazas y promesas de muerte.

—Eso ya lo sabía —contestó desairado.

—Perteneció al infante don Pedro de Portugal. —Colocó el índice de la zurda sobre el escudo con las quinas y los castillos que adornaba la esquina inferior derecha del pergamino—. Aquí —señaló ahora la cartela que lo acompañaba a lo largo de toda la parte superior— se explica su procedencia. Cuenta que lo adquirió el príncipe en Venecia, que lo llevó a su tierra en 1428, que pasó a manos de don Enrique, a quien apodaban el Navegante, que se trata de una copia del viejo mapa de Niccolo da Conti. Es extraño... —Se detuvo un momento a valorar la situación.

—¿Por qué?

—Es imposible... —murmuró, volviendo su atención sobre el cuadernillo y los folios, a los que apenas había dedicado tiempo antes, salvo para identificar a su autor: maese Cristóbal Colón, o Christo Ferens, como se refería a sí mismo en el anagrama que firmaba el texto.

—Don Pedro, estáis agotando mi paciencia. Hablad de una buena vez, porque no pienso pagaros más por ello —exigió Laurentino.

El viejo le miró como si de un perfecto estúpido se tratase.

—Este mapa no debería existir.

—Pero existe, ¿no?

—Sin duda ha de tratarse de una falsificación.

—¿Cuánto vale en este caso?

Pedro Álvarez sacudió la cabeza. ¿Qué valor poner a un reino llegado del cielo? ¿A la conquista del infinito? ¿A la aventura de arrebatar tierras al mar más allá del conocimiento de los hombres? Una fortuna, un imperio, un título, una vejez a salvo de miedos. El mapa era auténtico, mas no se lo diría a semejante ignorante. La codicia palpitó en su corazón, aunque solo su alma lo supo.

—No demasiado, lo siento —contestó con desparpajo—. Si lo quieres para encuadernar...

Pedro hizo el amago de devolvérselo, para conceder más credibilidad a su mentira. Cuando le contara todo a Inés... Juntos descansarían de tantos años de miseria y hambre después de que se lo llevara al rey don Fernando de Aragón, o a la joven reina Juana de Castilla. Ellos sabrían recompensar su prudencia con un mayorazgo. En alas de su ambición, sudaba cuando sus arrugadas manos tocaron los dedos de Capador. Mas el cielo se tornó rojo mientras las fuerzas le abandonaban. Atónito, observó cómo Laurentino apartaba el mapa con presteza, para que no le salpicara la sangre que manaba de la garganta del viejo. Antes de desplomarse sobre la mesa, sintió que le robaba las monedas y la espada, igual que la vida. Con la oscuridad se esfumaron en la suave noche eterna todos sus sueños de una vida mejor. Una vida semejante a la que yacía en el cuadernillo que Fresno dejó olvidado a los pies del viejo.

Con la frialdad que le caracterizaba, limpió la daga en las ropas del anciano antes de cerrarle los ojos. Nunca había soportado que los muertos le mirasen. Dobló el pergamino que suponía falso para mejor introducirlo bajo el jubón, que abrochó de nuevo. Luego, recogió la espada, dispuesto a envainarla. Un pensamiento negro cruzó por su mente: si la dejaba allí, todos sospecharían del Bastardo; si la conservaba, algún día su posesión le traería problemas con Antonio Pimentel, cuya diestra era temible. Sin pensarlo demasiado, empapó en su sangre la hoja y dejó el arma en el suelo, como si en una atropellada huida su propietario hubiera perdido tal joya.

Mojó sus dedos en el cuello del anciano para trazar con esa tinta un víctor en la pared. El Bastardo pagaría por los asesinatos y por haberle robado la maldita arca. Sonrió mientras lavaba sus manos y rostro, salpicados por los estertores agónicos del anciano, secó ambos con uno de los lienzos de la cocina y tomó una manzana, frugal almuerzo del ahora difunto Pedro Álvarez.

Al fin, podría acabar feliz la tarde con una información beneficiosa y una buena puta en el lecho. A la madre le diría que el mapa era auténtico, se lo vendería a cambio de una cadena de oro, o más, según le tratase. Con tales pensamientos rondando, abandonó la cocina, asegurándose de cerrar bien la puerta. De nuevo se topó con la vieja. Encorvada sobre la escoba, sus años recordaban a los que tendría su propia madre, de no haber escapado de su padre como consecuencia de las palizas. Nunca más supo de ella, pero jugó a imaginarla en Inés Ruiz, la ahora viuda de Pedro Álvarez. Quizá por eso, tal vez porque aún le restaba algo de conciencia al demonio, le dejó las monedas con una sonrisa.

—Vuestro esposo no ha querido quedarse con ellas, guardadlas vos, os lo ruego —pidió antes de marcharse.

Unas varas más allá de la muerte, Laurentino llenó su pecho de aire, satisfecho con el resultado de la empresa, y continuó su camino hacia las Ocho Beatitudes, saludando con gentileza a cuantos se cruzaron en él. Aquel mapa portugués, o de donde fuera el maldito, le traería una buena bolsa. Se lo entregaría a Gorgonia, su hermana, para que ella lo usara como creyera conveniente, pues le debía obediencia y respeto según las leyes de la Hermandad.

Las campanas de las viejas iglesias, pulidas de rezos sinceros, doradas almas de oraciones de siglos, tocaron aquella tarde a difunto. Pero solo Capador supo por quién cuando desvistió a María la Vitoriana después de terminar sus negocios con la madre Gorgonia.

[illegible]

[illegible] por eso, tal vez, porque [illegible]

[illegible]

costumbre [illegible]

lecho, [illegible]

paña[illegible]

de los [illegible]

[illegible]

29
DE POR QUÉ LA SABIDURÍA ES FEMENINA

Cuando Inés Ruiz encontró el cadáver de su marido, decidió esconder la espada y aquel extraño cuadernillo de pocas hojas y pésima escritura que encontró a sus pies. Sabía que Laurentino había asesinado a Pedro, que alguna oscura razón le trajo la muerte aquella tarde, pero, mientras los alguaciles del corregidor de la ciudad le asaeteaban a preguntas a la mañana siguiente, decidió optar por el silencio como único escudo posible para guarecerse del miedo.

Un hombre de tan rala moral como Capador no dudaría en degollarla, si a sus oídos llegara noticia de su delación. Pensando en su propio pescuezo y no en vengar a su difunto, entre lágrimas, Inés mintió descaradamente a los oficiales, asegurándoles que desconocía quién y por qué había entrado en su casa para matar a su pobre esposo. También les dejó que husmearan, aquí, allá, en la cocina, en el patio, entre las arcas y estantes, hasta debajo de su lecho, junto a la bacinilla. Pasada una hora, los alguaciles la acompañaron en el sentimiento antes de partir a informar a su superior de los escasos logros de toda una mañana.

A solas con sus temores, la anciana valoró sus posibilidades de salir con vida de semejante embrollo. Tremendo enredo el que le había hilvanado el tonto confiado de Pedro, que Dios tuviera en su gloria, al que por gusto abofetearía hasta cansarse, incluso dentro de la mortaja. Porque a tarea tan delicada como aquella, coserle una mortaja de paño, hubo de dedicar parte de la mañana, acompañada de algunas vecinas, todas compungidas plañideras de aguja e hilo. Tarde, como siempre, llegó el párroco con los santos óleos dispuestos, no ya a la extremaunción, que para eso ya hacía tiempo que había estirado la pata Pedro, sino a repartir bendiciones al difunto, a la viuda y a su corte de amigas mientras colocaba los dos cirios que le portaban los pillastres que servían en su templo como monaguillos. Uno a cada lado de la cabecera del lecho donde yacía el fallecido fueron encendidos. Luego, con macabro interés, el cura acercó su rostro al de Pedro, curioso de saber la razón de aquel paño que ceñía su cuello y no el acostumbrado alrededor del óvalo del rostro, para sujetar la quijada inferior a la calavera, pues acostumbraba la Parca a dejar horrible mueca en sus visitados. Con disimulo excusado en orates, alzó discretamente el lienzo. Un corte zurcido con remiendo semejante al de unas calzas, de punto pequeño y apretado, agarraba la desgarrada carne del pescuezo, hazaña posible por el delgado pellejo de Pedro, viejo pergamino arrugado. Algo avergonzado, tapó de nuevo el cosido, se aclaró la voz, rogó a las chismosas presentes que juntaran sus manos y almas en oración de hermanas para rezar juntos por el alma del difunto.

Después de las oraciones de rigor, el páter decidió que había llegado el momento de calmar la tristeza de la viuda, a quien aquella muerte dejaba en la pobreza más absoluta, habida cuenta de la escasez de recursos del matrimonio. Sobrevivía este a duras penas del talento como iluminador de Pedro Álvarez, a quien la vista le fallaba desde hacía largos años, lo que había alejado a la clientela más pudiente. Con cierto tacto, expuso la situación a Inés, que ya la conocía de los pies a la cabeza.

—Todavía puedo valerme, padre —lloriqueó—. Conozco el oficio de mi esposo tan bien como él mismo. Continuaré con el negocio.

—¿Por qué no buscas acomodo en un convento? —le propuso el sacerdote—. No como monja profesa, claro, pues te falta dote con que mantener tu posición, sino al servicio de las hermanas en las labores que ellas quisieran encomendarte. No habría de faltarte cama ni comida y a tu edad, Inés...

La viuda negó con la cabeza. ¿Criada a sus años? ¡Antes mendiga a la puerta de iglesia!

—Piénsalo.

—Lo haré, gracias.

Llegada la hora de comer, el cura abandonó su casa. Pronto fueron desapareciendo las vecinas, quienes, so excusa de la hora, arramblaron con las escasas viandas que le restaban, salvo una ristra de embutido, media hogaza de pan negro duro y algo de tocino, que, conocedora de las costumbres de sus amigas, tuvo a bien ocultar en una de las arcas de la cocina. Con tan magro alimento por toda provisión para el resto de los días de su existencia, optó por calentar un poco de agua con el tocino y, mientras hervía, salió a la pequeña huerta de la casa para comprobar si todavía restaba alguna manzana en condiciones de llenar sus tripas, de las que escapaban rugientes protestas y juramentos. De lo alto de uno de los cuatro árboles, su única compaña a partir de entonces, pendían unos pocos frutos, dos de ellos más o menos maduros. De puntillas, alargó su diestra para arrancar uno de la rama. Con el delantal, lo limpió hasta pulirlo. Cuando se aprestaba a hincarle el diente, por la manzana se deslizó un gusano pequeño, delgado como Inés. No le importó. Aquella sería toda la carne que ingiriera en la jornada...

Entre el caldo y la fruta, a los que sumó algo de pan negro duro, se le pasaron algunos de sus males. Guardaba la rebanada que prudente decidió salvar, cuando se acordó de sus dos tesoros: la espada y el cuadernillo. Decidió buscarse algo de sustento con tales objetos. Primeramente cuidó del contenido del cuadernillo, luego, dc limpiar la hoja de la espada. Esta tarea arrancó las únicas lágrimas sinceras de la jornada, quizá porque, solo entonces, abandonada al desamparo, se dejó tentar por la pena, sucumbió a la tristeza hasta ahogarse en ella.

El cura tenía razón: ¿qué otro futuro aguarda a una vieja sin hijos ni hermanos, salvo mendigar o servir a las monjas? A sus años, ningún hombre se fijaría en ella. Con Pedro fue todo lo feliz que la vida permite a una mujer, incluso durante las épocas de carestía se tenían uno al otro. Ahora... por toda herencia dejaba los recuerdos, un buen acero y un relato de viajes. ¿Quién habría de pagar por ellos? ¿Qué varón honrado habría de comprarle una espada marcada por la muerte, salvo su primer propietario? Giró el arma para volver a limpiarla. La hoja, bien templada, no desmerecía de la empuñadura, en cuya cruz dos castillos y un león esmaltados en un escudo delataban que aquel tesoro pertenecía a una de las estirpes más poderosas de estos reinos: los Enríquez, almirantes de Castilla.

Pedro había copiado algunos manuscritos y códices antiguos para ellos. Por eso las armas del linaje, como las de otros, le resultaban tan familiares. ¿Cómo habría acabado en poder de un infame delincuente, de Laurentino Fresno? El recuerdo de Capador dejando en sus manos aquellas monedas después de degollar a su esposo la estremeció. ¿Por qué habría abandonado allí el cuadernillo? Sabía que no pertenecía a su difunto marido porque, desde que la vista le fallaba, era ella quien se ocupaba de los encargos que recibía y aquellas hojitas no habían pasado ante sus ojos, así que arribaron a su hogar gracias a su asesino.

«Un relato de viajes», se repitió para sus adentros. ¿A quién podría interesarle? Apoyada en las palmas, recorrió mentalmente todos los nombres del saber salmantino, desechándolos uno tras otro hasta topar con cuatro: el maestro Nebrija, el rector Maldonado, el maestrescuela y doña Luisa de Medrano. Llegaron entonces las pegas. Nebrija había abandonado su cátedra para acudir a la llamada del rey Fernando de Aragón, que le había honrado con el título de cronista. Recoger los hechos de tan poderoso soberano le tendría apartado un tiempo de los deberes del enseñante. No, él no. ¿Y Maldonado o el maestrescuela? Tal vez, salvo que Fresno hubiera robado el cuadernillo a alguno de ellos, en cuyo caso la entregarían a la justicia del corregidor como cómplice de semejante canalla.

Restaba la niña Luisa, que encarnaba la bondad del saber. Su corazón, generoso, solo igualaba en calidad a su talento, superior a todos los varones de la universidad; únicamente su condición femenina habría de relegarla a la clausura de un hogar, si optaba por desposarse, o a la de un monasterio o convento, si decidía no compartir su vida. El alma de Medrano era libre, como la de Inés, por eso decidió tomar el único manto digno que le restaba para cubrir la sarga, prenda de luto con la que se vestía según la tradición, proteger entre varios lienzos viejos la espada y el cuadernillo y salir a la calle, dejando la guarda de la casa a su difunto, aunque no sin antes asegurarse bien de cerrar la puerta con llave.

A esa hora de la tarde pocos ratones corrían por las rúas de la ciudad. Ni siquiera los canteros que se atareaban en la construcción de la nueva catedral junto a la antigua ocupaban su tiempo con el cincel. Salamanca entera se recogía en casas y mesones para comer. Ninguna ocasión mejor que aquella para llegar a la residencia de una familia pudiente a negociar su oferta y, ¿por qué no?, a llenar algo más la tripa.

Desde su morada cercana al Azogue Viejo, hasta la de los Medrano, sita en la rúa de San Martín, restaba un trecho. Camino en el que la maldita espada pesó entre sus manos tanto que bien se arrepintió de traerla por compaña hasta que sus huesos viejos dieron en toparse con la puerta entreabierta de la casa de Luisa. Optó por golpear con el llamador antes de empujar la jamba derecha tímidamente. Catalina, el ama de la joven Medrano, asomó la toca.

—Ah, Inés —sonrió al reconocerla, invitándola a pasar a la cocina—. Siento lo de tu esposo. Mañana lo entierras, ¿verdad?

—Sí.

—Rezaremos por él. Dime, ¿en qué puedo ayudarte?

—Necesito hablar con tu señora.

Catalina no se sorprendió. Conocía a la viuda del iluminador de siempre y aquella no era la primera vez que las visitaba, así que le ofreció algo de comida y bebida mientras avisaba a Luisa, ocupada en preparar su clase de la mañana siguiente. Devoraba Inés un poco de pollo en salsa cuando la muchacha se presentó en la cocina, sentándose cerca de la anciana, a la que invitó a terminar el plato antes de conversar. Entre bocado y bocado, Inés pidió a Catalina que las dejara a solas. Cuando finalizó de degustar la carne y deshizo el nudo en la garganta de la pena con un buen trago de vino, desenvolvió la espada y le ofreció el cuadernillo, que Luisa aceptó con delicadeza.

Absorta en el contenido, recorrió cada una de las hojas con interés creciente. El corazón golpeaba cada vez con más fuerza en el pecho, sobre todo cuando a su mente acudió el mapa y los restantes papeles que un día pertenecieron al arca del rector, que, como todo apuntaba mal que a ella le pesase, robó Fadrique Enríquez para ganarse la amistad del indigno Laurentino Fresno. Aquel nombre la arrancó de sus pensamientos. También ella se sirvió un poco de vino antes de retomar sus reflexiones.

¿Y si Fadrique hubiera deseado, no ya ingresar en el gremio de canallas de Capador, sino entregar aquel tesoro al completo a su tío, el almirante de Castilla, para que conociera la información privilegiada de la que gozó don Cristóbal antes de lanzarse a la aventura de Indias? Llegaba así y sin saberlo a la misma conclusión que Isabel y Antonio: ¿sería ese, pues, el motivo? De todos era sabida la animadversión personal del de Castilla hacia Colón, a quien la difunta reina Isabel había accedido a nombrar almirante del Mar Océano. Un rango semejante, al menos en nombre, al de los Enríquez, primeros entre los primeros de los nobles de aquellas tierras, parientes de los monarcas, pues, no había que olvidarlo, la madre del rey Fernando de Aragón, Juana Enríquez, pertenecía a tal estirpe. Fue en ese preciso instante cuando la espada reclamó su atención. La reconoció de inmediato, no solo por la heráldica, sino por la costumbre de su presencia: era la de su amigo Antonio Pimentel. Pero ¿cómo había llegado a las manos de Inés?

—La encontré junto a Pedro, manchada de su sangre. El canalla que lo degolló tal vez se sirvió de ella, doña Luisa, no lo sé. En cuanto al cuadernillo, apareció bajo los pies de mi difunto.

Se echó a llorar de nuevo. La Medrano trató de consolarla con afecto.

—¿Habéis leído su contenido?

—No —mintió la vieja.

Luisa reflexionó unos momentos. Con los dedos, recorrió ambos filos de la espada. Cortaban, sí, pero no tanto para seccionar cuellos, sino para cercenar cabezas de un buen mandoble. Al igual que muchas otras damas, conocía los rudimentos de la lucha con espada, un entretenimiento convertido en moda en algunas familias de aquel tiempo. No. Un arma así no se utilizaba en cortas distancias para degollar, sino para atravesar o decapitar. Aquello suponía que alguien se había tomado las molestias necesarias para implicar a Pimentel en aquella muerte, habida cuenta de que Fadrique Enríquez ya tañía el arpa en el cielo. Por un momento sospechó de Antonio, hasta que recordó que había perdido su arma en la pelea que casi le cuesta la vida. Se sintió incómoda con la sospecha.

—Decidme, ¿quién fue el último en visitar vuestra casa, Inés, antes de encontraros con vuestro esposo muerto? —quiso saber Luisa.

—Si os lo confesase, me mataría.

—Si no lo hacéis, no podré ayudaros. Tranquilizaos. Os daré dinero suficiente para que podáis sobrevivir, al menos hasta que la cabeza de ese villano penda de la picota.

—Fue Laurentino Fresno —murmuró con el rostro arrasado en lágrimas.

El rostro de la Medrano se tornó oscuro, aunque Inés, con la mirada velada por el llanto, no lo advirtiera. Si Capador había colocado allí el arma, eso implicaba que, o bien fueron sus estocadas las que atravesaron el cuerpo de Pimentel, o conocía al canalla que le tendió semejante celada. La buena memoria de Luisa rescató las palabras de Antonio mientras les describía el duelo: todo comenzó con una oferta de Fresno a participar en una riña a causa de la graduación de Ochate.

—Maldito seas —juró en voz tan baja que solo la escuchó ella misma—. Fuiste tú quien trató de matar a Pimentel.

30
¿Galeno o Averroes?

Apenas acabada su clase de prima, Luisa de Medrano corrió a buscar a Isabel. Aguardaba esta a que el siguiente catedrático dejase de discutir con el bedel sobre si había o no llegado con puntualidad, tema espinoso para el primero y estandarte de su profesión para el segundo, cuando apareció por el patio del claustro de las Escuelas su prima. Parecía más preocupada que de costumbre, a juzgar por la premura de sus pasos y la ausencia de Catalina, que cual cancerbero velaba por su señora a la puerta del aula, para que nadie dudara de su virtud.

Aquella mañana lucía un tabardo con ceñidero de intenso azul y dorado brocado que enmarcaba su delicado cuello, del que pendía una cruz de oro y alfójar de factura antigua. Sus cabellos dorados, recogidos en una cofia con tranzado, se deslizaban rebeldes por las mejillas, marcando aún más el color arrebolado de la dama, cansada por el esfuerzo de apresurarse lo necesario para capturar a Isabel antes de que esta se introdujese en su siguiente clase.

Con cierto desparpajo, saludó al catedrático que había de impartirla y le robó delante de sus narices a ese alumno, que no puso otra objeción al rapto que tiempo para recoger sus libros y apuntes con las cintas y correas que los ceñían permitiendo un fácil manejo. Con ellos bajo el brazo diestro, Isabel de Vargas se emparejó con su prima de camino hacia la calle, pues Luisa, por nada de este mundo ni promesa del venidero deseaba que sus palabras llegaran a algún testigo incómodo. Ahora sí escoltadas por la fiel Catalina, que apareció al trote, poco dispuesta a desamparar a su niña, buscaron la intimidad necesaria en la vieja catedral. Allí, sentadas en el poyete de una de las columnas, fingieron orar hasta que los canónigos presentes se aburrieron de tanta beatería y optaron por desaparecer, dejando al sacristán la tarea de velar por la santidad del enclave mientras ellos cambiaban aquel escenario por las obras del nuevo templo que se alzaba junto al antiguo, que, a buen ritmo, esperaba un próximo remate en los años subsiguientes. Nada gustaba más a un salmantino que velar las armas de los canteros metidos en refriegas de arena, poleas, martillo y cincel. Ninguna de las ciencias humanas soportaba más debate que las técnicas adecuadas de construcción.

A solas con sus secretos, Luisa se acercó a su pariente para informarle entre cuchicheos de lo sucedido con Inés Ruiz, la viuda de Pedro Álvarez. A una señal suya, Catalina le acercó un alargado paquete que contenía, según le explicó su prima, la espada de Antonio. Isabel la tomó con respeto.

—¿Qué quieres que haga con ella?

—Lo que creas conveniente —respondió la Medrano.

—¿Qué opinas de las noticias del cuadernillo?

—Creo que nuestras flechas tal vez erraban diana —murmuró Luisa.

—¿A qué te refieres?

—Piénsalo por un momento: el año pasado, según me contó el maestro Nebrija antes de partir, el rey don Fernando se interesó en la empresa de Indias, pues deseaba proseguir la conquista de tierra firme. Meses después, el arca que contiene las informaciones manejadas por maese Colón desaparece. Autor del robo o no —y ella misma empezaba a dudar de sus sentimientos—, el arca llega a manos de Fadrique, heredero del almirante de Castilla, que se cuenta entre los mejores amigos del monarca, amén de su pariente próximo como ya sabes.

—¿Y? —la interrumpió Isabel, siempre deseosa de atajar caminos cuando su prima comenzaba sus explicaciones cual si en una de sus doctas clases se hallaran.

—¡Baja la voz! —ordenó Luisa, asustada ante la posibilidad de que las descubrieran en tan inoportuno momento—. No me preguntes «y», aguarda hasta el final, impaciente.

—Lo siento. Continúa, por favor.

—Como te decía, cabe la posibilidad de que ante el interés de don Fernando en las Indias y habiendo muerto Colón en Valladolid no hace mucho, el almirante de Castilla tratara de apropiarse de tal empresa habida cuenta de las nulas simpatías de las que goza el heredero de Colón, quien, por cierto, falleció pobre como una rata, no lo olvides, mientras que nuestro amigo Enríquez posee una de las mayores fortunas de estos reinos.

—¡Entonces tal vez tu cortejador no buscaba ganarse las simpatías de ese patán de Capador, sino las de su tío el almirante! —volvió a elevar la voz Isabel.

El sacristán las miró con un gesto iracundo, dejando a medio terminar su labor antes de aproximarse hacia ellas. A menos de cinco varas de ambas mujeres, Catalina le cortó el paso. Con los brazos en jarras, se enfrentó a él, enzarzándose en una discusión sobre la calidad de su señora y su pariente, tan encendida que el sacristán temió la ira de la tierra, que no la de los cielos, si reprendía a tan poderosos caballero y dama, por lo que regresó a su trabajo, aunque sin apartarles los ojos de encima.

—Quizá lo mejor sea confiar en el maestrescuela tus descubrimientos y devolver al rector el arca y el mapa —concluyó Isabel, alzándose del poyo y ofreciendo su diestra a Luisa, que la imitó con gracia.

—Yo me ocuparé del primero. En cuanto al segundo, esperaremos a conocer la opinión del doctor Del Palacio antes de actuar. Asunto tan grave como el que manejamos se escapa a nuestro entendimiento, prima.

Isabel de Vargas se caló el bonete en cuanto salieron de la catedral. Con los libros bajo el brazo diestro y la espada en el siniestro, parecía un vulgar criado al servicio de cualquiera de los estudiantes con posibles de la universidad. Se sonrió.

—¿Quieres que te acompañe a tu casa? —propuso a Luisa.

—¿Con ese aspecto? —se burló ella—. Creerían que me cortejabas...

La joven estudiante soltó una carcajada al considerarlo.

—¿Dos mujeres? ¡Nos matarían de saberlo!

La Medrano sonrió con picardía.

—Cuando llegue su momento, habrás de explicarme cómo entretienes a esa tal María la Vitoriana. Tengo curiosidad.

—Castos son tus oídos para tamañas causas —se sonrojó Isabel.

—Quizá no tan castos como supones, prima —se despidió Luisa con un gesto burlón.

Isabel de Vargas suspiró con fuerza. Todavía le restaba un buen trecho hasta la casa de Antonio. Paso a paso, inventó una buena historia que justificase la recuperación de la espada. Le diría que se la había comprado a un estudiante que alardeaba de su posesión; luego, cuando durmiera beatíficamente, saldría embozada a visitar a Laurentino Fresno, para arrancarle la piel a tiras hasta que le confesara la verdad.

Una excusatio non petita que en nada convenció al caballero. Pimentel la miraba de reojo, como los toros antes de embestir, y su expresión se endurecía por momentos mientras apoyaba la diestra en el puño de la espada. La herida del hombro se había cerrado por completo, así que fintó un par de estocadas en el aire, aunque varias punzadas de dolor le recordaron que todavía era pronto. La historia que le había contado Isabel sonaba a camelo, desde la primera a la última palabra. La conocía demasiado bien para no detectar las miradas furtivas, la duda, el nervioso jugueteo de sus manos. Semejante bulo se debía a una causa justificada, al menos desde el punto de vista de la dama, lo cual implicaba que, de conocer la realidad, le molestaría. Pero en aquellos instantes lo que menos le complacía era que la mujer que amaba le engañase como a un niño. Pese a todo, fingió tragarse la mentira y le ofreció sus rodillas, para que se sentara en ellas.

Isabel suspiró, satisfecha. Aquel gesto significaba que Antonio deseaba proseguir sus clases particulares, igual que cada tarde, así que entreabrió el jubón un poco, para gozar de mayor libertad, marchó a su estancia y regresó a la de Antonio con uno de los escritos de Averroes del que se servían a sus profesores: el *Libro de las generalidades de la Medicina*. Pimentel sonrió. Cada vez que le proponía tal lectura, terminaban practicando la materia aprendida en el lecho. Buen conocedor de su contenido, rebuscó entre los folios hasta toparse con el apartado que versaba sobre los órganos de la respiración. Mientras acariciaba con los labios el cuello de la mujer, comenzó su explicación sirviéndose de ambas manos, pues no necesitaba leer aquello que conocía de memoria, después de sus años de aprendizaje.

—La respiración tiene dos utilidades: ventilar el calor del corazón —tocó el de la dama—, y nutrir el espíritu, aunque para el maestro Averroes la última no es cierta.

—¿Tú qué crees? —murmuró ella, entrelazando sus dedos con los de Antonio.

—Que si no respirásemos, no viviríamos —bromeó él.

—Galeno afirma que esta función obedece a la voluntad y que en nosotros yace la libertad de elegir si respiramos o no.

Pimentel asintió complacido. Su alumna avanzaba. El sabio

afirmaba que un nervio y un músculo controlaban esa habilidad y que, si se seccionaba el nervio que movía el diafragma, se muere, de la misma manera que quien es estrangulado con un lazo.

—¿Consideras más acertado a Galeno o a Averroes, que le cuestiona?

Isabel dudó.

—Probemos —le propuso.

—¿Cómo?

—Así.

Se volvió para besarle al tiempo que le tapaba las narices. Antonio la imitó. Aunque reventase, aguantaría más que ella... Poco duró la competición, pues, sin apenas advertirlo, pasaron a analizar si el pecho se movía con independencia de los impulsos del pulmón o si ambos funcionaban al unísono, o si, como proponía Averroes, el primero movía al segundo. La prueba se prolongó hasta que ambos se despojaron de la ropa. Entonces el maestro tomó en brazos a la discípula y le propuso iniciarla en otras artes explicadas por el médico musulmán: las utilidades de los órganos del movimiento voluntario, los de la generación y los instrumentos de los sentidos. Al final de la clase, la aprendiz superaba en conocimiento a su profesor, como le aseguró Antonio entre risas.

—Pronto sabrás más que yo —confesó Pimentel, acariciando el rostro de Isabel.

—Podremos licenciarnos juntos —sugirió ella.

Las carcajadas del caballero llenaron la estancia. Molesta, la mujer se incorporó del lecho, para vestirse. Antonio se volvió para mirarla con cierta nostalgia.

—Todo un espectáculo, mi señora: una dama y un bastardo se presentan protocolariamente ante el maestrescuela, quien, arrebatada su voluntad por el mismo diablo, nos acepta por candidatos. Nos proponen la temática de examen, en una jornada lo preparamos juntos, por ejemplo aquí en mi estancia como ahora; luego, en la capilla de Santa Bárbara de la catedral, a la vista de la tumba del obispo Lucero, pasamos la noche en vela, si podemos, antes de superar el examen ante los doctores y maestros allí presentes, dispuestos a asaetearnos a preguntas torpes, si hemos pagado suficiente por su voto, o a practicar la espada de su verbo si se muestran justos. Primero expones tú la lección, pero nadie la escucha, molestos todos por el magisterio de una mujer. Más tarde, haciendo una excepción en la norma, me ceden la palabra para matar dos pájaros de un tiro en un solo esfuerzo. Les pagamos sendas comilonas y, con las panzas llenas, nos fustigan latigazo a latigazo de supuesta disputa dialéctica que culmina con una bonita votación en la que, en lugar de nuestro bien merecido A de aprobado, obtenemos por mayoría de los presentes la R de reprobado. Para rematar la jornada nos entregarán a la justicia, acabarás en un convento y yo... tal vez en las galeras del rey atado a un banco de remos —bromeó lúgubre, dulcificando irónico la realidad.

La Vargas se ciñó la espada a la cintura con rabia. Conocía el ritual y las limitaciones que la alejaban de un sueño que Salamanca y una mentira convirtieron en promesa de realidad. Podía engañarse, creer en un mundo de libertad y justicia que pertenecía a los relatos caballerescos o a su imaginación, mas la cruda realidad es que ella, por mujer, jamás conseguiría un grado académico, menos aun si cabe con un año de estudio, y que Antonio, por culpa de un nacimiento que no escogió, se vería relegado a observar desde el público cómo sus compañeros, uno tras otro, adquirían aquello que en lid de conocimientos nadie merecía como él. Por un instante quiso gritarle al orbe que aquella mentira era más cierta que su estricta realidad, que Dios no distinguía de sexo o bastardos a la hora de clasificar a sus hijos, que las leyes de los hombres podían cambiarlas otros hombres. Pero nadie la escucharía, cierto. Quizá por ello decidió vengarse en alguien más cercano y disponible: Laurentino Fresno. En él se cobraría todas y cada una de las penas con que habría de castigarle la justicia a ella o a Antonio si se atrevieran a profanar las sagradas normas académicas. Comprobó que la hoja de la espada se deslizaba suave por la vaina, ajustó los botones de su jubón, tomó la daga, que acabó bien sujeta al costado, y se envolvió con el manto antes de partir.

—¡Eh! —reclamó su atención Pimentel—. Si buscas pendencia, te acompañaré.

—Son más de las cinco. Tan solo quiero que alguno de mis compañeros me preste los apuntes de las clases de la tarde, ya que por tu culpa no he podido asistir a ellas —le mintió, sin atreverse a mirarle a los ojos.

Antonio se sonrió. Dos engaños en una tarde. La relación entre ellos prometía consolidarse, por eso optó por semejantes artes a la hora de escoger respuesta.

—No tardes. Aguardaré tu regreso sin moverme de aquí.

31
EL CAPADOR, CAPADO

Laurentino Fresno buscó apoyo en los muros de la iglesia de San Gil cuando la cabeza se negó a ordenar a su cuerpo que mantuviera el equilibrio. Se encontraba cansado, muy cansado. Cada vez le costaba más respirar, el corazón se desbocaba en el pecho y, por si no bastase malestar, náuseas, vómitos y diarrea se habían convertido en sus compañeras de viaje desde que sintiera aquella quemazón en la boca, después de yacer con María la Vitoriana y brindar por su fortuna con la madre Gorgonia, a quien le coló por un buen precio el mapa de sus desvelos. Desde entonces habían transcurrido dos noches y, hasta que optó por abandonar las Ocho Beatitudes, casi la tercera de camino.

En su huida callada dejó abandonado allí a su compañero de aventuras y desdichas, el mismo que le guardaba las espaldas en todas las marrullerías en las que se embarcaba, el que le ayudó a deshacerse del estacionario. Parecía en tan malas condiciones cuando se despidió de él en la taberna... Con los ojos cual huevos duros, las manos en la barriga, solo le faltaba ahogarse con las propias tripas para que alguien avisara a un cura. Capador sonrió torcido, recordando a su amigo. Si sobrevivía, volverían a las andadas, superada una nueva prueba; si estiraba la pata, brindaría por él en el Mesón del Estudio con los demás cofrades de Campos. Incluso colocarían en su honor una vela junto a la cátedra de la calavera, en homenaje sincero.

Por qué se decidió a dejar tan confortable hogar cual las Ocho Beatitudes era asunto que a él mismo se le escapaba, máxime si consideraba sus penosas circunstancias actuales. Aunque no era la primera vez que la ingesta de bebida le provocaba semejantes castigos, nunca hasta entonces le había acompañado un permanente olor a ajo en la boca. Gorgonia, su hermana en la cofradía de rufianes, se había ofrecido para cuidarle con mimo, pero Capador rehusó porque conocía muy bien las consecuencias de la caridad de semejante víbora, hecha para extraer hasta la última gota de la sangre del varón, más aún adelgazar su bolsa. Si se descuidaba, bien pudiera apoderarse de las monedas ganadas con el mapa.

Fuera por miedo a perder sus dineros, por el olor a ajo, que le disgustaba al recordarle sus orígenes, o porque ya no podía rendir como hombre con fuerzas tan menguadas, huyó de la plaza con el estandarte recogido. Las campanas de las Escuelas Mayores avisaban del final de las clases del día, superadas las cinco de la tarde. Con prudencia, para no ser visto en semejante estado, se decidió a reptar por callejas hasta llegar a la catedral y, desde allí, por la calle Gibraltar, a la Puerta del Río, cercana al Mesón del Estudio donde residía. Apenas cruzada la puerta, sus sentidos se aguzaron: alguien le seguía desde hacía un buen rato, aunque conocía mil maneras para disimular su presencia, tarea especialmente sencilla habida cuenta de las escasas fuerzas de Laurentino. Por ello se decidió a buscar amparo en los muros de la iglesia de San Gil, próxima al mesón. Vomitaba sangre cuando los pasos de la sombra se detuvieron precavidos.

—Asoma la cara, perro cobarde —jadeó, una vez liberado de la carga.

De entre las tinieblas, asomó la figura de un caballero embozado. Capador se incorporó como pudo y extrajo espada y daga, dispuesto a enfrentarse al único miedo real de la jornada.

—¡Habla, vamos! ¡Dime qué quieres!

El hombre se rió. Parecía joven, a juzgar por su voz. Quizá alguno de los novatos a quienes había aligerado sus haberes más allá de lo razonable. Fresno había convertido su paso por las aulas en todo un magisterio de salutaciones a los recién llegados: matraca de burla de palabra, nevada de salivazos, metidas en rueda a golpes de libro, patentes de dinero para merendolas y hasta había dado garrote a más de un arca. Sin duda las huestes de sus enemigos abultaban en número más que las de sus amigos, si exceptuaba a los hermanos de la cofradía, fraternal unión a la que no pertenecía el desconocido que con paso lento, sin descubrirse el rostro, avanzaba en aquellos momentos hacia él. El fino oído de Laurentino percibió el silbido de la hoja de una espada al abandonar la vaina.

—Busco tu vida —le susurró la muerte, cada vez más cercana.

Capador se abalanzó sobre su adversario berreando. En la primera embestida chocaron sus armas; la segunda, liberó el rostro de su enemigo; la tercera, hija de la rabia, topó con los huesos de Fresno sobre el muro de la iglesia. Desde la ventana de una casa próxima, un hombre les regaló todo tipo de improperios y amenazas de avisar a la autoridad pública si continuaban molestando la paz de su hogar. El resto de los vecinos atrancaron las puertas, acostumbrados a todo tipo de pendencias por la cercanía del Mesón del Estudio, sede de la más insigne canallería universitaria, y por encontrarse en el camino hacia el lugar donde las querellas estudiantiles se resolvían a espada. Mudos testigos de lo que quisiera que la suerte trajera aquella noche, husmearon desde sus ventanas. La mayoría aborrecía a Fresno, viejo conocido de todos, por eso se alegraron de la lección que estaba recibiendo a los ojos de muchas de sus víctimas.

Laurentino se incorporó del suelo, primero a cuatro patas, luego tambaleándose sobre las piernas, cada vez más débiles.

—¡Pedro Bravo, defiéndete si eres hombre!

Su enemigo volvió a reírse, como si aquellas palabras pertenecieran a un chascarrillo afortunado que solo él conociera. Con maestría, le fue arrinconando paso a paso hasta encontrarse ambos en la oscuridad de una calleja solitaria, a medio camino entre el infierno y el purgatorio. Capador trastabilló hasta caer de nuevo al suelo. Fijo en él, con la punta de la espada de su enemigo en la garganta, soltó la suya, que apartó el vencedor de un puntapié antes de pisar la mano que sostenía la daga. Clavado de forma firme a la tierra, Fresno imploró clemencia, gimiendo piedad a quien no hubiera dudado en cercenar el cuello instantes antes.

—No gastes esfuerzos, miserable. —Hincó un poco más el arma, entorpeciendo la respiración de su presa.

De encontrarse sano, Laurentino conocía mil trucos y maneras de apartar a ese infeliz de encima de él, pero gastadas las fuerzas antes de verse en tan lamentable situación, apenas si podía ordenar un poco su propia cabeza, así que la mejor solución pasaba por negociar una salida. Si aquel tipo enclenque se había atrevido a combatir con él, tendría alguna querella anterior.

—Pero ¿qué he hecho a vuesa merced, señor bachiller? —se lamentó.

Sin ceder un ápice en la presión, Isabel desvió la punta de la espada hacia el pecho, para que pudiera hablar.

—Necesito saber.

—Preguntad, pues —aceptó Laurentino.

—¿Quién te ordenó matar a Antonio Pimentel?

Fresno palideció. Así que se trataba de eso…

—Si os respondiera, acabarían conmigo después y de forma más cruel que atravesado por la espada.

—También puedo improvisar nuevas maneras menos caritativas... —susurró ella.

—Hacedlo entonces —invitó, seguro de su falta de iniciativa.

Capador conocía a leguas a los matones y Pedro Bravo carecía de la frialdad de ellos. No degollaría a un enemigo caído.

—Dime entonces por qué robó Fadrique Enríquez el arca del rector.

—Preguntádselo a él.

Irritada con la burla, la espada señaló la entrepierna de Fresno, que gritó sin mesura cuando el hierro rozó sus testículos, aunque sin atravesarlos. Isabel se hincó de rodillas sobre el pecho de su presa, asegurándose de que no podría moverse. Cruzó la hoja sobre el cuello de Laurentino y de la piel brotaron gotitas de sangre. Esta vez Capador sí supo que le mataría.

—Frecuentaba a un dominico que le sugirió que el almirante de Castilla agradecería tal regalo —confesó el caído—. Incluso le ofreció servir de intermediario, para que nadie más se enterara de lo ocurrido y engañar al rector Maldonado.

—¿Para qué necesita un arca con mapas y cartas alguien de su posición?

—Tal vez buscaba apoderarse de los privilegios de maese Colón en Indias, valiéndose de su amistad con el rey don Fernando.

—Y te volviste codicioso. Para qué ayudar a un estudiante simple cuando podías obtener botín por el arca, en todo o en parte.

Capador sonrió.

—No sé a qué os referís —le provocó.

—El almirante de Castilla, el rector y ese maldito dominico entrometido. Tres clientes.

—Muchacho, no sabéis nada... Os faltan candidatos de mayor alcurnia —se burló.

—Dime sus nombres, pues.

Laurentino negó con la cabeza. Isabel hubiera deseado arrancarle aquella sonrisa de suficiencia del rostro. Apretó más su espada sobre el cuello. Fresno boqueó.

—Por favor..., ¿podríais rebajar... la presión... sobre mi pescuezo?

Isabel separó un poco la hoja. Laurentino tosió con fuerza, más de la esperada, vomitó sangre y un intenso olor a ajo podrido lo impregnó todo.

—¡Por Dios! —exclamó con asco, apartando la cara aunque sin alejar la mirada de su enemigo, que, sin poderse contener, se hizo sus necesidades encima.

—Me quemo por dentro. Vuesa merced estudia Medicina, tal vez sepa qué mal se ha apoderado de mí. Ayudadme, por favor —imploró su misericordia entre llantos.

La joven alejó su propia espada, para que aquel maldito no pudiera aprovechar su buena voluntad para atacarla, pero no olvidó mantener la daga en la diestra mientras le auscultaba, dispuesta a apuntillarle si fuera menester. El corazón le latía a saltos extraños, tan pronto rápidos como lentos. Isabel pidió que le informara de sus últimas andanzas, también de los alimentos y bebidas que había ingerido y de cuándo comenzó a sentirse mal. Al cabo de un rato, se levantó de su pecho, envainó la espada y se cruzó de brazos.

—¿Qué hacéis? ¡Ayudadme! —le gritó perplejo Fresno.

—¿Para qué? Alguien ha hecho el trabajo por mí. Con maestría, según parece.

—¿A qué os referís?

—Te han envenenado con arsénico. No creo que aguante tu cuerpo más allá de la medianoche. Prepara tu alma para encontrarte con el demonio.

—Esperad, no puede ser, debe existir algún antídoto.

—Lo hay.

—Buscadlo, os pagaré vuestro peso en oro, os diré lo que queráis.

Isabel sabía que no había de aguantar demasiado. Odiaba mentir, pero con semejante criminal no existía otra forma de obtener la información que necesitaba. Dios le perdonaría por lo que iba a hacer.

—Antes contesta a mis preguntas en prueba de buena voluntad o no habrá trato.

Fresno sacudió la cabeza arriba y abajo como un poseso. El ardor de boca y cuello comenzaba a extenderse al pecho.

—La madre Gorgonia me encargó tras el entierro del sobrino del de Castilla. Por eso intenté matarle. Se trataba de un asunto personal para ella.

—¿Por qué te lo ordenó una prostituta?

Fresno le mostró la palma diestra. A pesar de la oscuridad, a esa corta distancia se percibían sus dedos señalando tres puntos en ella.

—Esta señal identifica a los hermanos de la Garduña. Estamos obligados a prestarnos apoyo y sostén. Si Gorgonia me lo solicitaba, no podía negarme a su ruego.

—¿La Garduña? Nunca había oído hablar de ella —murmuró Isabel, sorprendida.

Capador se rió débilmente.

—Si conocierais su existencia, uno de nosotros dos no se encontraría aquí vivo. Por eso hemos llegado hasta hoy y ninguno de los reyes que trató de acabar con nosotros, desde el santo Fernando que conquistó Sevilla, lo ha logrado. Muchos han pagado en la picota su silencio para salvaguardar a la Hermandad. Nada más puedo contaros, salvo que obedezco a quien debo obedecer y Gorgonia, a su vez, a quien nos ordena desde las sombras del anonimato —tembló Laurentino, temeroso de los oídos de las paredes cercanas.

—¿Por qué? No lo entiendo... Ambos son amigos.

La risa se tornó en tos en la boca de Fresno. Vomitó de nuevo.

—Voluntad propia u orden, ¿qué importa eso ahora? ¡Me muero! —Se aferró con desesperación a la pechera de ella—. ¡Cumplid vuestra parte del trato, ahora!

Su cuerpo comenzó a agitarse, primero de forma suave, después con fuerza. Isabel sabía que aquello significaba que no tardaría en morir. La mujer se incorporó con desprecio, alejándose unos pasos.

—Lo siento, en tu estado no existe cura. Rezaré por ti, es todo lo que puedo hacer.

Laurentino gritó con todas sus fuerzas, convocando a los demonios, arrastrándose hacia ella, que comenzó a retroceder paso a paso hasta regresar a una de las calles principales. Los berridos del agonizante habían llamado la atención de la patrulla de alguaciles que velaba por la ciudad. A lo lejos, pero no demasiado, escuchó el grito de los oficiales del corregidor de Salamanca: ¡alto a la justicia del rey!

—¡Aquí, aquí! ¡Piedad, piedad! —berreó Fresno al escucharlos cerca—. ¡Ha sido Pedro Bravo! ¡Él me ha matado!

Mientras corría, Isabel se recriminó mil veces no haber acabado con la vida de ese canalla. Las picas de los alguaciles se acercaban cada vez más a ella, esquivó su atención recortando la carrera por distintos vericuetos hasta llegar a la Puerta de San Pablo. Seguían pisándole los talones. El miedo trajo a su mente la imagen de Luisa. Podría refugiarse en su casa si conseguía despistarlos un poco, así que tomó la calle que conducía desde San Pablo a la iglesia de San Martín. Decidió acortar a su izquierda a través de la rúa Palombino y allí, de la nada, unos brazos la tomaron al vuelo introduciéndola en otra calleja. Isabel pataleó, tratando de separarse de su captor, que le tapó la boca con su mano derecha. Al oído, escuchó una voz familiar.

—Calla. Están cerca. No hagas ruido —le ordenó Antonio.

Se volvió para mirarle. Pimentel sonrió, señalando hacia la calle con un gesto. Los pasos apresurados de los alguaciles casi habían llegado a su altura.

—Ahora, ni un gesto —murmuró el caballero, apretándola más contra sí.

A través del escaso hueco del que disponían, observaron a la pareja de alguaciles correr, picas y fanales en mano, como alma que lleva el diablo. Cuando se aseguraron de su lejanía, Antonio la soltó, ayudándola a componer su aspecto antes de abrazarla. Sabía que el miedo se había apoderado de ella por completo. Temblaba.

—Tranquila, no es culpa tuya. —La besó en las mejillas—. Ese cerdo de Fresno ha recibido su merecido.

Isabel parpadeó sorprendida. ¿Cómo era posible que Pimentel conociera lo ocurrido? Antonio adivinó sus pensamientos.

—¿Pensabas que iba a dejarte partir sola esta tarde? —sonrió.

—¿Me seguiste?

El caballero asintió con un gesto.

—¿Escuchaste nuestra conversación?

—Sí.

—¿Y permitiste que le dejara morir?

—Una vez que confesó el nombre de Gorgonia y el papel que jugaba en la Garduña, ¿para qué intervenir?

Isabel se alejó unos pasos.

—¡Tú ya sabías de la existencia de esa extraña Hermandad! ¿Cómo es posible?

Antonio suspiró con fuerza. Aquellos recuerdos antaño tan queridos, desde que había conocido a la mujer le avergonzaban.

—Digamos que mi vida antes de tu llegada me arrastró por caminos complejos.

La mujer se encontró tentada a abofetearle. ¡Todo aquel tiempo había sido espectador sin intervenir! Cerró el puño con fuerza mientras apretaba los dientes.

—Hazlo, si con ello te sientes mejor —la invitó.

Sin pensarlo dos veces, Isabel le cruzó la cara hasta cansarse. Pimentel mantuvo el tipo hasta que ella se tranquilizó y, derrotada, se dejó caer sobre su pecho. La abrazó de nuevo.

—Vamos, te llevaré con Luisa.

Se aferró a él.

—Quiero quedarme contigo, por favor.

Antonio le acarició el rostro. La tristeza se abrió paso en su mirada.

—No puedes. Capador gritó tu nombre a los cuatro vientos, la justicia del corregidor te busca. No tardarán en llegar a mi casa, por eso debemos esconderte aquí primero.

—Sabes que Luisa es mi pariente. Acudirán allí.

—No antes de que hable con el maestrescuela para aclararlo todo. Esta misma noche le llevaré la maldita arca con todo lo que contiene.

—¿Y tú?

—Mi querida amiga, no existe peligro para mí.

—Pero la madre Gorgonia ordenó tu muerte. Controla a esos rufianes y...

Antonio selló sus labios con los dedos.

—De ciertas damas, ya me ocuparé yo. Ahora vamos, no perdamos más tiempo. Nos resta camino hasta llegar a la casa de los Medrano. Mi prioridad ahora es dejarte a salvo.

Guardaron silencio todo lo que quedaba de trecho. Isabel no se separó de su lado durante todo el recorrido, hasta que Pimentel golpeó con fuerza la madera de la puerta con la aldaba.

—No pienses en lo que ha ocurrido. Capador se merecía mil muertes, no te reproches no haberle ayudado. De nada eres culpable, mi niña. Ahora descansa, hoy más que nunca lo necesitas. —La besó en la frente despidiéndose.

Desde la seguridad del portalón de entrada, la mujer le vio marcharse y un mal presentimiento le atenazó el corazón. Algo en su interior le advertía a gritos que volvería a verle. Una hora más tarde, Luisa y ella fueron apresadas por la justicia de Salamanca y entregadas a la custodia del inquisidor Ruiz del Monte...

32
DE PROFUNDIS CLAMO AD TE

Rezaba el maestrescuela las últimas oraciones del día a la luz de las velas del altar sin apartar los ojos del retablo de la capilla mayor de la catedral, acariciando cada una de las cincuenta y tres tablas de bronce sobredorado e incrustaciones de piedras semipreciosas que lo componían, de tanto admirarlas. En ellas se resumía la vida de la Virgen, titular del templo, y la del Salvador con el talento preciosista de los maestros italianos que trabajaron en ellas. Cincuenta y tres escenas que permitían a cualquier cristiano reconocer la esencia de su credo con solo navegar con la vista por ellas.

Aquel día, particularmente largo y agotador, le había impedido cumplir con sus deberes religiosos, por lo que ahora, de rodillas en el presbiterio, acompañado de un puñado de sepulcros de obispos, arcedianos e hijos de reyes, oraba a solas con Dios. Al mismo Dios a quien un día ya lejano adoraba bajo nombres distintos, cuando él mismo dirigía los rezos de la comunidad judía de Lisboa, o la de la sinagoga de Salamanca, antes de la expulsión de 1492. En voz baja, confesó sus pecados uno a uno. Finalmente, postrado sobre el suelo, abrió los brazos en cruz y solicitó al Altísimo perdón para cada uno de ellos con las mismas sencillas palabras que un día ya muy lejano le enseñara su madre:

—Mi Señor, a ti rogaré y pediré merced, pues confío en tu clemencia para con mis culpas. Ponme a prueba, sondea mi corazón. En mis labios no existe engaño ni en mi alma malicia hacia ti y no vacilarán mis pasos hasta llegar a tu encuentro.

De la oscuridad de su pasado regresaron otros rezos del recuerdo, y se vio a la vera de su madre, enlazadas las manos, mientras le besaba con amor antes de arroparle. Igual que entonces, sus labios se entreabrieron para permitir el paso a la *shema,* la oración más importante del pueblo judío, aquella que pronunciaría el día de su muerte, con la que se dormía desde pequeño: *Shemá Yisrael, Adonai Eloeinu, Adonai Ejad.* «Escucha, oh, Israel, el Señor es nuestro Dios, el Señor es Uno.»

El maestrescuela golpeó con su frente las losas del suelo hasta herirse, mientras las lágrimas desdibujaban el rostro de su madre, devolviéndolo de nuevo al mar de la noche eterna. Trató de retenerlo, arañando las frías piedras del templo de Santa María, pero la sonrisa desapareció de sus hermosas facciones, devorada por las tinieblas del peso de su propia culpa, de su traición a su memoria, a la de sus mayores.

Por una promesa del rey don Fernando de Aragón regresó de Portugal, donde gozaba de fama, poder y fortuna junto a sus monarcas. Por una promesa suya repudió su pasado como Judah Abravanel, a su estirpe, a sus creencias, a todo lo que una vez le convirtió en grande a los ojos de su pueblo cuando renunció a quedarse en estas tierras en 1492. Por una promesa, cinco años atrás, en 1504, había regresado a Salamanca bajo otro nombre, José del Palacio, ganado en concurso la cátedra que ahora ocupaba, convertido en espía de don Fernando, en su hombre de confianza allí. Por una promesa renegó de su fe a cambio de buscar lo único que le quedaba en la vida, que un día de julio abandonó camino del exilio a Portugal.

Preso el corazón en aquella cárcel de remordimientos, José del

Palacio permitió al rabino Judah Abravanel llorar por todo lo perdido, sin otro consuelo que la esperanza en que el único Dios de las dos religiones hermanas entendiera las razones de su apostasía. Y le rogó que si su alma volvía a encontrar gracia ante sus ojos, le permitiera corregir todos y cada uno de sus errores para recuperar la dignidad que ofreció en almoneda a un rey cinco años atrás en alas de la esperanza.

Pero toda la respuesta que recibió del Altísimo fue la inoportuna llegada de Antonio Pimentel, sudoroso, jadeando por el esfuerzo de portar un objeto, oculto bajo telas, de peso considerable, a juzgar por el cansancio del estudiante.

—Maestrescuela —llamó su atención como pudo, después de dejarla en el suelo, a los pies del presbiterio.

Judah desapareció en el rostro de José del Palacio, que, después de enjugar sus lágrimas, se volvió hacia su favorito. La luz de las velas le permitió adivinar en sus facciones una mezcla extraña de miedo y desamparo como antes no viera jamás. Un hombre como Pimentel no conocía otro temor que sus propios fantasmas, domesticados a estas alturas de su joven vida, ni otro abandono que el de su estirpe, a la que se había acostumbrado desde la soledad de su niñez en Salamanca. Después de persignarse e inclinar la cabeza ante el altar, descendió los escalones que separaban el presbiterio de la nave y se aproximó a Antonio, a quien bendijo.

—¿Qué ocurre? ¿Qué asunto tan importante te arranca de tu casa a estas horas para venir a buscarme aquí?

—Luisa de Medrano y Pedro Bravo han sido arrestados.

El maestrescuela no pudo evitar un mal gesto.

—¿Quién ha dado esa orden?

—El corregidor de Salamanca.

—¡Ese maldito entrometido! —Se golpeó los costados con los puños—. ¿De qué se los acusa?

Antonio retrocedió unos pasos. Jamás había visto tan furioso al doctor Del Palacio. Si le contaba lo ocurrido sin ocultar nada, le mataría allí mismo por imprudente y necio, así que optó por la única solución que le dejaban los cielos: participarle todo bajo secreto de confesión. Pimentel cayó de rodillas ante el maestrescuela para solicitarle esa merced. Del Palacio aceptó, sentándose en las gradas del presbiterio.

—Habla, pues —invitó grave.

El caballero compartió con él todo lo acontecido esos últimos días hasta llegar al desafortunado episodio de la muerte de Capador y las consecuencias del mismo, especialmente para Isabel, delatada por Fresno poco antes de entregar su alma. Cuando hubo terminado, el maestrescuela se separó de él, incorporándose.

—Cuánto me equivoqué al confiar en ti. Por culpa de tus errores, Pedro Bravo y Luisa se encuentran en grave peligro, tal vez de muerte. Si esta desafortunada situación llega a oídos de Ruiz del Monte, y así ocurrirá me temo, su mano no se detendrá hasta que Luisa sea expulsada de la cátedra y el bachiller Bravo, condenado a la picota. Buen trabajo, Antonio, gracias a tu torpeza el inquisidor dispone de un camino para apoderarse del alma de esta universidad y acallarla para siempre. Me has fallado.

Pimentel agachó la cabeza, guardando silencio.

—¿Y el arca de Colón?

—Aquí la tenéis.

Del Palacio ojeó su contenido rápidamente.

—¿Falta algo?

—No lo creo. El mapa que ordenó copiar Fadrique lo poseéis ya y no hemos encontrado nada más.

—Entonces alguien se ha guardado el segundo cartulano: el del infante don Pedro de Portugal. Quien posea ambos tendrá las llaves de la conquista de las Indias —murmuró para sus adentros, mientras en la mente de Pimentel un nombre cobraba fuerza.

«¿Qué has hecho con el mapa, Capador?», preguntó a su fantasma justo antes de que una nueva pregunta del maestrescuela rompiese la quietud de la iglesia.

—¿Confías en ese compañero tuyo, el bachiller Pedro Bravo?

—Sí.

—No te has detenido a considerarlo.

—No me parece necesario.

—Pero apenas le conoces —insistió Del Palacio, terco—. ¿Cómo puedes mostrarte tan seguro?

—Porque mi vida le pertenece —murmuró.

La mirada de Pimentel no mentía. El maestrescuela se sorprendió de la pronta respuesta de Antonio. Sin duda aún guardaba alguna carta marcada.

—¿Tan valioso es para ti ese muchacho?

Pimentel dudó unos instantes. Su conciencia le obligó a aceptar que, le gustase o no, debía revelarle la verdadera identidad de Pedro Bravo o su silencio traería consecuencias extraordinariamente dolorosas para ambos, compartir con él que se trataba de una mujer protegida bajo un disfraz de hombre, de un pariente de los Medrano, aunque se guardó en secreto su nombre.

Sabía de sobra que aquel delito se castigaba con extraordinaria dureza, tanto hacia el infractor de la ley como hacia aquellos que le hubieran ayudado, lo que incluía al propio Antonio y a Luisa. Por salvarla, estaba dispuesto a ofrecer su cabeza. Nada valía antes de conocerla, nada habría de valer sin ella. Pimentel se alzó del suelo, cansado de rogar a un hombre sordo a sus palabras, apegado a su propia supervivencia como se mostraba el maestrescuela. Decepcionado, le ofreció la espalda, dispuesto a marcharse con las manos vacías, cuando Del Palacio reclamó su atención después de digerir sus palabras.

—Una mujer... ¿De quién partió esa loca idea?

El caballero se volvió para mirarle una última vez. Sonrió con desprecio a quien encarnaba la última de sus esperanzas antes de aceptar la mano que le tendía el ángel de la noche, su viejo compañero, el único que nunca habría de fallarle.

—¿Acaso importa ya? Sin vuestra ayuda, los tres estamos condenados. Permitidme marchar. Deseo compartir su suerte. Yo no las dejaré solas como vos.

—¡Maldito seas! —juró elevando la voz el maestrescuela—. ¿Es que no entiendes que este asunto se nos ha ido de las manos? ¡No podré ayudaros a deshacer este entuerto si no me cuentas toda la verdad! Esas dos mujeres quedarán en manos de Ruiz del Monte sin que pueda evitarlo.

—Entonces lo haré yo por vuesa merced.

Del Palacio sacudió la cabeza.

—¡Testarudo bastardo! ¡Quédate donde estás, no avances un paso o tendré que detenerte yo mismo!

—Intentadlo, vamos —le invitó Antonio, enfrentándose de nuevo a él.

El maestrescuela se le acercó. Fijos sus ojos en los del caballero, encontró en ellos miedo, soledad, desamparo, dolor. Por fin entendió las razones que le aferraban a la prima de Luisa de Medrano. No eran muy diferentes a las que le unían a él mismo con aquel estudiante.

—Antonio, te aprecio como al hijo que nunca tuve —confesó—, pero debes comprender que nada puedo, salvo interceder ante el doctor Maldonado y esperar su justicia y la buena voluntad del corregidor.

Pimentel se postró de hinojos a sus pies, juntas ambas manos en muda oración.

—Os respeto como al padre que el destino me negó, por eso os suplico de nuevo que me ayudéis a liberarlas.

—¿Por qué te empeñas en una causa perdida?

—¿Alguna vez habéis amado?

Sorprendido, el maestrescuela tragó saliva antes de responder ronco.

—Una vez entregué mi corazón a una mujer.

—Entonces me entenderéis, señor. Vuesa merced representa la justicia de la universidad —insistió Antonio—. Ella es una estudiante, aunque bajo un nombre de varón, y Luisa ocupa el puesto del maestro Nebrija.

—Temporalmente —puntualizó Del Palacio.

—De acuerdo —aceptó el caballero—. Pero eso no os impide actuar. Nadie, salvo el Papa de Roma, puede alterar la voluntad del rector de la Universidad de Salamanca o del maestrescuela, en quien descansa la norma, la ley. Ni siquiera los monarcas se han atrevido a hacerlo jamás.

—Nos enfrentamos al favorito del cardenal Cisneros. Fray Juan representa la autoridad de la Santa Inquisición y, en su calidad de visitador real, puede imponerse al rector.

—¡Entonces reunid al claustro pleno! Que sea en él y con vuesas mercedes por tribunal donde se juzgue su causa, aunque soportemos la presencia del inquisidor —le rogó.

—Necesitaríamos un apoyo mayor que un puñado de doctores y catedráticos para lograr vencerle. No confío en ellos, se dejarían tentar por Ruiz del Monte.

—Entonces decidme dónde he de acudir para buscar esa ayuda, porque aunque os deba traer al mismísimo diablo, juro que lo conseguiré.

Del Palacio se sintió tentado a responder a Antonio que nada podría salvar a esas dos pobres mujeres. Luisa tal vez saliera mejor parada, pues solo se le privaría de la docencia, apartándola de la cátedra que ocupaba, en reconocimiento a la posición de los Medrano en Salamanca. En cuanto a la otra muchacha... En el momento en que se conociera su condición de mujer, el maestrescuela o el propio rector Maldonado se verían obligados a entregarla a la justicia del corregidor, quien traspasaría esa desagradable tarea a la Inquisición. Conocía bien sus artes. Las formas de sus interrogatorios, los caminos tortuosos por los que trataban de enderezar las almas. Ruiz del Monte la acusaría de los asesinatos de fray Bartolomé, de Fadrique, del estacionario y del propio Laurentino Fresno. Con tales armas, su sentencia la conduciría a la picota, sería ejecutada. Solo un hombre podría salvar su vida.

—Antonio, deberás acudir ante el rey don Fernando.

Pimentel hubo de apoyarse en ambas manos para no caer, a pesar de encontrarse de rodillas. El frío se apoderó de su cuerpo. ¿El rey de Aragón? No disponía de tiempo suficiente para buscarle en sus tierras y regresar a Salamanca, así se lo expuso al maestrescuela.

—Se encuentra en Tordesillas —sonrió ladino Del Palacio—, a poco más de veinte leguas de distancia de aquí, junto a su hija la reina doña Juana. Los nobles quieren apartarla del poder para transmitir sus derechos a su primogénito, el príncipe Carlos, así que allí le encontrarás, a él y a sus favoritos. Entre ellos a tu padre, el almirante de Castilla. Utiliza su nombre para acercarte a él, o el de tu linaje, los condes de Benavente. No son malas cartas de presentación en cualquier caso. De hecho, las únicas que disponemos en este momento, para nuestra desgracia. Comparte con el aragonés todo aquello que consideres menester que sepa, salvo la condición de la muchacha. Que siga creyendo que se trata de Pedro Bravo. En cuanto al robo del arca de maese Colón, maneja con tacto el asunto, recuerda que la difunta reina Isabel confió su custodia al rector Maldonado. No lo traiciones o condenarás a la universidad. Y acerca de mi papel en todo este asunto..., haz lo que tu conciencia te señale. —Se encogió de hombros.

El rey de Aragón, regente de Castilla. Antonio palideció al recordar el último de los presentes que le entregó su abuelo siendo él un niño: una carta sellada con las armas del mismísimo don Fernando. Un salvoconducto que los protegía a él y a su madre en caso de necesitarlo.

—Necesitaré una semana para llegar a Tordesillas y volver. Garantizadme al menos ese tiempo.

El maestrescuela tomó aire varias veces, para tranquilizarse, para convencerse a sí mismo de que Maldonado y él, juntos, podrían hacerlo. Apenas amaneciera, acudirían los dos ante el corregidor para invocar el derecho universitario que asiste a todos los estudiantes y que deja en manos de ambos la justicia en todas sus causas. Este, rata cobarde, no osaría enfrentarse al poderoso visitador real, para entonces ya informado de la captura de su presa, por lo que trataría de alargar la causa hasta componer un buen ataque final. Escribiría a la reina Juana, a su padre don Fernando, a Cisneros, buscando la solución a semejante dilema. Pero, entretanto, Luisa y su prima serían encarceladas en la prisión de la universidad, lejos de las garras de aquel cuervo. ¿Una semana? Podría hacerse.

—Doctor Del Palacio —interrumpió sus pensamientos Antonio—, aseguradme esos días.

—Tuyos son. Parte con el alba y, por el bien de todos, más vale que regreses con una respuesta de don Fernando, o Ruiz del Monte se entretendrá con nuestros huesos.

Pimentel suspiró aliviado, mientras le abrazaba antes de partir. Debía darse prisa. Cada instante que pasaba, Isabel se encontraba en mayor peligro de ser descubierta. Corría hacia la entrada del templo por la nave central cuando el maestrescuela le rogó a voces que se detuviera.

—¡Todavía no me has revelado la identidad de la muchacha! —le gritó.

Antonio se detuvo en seco. Sonrió feliz al recuperar su recuerdo antes de marchar.

—Su nombre es Isabel de Vargas, hija de don Pedro, castellano de la fortaleza de Altobar —contestó Pimentel saludándole desde la distancia.

No pudo ver cómo el doctor Del Palacio caía de rodillas al suelo, temblando de la cabeza a los pies al descubrir aquella identidad. El maestrescuela trató de hablar, de preguntarle al caballero mil y una cuestiones, pero Antonio ya había abandonado el templo y allí solo restaban él y Dios, como al principio. Judah Abravanel regresó de entre las sombras y comenzó a reír y a llorar a la vez, porque la respuesta que esperaba desde hacía cinco años acababa de llegar de los cielos. Con el rostro entre las manos, sacudido por los recuerdos, su mente regresó al mes de julio de 1492.

33
ALTOBAR, JULIO DE 1492

Cuando Judah Abravanel subió hasta la colina en la que se alzaba el castillo de don Pedro de Vargas y cruzó las puertas de grueso nogal que cerraban aquel mundo de privilegio, sintió un vacío en el estómago semejante al del día en el que aquel mensajero de la corte llegó a la judería de Salamanca para leerles el correo con la orden de la reina Isabel de Castilla en el que se les conminaba a abandonar su país para siempre, y se les ordenaba partir con sus familias y servidores para no regresar jamás, so pena de muerte.

Atrás quedaron su cátedra en la Universidad de Salamanca, sus propiedades, amigos y hasta sus muertos. Tal vez por ello, quizá porque se negaban a asumir la realidad, la mañana en la que se cumplió el plazo, su esposa Raquel se aferraba a sus viejas llaves, como si quisiera guardar en aquel metal el alma de un moribundo recuerdo que jamás existió en la realidad, salvo en sus sueños. Agonizante, como la mujer que ahora esperaba los cuidados de Abravanel el judío en alguna de las estancias de aquel castillo de frontera.

El mayordomo del señor de aquellas tierras salió a recibirlos con tanta prisa como recelo mostraba su rostro enjuto y arrugado. Se trataba de un hombre anciano, de negras vestiduras y oscuras maneras, que no evitó una mueca de desagrado al indicarles el camino hacia las caballerizas. No le gustaban los judíos, y no disimuló su malestar al enfrentarse a un puñado de ellos ahora. Pero se debía a su amo y cumpliría su deber, por más que este le repugnara.

—Vuestro señor, don Pedro de Vargas, es muy valiente al permitirnos el paso —ironizó Judah Abravanel mientras descabalgaba de un salto—. Supongo que hasta aquí habrán llegado las nuevas de la corte: la reina Isabel ha ordenado que ningún cristiano nos acoja, esconda o guarde a partir de hoy, so pena de perder todos sus feudos y privilegios. Grave cuestión ha de ser esta que nos trae, ya que se arriesga de tal manera.

—Dicen de vos que sois el mejor médico de Castilla y de León, y quieran los cielos que sea cierto, pues el parto de mi señora doña Beatriz se ha complicado tanto que tememos por su vida. Por eso os ha reclamado don Pedro —respondió lacónico el servidor.

El judío se sonrió.

—Ya me lo advirtieron los hombres que enviasteis a interceptar nuestra comitiva esta mañana. Os respondo lo mismo que les dije a ellos: llamad a vuestros propios físicos.

—Si deseáis dinero, nada se os negará. Mi amo es generoso, puede pagar cualquier precio, incluso el más alto que imaginéis.

Abravanel encajó el golpe y se preparó para devolver otro aún mayor.

—Entonces sabrá encontrar otra mujer pronto y reemplazar a un mayordomo inepto. ¿Veis? No nos necesitáis —se burló cruel, fingiendo volver sobre sus pasos.

—Deteneos, sabio —gruñó el anciano, tragándose su orgullo de cristiano viejo—. Podéis odiarnos a todos, y lo entenderé, pero no a ella. Si la conocierais, vos mismo la amaríais tanto como mi señor y entenderíais su miedo a perderla. Doña Beatriz es la mujer más buena sobre la tierra. No merece este destino. Ya ha perdido tres hijos. No resistirá ver morir a un cuarto...

Mientras apretaba la cincha de la silla de su mula, Judah Abravanel luchó con la idea de contarle a aquel mismo hombre que ahora demandaba su ayuda que apenas dos días atrás, todo lo que él había amado en el mundo había muerto entre sus propios brazos. Nadie se compadeció de ellos entonces, cuando rogaba alojamiento para su esposa Raquel, agua fresca, un lecho donde atenderla. Ni siquiera una bolsa de monedas de oro ablandó la voluntad de aquellos malditos vasallos de la reina que se decía católica y justa. Y Raquel se desangró sin que pudiera hacer nada por ella más que cerrar sus ojos, respirar su último aliento y enterrarla según sus costumbres en el mismo monte en el que parió como un animal salvaje a su hija. Abravanel tomó con rabia la pequeña arca en la que guardaba su instrumental médico y se encaró con el criado.

—No me habléis de amor, nazareno. Profanáis su mismo nombre con vuestros blasfemos labios. No penséis que carecemos de sentimientos por ser judíos.

—Entonces probad vuestra caridad y venid —le rogó una vez más.

—Si fuera con vos, arriesgaría a mi gente.

Judah señaló hacia el primero de los dos carros donde se agrupaban todas las pertenencias de valor que había logrado salvar del desastre y un puñado de recuerdos. De la docena de criados que un día sirvieron en su casa, solo tres hombres y una mujer se arriesgaron a acompañarle al exilio. Tal era el miedo.

El viejo inclinó la cabeza. Amaba demasiado a doña Beatriz para dejarse llevar por la cólera que las palabras del hebreo causaban en su ánimo.

—No os azore su suerte. Nadie, salvo don Pedro y las doncellas personales de mi ama, conocerá de vuestra presencia. Mantendremos en silencio la razón última de vuestra llegada y, durante la noche, se os dejará partir escoltados hasta la frontera.

Arrinconado en sus excusas, Abravanel buscó alzar un nuevo muro en el que esconderse.

—Por atenderla exijo un precio muy alto.

El rostro del anciano se arrugó con una mueca de desprecio. Si no fuera tan necesaria su presencia, otro pago bien distinto habría de darle a su altanería.

—Fijadlo.

Judah se aproximó al mayordomo. Le superaba en talla en más de una cabeza, así que hubo de inclinarse para que nadie más, excepto ellos, conociera el valor de su ayuda.

—Deseo que mi esposa yazca en lugar sagrado. Construiréis una tumba sobre el lugar donde descansan sus restos, para que nadie ose profanarla. Yo os proporcionaré el dinero y os dejaré instrucciones de cómo hacerlo. Que vuestro amo acepte y yo me ocuparé de su mujer.

—Si se encuentra en sus tierras, nadie osará entrometerse jamás.

—Lo está.

—Os garantizo su palabra.

—Entonces entre nosotros todo queda hablado, si vuestro amo es caballero.

—¿Y vos?

—En mi lengua dicen que mi apellido basta para que ante él cualquiera doble la cerviz. Mi raza nos llama príncipes.

El viejo sonrió por primera vez con cierta comprensión.

—Si salváis a doña Beatriz y a su hijo, me ocuparé en persona de construir esa tumba. Tenéis mi palabra, aunque mi linaje sea de simples escuderos y por mis venas no corra ni una sola gota de sangre real, ni mora ni cristiana ni judía.

El médico le ofreció la diestra y el anciano no dudó en estrecharla. Llegaba el momento de ocuparse de la mujer.

—Si el parto se muestra como decís, requeriré de la colaboración de uno de mis criados.

—Elegidlo y venid conmigo presto. He de conduciros por las estancias menores para que nadie nos vea —le indicó con un gesto, dispuesto a guiarlos.

Abravanel se acercó al primero de los dos carromatos y descorrió las telas para ver una vez más a su hija. Era todo lo que le quedaba de Raquel. Pequeña, frágil, menuda, yacía dormida dulcemente entre los brazos de la muchacha que se ocupaba de su cuidado, la misma que renunció a quedarse en Salamanca cuando conoció la orden de expulsión de sus amos y aceptó marchar con ellos, a pesar de ser cristiana vieja. «No tengo otra familia que vosotros», les dijo entre lágrimas cuando les rogó que no la abandonaran allí. Y Judah aceptó. Formaba parte de los suyos, nunca le había fallado y sus conocimientos de partera habrían de serle útiles ante una situación inesperada como aquella.

La muchacha clavó en él sus ojos de paloma y le preguntó entre susurros, para no despertar a la niñita.

—¿Aceptaste, señor?

—Sí —respondió lacónico—. Dicen que el parto se presenta complicado, deberás venir conmigo.

La joven señaló a la pequeña.

—No puedo dejarla aquí.

—Envuélvela bien. La llevaremos con nosotros. Si no llora, nadie conocerá su existencia.

Judah extendió sus brazos fuertes hacia ella, para ayudarla a descender del carro sin que esta necesitara apoyarse en sus manos, ocupadas en sostener a la recién nacida. Arropada entre las telas que habrían de usar para el parto, nadie podría descubrirla, así que caminaron tranquilos detrás del mayordomo, procurando no hacer más ruido del imprescindible ni alterar el paso para no molestarla.

Las órdenes de don Pedro, o su miedo, habían limpiado de curiosos las estancias que separaban aquella donde yacía su esposa, en la torre del homenaje, de las que cruzaron en su camino. Tal vez por ello, quizá por su reciente dolor, Abravanel sintió propios los gritos de angustia de la mujer que esperaba su ayuda conforme avanzaban hacia el lugar en el que reposaba.

—Decidle a vuestro amo que necesitaré agua templada —murmuró al anciano—. No quiero ser molestado, así que dejadla ante la puerta y tocad en ella para que mi criada pueda cogerla.

—Así será —aceptó el mayordomo, flanqueándole el paso a la habitación donde yacía la señora del castillo.

Se trataba de una sala de grandes proporciones, cubierta por una bóveda de arcos cruzados en cuyo centro una estrella de ocho puntas hablaba de todo un mundo de simbolismo oculto en la labra de aquellas sencillas piedras. Tres ventanales regalaban luz suficiente, sin necesidad de recurrir a la media docena de candelabros cuyas velas crepitaban, a pesar de ser poco más de mediodía en aquel momento. De las paredes colgaban ricos tapices con escenas religiosas que no alcanzó a interpretar y en una de las esquinas, separado por cortinajes, la letrina de la sala, como era costumbre en la casa de los poderosos. Para evitar el olor descompuesto y rancio de los orines, un par de quemadores de madera noble proporcionaban una mezcla enfermiza y desagradable de resinas diversas que los cristianos, patanes sin apenas refinamiento, consideraban muestra de buen gusto y culmen de hospitalidad.

En el medio de la estancia, una cama de proporcionadas dimensiones retenía a la futura madre, que se retorcía presa de intenso dolor mientras dos muchachas trataban de tranquilizarla. No se trataba de una mujer joven, pues por su aspecto pareciera haber superado los cuarenta años de edad, lo que incrementaba el riesgo del parto. Sus cabellos castaños, empapados en sudor, azotaban su rostro atormentado cada vez que se agitaba presa de violentas contracciones.

—¿Queréis matarla? ¡Abrid las ventanas! El aire apesta, apenas se puede respirar aquí —exigió airado el judío.

El mayordomo chascó las manos y las dos sirvientas se apresuraron a cumplir su voluntad antes de desaparecer con el anciano. Una oleada de calor asaltó el rostro de Abravanel cuando sellaron la estancia con un golpe seco de puerta.

—¿Quién sois? —preguntó la dama con un hilo de voz cuando el médico se aproximó a ella.

—Mi nombre es Judah Abravanel. Vuestro esposo ha solicitado mi ayuda para atenderos. Podéis confiar en mí.

Beatriz se incorporó bruscamente y apretó su diestra sobre la del médico con tanta fuerza que Abravanel temió por ella. Por un instante los ojos de la mujer atravesaron a fuego los suyos, directos a lo más profundo del alma.

—Judío —jadeó con dificultad, interrumpiéndole—. No puedo perder este hijo, ¿entiendes? Mi esposo y yo ya hemos enterrado a tres.

Judah parpadeó molesto antes de deshacerse del incómodo contacto. Trató de tranquilizarla.

—Señora, la vida y la muerte vienen de la mano de Dios. Los nervios no os ayudarán ahora, creedme.

—No puedo entregarle un hijo muerto —repitió ella, arqueando la espalda, presa de una nueva convulsión.

Mientras la muchacha dejaba a la pequeña en el escabel junto a la cuna dispuesta para el hijo de la noble, tocaron en la puerta y, al tiempo que su criada introducía el agua solicitada, Judah acarició a su hija, que rebulló un poco y le regaló una sonrisa. Solo entonces su alma se tranquilizó lo suficiente para afrontar el difícil parto de aquella pobre mujer con la entereza que necesitaba y se lavó las manos antes de proceder.

Aunque al lado del lecho se encontraba la silla paritorio, la penosa situación en la que se hallaba doña Beatriz aconsejaba no moverla del lecho, así que procedió a indicarle que empujara a su orden. Con la ayuda de su criada, que trataba de calmarla entre dulces palabras, colocó sus piernas abiertas para trabajar sin molestias. Estaba tan dilatada que no resultaría tan difícil, después de todo, pensó al principio... la hora siguiente habría de mostrarle cuán complicado se presentaba el nacimiento, pues a pesar de los titánicos esfuerzos de la dama, no veía la cabeza y aquello era una mala señal, así que introdujo los dedos con cuidado hasta tocar las piernecitas y las nalgas de la criatura. No se movía. Abravanel sabía lo que aquello significaba: las probabilidades de que naciera vivo se convertían en humo. Aun así insistió. Nada, así que tiró con precaución hasta conseguir sacarle por completo y el cuerpecito cayó inerte sobre las sábanas.

—Es una niña —murmuró.

—¿Está viva? —gimió la mujer, tratando de incorporarse.

Doña Beatriz se aferró a las sábanas y las apretó entre sus manos temblorosas, quebrada por el llanto. La joven criada del judío se ocupó de tapar el cuerpecito para evitar que la mujer aún sufriera más mientras el médico atendía a la dama, rota su esperanza en mil pequeños fragmentos.

—Decidme, ¿podré concebir de nuevo? —preguntó débil, limpiándose el rostro de las lágrimas que lo inundaban.

—No.

—Entonces mi esposo no sabrá perdonarme.

—No es vuestra la culpa, ni de él. ¿Quién conoce los designios de Dios?

—Dios... Si mi marido descubre que no puedo darle más hijos, me encerrará para siempre en un convento o, lo que es peor, me matará él mismo.

—Ningún hombre que ame a su mujer haría tal cosa —quiso consolarla Abravanel.

—Vos lo habéis dicho, médico. Ayudadme.

Judah tomó las gélidas manos de la dama entre las suyas. Hacía calor, pero ella temblaba de frío. Su miedo era profundamente real, fuerte, intenso, desesperado. Por un instante volvió la vista hacia su pequeña. La niña acababa de despertarse y lloraba de hambre.

—¿Quién es? —inquirió ella.

—Mi hija —se encontró obligado a explicarle Abravanel—. Nació hace dos días. Su madre, mi esposa, murió en el parto y no ha comido apenas desde entonces. Necesito encontrar un ama de cría pronto, pero...

Entonces los dedos de doña Beatriz apretaron los suyos y una sonrisa iluminó su rostro cuando se volvió hacia la niñita. Era preciosa. Quizá, después de todo, Dios sí hubiera escuchado sus oraciones...

Diecisiete años después, en la catedral vieja de Salamanca, también oyó las del maestrescuela José del Palacio, la máscara detrás de la que se ocultaba a los hombres y a la justicia Judah Abravanel, descendiente del rey David, príncipe de su pueblo.

34
UNA GOTA DE AGUA

Una gota de agua, frío hielo, cayó sobre su frente cuando Isabel alzó la mirada hacia el techo de aquella sombría celda en la que fue arrojada después de que los alguaciles del corregidor de Salamanca las arrancasen a Luisa y a ella de casa de los Medrano. Ninguna explicación, solo la fuerza de la autoridad a golpe de amenaza y pica.

Por fortuna, los alguaciles que profanaron la residencia de Luisa de Medrano la consideraron un hombre, y, con la brutalidad de trato que acostumbraban demostrar a la escoria, así se dirigieron a ella en todo momento. Durante el trayecto, los codos de aquellas bestias se clavaban en sus costillas, de varios golpes le reventaron el labio inferior y no faltó ocasión para castigarla que no aprovecharan, especialmente duros cuando trató de resistirse a la detención, pues la empujaron hasta hacerla caer al suelo. Acurrucada sobre sí misma, todavía se atrevió a exigir razones donde únicamente habitaba la violencia, y castigaron su temeridad a patadas, hasta que no pudo respirar de puro dolor. Pero Isabel mantuvo el tipo, resistió entre protestas, renegó, maldijo a esos salvajes y a sus amos. Cumplió su papel de caballero a la perfección.

A empujones la introdujeron en la cárcel del corregidor. A no mucha distancia la seguía Luisa, con quienes fueron más complacientes, pues en ningún momento mostraron hacia ella otro trato que el respeto. Húmedo y maloliente, el pasadizo que comunicaba las cinco celdas que componían la prisión le sirvió para acostumbrarse a la oscuridad que le aguardaba en manos de Ruiz del Monte, cuya pronta presencia le anunciaron cuando procedieron a detenerlas bajo la acusación del asesinato de Laurentino Fresno. A ella como artífice de la muerte, a Luisa en calidad de encubridora.

Isabel forzó a sus ojos y oídos a percibir cualquier advertencia que las sombras pudieran ofrecerle. Pero la avariciosa penumbra guardaba sus propios secretos, no estaba dispuesta a entregarse sin luchar. El hedor a heces era insoportable, como también el aspecto de dos de los prisioneros, famélicas ratas moribundas sin otro harapo para cubrir sus vergüenzas que unos paños rotos anudados por una cuerda, descalzos, animales que merodeaban por su reducida madriguera, cuyas manos, de huesudos dedos, rozaron su jubón mientras la conducían a su destino.

—¡Alto! —gritó uno de los alguaciles, apartándola del camino para permitir el paso al carcelero que portaba las llaves con las que abrió sendas celdas.

Se disponía a entrar en una cuando la voz de Luisa se escuchó débil, a su espalda, más un susurro que una petición.

—Esto es un abuso. Llevadme ante el corregidor.

Los cinco oficiales que componían su escolta se miraron los unos a los otros, sin osar responder. En aquella oportunidad de nada valdría el noble nacimiento de sus presos para alejarlos de las cloacas de la miseria, pues el corregidor había sido extremadamente claro cuando les transmitió las órdenes: quedaban encomendados a la voluntad del inquisidor Ruiz del Monte. Aquella noche habían de pasarla encerradas en la cárcel, como vulgares delincuentes. A la mañana siguiente, ya se ocuparía de ellas fray Juan, pues en sus manos quedaba encomendada su causa al invocar el poder de la Inquisición y su calidad de visitador real.

Por lo que tocaba al señor corregidor, antes que desafiar al Santo Oficio con melindres, le permitiría campar a sus anchas por aquellas calles y plazas que un día pertenecieron a la justicia del rey, mas ahora con una reina loca, el cardenal Cisneros en África y el monarca de Aragón solo Dios sabría dónde, la única autoridad que reconocía era la de los frailes que tenían encomendada la observancia de la fe y el buen cumplimiento de sus deberes. Y si fray Juan Ruiz del Monte le juraba que uno de sus presos había cercenado varias vidas, la última de ellas la de Capador, que frecuentaba el trato de putas y maleantes, y que la otra, Luisa de Medrano, actuaba como su encubridora, por él todo correcto. Como si el dominico quería arrancarles la piel a tiras, habida cuenta de que ni siquiera el rector Maldonado, llegado el caso, podría chitar al fraile, de armas tomar. Pero de tales pleitos se ocuparían ellos a la mañana siguiente, cuando Ruiz del Monte decidiera el destino de sus presas.

—Exijo ver al corregidor —solicitó Luisa de nuevo, alzando ligeramente la voz.

—¡Señora, que esto no es una mancebía para demandar hombres que os sirvan! —rebuznó el carcelero, soltando una risotada.

La luz del candil permitió a Isabel ver el desolador panorama de su destartalada dentadura. De la boca del servidor de la justicia emanaba un olor tan pestilente como el que procedía del interior de aquellas jaulas.

—Ni vuesa merced, señor perro, una dama de picos pardos —le respondió Vargas, provocando las carcajadas de los alguaciles.

No impidieron estos que su cabeza volviera a convertirse en objetivo del ataque de ese animal, especialmente fiero cuando la arrojó a la penumbra de la celda, sobre la húmeda paja podrida que cubría el suelo de gélidas losas, justo debajo del ventanuco que comunicaba aquel inframundo con las calles de la ciudad. Agotado todo su coraje, Isabel se protegió bajo aquellos barrotes, apretada contra el muro, hecha un ovillo, sin importarle esta vez el olor a orines que emanaba de cada una de las cuatro esquinas. Oyó desde su celda las protestas de Luisa al ser encerrada en otra. Podía escucharla, así que se encontraba lo suficientemente próxima como para comunicarse entre ellas.

—Siento que estos muros me aplastan —sollozó Luisa, pegada a la pared—. Tengo miedo —le confesó.

—Descansa si quieres, yo velaré por ti. Pronto acabará todo, ya lo verás.

—¿Cómo puedes mostrar tal confianza? —murmuró su prima.

—En cuanto el maestrescuela conozca la noticia de nuestra prisión, nos sacará de este infierno, te lo prometo.

Isabel alzó la frente hacia el techo. Aquella maldita gota de agua habría de atormentarla toda la noche, sin dejarla dormir. Isabel suspiró, de nuevo sola con sus demonios. Quisiera o no, la rueda de la fortuna la obligaba a enfrentarse por segunda vez con Ruiz del Monte. En una ocasión había escapado a su caza, la segunda trataría de evitar caer en sus manos, aunque toda su esperanza se diluyera conforme pasaban las horas, en el pequeño charco que las gotas de agua habían abierto en la paja.

La oscuridad que había cubierto su camino hasta llegar a la cárcel todavía se mantenía imperturbable en el exterior, como pudo comprobar a través del estrecho ventanuco enrejado que permitía el paso de algo de aire limpio. El ruido de un andar rápido, acelerado, le recordó el suyo propio mientras avanzaba a empellones hacia aquel infame presidio. Le dolían los costados.

El miedo la llevó a recordar a su madre. Gracias a los buenos oficios de Luisa mantenían cierto contacto, oculto a los ojos de su padre bajo la mentira de unas cartas llegadas de Salamanca, nacidas de la mano de su joven pariente Medrano. Pedro de Vargas, poco afecto a lecturas, no sospecharía de unas misivas cuya autoría correspondía a una muchacha cuya toda preocupación en la vida consistía en impartir unas aburridas clases desde una cátedra que pertenecía a varón. Corrían extraños tiempos, pero no tan sorprendentes como para que un caballero así gastase las horas en lecturas vanas. Isabel se sonrió al imaginarlo, su corazón se conmovió. Añoraba a los dos. Las mañanas a caballo con su padre, sus historias de Granada; las tardes junto a su madre, entretenidas en recuerdos de corte. Y allí estaba ella, en el otro extremo del mundo. En las Indias allende la mar que ambos soñaron para ella, perdida la nave de su propia vida en aquel océano de incertidumbre.

Isabel ahogó las ganas de llorar. Trató de sobreponerse imaginando dónde se encontraría Antonio en aquel momento. Confiaba por completo en él desde que sus destinos se cruzaron cerca del puente. Aquella jornada le arrojaron orines, ahora la rodeaban. Rió suavemente, confortado el corazón con la chanza. «Mi verdadero y único maestro», se dijo al rememorar sus bromas, la forma en que la miraba desde la profundidad de su mirada vieja, lleno de sabiduría. «¿Dónde te encuentras cuando más te necesito?», le reprochó en silencio, cerrando los ojos. Sintió una caricia, o la imaginó tal vez, cuando la suave claridad del amanecer se abrió paso a través de las rejas del ventanuco. Su corazón se confortó con la respuesta, pues supo que desde el lugar en el que Antonio se encontrara pensaba en ella.

A juzgar por el silencio, Luisa seguía durmiendo cuando las llaves del carcelero jugaron en la cerradura de Isabel. La puerta se abrió para permitir el paso a tan infame servidor de la justicia y a un alguacil.

—Bachiller Pedro Bravo, salid —le ordenó el primero.

Caminó hacia ellos, limpiándose la espalda y el trasero de paja, impregnada de aquella humedad hedionda. Guiada por el alguacil, la condujeron hasta una sala, en el piso superior, amueblaba con sobria pobreza. Una mesa y tres sillas, dos de ellas huérfanas de ocupante, constituían todo el mobiliario de la estancia. En la restante, apoyados sus brazos en la madera de la mesa, fray Juan Ruiz del Monte, que no se dignó a dirigirle la mirada hasta que el alguacil no hubo ceñido sus manos con hierros, tal vez por temor, quizá para asegurarse que comprendía bien la posición que cada uno ocupaba en aquel lóbrego albergue del miedo.

—Cerrad la puerta y esperad fuera. Dejadnos solos —ordenó seco.

Alguacil y carcelero le saludaron con una reverencia antes de desaparecer de allí. Ninguno de los dos estaba dispuesto a arriesgarse contraviniendo la orden de tan poderoso señor. Si gustaba tentar su suerte con un prisionero sospechoso de asesinato, que lo hiciera.

Cuando sus ojos se encontraron, Isabel, para su sorpresa, no bajó la vista, sino que la sostuvo retadora. Odiaba a aquel hombre por encima de todos los seres vivos de la tierra. Las manos apretaron los puños, moviendo las cadenas. Ruiz del Monte arrugó la nariz con desprecio, sabedor de su todopoderosa posición en aquel momento. Una palabra bastaba para acabar con su altanería, dos para condenarla, una simple acusación de herejía para arrojar al entrometido Pedro Bravo a las fauces de la muerte. Se sonrió, invitándole a acercarse.

—¿Sabéis por qué os encontráis aquí, bachiller? —preguntó suavemente.

—¿Debería, fray Juan?

El inquisidor se aclaró la garganta. Aquel muchacho estaba decidido a no entregarse sin luchar. Bien. Siempre había disfrutado acechando a la presa antes de cazarla.

—¿Ignoráis vuestros muchos crímenes? Pensad que toda Salamanca conoce que asesinasteis al bachiller Laurentino Fresno.

—Decidme cuándo, cómo, dónde y por qué, ya que desconozco de lo que me habla vuesa paternidad.

—Acabasteis con su vida a cuchilladas.

—Según cuentan, murió envenenado.

—Luego conocíais su muerte, señor.

La muchacha no pudo evitar ruborizarse. Había cometido un error. No volvería a bajar la guardia.

—No creo que sea un secreto —se encogió de hombros—, porque de camino hacia la cárcel, eso comentaron los alguaciles. Demandadles razón a ellos. Tal vez os puedan informar mejor que yo.

—Poseemos cartas en las que vuestros cómplices os delatan. Se os acusa de las muertes del caballero don Fadrique Enríquez, de la del bachiller Fresno, amén de la del viejo catedrático de Astronomía, fray Bartolomé. Hablad ahora y tal vez podamos salvaros antes de que sea tarde.

—Me sorprendéis, fray Juan. ¿Acaso existe delito que no haya pergeñado?

—Ninguno mayor que robar documentación real.

—¿Ladrón ahora?

—¿Negáis que por vuestras manos ha pasado el arca de maese Colón, la misma que un día el necio del rector Maldonado permitió que fuera robada?

—Hablad con el doctor Maldonado, no conmigo.

—Una testigo, cristiana vieja, me ha jurado que vuesa merced la obligó a abrirla por la fuerza.

—¿Y vuesa paternidad fía de mujeres siendo fraile?

—¡Descarado! ¿Te burlas de mí? —bramó iracundo, alzando su puño.

El corazón de Isabel galopaba sin jinete. Si una vez había escapado de ese miserable, podría hacerlo de nuevo.

—Entiendo que es vuesa paternidad quien lo hace, habida

cuenta de que por orden suya una dama, doña Luisa de Medrano, ha sido arrancada de su hogar de madrugada sin explicación ni causa, cuando es notoria en Salamanca la calidad de su persona, reconocida su ciencia y docta su enseñanza.

—¡Callad! ¡No mencionéis siquiera a esa mujer de perdición! ¡Ella es la herida que corrompió el alma de esta universidad! —le cortó, golpeando la madera.

Semejante muestra de odio delataba los sentimientos podridos del inquisidor, la verdadera causa de su animadversión. «Así que se trata de Luisa», se dijo Isabel, y avanzó unos pasos hacia el dominico, venciendo sus miedos hasta encararlos a tan corta distancia de él que sus respiraciones se cruzaron sobre la mesa.

—No he de responder ante vos. Me acojo a la justicia del maestrescuela, fray Juan. Si osáis intervenir, acudiré ante el rector, el rey, el Papa de Roma si fuera necesario. Vuesa paternidad necesita una mina que derribe los muros del único lugar de estos reinos presos de la sinrazón en el que todavía se respira libertad. No os ayudaré a hacerlo. ¡Sanad primero vuestra alma corrompida antes de ocuparos de cauterizar las heridas de los demás!

Ruiz del Monte se alzaba de su silla para abofetearle cuando una voz fuerte, grave, detuvo su gesto.

—Ya lo ha oído vuesa paternidad —cortó su camino el maestrescuela, acompañado de dos alguaciles a su servicio—. Será la justicia universitaria la que se ocupe de juzgar la causa que deseéis presentar contra el bachiller Pedro Bravo, estudiante de Medicina aquí presente, y contra doña Luisa de Medrano. Si osáis interponeros, alzaré pleito hasta el rey don Fernando y el propio cardenal Cisneros tendrá conocimiento de vuestros turbios manejos, pues atacáis las leyes de Dios y las de los hombres.

—¡No podéis llevaros a un asesino! —gritó el dominico, rojo de furia.

—Si es así, demostradlo conforme a nuestras reglas.

—Fijad fecha y lugar.

—Una semana, en el próximo claustro pleno.

Ruiz del Monte se enfrentó al doctor Del Palacio.

—Contad los días que os separan de vuestra propia muerte, porque os prometo que he de cobrarme vuestra ofensa, maestrescuela, ¿o debería llamaros por vuestro antiguo nombre?

35
TORDESILLAS

El palacio donde se encontraba alojado don Fernando de Aragón se alzaba sobre el Duero. Vigilante, advertía a los temerarios que osaran acercarse hasta allí que dos poderosos señores, la reina de Castilla y el soberano de Aragón, luchaban con sus propios demonios so excusa del bienestar de su pueblo. Entre cuchicheos, sus vasallos se lamentaban de que aquella joven hermosa de rostro dulce y mirada perdida, doña Juana, prefiriera languidecer junto al cadáver de su esposo Felipe antes que gobernar con mano firme, igual que hiciera antaño su madre Isabel. Recluida en su palacio de Tordesillas, gastaba sus horas en los recuerdos que nunca quiso el destino que fueran dulces, en la remembranza de un hombre con quien descubrió el cielo, que la arrojó a los pies de la demencia sin otra piedad que dejarle un hija póstuma, Catalina, una viudedad temprana y el regalo de su propia vida, vana sin él.

Después de atravesar los reinos en fúnebre comitiva hasta llegar a enterrar los restos de Felipe en el convento de Santa Clara de Tordesillas, Juana decidió encerrarse en su propia locura, zaherida por las ambiciones de todos aquellos que la rodeaban. Especialmente de Cisneros, que tutelaba su bien bajo el escudo de su propio prestigio y la solvencia del eclesiástico bregado en aquellas lides políticas infames por naturaleza. Pero, sobre todos ellos, había uno a quien Juana temía, respetaba y amaba por igual: Fernando de Aragón, su padre, arquitecto del imperio que se cimentó sobre las bases de los reinos que un día hubiera gobernado ella, de no arrancarle Felipe los deseos de vivir.

Doce días antes, el señor de Aragón había llegado a Tordesillas dispuesto a cercenar el camino de Juana hacia el verdadero poder, aquel que se desempeña con la frialdad del buen jugador de ajedrez, el mismo que no admite el juicio de la víscera, aunque se apueste el propio corazón.

Fernando estaba sinceramente preocupado por el bienestar de su hija, de su heredera. Tanto que había aceptado matrimoniar con Germana de Foix para salvar los restos de un proyecto que solo podría sobrevivir volviendo a separar Aragón y Castilla, generando un heredero varón de Germana, o atrayéndose al joven príncipe Carlos de Austria, su nieto, a quien no conocía ni educaba. Lejos quedaban los días prometedores en que, junto a Isabel, jugó a repartirse el mundo conocido en un futuro que la fragilidad de la mente de su hija Juana le arrebató en una tirada de dados del diablo.

El aragonés había pactado con su consuegro, el emperador Maximiliano de Austria, asegurar la herencia de su común nieto Carlos; también encerrar a Juana en una prisión real, detrás de los jardines que velaban la paz de aquel palacio de materiales pobres pero rico interior, plagados de tapices llegados de Flandes, decorados al gusto de aquellas tierras por la mano de la soberana nominal de Castilla. En tal capilla fúnebre aceptó ser enterrada con sus recuerdos, y no saldría de ella, así lo acordó con los grandes del reino, ni siquiera para orar en San Antolín, pues para ello se habilitó un pasadizo elevado.

Una cárcel de oro en un estuche de endeble adobe y tapial, eso fue lo que se encontró Antonio Pimentel cuando descabalgó a las puertas del palacio de Tordesillas, a donde le llevaron las indicaciones de los soldados que garantizaban la integridad del monarca. Gastó toda una jornada en sobornos hasta conseguir acercarse al almirante de Castilla, Fadrique Enríquez, su padre. Por la mente del caballero se cruzaron cientos de ideas confusas mientras esperaba audiencia del más poderoso noble de aquellos reinos, la mano derecha del rey Fernando, el hombre a quien le debía la vida. Jugó nervioso con la empuñadura de la espada, equilibrando sus propios miedos sobre cada uno de los pasos con los que el mayordomo del almirante le precedió hasta las cuadras, donde se encontraba en aquel preciso instante don Fadrique, recién llegado de una jornada de caza con el mismísimo monarca aragonés.

—Aguarde aquí vuesa merced. He de anunciaros —le ordenó su guía.

Antonio sintió un nudo en el estómago mientras observaba a los caballeros que conversaban animadamente entre sí, sin ocultar la confianza mutua con gestos de amistad ganada sobre los sinsabores de una existencia complicada. El uno, de pelo todavía moreno, largo hasta los hombros, mostraba maneras más reposadas. Ni alto ni bajo, su rostro poderoso, de labios sensuales, nariz más grande que discreta, profundos ojos oscuros delatores de una templada inteligencia, centraba la atención del resto de sus compañeros. Vestía con sencillez una camisa blanca rematada con hilos de color azabache. Sobre esta, un jubón de brocado delataba la calidad de su persona, remarcada por la cadena de gruesos eslabones que pendía de su pecho. En aquel instante reía divertido mientras se quitaba los guantes de cuero rojo, adornados por un escudo de armería imposible de identificar desde aquella distancia.

Pimentel a duras penas conseguía controlar sus encontrados sentimientos. Algo en su interior le advertía que aquel hombre era su padre, especialmente cuando le clavó la mirada, al escuchar las explicaciones del mayordomo. Sin embargo, para su sorpresa fue otro quien se volvió hacia él. Un caballero de elevada talla, aspecto apacible, bondadoso incluso, que partió a su encuentro después de solicitar venia al primero, que continuó departiendo con los demás nobles, aunque sin apartar sus ojos de Antonio.

—Mi señor don Fadrique, este es el caballero que pregunta por vos: don Antonio Pimentel —les presentó formal el mayordomo antes de desaparecer.

Después de ofrecerle la diestra con una sonrisa de discreta cortesía, el almirante de Castilla le estudió en silencio, valorando a Antonio, a quien la presencia de su padre había robado la voluntad. A pesar de la urgencia de sus asuntos, no consiguió despegar los labios. Ni siquiera cuando don Fadrique le solicitó permiso para desenvainar su espada, un gesto que le dejaba desarmado, a merced de aquel hombre, pero que Pimentel no impidió habida cuenta de quién era. El almirante sonrió antes de entregársela de nuevo.

—Podría reconoceros entre mil hombres: habéis heredado los ojos de vuestra madre —le confesó con nostalgia.

Pimentel se sonrojó, apartando la mirada. Sus primeras palabras brotaron torpes, desnudas de toda voluntad, rota por primera vez toda su fortaleza.

—Apenas guardo recuerdos de ella, señor —murmuró.

—¿Acaso ha muerto?

—No.

—Sé que la forzaron a tomar hábito, aunque he visto que el viejo conde de Benavente cumplió su palabra —señaló la espada.

Antonio asintió con la cabeza.

—Tomadla, es vuestra.

—Siempre fue tuya porque así lo dispuso tu padre —suspiró don Fadrique, apoyando sus manos firmes en los hombros de Pimentel—. Qué terrible momento has elegido para presentarte a recoger lo que te pertenece por nacimiento, mi joven caballero.

Antonio retrocedió un paso, apartándose del contacto con el almirante, que captó al vuelo el significado de ese gesto.

—No he venido a reclamar nada, don Fadrique —respondió insolente—, sino a presentarme ante el rey de Aragón. Porto una embajada urgente del doctor José del Palacio, maestrescuela de la Universidad de Salamanca, que afecta directamente a nuestro señor.

—¿De qué se trata?

Pimentel dudó.

—Vamos, recuerda que no accederás a él a menos que me convenzas de la importancia de la misión que te trae a su presencia —le expuso con cierta frialdad.

—Fray Juan Ruiz del Monte, visitador real, hombre del cardenal Cisneros, ha desafiado la autoridad del Papa y del rey —improvisó sobre la marcha, aunque sin falsear por completo la realidad.

—Habla.

—No ante vuesa merced, mi señor, os lo repito.

—Entonces, regresa a Salamanca —ordenó despectivo.

—No sin entrevistarme con don Fernando.

—No te lo permitiré.

Le cortó el paso. Antonio le apartó de su camino con suavidad.

—No requiero vuestra autorización. He aquí mi salvoconducto —le mostró el documento con el lacrado con las armas del monarca.

El almirante de Castilla le arrancó el pergamino de las manos, dispuesto a romper el sello, mas, al reconocer el escudo del soberano, detuvo su gesto. Ni siquiera a él le estaba permitido su quebranto, a pesar de su cercanía y amistad con el aragonés. Se lo devolvió.

—Verdaderamente por tus venas corre la sangre de los altivos Pimentel. Directo y arrogante como tu abuelo Rodrigo, altanero en la respuesta como tu petulante tío.

—Soy lo que me habéis hecho.

—Aunque tarde, arreglémoslo, pues.

El almirante de Castilla deslizó su brazo izquierdo sobre los hombros del joven, que ahora no esquivó el contacto, aunque tampoco lo favoreció.

—Añadiré que altivo como tu padre —le sonrió, sacudiendo la cabeza—. Ven, te presentaré a nuestro señor don Fernando. Tú y yo tenemos mucho de lo que hablar, asuntos que a él también interesan, que habrán de distraerle del peso que recae sobre sus hombros en un momento tan duro como el que enfrentamos. Adelante, acompáñame.

Mientras caminaban hacia él, Antonio se recriminó la dureza de sus respuestas. Cada una de ellas destilaba rencor hacia el hombre que le abandonó antes de nacer, que le condenó a una existencia oscura hasta que apareció Isabel. A estas alturas no necesitaba un padre, sino al almirante de Castilla, favorito del rey de Aragón, y esa presa no se escaparía de sus manos aunque hubiera de ahogarla por el cuello. Unas manos que tomó don Fadrique para conducirle ante el hombre del jubón de brocado, que, al advertir la extraña expresión del rostro de su amigo, despidió a los demás caballeros presentes. El almirante se inclinó ante él, invitando a Antonio a hacer otro tanto.

—Mi señor, permitid que os presente a don Antonio Pimentel, hijo de doña Beatriz, que fue dama de vuestra difunta esposa doña Isabel.

Igual que anteriormente había hecho don Fadrique, el rey guardó silencio, aunque sin ofrecerle la mano, ni siquiera en su caso para besarla. Pimentel observó la forma en que el almirante y el monarca se miraban. Intuyó que, para bien o para mal, aquella jornada habría de cambiar su vida para siempre, aunque quizá no de la manera que deseaba.

36
LA VOLUNTAD DEL REY DON FERNANDO

Caía la tarde cuando el maestresala del rey don Fernando solicitó autorización para interrumpirle. Conforme al ceremonial, se inclinó en una profunda reverencia, sin alzar los ojos del suelo hasta que el monarca le concedió su permiso. Solo entonces osó acercarse. Deseaba saber si el soberano aprobaba la elección de postres que había ordenado preparar para agasajarle en aquella dura ocasión, pues el aragonés siempre se había mostrado goloso.

—Señor, he dispuesto el mazapán de azúcar fino —le mostró las pastas estampadas con las armas de Aragón, decoradas con flores—, membrillo y, desde Valencia, Bertomeu Blanch nos ha enviado cabello de ángel y pieles de ponciles.

Fernando suspiró, embelesado con la sola mención del único dulce capaz de vencer la acritud de la jornada. Satisfecho, se palmeó las rodillas, invitando al almirante y a Antonio a seguirle.

—Vamos, señor estudiante —sonrió Fadrique Enríquez con cierta picardía—. Será un placer caminar a vuestro lado.

Pimentel se sonrojó de la cabeza a la punta de los pies. Su aspecto no podía resultar menos adecuado para la ocasión, mas, como tuvo a bien explicarle Enríquez, se acomodaría en una de las mesas cercanas a la del monarca, pero no en las tres principales.

Aquellas maneras de corte le atontaron tanto como el ir y venir del ejército de servidores que aguardaban en la estancia. Precedidos por los maceros del rey, se adentraron en una sala alargada, en cuya entrada se podían admirar tres aparadores repletos de ricas vajillas de plata. Delante de ellos, criados de aspecto sobrio, pulcro, aguardaban las órdenes del maestresala, junto al copero y al trinchante. A no excesiva distancia de ellos, cuatro músicos se preparaban para interpretar las melodías favoritas del monarca. Por expresa orden suya, aquella noche los instrumentos no tañerían piezas de origen borgoñón, pues habrían de aumentar el dolor de doña Juana, ya presa de sus recuerdos.

Al fondo de la estancia, un repostero con las armas de Aragón y Castilla, flanqueado por ricos tapices en los que se recreaban episodios de la guerra de Granada. Sobre un estrado, presidiendo, una mesa servida para dos comensales: don Fernando y su hija Juana, que aguardaba inquieta la llegada de su padre, caminando sin parar, de aquí para allá, vestida con monjil apresto que ocultaba la belleza que era fama poseía, pues, bajo tales tocas y prendas austeras, parecía haberse esfumado por completo. Dos peldaños más abajo, cuatro mesas —dos a derecha, dos a izquierda— cubiertas de rica mantelería bordada, en la que habrían de colocarse, por riguroso orden de importancia, los principales nobles y damas presentes, dispuestos a sentarse a un gesto del rey conforme a la etiqueta: alternando hombre y mujer.

Antonio esperó lo más cerca que pudo de la puerta a que restara algún lugar disponible, a ser posible lejos de todas las miradas que ahora se fijaban en él con cierto recelo, mas Enríquez le tomó de la mano para sentarle en la segunda de las mesas. Un hombre de adustas facciones que no le resultaron desconocidas se alteró al encontrarse con tal caballerete sin otro aderezo personal que el polvo del camino y un jubón que en tiempos asemejó calidad. No podía existir mayor contraste entre ambos, así que el noble no disimuló su disgusto cuando el almirante abrió paso al joven.

—Lamento molestaros, señor conde de Benavente, pero el rey desea que por esta noche se acomode en esta plaza su sobrino, que es el vuestro también: el señor conde de Beaufort don Antonio de Navarra y Pimentel, hijo de don Felipe de Navarra, maestre que fue de la Orden de Montesa.

Ojos desencajados, boca abierta, silencio, delataban la impresión que semejante identidad acababa de causar a todos los presentes, más aún si cabe al propio Antonio: este hubo de buscar apoyo en la mesa con tan escasa pericia que volcó uno de los platos, que cayó al suelo. La cara de sorpresa del conde de Benavente divirtió a Fadrique Enríquez casi tanto como al propio Fernando de Aragón, que se sintió obligado a acercarse a ese pequeño tumulto de rumores en el que se había convertido el corrillo del almirante. Mientras los presentes mostraban sus respetos hacia el soberano inclinándose, este colocó sus manos sobre los hombros de Antonio en un gesto de claro afecto que ratificaba las palabras de Enríquez.

—Primo y pariente —se dirigió a Fadrique—, te has adelantado a nos arrebatándonos el placer de este reencuentro inesperado que alegra el corazón de este pobre viejo. Sí, Pimentel, sí. Este muchacho, hijo de vuestra hermana doña Beatriz, que fue dama de mi difunta esposa, porta mi propia sangre. Sabéis todos que mi hermano, don Carlos, príncipe de Viana, prometió palabra de matrimonio a la dama Brianda Cabeza de Vaca, hija de los señores de Vallecillo, con quien no pudo desposar porque la muerte se adelantó a sus intenciones. Dios Todopoderoso bendijo esta relación con el nacimiento de Felipe de Navarra, mi sobrino, conde de Beaufort, maestre de la Orden de Montesa, que murió a nuestro servicio en el cerco de Granada, en 1488, y a quien amábamos como a todos os consta.

Los cabellos de Antonio se erizaron: él había nacido en tal año. Murmullos de asentimiento y gruñidos de sorpresa se extendieron por la sala. Incluso la reina propietaria de Castilla, la pobre Juana, se acercó a ver qué pasaba. Agradecido del interés que sus palabras despertaban entre tanto encopetado ambicioso, Fernando de Aragón continuó. Viejo zorro, eligió muy bien sus palabras.

—Mi sobrino nos rogó que permitiésemos su desposorio con doña Beatriz Pimentel, dama a la que requería de amores nuestro pariente el almirante de Castilla. La mala fortuna privó del permiso al maestre de Montesa, pero he aquí a su hijo natural: don Antonio, cuya presencia me es hoy más grata que nunca, pues mucho ha que demandaba por él. Saludadle con el título de conde de Beaufort, pues yo le reconozco en tal dignidad y como legítimo sucesor de los derechos intrínsecos a su difunto padre: don Felipe de Navarra.

Fernando de Aragón palmeó la espalda de Antonio, incapaz de articular palabra y fijos los ojos en el almirante de Castilla, que le sonrió abiertamente, asintiendo con la cabeza.

—Sobrino, permitid que os presente a mi hija, la reina doña Juana de Castilla, antes de volver a ocupar el sitial que os corresponde.

El monarca tomó del brazo al joven. Mientras presentaba sus respetos a la soberana de Castilla, en la mesa, el conde de Benavente, para quien hasta entonces Antonio representaba una mácula en su linaje, sacaba pecho, henchido de orgullo, asediado a preguntas por los presentes. Cuestiones a las que respondía con la pompa engolada que formaba parte de su personalidad desde el nacimiento. Fadrique Enríquez se sonrió.

Aquella noche, después de la cena, acompañó al nuevo conde de Beaufort hasta la cámara que el rey Fernando había dispuesto para él. Un criado les abrió la puerta. Una vez dentro, el almirante tuvo la precaución de cerrar su intimidad y luego caminó unos pasos hasta la chimenea que caldeaba la estancia, ofreciendo la espalda a Antonio.

—Antes de retirarse a su cámara, el rey don Fernando me ha pedido que te acompañe a Salamanca mañana mismo. Vendrán con nosotros algunos de los alabarderos de su guardia. Iré en calidad de nuevo visitador real, lo que me concederá autoridad suficiente para intervenir y destituir inmediatamente a ese instrumento del diablo.

—Habláis de Ruiz del Monte —sonrió Antonio.

—¿Satisfecho? —le preguntó, fija la mirada en el juego del fuego.

—Sí, mi señor.

—No me refiero a nuestra misión, sino a tu nombramiento, conde de Beaufort.

Pimentel suspiró. Todo lo que había creído cierto en su vida se había deshecho aquella noche.

—Siempre consideré que vos erais mi padre.

Fadrique Enríquez se rió acercando las palmas de las manos al calor.

—Soy tu padre.

El silencio cayó cual losa sobre el joven caballero, cuyo mundo se derrumbaba sobre las ruinas del ya destruido. Incapaz de otra reacción, atraído por la magia de la lumbre, se acercó a Enríquez.

—Señor, no entiendo nada. —Le miró a la cara.

Por primera vez, en los ojos del almirante leyó tristeza.

—Tu madre fue mi único y verdadero amor. Nos prometimos en secreto, contraviniendo la orden expresa de la reina Isabel, que había pactado su unión con el conde de Beaufort. Su odio era temible. Por eso, cuando se enteró de que habíamos mantenido relaciones a espaldas suyas y que Beatriz estaba embarazada, me desterró de Castilla y quiso obligarla a casarse a la fuerza con Felipe de Navarra antes de que tú nacieras. Incluso se cruzaron cartas de esponsales... Quise llevármela a Sicilia para alejarla de doña Isabel, pero esta había sellado nuestra suerte. Antes de partir, visité a escondidas a tu madre y le di esa espada, en prenda. Nos cruzamos palabras muy duras entonces, que hoy me avergüenzan. La herí donde más daño podía hacerle. Incluso me permití dudar de tu paternidad. Beatriz me cruzó la cara con ira, entre lágrimas. «Jamás me he entregado a Felipe de Navarra. Ni siquiera le conozco», me dijo, pero yo no la creí.

Fadrique Enríquez se detuvo. Los recuerdos le herían más profundamente de lo que había supuesto. Se volvió para enfrentarse a la verdad en el rostro de Antonio, tan parecido al de Beatriz que se disculpó con ella a través de su hijo.

—Dios mío, ¿cómo pude dudar de ella? El conde de Benavente, tu abuelo, nos sorprendió en medio de la pelea. Al conocer la verdad, quiso casarnos en su propio palacio, pero tu madre, cuyo temperamento hacía honor a la fama de altivez de su linaje, se negó, enfrentándose a su padre, maldiciéndome. Marché de allí enfadado, dispuesto a olvidarla para siempre. Quise reconocerte antes de desposarme, pero don Fernando me lo impidió. Si así lo hacía, ese desplante a la voluntad de la reina de Castilla podía costarme incluso la cabeza. Le rogué que os protegiera si vuestra vida peligraba. Don Fernando me dio su palabra, por eso tenías ese salvoconducto. En Sicilia me enteré de la muerte de Felipe de Navarra. Para entonces, las damas de doña Isabel de Castilla habían mancillado el honor de tu madre. Por eso fue obligada a profesar en un convento y tú te has criado en soledad. Lo siento, lo siento tanto.

Enríquez trató de frenar las lágrimas, pero estas se deslizaron por sus mejillas. Apartó el rostro. El almirante de Castilla no debía mostrar su debilidad. Ni siquiera ante su propio hijo. Antonio le obligó a mirarle de nuevo.

—Entonces, ¿por qué don Fernando me ha reconocido como heredero de Felipe de Navarra?

Fadrique se rió con tristeza. El peso de la culpa inclinó sus hombros. Por primera vez desde que le conocía, le pareció un viejo.

—El Altísimo me ha castigado sin descendencia. Tú eres mi único hijo, quien debía sucederme. Pero la reina Isabel nos condenó a caminar por senderos alejados, y ahora don Fernando nos ha separado para siempre. Me conoce demasiado bien. —Torció el gesto—. A cambio, te ha reconocido en una calidad no menor a la de mi linaje, que es el tuyo: te ha sumado a su propia familia, que siempre fue la tuya, y ha evitado un problema mayor. Serás conde de Beaufort, ya ha ordenado redactar el privilegio en el que consta esa dignidad para ti y tus descendientes, así como las tierras que un día pertenecieron a Felipe de Navarra. A cambio, nunca sucederás al almirante de Castilla: tu verdadero padre. Un maldito cobarde que renunció a su propia vida a cambio de servir al trono.

Antonio le abrazó con sincero afecto. Ninguno de los dos podía cambiar el pasado, pero ahora sí entendía el porqué de su presente y ante él se abría un futuro.

—Vos y yo siempre sabremos la verdad.

EL JUICIO

Luisa estaba ... sería
habría de purgar ...
la salida por las ...
doctor Del Palacio ...
las manos del inquisidor ...
peraron el regreso ...
su partida cinco jornadas ...
desfilar y volver. ...
mantenía su complacencia ...
del corregidor, cual si ...
Ruiz del Monte y sus acusaciones.

La Medrano sabía que el ...
igual que los viejos ...
jóvenes y algunos nombres ...
no le interesaba la muerte ...
utilizar a Luisa para ...
que escapaba al control de ...
oscuridad, iluminado el ...
a los ojos del visitador ...
pable, sería apartada para ...

37

EL JUICIO DE LOS HOMBRES

Luisa e Isabel aguardaron la celebración del claustro pleno que habría de juzgarlas custodiadas en la casa de los Medrano, vetada la salida por los alguaciles del maestrescuela. Era todo lo que el doctor Del Palacio podía hacer por ellas después de arrancarlas de las manos del inquisidor, pero bastaba. Durante aquellos días esperaron el regreso de Antonio, del que carecían de noticias desde su partida cinco jornadas atrás, tiempo suficiente para llegar a Tordesillas y volver. O al menos así lo creía Isabel. Luisa, en cambio, mantenía su temple intacto después de quebrarse en las prisiones del corregidor, cual si deseara recuperar su fuerza, arrebatada por Ruiz del Monte y sus acusaciones.

La Medrano sabía que el inquisidor la odiaba intensamente, igual que los viejos aborrecen los cambios que llegan de las manos jóvenes y algunos hombres el saber de ciertas mujeres. A fray Juan no le interesaba la muerte de Fadrique, ni la del estacionario, sino utilizar a Luisa para desestabilizar la Universidad de Salamanca, que escapaba al control de Cisneros. Tímida vela en un tiempo de oscuridad, iluminaba el camino de otras mujeres, tal era su delito a los ojos del visitador real. Si el claustro pleno la encontraba culpable, sería apartada para siempre de la docencia, tal exigía la norma salmantina en sus constituciones, así era el panorama al que se enfrentaría, acusada de encubridora de un asesino y pervertidora de las buenas costumbres.

El robo del arca del rector Maldonado, con su peligroso contenido, sería utilizado en contra del supuesto Pedro Bravo, cuya verdadera naturaleza ya conocía el maestrescuela gracias a la confesión de Antonio, pero que se guardó de compartir con Isabel, a quien siguió tratando como si ante un caballero se encontrara. Aquellos días de mutuas confidencias, Del Palacio hubiera deseado descubrir a su hija la verdadera razón de su presencia en Salamanca. Decirle que por ella abandonó su puesto en el Consejo Real de Portugal, su posición al frente de la comunidad judía de Lisboa; que aceptó convertirse en mercenario de sí mismo a cambio de la oportunidad de buscarla algún día, cuando fuera libre de nuevo. Así se lo prometió un rey.

Cuando reclamó su presencia en secreto, don Fernando de Aragón le explicó que necesitaba controlar la política universitaria salmantina en un momento tan peligroso para los reinos de España como el que se inició con la muerte de su esposa, doña Isabel de Castilla. Convertido en su espía, adoptó la identidad de un sacerdote, a quien pronto, con el apoyo del monarca, se propuso para maestrescuela. Una dignidad que le permitía hurgar aquí y allá sin levantar sospechas. Pero ambos sabían que lo que el aragonés buscaba no era una tutela desde la distancia, ni siquiera información privilegiada, sino averiguar el verdadero contenido del arca de maese Colón, introducir la cabeza en la empresa de Indias hasta entonces reservada a Castilla y Portugal.

Para ello requería de un hombre dispuesto a arriesgarlo todo a cambio de una esperanza, alguien que pudiera apostar fuerte a doble o nada fiado de la palabra de un monarca. Judah Abravanel murió para que José del Palacio tomara vida y cuerpo al servicio de la corona de Aragón hasta que cumpliera su parte del trato. Llegado ese momento, podría recuperar al único ser que amaba, a quien hubo de abandonar para garantizar su vida: Isabel.

Pero nunca podría decírselo, o le causaría un daño mayor del que ya sufría, alejada para siempre de quienes consideraba sus padres, zarandeada por la incierta fortuna. Quiso desafiarla compartiendo con ella ciento y una historias de tiempos de la reina Isabel, para ganarse aún más su confianza. Necesitada de afecto, la mujer se dejó conquistar por el maestrescuela, que halló hueco en el corazón de la muchacha.

Isabel fue instruida en las artes necesarias para afrontar el juicio que habría de sobrellevar en breve. Del Palacio le explicó que los miembros del claustro pleno, reunidos para tan grave efecto, tendrían en sus votos la absolución o la condena. En este último caso, sería entregada a la justicia del corregidor, lo que significaba acabar en manos de Ruiz del Monte, que no tardaría en solicitar su entrega bajo cualquier absurda excusa. Una sentencia de muerte.

Por fin llegó la mañana en que el juez y sus alguaciles acudieron a buscarlas a la casa de los Medrano. Luisa vistió sus mejores galas para la ocasión, Isabel, en cambio, optó por mostrarse con manteo y bonete honesto, como el estudiante que pretendía ser, aunque guardó una daga bajo las ropas, bien escondida, por si había necesidad.

Vigiladas de cerca por los alguaciles, atravesaron la angosta calleja que comunicaba las Escuelas Mayores y Menores, pasando ante el Hospital del Estudio. Allí aguardaba por ellas el maestrescuela, que habría de acompañarlas a lo largo del resto del camino. En silencio, atravesaron el zaguán de entrada, caminaron hacia las escaleras. Isabel miró de reojo la capilla, todavía en obras, y pensó en Antonio al recordar la primera clase a la que asistió como estudiante, sus experiencias juntos, la vida que pronto habrían de arrebatarle. Un alguacil la empujó, devolviéndola a la realidad. La joven agachó la cabeza, y siguió los pasos de sus guardianes. Escalón a escalón, aceptó que todo su engaño caería a pedazos a golpe de martillo por culpa de Ruiz del Monte, el hombre que le arrancó de su presente y pronto, salvo que lo impidiera un milagro, quebraría para siempre su futuro.

—Alto, esperad aquí —solicitó el maestrescuela, adentrándose en el interior de la sala, acompañado por el bedel que esperaba por ellos.

La puerta de roble quedó entreabierta. Gracias a ello, Isabel pudo distinguir algunos rostros conocidos entre los miembros del claustro. Sabía que la posición que ocupaban sus asientos correspondía al rango y antigüedad de cada uno de ellos. Ni el aire restaba por ocupar. Aquel juicio a Luisa de Medrano había despertado un interés insólito, lo que le hizo temer lo peor, pues aunque en público ensalzaban la calidad de Luisa, en privado muchos destilaban el veneno de su envidia esperando que un día la dama cayera.

Cada vez se escuchaban con mayor claridad las voces y comentarios de los consiliarios, maestros, catedráticos, en definitiva: de los varones que juzgarían el destino de dos mujeres que se arriesgaron a soñar con un mundo distinto. Isabel rozó su mano diestra con la de Luisa. Los dedos de ambas se entrelazaron, furtivo contacto que les permitió saber que, ocurriera lo que ocurriese, ninguna se encontraría sola, que compartirían su suerte.

—Doctor Del Palacio, os ruego que hagáis entrar al bachiller Pedro Bravo y a doña Luisa de Medrano —pidió el rector.

El maestrescuela ordenó que pasaran acusados y acompañantes: juez, fiscal, procurador y alguaciles. Rodeado por los miembros del claustro, Maldonado ocupaba el lugar de honor en la cabecera de la sala, sobre una tarima y flanqueado por varias cátedras, tantas como las principales autoridades universitarias. A su derecha quedaba reservado el puesto que la tradición atribuía al maestrescuela; a la izquierda, por necesidad, el acomodo del visitador real, molesto chinche asistido por fray Álvaro de San Emiliano, que le guardaba la espalda.

Para los reos se dispusieron sendas sillas afrontadas con el rector, aunque Isabel rechazó sentarse en ella por respeto, así se lo había aconsejado Del Palacio, sabio conocedor del tortuoso sendero que recorría el alma de los universitarios, dispuestos a destrozar a un enemigo a la menor señal de incorrecta debilidad.

Con un gesto, Maldonado ordenó al bedel que sellara la puerta del claustro. No habría de abrirse hasta que él lo ordenara, una vez concluido y sentenciada la decisión de sus miembros respecto a la grave acusación vertida por Ruiz del Monte. Después de las formalidades de rigor, el rector tomó la palabra el primero.

—La causa que hoy nos reúne y para la que se ha convocado a vuesas mercedes obedece a un ataque directo a nuestras leyes del señor visitador real aquí presente, fray Juan Ruiz del Monte —comenzó—. Hace apenas una semana osó irrumpir con los alguaciles del corregidor en la casa de doña Luisa de Medrano, que ocupa la cátedra de Retórica del maestro Nebrija, con una débil acusación: encubrir los supuestos crímenes de su pariente, el bachiller Pedro Bravo —señaló a Isabel—, a quien considera ejecutor de las muertes de fray Bartolomé, don Fadrique Enríquez, Alarico de Dios y del bachiller Laurentino Fresno, consiliario de Campos. Desconocedor de la norma, Ruiz del Monte pisoteó nuestra autoridad y la del maestrescuela, a quien compete impartir justicia en tales querellas, garantizar la limpieza del procedimiento, investigar la causa y permitir al preso su defensa. Sin embargo, el visitador real atropelló la ley, zarandeándola a su antojo, como acostumbra hacer desde su llegada a comienzos de este año...

Álvaro de San Emiliano quiso interrumpirle, pero una orden seca del inquisidor se lo impidió. Quería, *necesitaba* saber hasta dónde era capaz de llegar el desafío de Maldonado. Cada una de sus palabras significaría un clavo más en el ataúd en el que enterraría su poder, y, con él, el de la Universidad de Salamanca. Que hablara, pues, que el notario allí presente registrara sus razones para acusarle de entrometerse en la norma académica.

—Miembros del claustro —prosiguió el rector—, no solo habéis de juzgar la culpa o inocencia del bachiller Pedro Bravo y doña Luisa de Medrano, sino también la respuesta que la Universidad de Salamanca ha de ofrecer al desafuero de fray Juan Ruiz del Monte, que debe plasmarse en forma de queja escrita a nuestra señora, doña Juana de Castilla, al cardenal Cisneros y al Santo Padre de Roma, de quien emana la única autoridad que reconocemos desde los tiempos del rey don Alfonso de León. De lo que hoy se hable, exponga, juzgue, recogerá cumplida noticia el notario, para que no resten dudas o interpretaciones maliciosas a nuestras palabras, lo que bien tememos, dada la demostrada malquerencia hacia nos del visitador real.

Ahora sí Ruiz del Monte alzó su mano para responder a tantas injurias, mas el rector concedió la palabra al maestrescuela.

—Miembros del claustro, algunas de vuesas mercedes conocen personalmente al bachiller Pedro Bravo. Llegó a nuestras aulas desde Bolonia. Portaba las mejores cartas de presentación, que acreditaban su calidad de cristiano viejo libre de toda mácula —se sonrió—, y de bachiller en Medicina. Durante estos meses ha asistido con asiduidad a las clases que le competen, colaborado en todo aquello que esta autoridad le ha encomendado, ofrecido muestras suficientes de respeto hacia lo que significa la universidad como para que ahora, por la animadversión que el visitador real muestra hacia su pariente, doña Luisa de Medrano, sea considerado responsable de unos crímenes que yo mismo, con el permiso del rector, le ordené investigar bajo mi tutela.

»Miembros del claustro, la muerte del bachiller Fadrique Enríquez se debió a querellas estudiantiles a las que no era ajeno el consiliario de Campos, Laurentino Fresno, cuyo reciente fallecimiento nos impide exigir de él respuesta a nuestras fundadas sospechas, pues una testigo, Inés Ruiz, viuda del iluminador Pedro Álvarez, le ha acusado de acabar con la vida de su esposo a traición y de tratar de involucrar a otro de nuestros estudiantes, el bachiller Antonio Pimentel, bastón en el que me he apoyado durante este tiempo para averiguar qué oscuras razones se escondían detrás de la muerte del sobrino del señor almirante de Castilla. Conocido de todos era el carácter bullidor y pendenciero de Fresno, a cuya autoría directa o incitación se atribuyen otras pérdidas, como la del licenciado Ochate, acuchillado por una cuadrilla de estudiantes por él acaudillada, asunto público y notorio en Salamanca y por el que solo su muerte le ha impedido responder cual conviene a tan execrable crimen.

»En cuanto al estacionario, manifiesta es la querella permanente que mantenían los libreros de esta ciudad con él, fruto de la cual fueron varias palizas y alguna que otra estocada. No sorprende, pues, que en tan inoportunas fechas haya entregado su alma al Altísimo, lo que, como hermano nuestro en Cristo, nos entristece.

»Miembros del claustro, hemos de reconocer que debimos actuar con mayor dureza en castigo a ciertas pendencias estudiantiles, pero en nuestro ánimo siempre estuvo presente el respeto a las normas universitarias y la limpieza en la investigación de estos delitos, todavía no concluida. Personalmente, acepto mi responsabilidad y pongo en manos de vuesas mercedes mi cargo, aunque no sin antes rogarles que eximan de toda culpa a quien durante estas últimas semanas ha colaborado conmigo: el bachiller Pedro Bravo, culpable únicamente de confiar en este humilde servidor de la universidad, y también a doña Luisa de Medrano, cuyo único delito se cifra en el parentesco que le une con el anterior. Pues si hoy se encuentra sentada ante vuesas mercedes, única causa hallamos para ello en el desprecio que siente hacia su persona el señor visitador real. Señor rector —se inclinó hacia Maldonado—, nada más debo exponer al claustro. Con vuestra venia, tomaré de nuevo asiento.

Durante unos tensos instantes, los rumores se apoderaron de la estancia. Algunos, audibles desde lejos, exigían que se aceptase la renuncia del maestrescuela, por cuya torpeza se encontraban enfrentados a tan poderoso señor como Ruiz del Monte, mano derecha del cardenal Cisneros. Allí y entonces sentenciarían a favor de Medrano y Bravo si la cabeza de Del Palacio se les entregaba en almoneda, lo que liberaría por otra parte un cotizado cargo académico por el que muchos suspiraban. Los cuchicheos se convirtieron en algarabía cuando fray Juan se alzó de su cátedra y tomó la palabra sin aguardar la requerida autorización del rector. Sus fríos ojos negros helaron las conversaciones hasta romperlas en pedazos. Solo cuando regresó el silencio, comenzó a hablar.

—Miembros del claustro, permitidme que os exponga los verdaderos hechos que justifican vuestra presencia aquí, y que intencionadamente os han ocultado estos dos hombres.

Sin recato, señaló con un desagradable gesto a Maldonado y Del Palacio. Voces iracundas interrumpieron sus palabras apenas comenzado el discurso. Fray Juan los miró con profundo desprecio. Tal vez convendría recordar a esos petulantes la autoridad que Cisneros había delegado en su persona.

—El cardenal Cisneros tuvo a bien encomendarme la misión de tutelar el regimiento de esta universidad, caída en el descrédito y la inmoralidad al permitir que una mujer, Luisa de Medrano, enseñara desde una cátedra que corresponde servir a la decencia, que no se concibió como instrumento del Maligno, pues su turbadora presencia induce a los hombres al pecado. Ella los confunde con sus clases, en las que osa corregir a los maestros que nos precedieron, incluso al gran Aristóteles. Zahiere infame la esencia misma del saber, tesoro del varón, queriendo profanar lo que el

Todopoderoso dispuso al comienzo de los tiempos: compete al hombre el gobierno y regimiento de toda materia y a la mujer la honra del hogar y la supeditación total al marido.

Muchos de los allí congregados asintieron sin disimulo, compartiendo el punto de vista del inquisidor y criticando por vez primera en público lo que en tantas oportunidades hicieran en privado. Satisfecho, fray Juan continuó ahondando en la herida.

—Esa perversión ha traído consigo otros males a los que ahora hemos de enfrentarnos. Igual que el pecado conlleva castigo, así el diablo se abrió paso en estas aulas gracias a Luisa de Medrano. No estamos aquí solo para dilucidar su culpa o participación en las muertes, sino para mostrar a vuesas mercedes toda la verdad. Y es que la ambición de esta nueva Eva no conoce límites.

»Hace años, nuestra señora doña Isabel de Castilla, que Dios acoja en su seno, dispuso que el rector Maldonado, miembro del Consejo Real, custodiara para siempre el arca que contenía los documentos secretos de maese Colón, los mismos que fueron presentados un día ante algunos de vosotros para someterlos a vuestro juicio antes de la empresa de Indias. Su valor supera el de un reino, su posesión en manos equivocadas podría desencadenar una guerra con la corona portuguesa, con la que pactamos en Tordesillas, en 1494, repartirnos la conquista de las tierras allende el Mar Océano. Pues bien, ella —elevó el tono al marcar la posición que ocupaba Luisa— propuso a don Fadrique Enríquez que entregara a su tío el almirante tal tesoro a cambio de aceptar su matrimonio desigual y convertirse en heredero. ¡Quién sabe si no cedió a sus pasiones más turbias, hijas de la concupiscencia y la inmoralidad!

Isabel tuvo que contener a su prima cuando esta se alzó del asiento para recriminar tal sucesión de mentiras a Ruiz del Monte. Maldonado se vio obligado a imponer su autoridad para recuperar la calma, por más que en aquel momento hubiera deseado condenar a la picota al inquisidor, capaz de modelar la realidad a su completo antojo, guarecido detrás del escudo del Santo Oficio. Fray Juan prosiguió sin inmutarse.

—Su nombre bien pudiera convertirse en epíteto de arpía, ya que una vez descubierta, decidió proseguir la empresa en solitario para conseguir fortuna con su mercadeo, y arrebató la voluntad de este otro varón: su primo el bachiller Pedro Bravo, a quien convenció de la necesidad de acabar con las vidas de fray Bartolomé y don Fadrique.

Ahora fue Isabel la que trató de rebatir sus excesos y Luisa la que selló sus labios con la mano. Ya llegaría la hora de su venganza. Dios no consentiría que fueran condenadas sobre mentiras tan siniestras como aquellas.

—¡Imposible! ¿Quién puede ocultar tal infamia sin ser descubierto? —gritó uno, al que pronto se sumaron más de una docena.

Maldonado trató de evitar un tema tan espinoso y quiso terciar en la exposición de Ruiz del Monte, pero este no permitiría que le arrebatasen la palabra, menos en aquel momento. Alzó la voz sobre el barullo.

—Aquí es donde entra en escena el doctor Del Palacio, que tan gentilmente os ofrece su cargo, abochornado por la multitud de los crímenes que ha aceptado ocultar. A estas muertes se siguieron las del estacionario, a quien Luisa de Medrano a través de don Fadrique había sobornado para que copiase cierta documentación prohibida, lo mismo que hicieron con el iluminador Pedro Álvarez, a cuya pobre viuda, una anciana desamparada, pobre de solemnidad, ahora utilizan para su descrédito.

—¡Mentís! —gritó Isabel tan alto que hasta el inquisidor guardó silencio—. ¿Cómo podéis asegurar algo así?

Los rostros de todos los presentes se giraron para mirar a Ruiz del Monte.

—Porque yo también investigué sus fallecimientos y conté con un colaborador: el bachiller Laurentino Fresno. Gracias a él y a los buenos oficios de fray Álvaro de San Emiliano, que supervisaba sus trabajos por orden directa mía, pude reconstruir este edificio del diablo que la torpeza del rector y la ineficacia del maestrescuela han contribuido a alzar. A punto de entregar su alma, el pobre bachiller Fresno gritó agonizante el nombre de su asesino a la justicia del corregidor. ¿Conocéis sus últimas palabras? «Pedro Bravo.» He aquí el testimonio de los alguaciles que oyeron su denuncia antes de expirar, los que encontraron su cuerpo.

El inquisidor mostró unas hojas cuajadas de líneas que procedió a entregar a uno de los presentes, para que comprobara la veracidad de sus palabras.

—Y ahora decidme, miembros del claustro: si miento, como aduce Pedro Bravo, ¿por qué ha sido asesinado Laurentino Fresno? ¿Qué razón esgrimir, sino que fue este bachiller, pariente de Medrano y sin duda su amante, quien acabó con él a estocadas? Por cierto, doña Luisa, ¿dónde escondéis el arca? ¿Ya habéis encontrado un comprador para ella? ¿Sabéis que la pena por alta traición es la muerte? ¿Comprenden vuesas mercedes qué causa me llevó a encerrar a estos dos criminales? Pero todavía dispongo de más pruebas. Si lo permitís, nobles señores, autorizaré la entrada de un testigo incuestionable.

Repasó con la mirada los rostros de los claustrales. La mayoría asistió, forzando a Maldonado a acatar propuesta tan insólita. El bedel que custodiaba la puerta abrió el acceso, y una mujer de edad madura pero buena planta caminó modesta hasta llegar a la altura de Ruiz del Monte. Con la reverencia debida a su condición y calidad, se inclinó ante él, besando su diestra, antes de mostrar su rostro enmarcado por una discreta toca oscura semejante a sus discretos ropajes. Solo cuando alzó la mirada, Isabel y Luisa descubrieron su identidad.

—Es la madre Gorgonia —murmuró la joven estudiante.

—¿Cómo osáis traer a esa meretriz ante nosotros? ¿Acaso habéis perdido la cabeza, fray Juan? —bramó el rector furioso—. ¡Sacadla de aquí! ¡Ahora!

—Permitidme que os ofrezca su testimonio, aunque os ofenda su presencia, por más que atente a la impoluta moral de este santuario del saber —solicitó Ruiz del Monte, sin perder el temple.

—¡Que hable! —exigieron buena parte de los claustrales.

—Así sea —aceptó el visitador real—. Decidnos vuestro nombre, para que el escribano tome cumplida nota de vuestras palabras.

—Gorgonia Domingo Vidal, para serviros. Regento la taberna de las Ocho Beatitudes —se presentó casta, cual si de un convento de clausura hubiera salido para testificar.

—Hablad, nada temáis. Relatad al claustro lo que referisteis a fray Álvaro de San Emiliano aquí presente.

—El joven don Fadrique Enríquez frecuentaba mi negocio con asiduidad. Fruto de nuestra relación, me confesó que temía a doña Luisa de Medrano, que esta le había embrujado hasta el punto de forzar su voluntad por caminos pecaminosos, que le rogó que robase para ganar sus favores y que cuando obtuvo lo que requería, le exigió palabra de matrimonio... —Por las mejillas de Luisa resbalaron lágrimas silenciosas—. Un buen día acudió a mí en busca de ayuda, demandando consejo. Había decidido terminar con ella cuando, esa misma tarde, encontró a esta dama aquí presente —señaló a la Medrano— con su nuevo amante: Pedro Bravo.

—¡Puta mentirosa! —gritó Isabel, saltando hacia ella.

Dos de los alguaciles presentes se abalanzaron sobre la joven, agarrándola por los brazos para impedir que se acercara a la madre.

—¡Templad vuestro ánimo, bachiller! —le exigió el visitador real, haciendo suya la ira de los cielos con un gesto—. Seguid tranquila, Gorgonia.

—También me dijo que cuando los sorprendió, celebraban el asesinato de fray Bartolomé y el robo del arca del rector, aquí presente. Al parecer, en su arrogancia don Pedro Bravo había marcado su hazaña con un víctor de sangre, el mismo con el que señalaría las restantes muertes, delatando su autoría. Don Fadrique temía tanto por su vida que me juró que a la mañana siguiente abandonaría Salamanca. Lamentablemente —inclinó la cabeza, compungida—, nunca llegó a cumplir su propósito...

—¿Cómo podéis creerla? Dejadme hablar... —trató de explicarles Isabel, pero ya nadie la escuchaba en medio del alboroto que el testimonio de la madre había levantado en el claustro.

—¿A qué esperar hasta ahora por tal confesión, mujer? —preguntó el inquisidor dando voz a la duda de los pocos que aún guardaban reserva.

—Al miedo, vuesa paternidad, ¿a qué si no? Acepto la culpa que atañe al silencio, pero si de algo sirve, hablaré ahora cuanto pueda en nombre de los que ya están muertos.

Presa de los fuertes brazos de los oficiales, impotente contempló a Ruiz del Monte solicitar a Gorgonia su firma en las hojas que recogían su declaración. «La suerte está echada», hubo de reconocer pesarosa cuando el visitador real tomó de nuevo la palabra.

—No corresponde a vuestro derecho juzgar delito que no afecta a la universidad, sino que atenta contra la integridad de estos reinos. Dejad que se ocupen de ellos la justicia del corregidor y el Santo Oficio, para impedir que este súcubo y su cómplice os enreden con sus artes de brujería. No les autoricéis siquiera la palabra. Exijo a estos traidores para que confiesen con tormento lo que saben y consigamos extirpar la raíz infecta que, gracias a Maldonado y Del Palacio, pudre las entrañas de esta santa institución y amenaza el reino. ¡Votad su entrega a la justicia civil!

Vanamente el rector trató de hacerse oír sobre las voces airadas de los miembros del claustro. Para satisfacción de Ruiz del Monte, en aquella sala noble no restaba otro ápice de autoridad que la suya, capaz de movilizar a quienes hasta esa misma mañana repudiaban su existencia. Todos ellos fueron depositando votos favorables a su causa en la pequeña arca de votaciones. Luisa e Isabel, sin posibilidad de defensa, quedaron a merced de la voluntad del inquisidor, sin que ni Maldonado ni Del Palacio pudieran arrancarlas de ese abismo al que se encontraban abocadas sin remedio.

—Mentís, señor visitador real —alzó su voz el rector—. Tengo en mi poder el arca de maese Colón, jamás ha sido robada, como os han informado ciertos maledicientes.

—Mostradla, pues —exigió Ruiz del Monte.

—Ordenaré que la traigan ante vuesas mercedes.

En el rostro de fray Juan se formó una mueca de desprecio. El último de los claustrales acababa de dejar su voto. Había ganado. Para qué perder más tiempo.

—Maldonado, proceded a mostrarnos el resultado del parecer de los asistentes —solicitó con una sonrisa de triunfo.

—¡Aguardad! —exigió el maestrescuela, imponiéndose al fin, tratando de ganar tiempo—. Miembros del claustro, permitid que os muestren el arca del rector. Enviaremos por ella ahora mismo. Además, todavía no podemos cerrar este juicio.

Ruiz del Monte le mostró un puñado de votos blancos, propicios a su causa, que recontaba en esos momentos el notario.

—Aceptadlo. Luisa de Medrano deberá ser privada de la docencia en el acto y ambos reos entregados a mí en calidad de culpables de asesinato ¡y Dios sabrá qué otros crímenes!

Cansados, los claustrales se removían inquietos en sus asientos. Todos deseaban marcharse, dejar concluido aquel desagradable asunto. A ninguno de ellos le importaba un comino la suerte de una mujer, Luisa, y de un simple bachiller en Medicina. Si el todopoderoso visitador real necesitaba de víctimas para calmar su ansia de sangre universitaria, que hincara sus dientes en ellos y dejara en paz al resto. Desde una de las esquinas de la sala, Gorgonia sonreía a los reos.

—Todavía no habéis escuchado a los acusados —expuso el

maestrescuela, atónito, comprobando el desinterés de los presentes—. Invoco nuestras leyes: antes de entregar el destino de dos miembros de nuestra comunidad a este hombre, oíd a nuestros testigos, escuchad al bachiller Antonio Pimentel. Él despejará vuestras dudas.

Ruiz del Monte sacó pecho ante el duelo final con Del Palacio.

—Bien, traedle ahora mismo ante nosotros. No hallo inconveniente. Aunque nada diferente habrá de exponer a vuesas mercedes, porque la amistad que le une a este caballero —volvió sus ojos hacia Pedro Bravo— enloqueció su razón, pues que no dudó en sumarse a la causa de esta nueva Betsabé. Señor notario —se acercó al oficial—, contad los votos por segunda vez, para que no resten dudas de vuestra decisión.

—Diecisiete blancos, cinco negros. El Claustro ha decidido por mayoría confiaros a doña Luisa de Medrano y al bachiller Pedro Bravo.

Maldonado golpeó con los puños los brazos de su sitial. Su voz de trueno le confería la autoridad del mismísimo Júpiter Tonante cuando exigió a los asistentes que regresaran a sus asientos, *sub paena praestiti iuramenti*, mas, para entonces, hasta los propios alguaciles del maestrescuela se habían puesto al servicio del inquisidor.

—Despedíos del rectorado —amenazó antes de indicar al bedel que le abriera paso hasta el exterior—. Aunque me cueste rogárselo a la reina doña Juana, conseguiré vuestra cabeza en bandeja de plata. Os lo juro.

—Hacedlo, pues —solicitó inesperadamente un caballero de elevada estatura y rostro apacible, que le impidió la salida.

Ruiz del Monte retrocedió unas varas, seguido de cerca por aquel hombre cuya sola presencia exudaba autoridad, fuerza, prestigio y mando, y a quien acompañaba Antonio Pimentel. Escoltaban a estos una decena de alabarderos de la Guardia Real de don

Fernando, inconfundibles con sus sobrevestas rojas y blancas, semejando las armas cuarteladas de Castilla y León. Impresionado, el inquisidor guardó silencio y regresó a su lugar junto al rector. Mientras los claustrales recuperaban la calma, el alférez que comandaba aquella tropa avanzó hasta llegar a la altura del doctor Maldonado para ordenar con voz firme y segura:

—¡En nombre de la reina doña Juana, abrid paso a la justicia! ¡Abrid paso al almirante de Castilla y al conde de Beaufort!

38
LA JUSTICIA DEL REY

La sorpresa empujó a fray Juan contra su asiento. ¿Qué conjura diabólica había convocado a tan poderoso señor? Conocía la fama de hombre severo del almirante de Castilla, favorito de Fernando de Aragón, aunque nunca hasta ese momento habían coincidido. Sus caminos en la corte volaban cercanos, pero no parejos. Aquel pertenecía a la casta de los antiguos ricoshombres, verdaderos amos de estos reinos, que ponían y quitaban reyes a su antojo desde que la memoria alcanzaba. Él, en cambio, procedía de una estirpe de hidalgos de la montaña asturiana, pobres como ratas remendonas, que hubieron de hurgar bajo las piedras un origen pomposo para diferenciarse de los campesinos que cultivaban terruños semejantes a los que sus ancestros poseían.

Enríquez dejó bailar una sonrisa de desprecio cuando solicitó al oficial de los alabarderos que ofreciera al rector el documento que portaba para él. Sellado con lacre, fue abierto a la vista de los presentes. Por respeto y costumbre, Maldonado besó el diploma antes de colocarlo sobre su cabeza, pues se trataba de un documento real firmado por don Fernando de Aragón, en nombre de su hija doña Juana. En él se les informaba de la destitución de fray Juan Ruiz del Monte como visitador real, también del nombramiento para tal oficio del almirante de Castilla, hasta la resolución del desagradable pleito que enfrentaba al inquisidor con la universidad, a causa de aquellas desafortunadas muertes.

Con la autoridad que le era innata, invitó al dominico a alzarse de un sitial que ya no le correspondía, pero este mantuvo el tipo y, con él, su desafío. Uno actuaba en nombre de la corona, cierto, pero en las manos del otro se encontraba la representación del cardenal Cisneros. La Iglesia pugnaba por mantener su posición, superior a todo poder civil. Así se lo demostraría.

Tan buenos propósitos cazurros terminaron en el mismo instante en el que Enríquez chascó los dedos para indicar a los escoltas que flanquearan a Ruiz del Monte invitándole a ceder el sitio al almirante. Bastó la cercanía de las armas para que ambos dominicos, fray Juan y fray Álvaro, rindieran su posición preeminente en el estrado al favorito de don Fernando de Aragón. Así quiso la justicia real que la de los hombres fuera superada, y que el inquisidor y su inseparable San Emiliano se colocaran tan cerca de los acusados que bien pareciera que cuatro fueran los reos y no dos.

El almirante invitó al rector y al maestrescuela a ponerle al corriente de lo allí acontecido, de las acusaciones, de los hechos, de todas las informaciones y testimonios recabados. También de las exigencias de Ruiz del Monte, así como de la votación que acababa de celebrar y que afortunadamente para todos aún no había sancionado Maldonado, lo que les permitía disponer de campo de maniobra suficiente, pues las constituciones y las leyes que regían la Universidad de Salamanca solo ratificaban una decisión claustral cuando el rector colocaba su firma en ella.

—Por lo que veo, vuesa paternidad fray Juan duda que el arca se encuentre en poder del doctor Maldonado —comenzó suave Enríquez.

Ruiz del Monte asintió con la cabeza, acompañado de un coro de gruñidos afirmativos. El almirante sonrió, invitando a dos de los alabarderos a mostrar una caja cubierta por ricas telas, que colocaron en el centro de la sala, a la vista de todos los asistentes. A un gesto de Enríquez, Antonio Pimentel dejó los papeles que él mismo portaba sobre la mesa y abandonó el lugar que ocupaba junto al almirante, cuya espalda flanqueaba como antaño San Emiliano hiciera con la del inquisidor. Descendió el escalón que separaba el estrado del suelo y caminó hacia ella. Por primera vez desde su llegada, sus ojos se encontraron con los de Isabel. Su mirada limpia le transmitió paz, seguridad, confianza; su sonrisa, esperanza, una salida al final del túnel de la ignominia. Ceremonioso, Antonio apartó las telas de brocado y mostró la vieja arca de maese Colón, alzándola firme para que los claustrales comprobaran, si así lo deseaban, que en la madera de su tapa se encontraban grabados los emblemas de Isabel de Castilla y Fernando de Aragón.

—Si vuesas mercedes se preguntan cómo se encuentra aquí este instrumento de fatalidad —se adelantó Enríquez a Ruiz del Monte, que ya olfateaba la carroña—, baste saber que antes de acudir ante vosotros, esta misma mañana, poco después del amanecer, solicitamos permiso al rector para que nos concediera la oportunidad de mostrárosla nosotros mismos, en nombre del rey de Aragón, regente desde esta semana de Castilla, en nombre de su hija doña Juana. Baste recordaros, miembros del claustro, que únicamente el monarca o en quien este delegue puede disponer de ella. Desafortunadamente, doctor Del Palacio, olvidamos pediros la llave para abrirla ante los doctores, maestros y consiliarios presentes. ¿Deseáis que lo hagamos?

—¡Sí! —exigió fray Juan, rojo de ira al advertir que aquella mano de naipes había sido ganada por su enemigo.

—No creo que sea necesario dudar del honor del rector de la Universidad de Salamanca. Si el monarca confía en él, ¿quiénes somos nosotros para cuestionarlo? —preguntó el maestrescuela.

—Tal vez falten cartas, o mapas —intervino fray Álvaro de San Emiliano, defendiendo a su amigo y maestro.

Antonio Pimentel le miró de la misma manera que el cazador cuando avista una presa y, por primera vez en toda su existencia, fray Álvaro sintió el miedo atravesar sus entrañas, apoderarse de su cuerpo, pues intuyó que aquel hombre no dudaría en matarlos si en sus manos se encontrara el destino de los dos dominicos.

—Ya que vuesa paternidad duda, ¿acaso es que conoce el interior, lo que custodia? ¿Ordenó alguna de vuesas mercedes su supuesto robo? ¿Se atrevió a quebrar la voluntad de los reyes de Castilla y Aragón? Pensad bien la respuesta, porque tal delito de alta traición puede castigarse con la muerte. Así pues, ¿insistís en que algo falta de su contenido?

Ruiz del Monte y San Emiliano agacharon la cabeza, cargados sus hombros por la directa acusación.

—Fray Juan, dudasteis de mi palabra hace unos momentos, ahora veis que no os mentía. Decidnos: ¿todavía creéis que fue robada? ¿Cómo podéis sostener tal afirmación si siempre se ha encontrado en mi poder, si ahora, gracias a la voluntad del rey don Fernando —el rector le mostró la carta sellada—, se os permite comprobar que toda la causa que habéis montado contra doña Luisa se cae por sus propios cimientos podridos? Retractaos de vuestra acusación, os lo exijo.

—¡Jamás! —gritó el dominico, alzando los ojos, clavándolos con odio en Pimentel y Maldonado, alternativamente. Acusado por las evidencias, se negaba a rendir el duelo—. Con arca o sin ella, hay cinco cadáveres sobre los hombros de los dos presos. Y uno de ellos —dijo ahora con sus ojos fijos en los del almirante de Castilla— es el de vuestro propio sobrino. ¿Acaso no deseáis que su alma repose? Todavía no me habéis demostrado que el bachiller Pedro Bravo sea inocente de los delitos que se le achacan, ni que su pariente no le incitara a tales crímenes. Basta ello para exigiros que mantengáis la decisión que han tomado y votado los claustrales y los entreguéis a la justicia civil para que...

—Creo que os falta escuchar la voz de un testigo clave en este juicio —le interrumpió el almirante—. Con vuestra venia, doctor Maldonado, y la del claustro, rogaré al conde de Beaufort que nos presente su testimonio.

—No tengo inconveniente, si acepta también fray Juan.

Ruiz del Monte se encogió de hombros. Fuera quien fuese aquel tipo, poca importancia habría de tener respecto al asunto que los ocupaba. Sin duda se trataba de alguna estratagema de don Fernando para socavar la autoridad del cardenal Cisneros, para minar sus intentos de reformar el corrupto sistema universitario de estos reinos. Sí, que entrase el tal conde de Beaufort, fuera quien fuese, pues tal dignidad le era completamente desconocida. Todos los presentes volvieron sus ojos hacia la puerta, pero fue desde el interior, justo frente al estrado, donde un hombre reclamó su atención con un fuerte carraspeo: Antonio Pimentel.

—¿Tú? —se sorprendió Gorgonia, mudo testigo hasta entonces.

—¿Te sorprende mi presencia, madre? ¿Quizá porque algunos ratones escapamos de las trampas que se nos tienden? —jugó con ella Antonio.

El almirante de Castilla inclinó la cabeza, rogándole que tomara asiento en la silla no ocupada por el bachiller Bravo, si así gustaba.

—Con vuestro permiso, prefiero testificar de pie por respeto a las normas de la universidad a la que pertenezco —respondió grave Pimentel.

—Os agradezco vuestra gentileza, mas he de rogaros que vuesa merced desciña del costado la espada —le solicitó Enríquez.

El caballero se acercó hasta la cátedra del rector. Con cierta parsimonia, se desprendió del arma, que ofreció a Maldonado con una reverencia antes de regresar junto a Luisa de Medrano y su prima.

—¿Conde de Beaufort? —le preguntó en voz baja Isabel, incapaz de creerse que estaba allí, a su lado.

Pimentel sonrió, volviéndose hacia ella, y le guiñó un ojo.

—¿Acaso tú también te asombras? Te prometí ayuda y aquí la traigo. Confía en mí —murmuró de manera que solo ella pudo oírle.

Antes de que los claustrales volvieran a desmandarse, el nuevo visitador real presentó de manera oficial al joven.

—He aquí el último de los testimonios que solicitasteis, maestrescuela, y que vuesa paternidad aprobó aceptar, fray Juan. Se trata de un viejo conocido de todos, lo sé, aunque desde hace unos días su posición ha cambiado. El bachiller don Antonio Pimentel ha sido reconocido por el rey don Fernando de Aragón, regente de Castilla, como sobrino y pariente, heredero y sucesor de don Felipe de Navarra y Aragón, gran maestre de la Orden de Montesa, conde de Beaufort e hijo del príncipe don Carlos de Viana. Legitimado en sus derechos de sangre, he aquí ante vosotros a don Antonio de Navarra y Pimentel, conde de Beaufort.

Los ojos de Ruiz del Monte delataron el impacto que aquella inesperada noticia causó en él y en todos los asistentes, más aún si cabe en el maestrescuela y el rector.

—Don Fadrique, en estos lares se me conoce como Antonio Pimentel. Dejad que utilice por última vez en mi vida este nombre.

Enríquez inclinó la cabeza.

—Sea, pues.

—Fray Juan, hemos escuchado vuestras razones vencidos por la sorpresa —comenzó Antonio—. Un hombre como vuesa paternidad debería conocer que ninguna afirmación debe creerse solo porque nazca de autoridad. Es por ello que desdeñamos la vuestra, pues habéis osado mentir a este claustro. Mi amigo, el bachiller Pedro Bravo, ha optado por permanecer en silencio esperando una oportunidad para defenderse. Una reserva que vuesa paternidad ha interpretado como señal de victoria, mas deberíais saber, señor, que cuando los que mandan pierden la vergüenza, los que obedecen olvidan el respeto. Dejad que yo lo recupere por vos con la verdad que se esconde entre vuestras falsedades y manipulaciones, las mismas que se sofirman sobre la mentira y el testimonio de una puta: Gorgonia, meretriz de probados servicios, capaz de negociar con vidas y haciendas, de planear muertes y envenenar cómplices. Desmiénteme si te atreves, madre. Bien sabes que ordenaste mi asesinato a Laurentino Fresno. Y también que cuando él mismo dejó de serte útil y se convirtió en incómodo testigo y cómplice, pusiste fin a sus días emponzoñándolo con arsénico, el mismo con el que remedias el mal portugués que padeces.

La mujer fingió desmayarse.

—Sacadla de aquí —exigió el almirante de Castilla—. Que la justicia civil se ocupe de sus crímenes. Llevadla ante el corregidor. Ya llegará el turno de ocuparnos de ella.

Con la ayuda de uno de los bedeles abandonó la sala escoltada por dos de los alguaciles presentes. Ruiz del Monte intentó silenciar a Antonio, pero a un gesto de Enríquez, los alabarderos que habían tomado la sala inclinaron sus picas hacia él. Así que el dominico terminó por aceptar que, le gustase o no, habría de escucharle hasta el final.

—En cuanto al sobrino del almirante de Castilla, aquí presente, es público y notorio en Salamanca que requirió de amores a esta dama, doña Luisa de Medrano. Esta le rechazó por decoro, ya que ocupaba durante el presente año la cátedra de Retórica y nunca, hasta este momento, una mujer había alcanzado posición tan señalada. Quiso entonces el bachiller Enríquez buscar en otras mujeres lo que ella le había negado, y comenzó a frecuentar malas compañías, como la del consiliario Laurentino Fresno, reputado bullidor de esta ciudad, el mejor representante de la canallería estudiantil de Salamanca, confeso ejecutor de varias muertes, entre ellas la del iluminador Pedro Álvarez, tal como testificó su viuda, Inés Ruiz, y se ha recogido ante notario en este escrito que ahora os muestro.

Antonio caminó de regreso hasta el estrado, se inclinó ante el almirante, tomó de nuevo los papeles que dejó al descender de aquel lugar y procedió a mostrar uno de ellos ante los claustrales.

—Si alguno de los presentes desea comprobar en persona la verdad de mis palabras...

Nadie osó alzar la mano, salvo fray Álvaro, que casi le arrancó aquellas hojas. Con rapidez, sus ojos recorrieron las letras de rasgos amplios y llenas de abreviaturas hasta llegar a la firma del notario, de tres testigos, entre ellos el propio Antonio, y de Inés Ruiz. De estar todavía vivo, Capador acabaría en prisiones por aquellas palabras, culpable de la muerte del iluminador.

—Con vuestra venia, proseguiré mientras vuesas paternidades —Antonio señaló a los dos dominicos— comprueban la veracidad del testimonio.

—Continuad, señor conde —le animó el almirante.

Cada vez más caldeado el ambiente en la sala, muchos comenzaban a temer que su apresuramiento inicial al aceptar las acusaciones de Ruiz del Monte pudiera costarles más de un disgusto.

—Fresno, interesado en la posición del difunto don Fadrique, le invitó a sumarse a la Cofradía de Campos. A cambio de pertenecer a ella, debía acatar sin dudarlo varias comandas, entre ellas obedecer sus órdenes en un turbio asunto que se traía entre manos: el manejo de ciertos mapas que llegaron a su poder después del asesinato de fray Bartolomé. Conocía el valor de estos gracias al propio catedrático, pues en sus visitas a las Ocho Beatitudes, acostumbraba a hablar solo, como también consta a la mayoría de vuesas mercedes. Gorgonia, siempre alerta, escuchó de sus labios el mérito de ciertos cartulanos que manejaba y ordenó a su compinche, Laurentino Fresno, que ejecutara al fraile para robárselos.

La madre pensaba que acabarían en su poder, mas el consiliario de Campos decidió adelantarse a ella y encargar a don Fadrique que solicitara al estacionario una valoración de la pieza antes de entregarla a su cómplice. Pero el bachiller Enríquez sospechó de tanto interés y gracias a la lengua larga de Alarico de Dios, cuyos vicios financió a cambio de informaciones, supo de la importancia de esta. Deseoso de escapar de esta rueda del diablo, pagó por una copia del mapa a escondidas de Fresno. Nunca llegaría a recogerla, pues el estacionario, detallista en extremo, le solicitó unos días más después de entregarle el original de vuelta. Quería rematarla con cierta riqueza. Ese retraso les costó la vida a ambos por culpa de la ligereza verbal del estacionario, que acostumbraba echar su lengua a pastar sin comprobar los pastos ni vigilar a los pastores. Laurentino tuvo conocimiento de la traición del bachiller Enríquez y del peligro que, para su persona y la propia Gorgonia, suponía que ese mapa se encontrase en manos inadecuadas.

»Pocos días después, el maestrescuela y quien os habla fuimos testigos del asesinato de don Fadrique en estas mismas Escuelas Mayores. Y he de deciros, fray Juan, que, aunque os pese, el joven Pedro Bravo no participó en esta muerte, como tampoco en las que se siguieron, y de ello también encontrará probados testimonios. Ochate sufrió semejante castigo de Fresno, por puro placer. Ese canalla era así. Yo mismo fui acuchillado por él, después de robarme la espada de mi... —dudó, pidiendo consejo con la mirada al almirante, que asintió con una sonrisa— de un pariente cercano de mi padre. Por qué pretendió eliminarme es cosa que ignoro, mas conociendo sus malas artes entiendo que con ello quiso apartar un escollo molesto, ya que el maestrescuela confiaba demasiado en mi humilde persona y en mis manos se encontraban contactos suficientes entre los maleantes, mendigos y estudiantes sopistas de esta ciudad como para averiguar cuestiones demasiado incómodas para él. Con esa misma espada atravesó al estacionario, circunstancia que no podría deberse sino a la misma mano que me la robó, dejando la huella de su empuñadura, única en su género, en mi propio costado, donde aún hoy podéis verla, si así lo requiere vuesa merced.

—¿Y qué interés tendría nadie que no fuera Pedro Bravo o vos mismo en eliminar al consiliario Laurentino Fresno, después de intentar asesinaros? —inquirió Ruiz del Monte, sin que nadie le autorizara a interrogar a Pimentel.

—Para Gorgonia se trataba de atar cabos sueltos —se encogió de hombros Antonio—. El artífice de estos crímenes deseaba mercadear con ese cartulano misterioso que estudiaba fray Bartolomé, ya en el reino de Castilla, ya en Portugal. Señor, detrás de estas muertes se esconde una sola causa: dinero, dinero, dinero.

—O poder —intervino ahora el almirante de Castilla—. Puesto que mi nombre se ha visto implicado en este desafortunado asunto, he de aseguraros, miembros del claustro, que las Capitulaciones de Santa Fe apartaron a mi linaje de toda posibilidad de participar en la empresa de maese Cristóbal Colón. ¿Qué sentido habría de tener manejar los hilos de una conspiración supuesta, cuyo objeto era, según el visitador real, acechar los contenidos de un arca de la que, en cualquier momento, podía disponer el rey don Fernando y, con su permiso, quien os habla y que como se ha demostrado siempre se encontró en poder del rector Maldonado?

—No ocurre lo mismo con vuesa paternidad, fray Juan —atacó Antonio.

—¡Infame! ¿Cómo te atreves? —se enfureció Ruiz del Monte.

—El cardenal Cisneros se encuentra en estos momentos en África, deseoso de extender la fe y los territorios de Castilla. ¿Por qué no ofrecerle la posibilidad de nuevas rutas en Occidente? ¿De adelantarse a la corona en un momento tan delicado como el que vivimos, si son ciertos los rumores que afirman que maese Colón dispuso de informaciones secretas, contenidas todas en el arca que custodiaba el rector por decisión de los reyes, la misma de la que se extrajo el mapa que estudiaba fray Bartolomé y del que se apoderó Fresno? Capturemos el trono desde las sombras de una joven reina, conquistemos primero las tierras allende el Mar Océano y convirtamos después a los hijos de aquellos lugares, o usémoslos como esclavos, tanto da —sugirió perverso Pimentel, seguro del daño de sus palabras, pues entre los mismos dominicos se debatía si los indios debían ser tratados como hermanos en Cristo o no.

En aquellos momentos, un tenso silencio dominaba el claustro, pues en las mentes de todos comenzaban a desenredarse las madejas de los sucesos vividos.

—Continuad, os lo ruego —invitó el rector dirigiéndose a Pimentel.

—Junto con las expectativas de fray Juan, sin duda hijas de su celo en obedecer a su manera las órdenes de Cisneros y por las que habrá de responder ante este a su regreso, aún existe otra posibilidad a la hora de buscar responsables para tan execrables crímenes.

—Decid, pues —exigió Ruiz del Monte.

—¿Puedo solicitar a vuesa paternidad, fray Juan, que me mostréis vuestras manos y brazos? También vos, fray Álvaro.

Los dominicos dudaron.

—Hacedlo en nombre de la reina doña Juana de Castilla —ordenó el almirante.

En la piel del inquisidor no se encontró mácula alguna, mas en la de San Emiliano profundas llagas herían la carne, evidenciando el mal portugués, la misma enfermedad que padeciera Fadrique y contagiada en el mismo lugar, prueba irrefutable de su escaso afecto y respeto por los hábitos que portaba y que no había dudado en mancillar. Todos los doctores y maestros presentes, ya franciscanos, ya dominicos, ya seglares, mostraron su enojo a gritos, demandando una explicación algunos, exigiendo la expulsión de la

Orden los que a ella pertenecían, horrorizados ante quien así la ensuciaba con sus vicios más rastreros.

—Dejadme ver la palma de vuestra diestra, fray Juan.

San Emiliano sonrió con desprecio cuando la limpia piel de su compañero se mostró a los presentes. Con un gesto de desdén, tomó la palabra, sabedor de que el carácter críptico de su mensaje solo sería comprendido por los iniciados.

—Buscad los tres puntos de la Santísima Trinidad en los cielos, pues a ella sirven los más humildes hermanos y su poder se encuentra en todas las partes.

Isabel y Antonio se miraron. Aquel recado iba dirigido a ellos. Pimentel sacudió la cabeza. Su hipótesis acababa de convertirse en teoría, aunque no pudiera mostrarla en público, dada la gravedad de las consecuencias, si era cierto lo que le había desvelado Fresno a la Vargas poco antes de morir. La Hermandad de la Garduña extendía sus tentáculos entre todos los estamentos sociales y fray Álvaro les acababa de advertir del peligro que representaba. Tal vez él pudiera aclararles quién la gobernaba, o cómo descubrirle. Así que Antonio no osó insistir en un camino que ya tomaría la justicia llegado el momento.

—Vuesa paternidad ha yacido con mujeres en una mancebía de esta ciudad —le acusó públicamente.

—Por ese pecado ya he sufrido castigo —expuso fray Álvaro, solicitando ayuda a Ruiz del Monte con la mirada.

—¿Dónde os contaminaron?

—¡Habla, maldita sea! —exclamó iracundo Ruiz del Monte.

—En la taberna de las Ocho Beatitudes —confesó San Emiliano, agachando la cabeza—. Pero no entiendo adónde queréis llegar.

—Pronto lo comprenderéis y, con vos, todos los claustrales. Como ya os he probado, Laurentino Fresno obedecía órdenes de la madre Gorgonia. Así se lo confesó a mi compañero Pedro Bravo antes de morir entre sus brazos, envenenado, que no acuchillado, señor inquisidor —apuntó hacia fray Juan—. Arsénico, miembros del claustro, que se emplea...

El maestrescuela intervino.

—... para combatir el mal portugués. Solo quien lo sufra podría adquirirlo sin levantar sospechas, ya sea puta o cliente.

—Así es, doctor Del Palacio —asintió Pimentel—. Y por si no bastasen pruebas que refrenden mi teoría, añadiré a vuesas mercedes que semejante huella del diablo hiere las carnes de la madre Gorgonia, que rige el lugar donde ambos, don Fadrique y vuesa paternidad, fray Álvaro, fuisteis contagiados por la misma meretriz. El primero ha muerto, a vos no os resta demasiado tiempo de vida. Si no formáis parte de esta intriga, agradeced vuestra muerte a la madre Gorgonia y sus hijas.

San Emiliano palideció. Nunca había supuesto que sus días estuvieran contados y una oleada de indignación le hizo enrojecer. Aun así, guardó su furia para más tarde. Ya habría tiempo de cobrarse venganza, mas no ahora, no delante de fray Juan ni de aquellos miserables que se atrevían a juzgarle con desprecio.

—Es cierto cuanto contáis, bachiller Pimentel. Yo mismo escuché de sus labios algunos de sus manejos con Fresno. ¡Estúpido de mí! ¿Cómo pude estar tan ciego?

Fray Álvaro se hincó de hinojos ante Ruiz del Monte, que se apartó del contacto con aquel infame en quien había depositado amistad y confidencias durante años.

—Perdonadme, padre, os lo suplico.

—Has traicionado los ideales de santo Domingo, Álvaro —se quejó amargamente.

San Emiliano sacudió la cabeza hacia los lados, los ojos empapados en lágrimas. Roto de dolor, se aferró al hábito de su compañero. Maldonado se incorporó de su sitial.

—Creo que ya hemos oído suficiente. Avisad al corregidor de los crímenes de Gorgonia para que la justicia se ocupe de ella. En cuanto a vuesas mercedes, miembros del claustro, exponed vuestro parecer y votad ahora por la libertad de doña Luisa de Medrano y del bachiller Pedro Bravo. Señor visitador real —se dirigió al almirante de Castilla—, os entrego a fray Álvaro de San Emiliano y fray Juan Ruiz del Monte para que sean juzgados por su propia Orden, si en su causa han de encontrar delito. Apartadlos de mi vista, porque su sola presencia ofende todo lo que representa la universidad.

Enríquez aceptó su voluntad con una reverencia. Después de la votación en la que se eximía de toda culpa a Luisa e Isabel, procedieron a apresar a los dos dominicos. Antes de partir, el almirante de Castilla se aproximó al maestrescuela y al rector.

—Creo que ambos tenéis una deuda de honor con estos dos caballeros. —Señaló al ahora conde de Beaufort y a su amigo Pedro Bravo.

Del Palacio sonrió. Sabía lo que significaba: por fin Pimentel conseguiría aquello por lo que tanto había luchado durante años, lo que en justicia merecía y solo su nacimiento bastardo había evitado que consiguiera. Asintió con la cabeza.

—Señores bachilleres, mañana por la noche espero que os encerréis en la capilla de Santa Bárbara para preparar el examen de vuestra licenciatura. Pronto vuestros nombres quedarán registrados con tal calidad.

Maldonado rió, liberado de tanta carga a cambio de tan escaso precio.

—Si aprueban —puntualizó.

—Oh, seguro que lo harán —respondió el maestrescuela—. Ahora partid, vamos.

Pimentel se abrazó a su compañero Pedro Bravo. Hubiera deseado besarle allí mismo, gritar a todos que la amaba por encima de todos los honores del reino, también del reconocimiento de su calidad de sobrino de Fernando de Aragón, arrojados a las aguas del olvido su nueva posición y el título que conllevaba. Todo por ella, si se lo pidiera. Besó la mano de Luisa, se inclinó en una reverencia solemne ante las autoridades del rector y el maestrescuela, y siguió los pasos del almirante de Castilla hasta las escaleras que conducían desde el claustro al patio de las Escuelas Mayores, en el que se encontraban los dominicos escoltados por la guardia del rey Fernando. Entre los estudiantes se había producido un pequeño revuelo. Al parecer, la madre Gorgonia había conseguido zafarse de sus guardianes sin demasiado esfuerzo, pero no escaparía a la justicia del rey por mucho tiempo, de ello se ocuparía personalmente el corregidor. Al conocer la noticia de su fuga, San Emiliano miró a Pimentel de forma tan directa que Antonio se le acercó.

—Poco rezasteis. Deberíais seguir más los consejos que se os brindan —se burló de él.

El caballero aproximó su rostro al de fray Álvaro para susurrarle al oído de manera que nadie más pudiera escuchar sus palabras:

—Si sois quien creo, señor cofrade de la Garduña, vuesa merced y yo aún tenemos una cuenta pendiente y he de cobrárosla. Decidme el nombre de quien ordenó a Gorgonia mi muerte y trataré de ahorraros el camino al infierno. Porque si ella desaparece, os juro que me ocuparé personalmente de que vuesa paternidad no alcance a celebrar un nuevo amanecer. Confesádmelo y os ayudaré en todo lo que sea menester.

—Prometedlo, Pimentel.

—Tenéis mi palabra.

—¿Cómo haceros llegar esa información, si en breve estaré preso en el convento?

—Enviadme a algún criado de vuestra confianza. Hoy a medianoche me encontraré con él en el Desafiadero. Estaré esperando allí durante una hora.

—Tendréis lo que buscáis, os lo juro.

[illegible] posición [illegible] ella [illegible]

[illegible] la madre [illegible]

[illegible] las [illegible] y [illegible]

les pasó [illegible] la [illegible]

[illegible] el [illegible] de Azpeitia [illegible] que se [illegible]

[illegible] por la [illegible]

[illegible] Conrado [illegible]

[illegible] pero [illegible]

del [illegible] tiempo [illegible]

[illegible] Al conocer la [illegible]

[illegible] de [illegible] Amparo se [illegible]

José del Palacio [illegible] las [illegible]

vivida en las clínicas [illegible]

del arcano del [illegible]

la vida de su [illegible]

aman, salvo [illegible]

contenida [illegible]

dicha. Mino [illegible]

corriente [illegible]

Isabel se mostraba [illegible]

lo más mínimo [illegible]

de las columnas [illegible]

conoce las casas de [illegible]

familiar [illegible]

su mesa por un [illegible]

Especialmente [illegible]

—Poco tocino [illegible]

zantes, no [illegible]

pues, saboreándolo [illegible]

sartén cuyos últimos [illegible]

anfitrión después de [illegible]

39

OYE, VE Y CALLA

José del Palacio irradiaba paz después de liberarse de la tensión vivida en las últimas jornadas. No solo se trataba del turbio asunto del arca maldita de Colón y lo que significaba, sino, sobre todo, de la vida de su hija. Una hija a la que nunca podría reconocer, ni amar, salvo desde la distancia. El maestrescuela suspiró, feliz de tenerla cerca, aunque no pudiera explicarle las razones de tanta dicha. Miró a su alrededor. Enríquez y Maldonado se ponían al corriente de ciertos chismes cortesanos mientras Luisa, Antonio e Isabel se mostraban su afecto con abrazos y besos, sin importarles lo más mínimo los incómodos chismosos que los observaban desde las columnas del patio de las Escuelas Mayores. «Cada uno conoce las coles de su huerta», se dijo, recordando un viejo refrán familiar, mientras caminaba hacia ellos para invitarles a compartir su mesa por un día generosa. Y es que mucho tenían que celebrar. Especialmente él, sobre todo él.

—Poco tocino y mucho aceite, maestrescuela. Propio de judaizantes, no de buenos cristianos —bromeó Enríquez horas después, saboreando con arrobo el cordero con miel y las frutas de sartén cuyos últimos restos retiraban de la mesa los criados de su anfitrión después de una comida digna de un emperador.

La sorna bailó en los ojos de Maldonado cuando alzó su copa para brindar por los presentes.

—Un viejo amigo mío, el rabino Judah Abravanel, solía aseverar en estos casos que cada gargajo a su paladar es sabroso.

—Don Rodrigo, ¡qué barbaridad! —rió Luisa, sin evitar un gesto de asco.

—Déjalo, hija, que Dios da barba a quien no tiene quijada —bromeó Del Palacio, divertido—. Demasiados testículos de toro arrebatan la razón.

Pimentel y el almirante de Castilla soltaron una carcajada, entretenidos en aquel juego de palabras que bien parecía nacer de los felices tiempos anteriores a la conquista de Granada. Únicamente Isabel, absorta en sus propios pensamientos, regalaba su atención a la broca y al cuchillo que todavía sostenía entre sus manos, cual si quisiera estoquear la primera con el filo del segundo o trinchar el segundo con el tridente de la primera.

—Estás muy pensativo, Pedro —advirtió Maldonado.

—Lo siento. Intentaba no molestar a vuesas mercedes con mis propias cuitas.

—¿Y qué es lo que te inquieta, mi joven bachiller? —quiso saber Enríquez.

—Que no entiendo nada, mi señor. Conocéis que el arca fue robada a fray Bartolomé, y que conseguimos arrebatársela a Capador.

—El rey os felicita por ello, os recompensará por vuestros servicios, al igual que ya ha hecho con el conde de Beaufort —le recordó el almirante.

Antonio se sonrojó intensamente. Todavía no se acostumbraba a esa dignidad, tardaría tiempo en hacerlo.

—Mi amigo no comprende qué papel jugó en verdad vuestro sobrino —le aclaró Pimentel.

Isabel asintió con la cabeza.

—El de un pobre estúpido y torpe joven malcriado que se dejó manejar por un bullidor pendenciero: un hombre que, con la ayuda de alguno de sus camaradas de fechorías, le arrebató la existencia y se licenció con su muerte pintando un víctor en la pared donde reposó su cadáver —respondió sombrío Enríquez.

—No habléis así de Fadrique, os lo ruego —intervino Luisa, molesta.

El almirante de Castilla sonrió con afecto a la joven.

—Envidio su fortuna si capturó tu corazón. Hubieras sido una gran esposa. Si lo deseas, te buscaré un marido apropiado a tu linaje con la ayuda del rey don Fernando.

La Medrano hundió la cabeza entre sus hombros, incapaz de contener la pena. Jugó con la medalla de oro que le regalara antaño Fadrique. El almirante enjugó sus lágrimas con delicadeza, al reconocer la joya. Pertenecía a su estirpe: él mismo se la había regalado a su sobrino siendo niño.

—No os aferréis a un recuerdo, muchacha —le aconsejó con dulzura antes de servirle personalmente un poco de vino.

Isabel, que no se había enterado de nada de lo ocurrido entre Enríquez y su pariente, volvió a la carga.

—Insisto en ello. ¿Qué papel jugó vuestro sobrino?

—Creo que quiso copiar ese mapa para enviármelo, para advertirme de los sucios manejos de un puñado de criminales capaces de cometer alta traición robando una pertenencia real. No olvides, bachiller Bravo, que fueron nuestros monarcas quienes entregaron en custodia el arca al rector. Por cierto, Maldonado, que habré de llevármela de regreso a la corte. Don Fernando desea consultar en ella ciertas informaciones.

—¿Puedo preguntar por qué es tan importante? —curioseó Antonio.

—Te excede la respuesta, Pimentel —intervino el maestrescuela.

—En absoluto, Del Palacio. Después de todo lo que estos jóvenes han sufrido, merecen saberlo —zanjó Enríquez, dispuesto a compartir con ellos tan peligroso secreto—. Os aclararé las aguas hasta donde me está permitido. El infante don Enrique de Portugal, a quien apodaban en su tierra «el Navegante», dedicó casi toda su fortuna y buena parte del patrimonio de la Orden de Cristo a potenciar el conocimiento de la mar y animar las exploraciones en busca de nuevas tierras para su rey. En Sagres, ordenó construir una fortaleza en cuya corte reunió a cartógrafos, navegantes, marinos, astrónomos y hombres entendidos en diversas lenguas. Procedían de todo el Mediterráneo, pues a lo largo y ancho del mismo disponía de una bien pagada red de espías que le suministraban jugosas informaciones acerca de mapas y cartulanos antiguos. En Génova y Venecia sus hombres adquirieron de comerciantes turcos noticias de ciertos exploradores de las Indias que habían encontrado tierra hacia el este de Catay, en el extremo del mundo conocido. Sus propios sabios habían descubierto la certeza de la redondez de la Tierra, por lo que se mostraba posible circunvalarla y, desde Occidente, arribar a esos lugares. Así, quiso don Enrique estudiar tal posibilidad.

»Por ello, con el mayor de los secretos, encargó esa tarea a un converso de origen mallorquín llamado Jafudá Cresques, o Jaume Ribes, después de abrazar el cristianismo, que dispuso de otros mapas y descripciones que se consideran oficialmente perdidas o inexistentes. Su padre, Abraham Cresques, realizó grandes trabajos para la monarquía aragonesa. Acostumbraba por su encargo entregar una doble cartografía: aquella oficial, pública, y otra reservada a los intereses de la corona, que se confiaba a los servidores más próximos y leales. A Jaume Ribes siguieron otros cartógrafos, sabios como él, que contribuyeron a los avances de la navegación portuguesa, especialmente significativos cuando sus barcos arribaron a Canarias y...

—... Castilla le arrebató arteramente el descubrimiento, amén de otros, en una loca carrera de conquista que más de un incidente causó entre ambas monarquías —le interrumpió el maestrescuela.

—Así es —aceptó el almirante—. Lo cierto es que, cuando maese Colón buscó refugio junto al rey luso a través de su propia capacidad y de los excelentes contactos de su suegro, llegó a disponer de tales informaciones secretas, y un buen día robó parte de ellas, copió otras..., huyó de Portugal y el resto de la historia ya la conocéis: descubrió tierra al otro extremo del Mar Océano porque disponía de ventaja. Los embajadores de la reina doña Isabel aseguraron a los portugueses que tal empresa fue coronada con el éxito por voluntad de Dios, que solo nuestra soberana apostó por ella, empeñando sus joyas en una tarea repudiada por muchos de sus propios consejeros. ¿Cómo sospechar de la veracidad de tal circunstancia? ¿Cómo probar la ventaja de Colón sin enemistarse con Castilla? Luego llegó el Tratado de 1494, el reparto del mundo. Con él, la paz... hasta que esos malditos robaron el arca y todo el sistema se desequilibró en un momento especialmente tenso para nuestro reino. Creedme si os digo que habéis evitado una guerra por las tierras de Ultramar —suspiró Enríquez—. Y eso es todo.

—Entiendo. Entonces mataron a fray Bartolomé por una imprudencia del rector —resumió su parecer Isabel, sin detenerse a considerar el impacto de sus palabras.

—No tal —negó el almirante—. La perturbada razón de la reina Juana de Castilla llevó a su padre, nuestro señor don Fernando, a interesarse en las Indias en su nombre. Por eso solicitó a Maldonado que le informase en secreto del contenido del arca y sus posibilidades. Y sin saberlo, inició esta cadena de muertes...

—... que marcó su salida en la taberna de Gorgonia.

—Exacto —continuó Pimentel—, pues como se recordó a los claustrales durante el juicio, y como bien sabemos todos en esta mesa, fray Bartolomé acostumbraba a hablar solo, ya en el aula, ya en el patio de las Escuelas... o en la taberna de la madre Gorgonia. Esta le escuchó, valoró las posibilidades de negocio, y ya conoces el resto. Capador se convirtió en la mano ejecutora de sus planes: el catedrático, Fadrique, Alarico, el pobre iluminador y casi quien te habla. El único capaz de acceder al mismo submundo en el que ambos se movían. Si sus planes se hubieran cumplido, habrían huido a Portugal, estoy seguro, y su rey los hubiera cubierto en oro. Como ya os dije en el claustro: dinero, dinero, dinero.

Los criados procedieron a encender las velas del candelabro. Comenzaba a caer la oscuridad, rendido el día. Enríquez levantó la mesa, despidiéndose de los presentes hasta mañana no sin antes ofrecerse a acompañar a Luisa de Medrano a su residencia, invitación gentil que aceptó sin dudar. Maldonado, por su parte, aprovechó la ocasión que se le brindaba para mercadear ciertas cuestiones a solas con el poderoso favorito del rey. Así que en la sala solo restaron Antonio, Isabel y el maestrescuela. Las miradas de los dos jóvenes delataban a gritos sus deseos de quedarse a solas, de compartir en la intimidad sus experiencias de los últimos días. Tenían demasiado que contarse.

Del Palacio tomó en un aparte a la muchacha. De su escriño extrajo una carta sellada con las armas de su oficio universitario y un anillo.

—Pedro, esto es para ti. Ábrelo cuando hayas recibido la licenciatura. Quiero que sepas toda la verdad. Ni siquiera a tu compañero podrás desvelarle el contenido de esta misiva. Júralo.

Perpleja, Isabel asintió. En silencio abandonó la casa del maestrescuela junto a Pimentel. Únicamente esta última sorpresa impidió que le abrazase, a pesar de sus ropas de hombre. Caminaron en silencio hasta recorrer la mitad de la distancia, absortos cada uno en sus propios pensamientos, hasta que, al llegar a la altura de la casa de Luisa, la Vargas detuvo su paso.

—Antonio, quizá deberíamos buscar a Gorgonia. Aunque haya

escapado a la justicia, seguro que María la Vitoriana conoce dónde puede esconderse. Se lo preguntaremos. Además, necesitamos saber exactamente qué es eso de la Garduña, su alcance. Si su marca son esos tres puntos, no será difícil identificarlos por parte de la justicia. —Calló un segundo y luego liberó la pregunta—: Lo que no entiendo es por qué tenía Fadrique la marca en su palma, si no era cofrade de malhechores.

—Recuerda que no era tatuaje, pues salió apenas pasé mi dedo sobre uno de los puntos. Donde al principio vimos una broma de mal gusto entre estudiantes, ahora imagino un disfraz poco creíble con el que pretendía esconder sus intenciones ante alguien poco dispuesto a perdonar engaños.

—¿Fingía ante Capador ser hermano de cofradía?

—Eso creo, y no de la de Campos. Quizá pretendía demostrar su falso compromiso en la carne, para esconder bajo esos tres puntos el compromiso real de su alma.

—Según Fresno, en todas las ciudades de la corona se encuentran sus hermanos. El rey debería conocerlo.

Antonio se giró para mirarla de frente. Hubiera deseado compartir con ella sus intenciones de entrevistarse con el enviado de fray Álvaro. Pero sería demasiado peligroso, pues insistiría en acompañarle y no estaba dispuesto a arriesgarse a ello.

—Mi querida amiga —la besó en la frente—, tal vez cuando amanezca pueda responder a tus preguntas. Mientras tanto, recuerda que en lo oscuro, todo es uno.

PÁJARO [illegible]

Cumple también, la [illegible]
entregó a fray Juan [illegible] de [illegible]
de San Esteban [illegible]
había recibido [illegible]
de Castilla. Aunque [illegible]
agradeció [illegible]
marle de lo que había [illegible]
ruego fue que [illegible]
Orden dentro de [illegible]
dad de San [illegible]

—Que así sea [illegible]

—acepto el [illegible]

Fray Domingo nunca [illegible]
presentaban la carcoma [illegible]
ma de la Iglesia [illegible]
pretendía a través del [illegible]
za, se sumaban a la necesidad [illegible]
disciplina férrea.

Durante aquellos años [illegible]
hijos la necesidad de [illegible]

40
PÁJARO VIEJO NO ENTRA EN JAULA

Cumplía también la tarde cuando el corregidor de la ciudad entregó a fray Juan y fray Álvaro al prior del convento dominico de San Esteban. Fray Domingo Pizarro, que así se llamaba este, había recibido muy de mañana una inesperada visita: el almirante de Castilla. Aunque portador de malas nuevas, fray Domingo agradeció al favorito del rey don Fernando la gentileza de informarle de lo que habría de acontecer esa misma jornada. Su último ruego fue que le permitieran impartir justicia a dos miembros de la Orden dentro de la obediencia de esta, como padre de la comunidad de San Esteban a la que ambos pertenecían desde su llegada.

—Que así sea. Vuesa paternidad tiene mi palabra de honor —aceptó el almirante.

Fray Domingo nunca había simpatizado con ellos. Ambos representaban la carcoma que pudría la madera del barco de la reforma de la Iglesia, tan necesaria, de esa nueva evangelización que pretendía a través del apostolado del ejemplo. Obediencia, pobreza, se sumaban a la necesaria purificación del espíritu a través de disciplina férrea.

Durante aquellos años el prior había tratado de inculcar a sus hijos la necesidad de perfeccionar el espíritu por el camino del estudio. Como medio de comprender a la sociedad, no para imponerle un sistema en pugna con aquellos tiempos de cambio. Amoldarse al presente se había convertido en obsesión para los hombres que gobernaban San Esteban, modelo en que se reflejaban las virtudes reformadoras de la Orden de San Domingo, deseosa de regresar a los tiempos de los apóstoles y no de cerrarse en el corrupto poder que emanaba de su papel al frente de la Inquisición. Para la mayoría de ellos, era esta el último recurso para tratar de salvar las almas, una reliquia del pasado que más la corona que ellos necesitaba para asegurarse el dominio de los hijos de estos reinos; para unos pocos, en cambio, el Tribunal del Santo Oficio representaba el eje de su propia podrida moral. Tal era el caso de Ruiz del Monte, también de su vasallo fray Álvaro.

Estas remembranzas, amén de otras menos afortunadas, llenaron el silencio con el que el prior recibió la noticia de la llegada de sus dos hermanos, escoltados por la justicia de la ciudad. A partir de ese momento, quedaba bajo su responsabilidad la tutela de su guarda, al menos hasta que probaran o no su inocencia ante el maestro general de la Orden, a quien competían tales oficios por mucho que el cardenal Cisneros tratara de proteger a su discípulo favorito.

Cisneros gozaba de poder sobre todos los cristianos de aquellos reinos, pero era franciscano, una Orden con la que los dominicos disputaban demasiados terrenos espirituales y no tan elevados. Los hijos de Santo Domingo se juzgan dentro de su comunidad. En tales lides, Pizarro gozaba de mejores armas que el cardenal, por más que este se sirviera de un miserable de la talla de fray Juan, capaz de ensuciar el nombre del santo Domingo de Guzmán, padre de todos, con la mácula de su loca ambición desmedida.

El prior de San Esteban les exigió que se postraran en el suelo, con los brazos en cruz. Así habrían de ser juzgados por renegar de Dios con su aborrecible ejemplo de intolerancia. Jamás la Orden se había encontrado envuelta en asesinatos, arrastrada por el lodo de la lujuria y la carne. Fray Domingo hubo de reconocer que ni siquiera él sabía por dónde comenzar.

—Después de la visita del almirante de Castilla ha partido un mensajero desde esta casa para informar de los sucesos de estos meses a nuestro maestro general.

Ruiz del Monte sintió en la espalda esa desagradable sensación que precede irremediablemente a la catástrofe. Aquello significaba no solo un castigo ejemplar, sino relegarle dentro de la Orden a la categoría de simple hermano. A perpetuidad, aunque sus servicios a los dominicos bien merecieran coronarse con cargos y dignidades, porque nunca hasta su llegada su poder abarcó la tutela moral de la universidad salmantina, el control férreo de una institución en la que se formaban todos aquellos que un día habrían de copar los principales puestos al servicio de estos reinos. Fray Domingo debía comprender sus razones. Así trató de exponérselo durante horas, hasta que las sandalias de Pizarro se encontraron tan cerca de su propio rostro que bien temió que su huella de pobreza marcara su faz para siempre.

—Pero ¿cómo os atrevéis a utilizar siquiera el nombre de nuestro padre para escudar en él vuestras perversas intenciones? —acusó el prior de San Esteban, al borde de agotar su paciencia.

Con sumo placer Pizarro le hubiera enviado de una patada a Orán, para reformar espíritus musulmanes y razones mahometanas, y que fueran los hijos de Allah los que le convirtieran en mártir. La Orden ganaría un defensor de la fe en tierras de infieles; él, la tranquilidad de liberarse de la oscura enfermedad de la intransigencia que devoraba al antiguo visitador real. Cuando no restaron argumentos, Ruiz del Monte tiró del sedal del que pendía su última esperanza: Cisneros.

—¡Ese maldito ambicioso! —gritó furioso fray Domingo—. ¿Acaso desconocéis sus verdaderas razones para enviaros aquí? Necesitaba introducir un espía a su servicio tanto en la universidad como en esta santa casa. En la primera porque se discute el trato que deben recibir los indios: si poseen alma, en cuyo caso deben recibir el bautismo, o si, por el contrario, han de caer al mismo nivel que las bestias de las que nos servimos, con lo que los abusos de los encomenderos recibirán sanción divina y humana. Asunto tan delicado compete dirimirlo a nuestra Orden, no quedar en manos de los franciscanos de Cisneros. Quien maneje espiritualmente los asuntos de Indias controlará Castilla no tardando. Y mientras se valoran asuntos tan graves, en nuestro convento se forman quienes partirán hacia la isla de La Española para evangelizar a esos indígenas, hijos de Dios igual que nosotros. Una expedición que zarpará en pocos meses encabezada por fray Pedro de Córdoba, de la que forma parte nuestro querido hermano fray Antonio Montesinos.

Para Ruiz del Monte, aquella aclaración suponía mentar a la bicha. Odiaba a Montesinos y lo que defendía: la igualdad entre indios y cristianos viejos a los ojos del Altísimo. En manos inadecuadas, un argumento semejante que pronto derivaría hacia la equiparación con los moriscos y, quién sabe, tal vez la aceptación de las peligrosas herejías que comenzaban a empapar las tierras de Castilla o los usos judaizantes de muchos conversos que envenenaban el alma. Recordó las advertencias de Cisneros cuando sus palabras se deslizaron cual escurridizos ratones.

—El cardenal solo pretende reformar espíritu y razón. Esa tarea, no otra, me encomendó. Vuesa paternidad lo sabe, lo impulsa desde este mismo convento. Aquí se forjan algunos de los mejores instrumentos para predicar la fe —trató de ganarse su favor.

El prior le señaló con el dedo, espada de sus deseos más íntimos de acabar con tan peligroso ejemplo como el que representaba para su comunidad fray Juan.

—No —le corrigió—. Los mejores instrumentos para predicar la fe, como vuesa paternidad expone, se forman en la Universidad de Salamanca, cuyo cuello tratasteis de cercenar hoy mismo. Allí aprenden Teología, pues mejor sirve al Todopoderoso el que conoce los caminos para tocar el alma de sus hijos que quien maneja el látigo del miedo y la cárcel de la amenaza o la exclusión. Vuesa paternidad no invoque otra excusa que sus propios excesos para justificar la persecución a la que ha sometido a doña Luisa de Medrano y a su pariente: los deseos de reemplazar al doctor Maldonado. La soberbia que os guía os convirtió en arcilla en las manos de Cisneros. Ese franciscano se ha servido de ese defecto para atacar nuestra Orden, para desprestigiarla. Si su jugada salía bien, controlaría las universidades del reino. Salamanca representaría el primer paso, ahogada hoy su libertad. Si fallaba, toda la culpa recaería en uno de los hijos de Santo Domingo. Cayera hacia uno u otro lado la moneda, él siempre ganaba. Nos has traicionado, Juan.

A conciencia, privó de su tratamiento a Ruiz del Monte. Si por él fuera, no dudaría en expulsarlo de la Orden que había mancillado. No merecía portar el nombre de dominico, ni todo lo honorable que la herencia de Domingo de Guzmán representaba.

—Mi pobre estúpido, engreído hermano. En estas horas no solo se juega la independencia de Salamanca, sino también la evangelización en Indias, como te expuse, y, por ende, las nuevas tierras por conquistar.

—Por eso tratamos de apoderarnos del arca del almirante Colón, de sus cartas, noticias y mapas —intervino San Emiliano.

Pizarro le reprendió con desprecio.

—¿Desde cuándo se os ha dado permiso para intervenir, fray Álvaro?

—Pretendo excusar a fray Juan. Si me ordenó que ejecutara lo necesario para apoderarnos de ella, únicamente se debió a sus deseos de avanzar nuestra presencia allende el Mar Océano.

Atónito, Ruiz del Monte se alzó para enfrentarse a semejante disparate. Jamás había ordenado a San Emiliano tales acciones, sino investigar los asesinatos. Él mismo había reconocido que se dejó seducir por la madre Gorgonia y a ella rogó que le sirviera los mapas que pudiera conseguir, de ello habían sido testigos todos los claustrales. ¿Qué pretendía entonces ese miserable al mentir? Quiso hablar, mas el pie derecho de fray Domingo clavó su espalda de nuevo en el duro y frío suelo.

—Seguid —le invitó el prior.

—Desconozco las instrucciones del cardenal, pues le fueron conferidas en secreto, aunque puedo asegurar a vuesa paternidad que se sirvió de la voluntad débil del sobrino del almirante Enríquez para intentar conseguir el arca que custodiaba el rector. Su odio hacia Maldonado le llevó a utilizar a un canalla como el bachiller Laurentino Fresno para acabar con las vidas de todos los testigos que su infecta obra dejaba a su paso, y que, gracias al Altísimo, quedó en vulgar intento, pues el joven Fadrique Enríquez no se atrevió a tanto desmán. Huellas del diablo que le condujeron hasta la mancebía de las Ocho Beatitudes. Sabed, padre mío, que he yacido con una prostituta de nombre Gorgonia. Pues bien, ante vuesa paternidad confieso lo que en el claustro pleno no osé decir: que fue ella misma quien me contó que fray Juan instigó todos estos crímenes, lo que no me he atrevido a confesar en el claustro pleno por temor a dañar más el buen nombre de la Orden.

—¡Mientes, perro! —chilló Ruiz del Monte, incapaz de contenerse—. Llevas años frecuentando putas, no solo aquí, sino también en Granada. ¡Tú mismo me lo has confesado en muchas ocasiones!

San Emiliano alzó su rostro. Varias lágrimas herían sus mejillas. Contrita la expresión, cual si Belcebú mismo le apretara las entrañas, mostró sus manos llagadas a fray Domingo, implorando clemencia por sus pecados.

—Dios ha querido castigarme por ello y pronto he de morir, pero vuesa paternidad debe saber que fray Juan acaba de romper un secreto de confesión al desvelar que yací con mujeres públicas en Granada. ¿Qué otros engaños no esconderán sus verdaderas intenciones, si es capaz de traicionar uno de los principios de nuestro sacerdocio, hermano mío, al revelaros que mis pecados comenzaron en la ciudad de la Alhambra?

Fray Álvaro se protegió de las previsibles iras de su superior hecho un ovillo, replegado sobre sí mismo. No se equivocó. Puesto de pie, Ruiz del Monte comenzó a golpearle con tanta violencia que Pizarro necesitó la ayuda de tres hermanos para detenerlo.

—¡Contrólate! ¿Acaso has perdido el poco juicio que te restaba? —le ordenó el prior.

Sujeto por semejantes cepos humanos, fray Juan trató de calmarse. En el suelo, San Emiliano suplicaba clemencia para sus pecados, castigo para la carne, perdón para su alma so excusa de obediencia debida a un superior. Pizarro le ofreció ayuda para incorporarse.

—¿Estás bien, hijo mío? —se interesó.

Aunque su rostro marcaba las huellas del ataque de fray Juan, respondió asintiendo con la cabeza mientras jugaba con el recio cordón que ceñía su hábito.

—Si deseas confesarte, siempre encontrarás un padre en mí. Reconozco menores tus culpas, fray Álvaro, se lo haré saber al maestro general cuando llegue. En cuanto a ti, Ruiz del Monte, el encierro de la carne te recordará las vidas que robaste a cada una de tus víctimas, el futuro que cercenó tu mano implacable. Que la remembranza de cada una de ellas te martirice mientras te reste un soplo de vida. ¡Encerradle!

Los frailes empujaron a fray Juan hacia la puerta. San Emiliano suplicó una última merced al prior.

—No merezco ni besar las sandalias de vuesa paternidad. Permitidme que le asista, que le acompañe en su aislamiento, ya que permití sus excesos.

Pizarro mostró su desagrado por tal petición. Aun así, accedió a ello.

—Acepto. Juntos aguardaréis vuestro castigo, aunque, en honor a tu arrepentimiento sincero, fray Álvaro, las puertas de la celda siempre estarán abiertas para ti. Temo por tu integridad, visto lo sucedido ante mis ojos hace unos instantes, es por ello que velará guardando vuestra prisión uno de nuestros hermanos. Él te atenderá en lo que fuera menester. Ahora, sacad esta inmundicia de mi presencia, ¡hiede!

Ruiz del Monte precedió a fray Álvaro de camino hacia la fría estancia en la que quedarían recluidos a la espera de juicio. Nada contenía, salvo el frío de la presencia cercana del diablo, que aguardaba el pago por su apoyo. Como le prometió Pizarro, las puertas quedaron selladas, aunque sin cerrojo, y, junto a ellas, uno de los frailes del convento.

Fray Juan se abalanzó sobre su compañero, dispuesto a matarlo allí mismo. Mas, para su sorpresa, la piel de su cuello quedó ceñida por el áspero cordón del hábito dominico de San Emiliano. Incapaz de respirar bien, comenzó a boquear, a punto de perder el conocimiento. Cayó al suelo, aunque su verdugo no le permitió ni un movimiento, preso el cuerpo por el peso de fray Álvaro sobre sus espaldas. Por mucho que intentara zafarse de aquel demonio, todo lo que conseguiría sería agotar sus fuerzas.

San Emiliano se acercó a su oído, para que el guardián de la puerta nada escuchase de aquella confesión nacida de las mismas cuevas que abastecían los sótanos del Infierno.

—Pobre idiota —se rió en voz baja, soltando un poco la presa, alargando su agonía—. ¿De verdad creíste que te ayudaba llevado de mi admiración por ti? ¿Que hay en tu persona o en tu alma algo que considere digno de aprecio? No somos muy diferentes, Juan, pero, a diferencia de ti, yo sí acepté las riendas de mi propia vida, no jugué a robar las migajas de la mesa del amo. Cisneros se sirvió de ti, yo me serví de ti. Satanás debe aplaudir tu necedad en estos momentos.

—¿Por qué? Yo te apreciaba —balbuceó como pudo la presa.

—Y yo a ti en tiempos —reconoció fray Álvaro—. Nadie mejor para encubrirnos que quien mueve los hilos en nombre de Cisneros. Nunca hasta ahora la Santa Hermandad gozó de semejante poder.

—¿De qué me hablas?

—De la Cofradía de la Garduña. —Le mostró la señal de los tres puntos—. Una institución más antigua que la Orden a la que tú perteneces, que ha sabido esconderse y medrar hasta nuestros días, la misma que hermana hoy a cientos de nobles y rufianes, la que invoqué para conseguir el mapa original que Gorgonia obtuvo del necio de Laurentino Fresno antes de envenenarle, la misma que te ha llevado hasta aquí, la que me sacará de esta celda antes de medianoche.

—Si acabas conmigo, descubrirás tu juego. La justicia de estos reinos te buscará hasta matarte.

San Emiliano apretó un poco más el lazo.

—Fray Álvaro morirá contigo para que el gran maestre de la Garduña pueda vivir. No te preocupes por mí. Tu muerte no me dejará sin compañía, querido amigo. ¡Dispongo de vasallos suficientes para repoblar una villa de la frontera! En cada ciudad de la corona hay decenas de hermanos dispuestos a ayudar a su maestre.

En un intento desesperado, Ruiz del Monte gritó. Al otro lado de la puerta se escucharon movimientos bruscos antes de que el hermano que velaba por ellos se introdujera en su interior portando un candil. Cubría su rostro con la capucha del hábito protegiéndose del frío.

—Ayudadme —rogó al borde de sus fuerzas fray Juan.

El dominico descubrió su cabeza antes de acercarse a ellos. Ruiz del Monte reconoció en aquella figura las facciones de la madre Gorgonia, que, sin recato, se agachó para besar a su compañero tomando uno de los extremos del cordón.

—Saluda al diablo de nuestra parte —le rogó antes de tirar con fuerza.

Los estertores de la muerte sacudieron el cuerpo de fray Juan. Gorgonia y Álvaro se sonrieron cuando de la boca de Ruiz del Monte escapó el último suspiro.

—Has tardado demasiado, hermana —le reprochó San Emiliano—. ¿Has traído lo que te requerí?

—Aquí lo tienes, gran maestre. —Se inclinó con desparpajo ante su autoridad, ofreciéndole unas ropas de caballero escondidas bajo su propio hábito.

—¿El mapa?

—A salvo bajo el colchón de mi lecho, esperando por nosotros. Nadie mirará allí hasta que volvamos a por él —sonrió Gorgonia.

—¿Dinero?

—Más que suficiente para dos vidas, oculto junto al mapa —rió la mujer.

Álvaro se desnudó ante ella sin el menor pudor, despojándose de todo aquel mundo de mentira en el que aceptó vivir desde niño, cuando uno de los ancianos de la Hermandad descubrió su talento en una calle de Sevilla. A su lado, aprendió el oficio, destacó en conocimientos, prosperó en delitos hasta graduarse en crímenes. Por decisión propia profesó en la orden dominica para servirse del mejor instrumento de control que aquella sociedad de necios temerosos de su sombra le proporcionaba: la Santa Inquisición. Por el camino apareció Ruiz del Monte, ese asturiano pretencioso con quien el demonio le premió sus servicios fieles. Durante aquellos últimos años el difunto fray Juan se transformó en una marioneta en sus manos sin que lo supiera, tan corto de entendederas como inclinado a su supuesta labor divina, que le ordenaba exterminar infieles, herejes, conversos, y todo aquel que difiriera de la ortodoxia que interpretaba sibilino fray Álvaro, antes de regalarla a su compañero de fatigas y superior.

La excusa de Salamanca le abrió todo un nuevo mundo de posibilidades. Junto a su hermana Gorgonia, vieja conocida, entretejió una maraña de intereses y asesinatos para apoderarse de los mapas que sirvieron a Colón, los mismos que recogían la existencia cierta de tierras allende sus descubrimientos oficiales. Con Fadrique y Capador como peones —a su pesar uno, deseoso el otro—, Álvaro movió las piezas en el tablero con el talento preciosista de un buen jugador de ajedrez hasta apoderarse de lo que necesitaba realmente: el mapa del infante don Pedro, que Gorgonia había escondido en su estancia. Aquel que se había confeccionado en secreto en la Escuela de Sagres sobre las bases del atlas del judío Cresques, considerando las informaciones privilegiadas de otros tantos sabios cuyo rastro se perdía en la noche de los tiempos.

Poco importaba ahora que Luisa de Medrano y su estúpido familiar quedasen libres, o que el Bastardo se convirtiera por obra y gracia de Dios sabría qué engaños en conde. Lo único cierto, lo que merecía la pena conseguir, aguardaba por ellos en la taberna de las Ocho Beatitudes.

Quien poseyera tales instrumentos bien podría embarcarse en aventuras seguras que entregaran a las manos de la Santa Hermandad una nueva forma de poder real, esta vez sancionado por la corona con todas sus bendiciones, pues a los conquistadores se les premiaba por su valor y talento con ricas encomiendas de tierras e indios. Desde allí, el fin del mundo sería su frontera, nada conseguiría detenerlos. Hasta que los deseos de venganza de Ruiz del Monte los colocaron al pie del abismo aquella mañana, en el claustro pleno. Mas un maestro no incurre en errores y San Emiliano había valorado la posibilidad de que aquel pobre idiota quebrara los cimientos del edificio que con tanto esfuerzo había construido, o que un cabo sin atar ahogara sus intentos. Tal podría ser el calificativo que mereciera la imprevista aparición del almirante de Castilla, que alteró el curso de los acontecimientos y colocó fuera de juego a Pedro Bravo y Luisa de Medrano. Bien, Álvaro siempre había sido un buen jugador de naipes, así que ahora sostendría su baladronada hasta el final. Así lo hizo mediante la absurda confesión que escucharon de sus labios contritos los claustrales de la Universidad de Salamanca.

Y en la trampa cayeron Maldonado, Del Palacio, el almirante de Castilla, el corregidor. Todos excepto Antonio Pimentel. El único capaz de descubrir al zorro entre las gallinas. Ambos tenían una cuenta pendiente: el Bastardo, conocer el nombre de quien ordenó su asesinato; Álvaro, acabar con su vida de una buena vez. Conocía la marca de la Hermandad, podría delatarle ante la justicia como hermano de la misma, aunque desconociera su posición en ella. San Emiliano escuchó cómo las campanas del convento de San Esteban anunciaban medianoche. Apenas le restaba tiempo.

—El Bastardo espera que enviemos a un criado para informarle de quién te pidió su cabeza —comentó apresuradamente a Gorgonia.

Esta se rió.

—Pues vayamos a verle. Se llevará toda una sorpresa. ¿Crees que acudirá solo?

—Los caballeros cumplen su palabra y él me ha entregado la suya —sonrió Álvaro de San Emiliano—. A esta hora solo le ronda la luna.

—Que ella sea su compañera cuando entregue su alma al Todopoderoso.

—Amén.

Tenía que matarle. No solo para evitar que la Hermandad quedara expuesta a tan peligroso riesgo, sino también porque no toleraba que nadie le superara en inteligencia. Aquella noche, antes de partir para Sevilla, donde habrían de embarcarse a Indias, y de recuperar el mapa, acudiría a esa última cita en Salamanca. Cuando hubo aderezado su aspecto, escondió la espada que le ofreció Gorgonia bajo el hábito dominico con el que volvió a vestirse.

—Salgamos de aquí —ordenó a la mujer, guiándola de camino al exterior, no sin antes cerrar la puerta de la celda y colocar en su interior al pobre fraile custodio a quien la madre había dado muerte.

Aprovecharon la oscuridad para desaparecer del convento. Una vez en el exterior, se deshicieron de los hábitos arrojándolos al río.

—Hermana Gorgonia, matemos a ese bastardo.

41
EL JUICIO DE DIOS

—No te vayas, vuelve a la cama —le rogó Isabel, palpando el lado vacío del lecho—. Todavía restan muchas horas para el amanecer. Dios mío, soy intensamente feliz: dentro de un par de días podré mostrar al mundo el documento que garantiza que una mujer, Isabel de Vargas, también puede recibir sanción académica a sus conocimientos por merced del rector, aprobación del maestrescuela...

—... y compadreo de los miembros del tribunal que ha de juzgarte, que valorarán más tus servicios a la universidad que tus conocimientos de medicina, después de un solo curso académico. ¡Qué vergüenza, señor! Menos mal que todavía seguirás fingiendo ser nuestro amigo Pedro Bravo, bachiller de Bolonia —comentó socarrón el caballero.

—Por mucho que protestes, no conseguirás desmoralizarme, Pimentel. Lo prometido hecho está. Licenciada Vargas...

—Licenciado Bravo —insistió él.

—Tanto monta, monta tanto.

—De acuerdo, mi reina y señora.

La joven suspiró profundamente satisfecha. Se estiró, acomodó la almohada y volvió sus ojos de nuevo hacia Antonio, que en aquellos precisos instantes abrochaba su jubón, dispuesto a partir.

—Es medianoche —le recordó mimosa—. Quédate, por favor. Nada hay más importante que explicarle a tu prometida cómo el bachiller Pimentel regresó de Tordesillas convertido en el señor conde de Beaufort.

Antonio sonrió halagado, ciñéndose el cinturón y comprobando que la hoja de la espada entraba y salía bien de la vaina.

—Para todo eso ya habrá tiempo a partir de mañana, licenciado Bravo, ¿o debería decir doña Isabel?

—¿Qué importa ya?

—¿Has dicho «prometida»? —bromeó él.

Isabel asintió feliz.

—¿Quieres casarte conmigo?

Pimentel soltó una alegre carcajada.

—Creo, mi señora, que esa pregunta debería formulártela yo a ti, ¿no es cierto?

—Entre hombres poco importa quién tome la iniciativa —rió la mujer.

—Antes de desposarnos debería presentarme ante tus padres, y tú recuperar tu identidad. Así que para casarme con Isabel, debemos enviar lejos a Pedro Bravo.

—Le echaré mucho de menos.

—Tendrás que acostumbrarte a ello. También deberás despedirte de Luisa.

—¿Por qué?

—El rey don Fernando desea que le acompañemos a la corte.

—¿Qué será de mi prima sin nosotros para protegerla?

—Oh, creo que sabrá defenderse sola, lleva toda su vida haciéndolo. Además, en unos meses el maestro Nebrija volverá a ocupar su cátedra.

El rostro de Isabel se nubló. Sabía que aquello significaba el final de sus sueños.

—Lo siento. Creí necesario decírtelo. De una forma u otra habrías de enterarte. El almirante se lo participó al doctor Del Palacio y al rector Maldonado durante la cena.

—Pobre Luisa. No solo ha perdido al amor de su vida, sino todo aquello por lo que luchó. Cuánto lo lamento.

La mujer hubo de esforzarse para contener las lágrimas. Adoraba a su prima, vieja compañera de aventuras. Gracias a ella conoció la universidad, a Antonio, pudo construir una nueva vida, en unas horas sería licenciada, aunque bajo el nombre de un varón. Para Luisa, en cambio, restaba una existencia vacía.

—¿Y si nos la llevamos a la corte con nosotros? Tal vez allí encuentre su camino —sugirió a Pimentel.

—¿Por qué no?

—¡Gracias! ¡Gracias! ¡Gracias! —gritó satisfecha.

Pimentel corrió a sellar sus labios con los dedos. Ella tiró de su pechera para obligarle a caer a su lado. Ambos se rieron, jugando la una a mantenerle a su lado, el otro a separarse de tentación tan peligrosa. Ganó el caballero.

—¿Y qué será del rector y del maestrescuela? —curioseó ella—. ¿Qué te ha dicho Enríquez?

—Poco, la verdad. Que el rey Fernando desea que Maldonado continúe al frente de la universidad lo que le resta de mandato y que Del Palacio regrese a su lado. Al parecer tienen mucho de lo que hablar.

—¿Sabes que el maestrescuela me entregó una carta sellada con sus armas y... esto? —Isabel abandonó la cama para hurgar entre sus propias ropas, desparramadas por la estancia, hasta que encontró lo que buscaba.

Le mostró un anillo de sello. Antonio lo tomó entre sus manos, acercándolo a las velas que iluminaban el cuarto. Grabadas en oro aparecían unas armas que le eran por completo desconocidas: una banda engolada cruzada por tres estrellas de ocho puntas. En su interior, una divisa en castellano: «Basta que mi nombre sea Abravanel».

—¿Conoces este blasón? —curioseó Isabel, regresando al lecho, pues estaba desnuda.

Pimentel negó con la cabeza.

—¡Qué lástima! Cuando me lo regaló me dijo que pertenecía a mi linaje desde hacía siglos. Pero este no es el escudo de los Vargas, así que no entiendo nada.

—Entonces abre la carta —sugirió el caballero.

—Me prohibió hacerlo hasta que recibiera la licenciatura.

Antonio guardó un prudente silencio. Cuando todo terminase, tenía muchas preguntas para el maestrescuela, entre ellas las razones que se ocultaban detrás de una autorización así, cuando sabía que el supuesto bachiller Bravo era en realidad una doncella. Pero todo a su justo momento. Se acercó de nuevo al borde de la cama y se inclinó para despedirse de Isabel.

—No puedo creer que te vayas, ahora no —protestó mohína.

—Regresaré antes de que te hayas dormido.

La muchacha se despidió con un gesto, fingiendo desinterés, mas, apenas Antonio abandonó la estancia, no perdió tiempo para vestirse de Pedro Bravo. Si ese tonto creía que podía desaparecer de su lado sin explicaciones, estaba perdido. Ya ahogaría en reproches tanto secreto.

No le costó seguirle a hurtadillas, oculta su presencia en la oscuridad, pues los pasos de Pimentel sonaban con fuerza sobre el empedrado de las calles y los de ella, en cambio, asemejaban cauteloso gato. A prudente distancia dejó que le guiara hasta su destino: el paraje que en Salamanca se conocía con el sobrenombre del Desafiadero, cercano a la muralla, desnudo de edificios, llano de terreno suficiente para cruzar las espadas y batirse en duelo los estudiantes y truhanes. El lugar perfecto para compartir un secreto.

La noche, oscura por la luna nueva, zahería con su viento las ropas y las carnes. Mientras Antonio se embozaba en su capa, Isabel se pegó a uno de los muros de una casa abandonada para protegerse. Agazapada allí, esperó acontecimientos.

La siguiente media hora transcurrió entre zancada y zancada de Pimentel arriba y abajo, a derecha e izquierda, volteo de su manto a la diestra o a la siniestra, impaciencia y nervio. Hasta que el doble repiqueteo de sendos pares de pies calzados delató a aquellos por los que aguardaba Antonio. Dos tipos de no muy elevada estatura, complexión algo ancha el uno, fino el otro, de extraño caminar el segundo, cual si las vestiduras le rozasen la entrepierna, ambos portaban sendas antorchas.

—¿Os envía fray Álvaro? —los saludó Antonio grave.

El rechoncho se descubrió la cara. Pimentel no pudo ocultar su sorpresa: era el mismísimo San Emiliano.

—Digamos que sí, que nos envía él.

Su acompañante rió la gracia, destapándose a su vez.

—¡Madre Gorgonia!

—Creo que querías verme para que delatara a quien decidió tu muerte, Pimentel. ¿O debería llamarte «señor conde»?

El corazón de Isabel se desbocó en su pecho. El miedo llevó su mano derecha a la empuñadura de su espada.

—¿Qué hace ella aquí? —preguntó Antonio, indignado.

—Tú y yo, Bastardo, hicimos un trato. Vengo a cumplir mi parte. Querías culpables, aquí los tienes: la mujer que obedeció las órdenes y quien las impartió.

Gorgonia caminó hacia Pimentel mientras enrollaba el manto en el brazo izquierdo, a manera de escudo protector, y desenvainaba su espada. Álvaro de San Emiliano se desabrochó el jubón que vestía, abrió la camisa y le enseñó el pecho, dejando que se acercara lo suficiente para que la antorcha que portaba le dejase ver allí la marca de la Garduña.

—Puesto que sabes demasiado de nosotros, dime, ¿conoces también lo que esto significa?

Antonio negó con la cabeza, al tiempo que se apartaba, preparándose para la lucha.

—Arrodíllate ante el gran maestre de la Garduña —le presentó Gorgonia, lanzándole la primera estocada, directa al corazón.

Isabel lo comprendió todo de golpe: las razones, las sutilezas, el empeño de la madre por husmear en el arca, el interés de Fresno por ella. Pero San Emiliano... parecía un torpe patán, de rostro bobalicón. ¿Quién habría de sospechar de alguien así?

Acechado por aquellas dos bestias sin corazón, Antonio se defendía valientemente, mas, al cabo de un buen rato, Isabel supo que se resentía de la herida, todavía demasiado reciente para soportar aquel combate que se prolongaba en el tiempo por su habilidad con la espada y el odio de aquellos dos miserables, así que decidió abandonar su escondrijo para combatir junto a él, para ayudarle.

—¿Has perdido el juicio? —le espetó Pimentel al advertirlo.

Por un instante la pelea se detuvo. Gorgonia se sorprendió al encontrar allí al joven Pedro Bravo.

—Vuelve a tu casa, muchacho, o tendremos que matarte —ordenó la madre.

Isabel sonrió.

—¿Muchacho? Creo que has confundido mi identidad, Gorgonia. Mi nombre es Isabel de Vargas. Soy hija del castellano de Altobar, don Pedro de Vargas, y de su esposa, Beatriz de Medrano.

Los ojos de la madre se abrieron por la sorpresa. Incapaz de reaccionar, dejó que la joven se acercara a ella. Hasta que sintió en su costado la fría hoja de un puñal. Firme, a tan corta distancia que sus respiraciones se tornaron una, la mano de Isabel giró la empuñadura a derecha e izquierda, abriendo camino a la muerte. Luego, extrajo el arma, limpiándola en las ropas de Gorgonia. La madre cayó de rodillas, conteniendo la sangre. Pero ya era tarde.

—Esta por ordenar la muerte de Antonio —le explicó con una frialdad que asustó a todos—. Esta por arrojarme a las manos de mis enemigos.

Brilló en su cuello la luz del fin cuando se lo seccionó.

—Como ves, puta, ninguno de nosotros es lo que parece. —La empujó con desprecio.

Álvaro de San Emiliano gritó su rabia a los cielos, abalanzándose hacia ella. Más rápida, Isabel esquivó su ataque varias veces, hasta colocarlo a merced suya y de Antonio. Cual si su pensamiento caminara al unísono, las espadas de ambos se cruzaron en el cuerpo de Álvaro, a quien la Parca arrebató la existencia en aquel triste lugar, a merced de los perros, únicos testigos de su muerte.

La joven golpeó los costados de San Emiliano para asegurarse. No se movía. Aun así, hincó en su corazón la espada antes de volverse hacia Pimentel, que la miraba atónito. Isabel envainó su arma, acercándose al caballero.

—Todo ha terminado. Aquí desaparece para siempre Pedro Bravo —murmuró, enlazando sus manos con las del hombre.

Antonio la estrechó contra su pecho.

—Mi querido Pedro, muchas gracias. Me has salvado la vida esta noche y me has devuelto a Isabel de Vargas. Y ahora, joven bachiller, adiós para siempre, amigo mío. Sé bienvenida, mi señora —besó sus cortos cabellos, húmedos de sudor—, la única mujer que he amado y amaré, que pronto será mi esposa.

Isabel alzó la mirada hasta cruzarla con la del caballero.

—¿Acaso no somos ya marido y mujer? ¿Conoces sacramento más firme que el sellado con sangre? —le sonrió, mientras echaba a andar abrazada a él.

—Para que entender la muerte de Antonio [illegible] de [illegible]

[illegible] antecedentes, [illegible]

Lo [illegible] que la [illegible] del [illegible] se [illegible].

—Cómo [illegible] para [illegible] nosotros es lo que [illegible] —la [illegible] con desprecio.

[illegible] Ernesto [illegible] a los [illegible] se [illegible] tenía [illegible] de Antonio [illegible] a [illegible] en el [illegible] de Alvaro [illegible] a merced de los otros [illegible] de su muerte.

—[illegible] los [illegible] de San Emiliano [illegible] en la [illegible] de [illegible] María [illegible] que la [illegible] caballero.

[illegible] Aquí [illegible] Pedro [illegible] del hombre [illegible] pechos.

[illegible] Pedro [illegible] de [illegible] la vida [illegible] de Vargas [illegible] que [illegible]

—[illegible] en la cama [illegible] nada [illegible] de [illegible] Mis [illegible] dieciséis años [illegible] estudios [illegible] hijos de [illegible] La historia de [illegible]

EPÍLOGO

—... Y así acabó sus días la madre Gorgonia, asesinada por un desconocido junto a fray Álvaro de San Emiliano —suspiró María la Vitoriana, abandonando el lecho.

—¿Nada se supo de quienes la mataron? —curioseó su cliente.

—No. Se los tragó la noche, si es que no se la llevaron los mismísimos demonios de vuelta al infierno del que salió.

Su joven amante se recreó en la visión de aquel trasero firme mientras se vestía para acudir a la llamada de una de las muchachas, que requería su presencia en la taberna.

—Hernán, cuando lo desees baja. No olvides dejar el dinero en la cama. Es el único sitio de las Ocho Beatitudes en el que nadie osaría tocarlo —rió—. No te demores. Te prepararé algo de comer antes de que acudas a las clases de la tarde —ofreció solícita.

Miró con ternura al muchacho, un chico de apenas si quince o dieciséis años, recién llegado de la Extremadura leonesa para cursar estudios de bachiller en Leyes. Uno más entre los cientos de hijos de hidalgos pobres que buscaban medrar a través del estudio. La historia de Cortés no difería un ápice de la de tantas otras. Aun así, algo en él le recordaba a Pedro Bravo, y esa añoranza bastaba para tratarle como un príncipe. Le tiró un beso desde el quicio de la puerta antes de cerrarla.

Hernán se estiró en el lecho, remoloneando soñador. ¿De dónde demonios iba a sacar el dinero para pagar a la madre María? Su bolsa custodiaba el polvo de las sandalias de santo Toribio. Tal vez ella guardara algunas monedas por allí. Si las encontraba, podría satisfacer sus exigencias. Recordó sus palabras y alzó sus posaderas de la cama. A hurtadillas, apartó la almohada, liberó las sábanas, miró arriba, abajo, a derecha e izquierda, hasta que sus manos se deslizaron por debajo del colchón. Encontró allí una tabla que oscilaba un poco. Sin forzar demasiado, quebró sus asideros y tiró hacia sí. Un pergamino doblado cayó a sus pies junto a una bolsa. Aquello no era precisamente lo que esperaba. Devolvió todo el revuelo a su estado original, vistió sus carnes desnudas, ciñó la espada y ojeó el contenido de aquel tesoro inesperado. Un mapa adornado con las armas reales de Portugal se abrió ante sus ojos. Cortés, avezado en todas aquellas disciplinas que no tocaran con las exigidas para alcanzar el grado de bachiller, dedujo su importancia después de conocer el revuelo que el robo del arca del rector había causado meses atrás en la ciudad. En los sótanos morales de la universidad corría el rumor de que algunos de sus contenidos habían desaparecido para siempre. Hernán sonrió. Tal vez aquel cartulano valiera una fortuna, quizá fuera su propia fortuna. Observó las tierras que se dibujaban más allá de la isla de La Española. Aquello no debería existir. «Las Indias», suspiró, doblando de nuevo el pergamino en cuatro para introducirlo bajo su jubón.

Aquella estancia había pertenecido a la difunta madre Gorgonia, cuyo cetro en la mancebía heredara apenas un mes atrás la Vitoriana. Sin duda desconocía el escondite, por tanto no lo echaría en falta. En cuanto a la bolsa, Cortés desciñó el lazo que la anudaba, vencido por la curiosidad. Cien ducados castellanos de oro se derramaron por el colchón. Hernán Cortés besó una a una las monedas devolviéndolas a la bolsa. Si había de graduarse, que fuera en Indias... Porque hay historias que comienzan cuando otras terminan, ¿o no?